Peter Michel: Die Botschafter des Lichtes I

Peter Michel

Die Botschafter des Lichtes

Band I

Aquamarin Verlag

Das Titelbild zeigt ein Gemälde von Heita Copony

Flurstraße 6, 8011 Forstinning/München

ISBN 3-922936-26-1

Satz u. Druck: Jürgen Mayer KG, 8300 Landshut/Kumhausen

Falsches Lernen wird von den Weisen verworfen
und durch das Gute Gesetz in alle Winde zerstreut.
Das Rad dieses Gesetzes dreht sich für alle,
für die Demütigen und für die Stolzen.
Die »Lehre des Auges« ist für die Menge,
die »Lehre des Herzens« für die Auserwählten.
Die einen sagen voll Eitelkeit: „Siehe, ich weiß."
Die anderen, die in Demut gesammelt haben,
bekennen leise: „So habe ich gehört."

(Die Stimme der Stille, S. 41)

Inhaltsverzeichnis

Einleitung

Seit jener fernen Zeit, da die Menschen begannen über den blauen Planeten Erde zu schreiten, brennt die 'Flamme der Erkenntnis', jenes ewige Licht, das entzündet wurde von der ersten Frage nach dem Sinn des Daseins. Unverlöschlich weist jene heilige Flamme seitdem allen Suchern den Weg, die den 'uralten Pfad' betraten und in Zukunft betreten werden.

In allen Zeitaltern lebten wissende Lehrer, die jenen, deren Seelen sie bereitet fanden, die Geheimnisse der Schöpfung enthüllten. In den Mysterienschulen ferner Zeiten und Länder erhielten die Suchenden in verborgenen Tempeln die Einweihung (die Weihe nach innen) und sahen nun "von Angesicht zu Angesicht". Verborgen mußten die Tempel liegen, denn in jenen Tagen durften die Mysterien nicht jedermann enthüllt werden, um den Mißbrauch der geistigen Kräfte zu vermeiden. So ereilte jene, die das in der Initiation Erfahrene unerlaubt weitergaben, der geistige — und manchmal auch der leibliche — Tod.

Von Jahrtausend zu Jahrtausend reichten wenige die verborgene Lehre an wenige weiter. Seit einem Jahrhundert sind nun — so sagen die Schriften — die Verhältnisse auf der Erde soweit gediehen, daß sich die geistigen Hüter der Menschheit in der Lage sahen, einen Teil der bisher esoterischen (d.h. nur einem kleinen Teil zugängigen) Lehre einer breiten Öffentlichkeit zu enthüllen.

Die Auswirkung dieser Entscheidung zeigte sich im Erscheinen einer großen Zahl 'älterer Brüder und Schwestern', die eine Brücke schlugen zwischen der Welt der Menschen und den herrlichen Reichen des GEISTES. Sie kamen als "Botschafter des Lichtes" in eine Welt der Finsternis — und allmählich nahm die Finsternis das Licht an und wurde so selbst lichter.

Von Jahrzehnt zu Jahrzehnt wuchs die Zahl der Menschen, die tiefer in die Gesetze und Geheimnisse des SEINS eingeweiht werden durften. Sie wurden zu den Vorboten eines neuen Zeitalters, das heraufzuziehen beginnt. Eine neue Zeit wird nie ohne Wehen geboren, und so traten schon bald die 'Kinderkrankheiten' wie Intoleranz, Fanatismus und persönliche Feindschaft unter den 'Jüngern' einzelner Botschafter des Lichtes auf. Wenige nur waren bereit einzugestehen, daß keiner der Boten für sich Unfehlbarkeit beansprucht hatte. Wenige auch nur gaben sich Mühe, um scheinbar Widersprüchliches zusammen-zu-schauen, als unterschiedliche Facetten der *einen* Wahrheit.

Gemäß dem Motto dieses Buches (vgl.S.5) soll nachfolgend der Versuch unternommen werden, die Werke der bedeutendsten "Botschafter des Lichtes" in einer vergleichenden Gesamtschau zu würdigen. Dabei werden gelegentlich auch Personen zu nennen sein, bei denen der Autor zögert, ihnen das Prädikat "Botschafter des Lichtes" zuzuordnen; doch ergibt sich die Beschäftigung mit ihnen aus der Sachnotwendigkeit.

Mancher Leser mag der einen oder anderen Deutung und kritischen Analyse des Autors nicht zustimmen können; doch möge er kontroverse Auffassungen als Beitrag zur Suche nach der *einen* Wahrheit annehmen.

Wenn dieses Werk auch nur wenigen Mitsuchern auf dem ewigen Pfad ein Licht zu sein vermöchte, so hätte es seinen Auftrag voll erfüllt und würde seinen Verfasser zu noch größerer Dankbarkeit jenen gegenüber verpflichten, von denen er sagen darf: *„Von IHNEN habe ich gehört."*

Neujahr 1983

Kap. I Gott

Ist Gott oder ist Gott nicht?

Alles Leben, das sich seiner selbst bewußt ist, wird die Antwort auf diese Frage suchen. Individueller Geist forscht in sich selbst nach der Quelle, aus der er geboren. So wie das Tropfenkind in seinem innersten Wesensgehalt ewig mit seinem Ur-Quell verbunden bleibt, so kann auch der Geistfunke in allem Seienden nie vergessen, daß er Geist vom GEISTE ist. Ahnend erkennt alles Leben — es ist ein GOTT.

Keine Zahl benennt die leuchtende Schar der großen Denker und Seher, die Tiefes über den absoluten Geist, über GOTT, zu sagen wußten. In der Ideenlehre Platons ist das Absolute die Idee der Ideen, der unverursachte Weltengrund. Die "Idee des Guten" steht jenseits allen Seins, schenkt diesem erst das Da-Sein. Aristoteles sieht Gott als reinen, sich selbst denkenden Geist, als die erste Ursache, den "unbewegten Beweger". Mit dem Neuplatoniker Plotin erreicht die Philosophie über das Absolute — in seiner Lehre vom EINEN, das als Über-Seiendes die Quelle alles aus ihm Hervorgegangenen ist — den Höhepunkt des Altertums.

Von den christlichen Kirchenvätern werden der Platonismus und die neuplatonische Philosophie aufgenommen und in die christliche Theologie eingefügt. Über Origenes, Augustinus, Scotus Eriugena, Thomas von Aquin, Meister Eckhart und Nicolaus Cusanus führt der Weg der Theo-Logie zu den großen Systemen des deutschen Idealismus. Doch mit zunehmender intellektueller Brillanz geht die geistige Schau weitgehend verloren. Die nachstehend genannten Autoren knüpfen wieder an die alte Weisheitstradition an, und ihre Gotteslehre baut stärker auf der mystischen Erfahrung auf.

Relatives Seiendes, das Geschöpf, wird das absolute SEIN, den unerschaffenen EINEN, nie erfassen können. So vermochte auch kein "Botschafter des Lichtes" mehr als nur einen Funken des Ur-Lichtes zu offenbaren. Trotz dieser Begrenzung versucht menschliches Denken die Ganzheit zu umfangen und Unendliches in endliche Rahmen zu fügen. Unter dieser Voraussetzung müssen manche der nachfolgenden Antworten verstanden werden, wobei Gegensätze auch nur verschiedene Aspekte einer Einheit sein können, Gegensätze, die im Absoluten zusammenfallen (vgl. die "coincidentia oppositorum" des Cusanus).

Helena P. Blavatsky — Der absolute Raum

In ihrem ersten großen Werk, "Isis Entschleiert", knüpft H.P. Blavatsky in ihrer Gotteslehre ganz an die theistische Tradition an. Sie betont deutlich die Transzendenz Gottes, dessen Wesen allein aus seinen Werken offenbar wird.

„Fern von uns sei der Gedanke irgend einer Geringschätzung ... der göttlichen Macht, die alle Dinge, die sichtbaren und unsichtbaren ins Dasein rief. Ihrer Hoheit und unbegrenzten Vollkommenheit wagen wir selbst nicht in Gedanken zu nahen. Zu wissen, daß sie ist und daß sie allweise ist, zu wissen, daß wir gleich allen Geschöpfen einen Funken ihres Wesens in uns tragen, ist uns genug." (1)

Sie versieht die "höchste Macht" mit den Attributen grenzenlos und unendlich und bekennt sich zum *"Gott der alten und modernen Seher"*. (2) Ganz in der Tradition der antiken Philosophen stehend, deutet sie die erste

1) H. P. Blavatsky, Isis Entschleiert, Den Haag, o. J., Bd. I, 29

2) ebd.

Ursache als *„das Eine, als den primordialen Keim, das ungeoffenbarte und große All, das durch sich selbst besteht".* (3)

Auch in ihrer "Geheimlehre", die zu einer der zentralen Quellen (wenngleich vielfach ungenannt !) für zahlreiche 'esoterische' Autoren späterer Jahre wurde, setzt H.P. Blavatsky die Philosophie der "Isis" fort. Sie postuliert ein *„allgegenwärtiges, ewiges, grenzenloses und unveränderliches PRINZIP, über das gar keine Spekulation möglich ist, da es die Kraft menschlicher Vorstellung übersteigt ..... Es ist jenseits von Raum und Reichen des Gedankens ..... "*.(4) Mit bestechender Klarheit sieht sie in diesem ersten Prinzip die *„absolute Realität, welche allem geoffenbarten, bedingten Sein vorangeht".* (5) Genuin neuplatonisch versteht sie Gott als die "wurzellose Wurzel", als den Urgrund alles Seienden.

Auch die aristotelische Philosophie steht in ihrer Auffassung in der Nachfolge der 'okkulten Lehre', wenn sie die *„absolute göttliche Wesenheit als den unbekannten und unerkennbaren Beweger oder das Selbstexistierende"* (6) benennt.

Nur schwer nachzuvollziehen ist dann ihr Wandel zu einer stark pantheistisch ausgerichteten Gotteslehre — vielleicht unter dem Einfluß hinduistischer Philosophie (7) —, der sich in der "Geheimlehre" vielfach andeutet. *„Parabrahman ist einfach, als eine zeitlose Realität, der allumfassende Kosmos — oder vielmehr der unendliche kosmische Raum — im höchsten geistigen*

3) ebd., Bd. II, S. 170

4) dies., Die Geheimlehre, den Haag, o. 3., Bd. I, S. 42

5) ebd.

6) ebd., Bd. I, S.86

7) In ihren Briefen an N.A. Fadeew, aus dem Jahre 1877, geschrieben in New York, läßt sich noch eine Gottesauffassung wie in der *"Isis"* niedergelegt finden. (vgl. H. P. Blavatsky, Speaks Vol. I., S. 181 + 191, Adyar 1950)

Sinne natürlich." (8)
Die ursprüngliche Transzendenz des ersten Prinzips, der absoluten göttlichen Wesenheit, wird umgewandelt in eine nur noch immanent gedachte Gottheit. *„Kurz, unsere Gottheit ist der ewige, unaufhörlich entfaltende und nicht erschaffende Erbauer des Universums."* (9) Noch deutlicher wird diese Auffassung in einer Antwort auf die Frage nach der 'Göttlichkeit' des Menschen, die H.P. Blavatsky im "Schlüssel zur Theosophie" gibt: *„Von unserem Standpunkt aus ist der innere Mensch der einzige Gott, von dem wir irgendeine Kenntnis erlangen können. Wie könnte es auch anders sein? Wenn Sie unsere Behauptung, daß Gott ein universales, alles erfüllendes, unendliches Prinzip ist, annehmen, wie könnte dann der Mensch allein davon ausgenommen werden, von dieser Gottheit durchdrungen zu sein?"* (10)
Das "unendliche Prinzip", das in ihrer früheren Lehre aller Existenz vorausgeht, im Sinne des überseienden Einen, wird nun zur immanenten Kraft, die alles Leben erfüllt. Gott ist nicht mehr Wurzel des Seins, sondern wird identisch mit dem Sein, um damit alle Attribute zu verlieren, die ihn als das absolute SEIN kennzeichneten. Der Mensch wird aus der Hinwendung zum göttlichen Gegenüber zurückgeworfen auf sich selbst, um in seinem eigenen Inneren den "einzigen Gott" zu erkennen.

Für H.P. Blavatsky kann der *"Pantheismus 'physikalisch wiederentdeckt' werden"*. (11) Sie beantwortet damit die uralte Frage, wie außer Gott noch

8) Geheimlehre, Bd. I, S. 35 (vgl. zur gleichen Frage auch Bd. I, S. 32 und in kritischer Auseinandersetzung mit der Philosophie des deutschen Idealismus Bd. I, S. 81 f.)

9) H. P. Blavatsky, *"Der Schlüssel zur Theosophie"*, Graz 1969, S. 57

10) ebd., S. 58 f.

11) Geheimlehre, Bd. I, S. 581

(Bemerkenswert im Zusammenhang mit der Pantheismus-Frage ist eine Stellungnahme von Eliphas Levi, den H. P. Blavatsky oft als Gewährsmann zitiert. *„Die Folge dieses Pantheismus ist die Zersetzung der ganzen Moral: in einer Welt, wo alles Gott ist, gibt es weder Verbrechen noch Tugend."* E. Levi, *"Geschichte der Magie"*, Nachdruck der Ausgabe München 1926, Basel 1978, Bd. I, S. 73
Zur Transzendenz Gottes vgl. auch die Briefe Levis an seinen Schüler M. Montaut, zit. in: Papus, *"Die Kabbala"*, Schwarzenburg 1975, S. 30 ff.

anderes Seiendes existieren könne, dahingehend, daß sie alles Seiende als aus der Substanz Gottes bestehend sieht. Doch warum erkennt sich dann die göttliche Substanz (Mensch) nicht als *göttliche* Substanz?
Um die Allgegenwart Gottes aufrechtzuerhalten, ist H.P. Blavatsky bereit, seine Transzendenz aufzuheben und die Gottheit im "absoluten Raum" aufgehen zu lassen. (12)

Unter Berücksichtigung später noch zu erörternder Werke sollte hier angemerkt werden, daß der biblische Gott, der Jehova des Alten Testamentes, von H.P. Blavatsky als "jüdischer Stammesgott" gesehen wird. (13) Auch das hebräische Elohim übersetzt sie als Plural, als die "Elohim-Götter". (14) Der biblische Schöpfungsbericht reduziert sich dann auf eine partielle Schöpfung — den Planeten Erde. *„Schöpfung ist an dieser Stelle (i.e. die Genesis, d. Verf.) nicht die Ursprüngliche Schöpfung, und die Elohim sind nicht 'Gott' und auch nicht einmal die höheren Planetengeister, sondern die Baumeister dieses sichtbaren physischen Planeten und des materiellen Körpers oder der Umhüllung des Menschen."* (15)
Die Aufhebung einer geozentrisch verhafteten Bewußtheit ist ohne Einschränkung zu begrüßen, obwohl nicht zu entscheiden ist, ob die Verfasser der Genesis in der Tat nur auf einen begrenzten Schöpfungsvorgang hinweisen wollten oder doch eine metaphysische Begründung für die Existenz allen Seins zu geben versuchten.

Ob H. P. Blavatsky wirklich zu einem uneingeschränkten Pantheismus geneigt hat, läßt sich rund hundert Jahre nach ihrem Tod nicht mehr eindeutig bestimmen. Sicher wollte sie die Göttlichkeit des Menschen betonen, ihn auf seinen inneren Gottesfunken verweisen; doch wird sie den alten Kommentar zu den "Strophen des Dzyan" nicht gänzlich vergessen haben:

12) ebd. Bd. II, S. 44

13) ebd. S. 34

14) ebd. Bd. III, S. 191 u. 202 ff.

15) ebd. S. 204

„Das ABSOLUTE läßt sich nicht definieren, und kein Sterblicher oder Unsterblicher hat es jemals gesehen oder erfaßt während der Perioden des Daseins. Das Veränderliche kann nicht das Unveränderliche kennen, noch kann das, was lebt, das Absolute Leben wahrnehmen." (16)

Die Mahatma-Briefe — Die Nicht-Existenz Gottes

In den Gründerjahren der Theosophischen Gesellschaft (nach 1875) gewannen die sogenannten "Mahatma-Briefe" außergewöhnliche Berühmtheit. Sie rissen Gräben auf zwischen Befürwortern und Kritikern, die bis in die Gegenwart noch nicht wieder zugeschüttet werden konnten. Inzwischen sind in einer ausgezeichnet dokumentierten 3-bändigen Ausgabe alle Materialien verfügbar. Zweifellos ein faszinierendes Stück 'esoterischer' Geistesgeschichte.
Die Stellungnahme der 'Mahatmas' zur Gottesfrage (die Authentizität der Briefe aus den Jahren 1880 ff. wird hier nicht diskutiert) hat nicht unwesentlich zu zahlreichen kritischen Stimmen beigetragen. Vor allem durch christliche Theologie und Philosophie geprägte Leser sahen sich teilweise hart brüskiert, wenn z.B. der 'Mahatma K.H.' in einem Brief alle als "Idioten" bezeichnete, die an *„einen liebenden Vater und Schöpfer im Himmel"* glauben. (17)

Zur Vorgeschichte ist zu bemerken, daß die beiden Gründer der Theosophischen Gesellschaft, H.P. Blavatsky und Henry S. Olcott, von ihrer geistigen Einstellung her zum Buddhismus tendierten. Olcott bejahte wohl eine höchste Gottheit, ohne dies aber näher zu erläutern. (18)
Die Vorstellung von Madame Blavatsky schwankte, wie dargelegt, zwi-

16) ebd. Bd. II, S. 37

17) Die Mahatma-Briefe, hrsg. v. Norbert Lauppert, Bd. 3, Graz 1982, S. 34

18) vgl. Henry S. Olcott, *"Old Diary Leaves"*, Vol. I, Adyar 1941², S. 399
ders., *"Der Buddhistische Katechismus"*, Leipzig 1906³, S. 51

schen immanenten und transzendenten Konzeptionen; während Alfred P. Sinnett, einer der wichtigsten Adressaten der Mahatma-Briefe, unter deren inhaltlichem Einfluß seine Position der 'Mahatma'-Lehre annäherte. (19) Nahezu einhellig kennzeichnen sich die Aussagen der Mahatma-Briefe durch kompromißlose Eindeutigkeit. Die Ablehnung eines transzendenten (persönlichen) Gottes ist unmißverständlich. Nur an einer Stelle wird die eigene Position leicht relativiert.

„Wir haben schon erklärt, daß unser Wissen auf dieses unser Sonnensystem begrenzt ist; wir können daher die Existenz eines höchsten allmächtigen intelligenten Wesens irgendwelcher Art jenseits der Grenzen dieses Sonnensystems weder bejahen noch verneinen." (20)

Die hier angedeutete Offenheit kontrastiert allerdings drastisch mit einer Fülle anderer Briefstellen, in denen die Existenz einer Gottheit, als überseiendes Eines, scharf abgelehnt wird. Stattdessen erfolgt die radikale Proklamation der Göttlichkeit des Selbst, denn *„es gibt keinen Gott außerhalb unserer selbst"*, und die *„Existenz eines unendlichen bewußten Gottes wird geleugnet."* (21)

Ganz im Gegensatz zum religionsumfassenden Anspruch der Theosophischen Gesellschaft bekennen sich die Mahatma-Briefe in ihrer nicht-theistischen Haltung eindeutig zum Buddhismus. *„Unsere Lehre kennt keine Kompromisse. Sie bejaht entweder oder verneint, denn sie lehrt nie etwas, außer dem, wovon sie weiß, daß es die Wahrheit ist. Darum leugnen wir Gott, sowohl als Philosophen als auch als Buddhisten."* (22)

Man muß sich die Dimension dieses Anspruches klar vor Augen halten, um die Auseinandersetzungen um die Mahatma-Briefe zu verstehen. Hier postulieren große Seelen (Maha-Atmans) die Nicht-Existenz Gottes mit der Legitimation der *bewußten Erfahrung* dieses Postulates. Ein härterer Angriff auf die theistischen Religionen ist kaum vorstellbar; und entsprechend heftig fielen die Gegenreaktionen aus.

19) vgl. Alfred P. Sinnett, *"Die Esoterische Lehre"*, Leipzig 1899², S. 248 ff.

20) Briefe tibetischer Weiser, hrsg. v. Norbert Lauppert, Graz 1974², S. 89

21) ebd. S. 91

22) Die Mahatma-Briefe, a.a.O., Bd.II, S. 204

Die Mahatma-Briefe beschränken sich aber nicht nur auf die Negation eines bestimmten Gottesbildes, sondern füllen die eigene Lehre in Annäherung an westliche Pantheismus-Theorien (Spinoza) aus. Es gibt keine andere Substanz als die Gottes, und diese Substanz ist identisch mit der ewigen, grenzenlosen Materie. (23)

Philosophische Begründungen der atheistischen Position fallen dann allerdings ungenügend aus. So muß das alte Problem der Theodizee herhalten, um die Existenz eines schöpferischen (guten) Gottes ad absurdum zu führen. *„Ihn (gemeint ist Gott, d. Verf.) mit Intelligenz zu begaben im Angesicht von blindem, brutalem Bösen bedeutet, aus ihm einen Teufel zu machen, einen höchst niederträchtigen Gott."* (24) Da schon die — so sagt man — unter Mahatma-Inspiration entstandene "Geheimlehre" das Böse als die Abwesenheit des Guten und damit als, wahrhaft betrachtet, nicht-existent erwies, läßt sich das Göttliche Sein nicht für den Mißbrauch geistiger Freiheit durch das Geschöpf verantwortlich machen.
Noch bedenklicher wird die Argumentation, wenn in Anknüpfung an die philosophischen Gottesbeweise die These aufgestellt wird: *„Ein Schöpfer kann sich nicht selber erschaffen."* (25) Hier werden zwei völlig ungleiche Ebenen vertauscht, indem die Welt der Kausalität auf das unverursachte erste Prinzip, die Gottheit, übertragen wird.

Die Lehre der Mahatma-Briefe (die Originale sind für Interessenten im Britischen Museum in London zu betrachten) ist eindeutig. Es ist kein Gott — lautet die Antwort auf die Anfangsfrage dieses Kapitels; wobei weniger die Begründung als die Behauptung der geistigen Schau zur Erläuterung des Gelehrten zu betonen ist.

Wie endgültig die Botschaft der Mahatma-Briefe zu bewerten ist, wird erneut im Zusammenhang mit späteren theosophischen Autoren zu fragen sein.

23) vgl. ebd. S. 205 ff.

24) ebd., S. 219

25) ebd., S. 220

Franz Hartmann — Einheit und Vielheit

Einer der engen Mitarbeiter Madame Blavatskys in Indien und während ihrer letzten Reise nach Europa war der deutsche Arzt und Mystiker Franz Hartmann. Als philosophisch geschulter Denker formte er die Lehren der frühen Theosophie in ein systematisches Gesamtkonzept.

In seiner Gotteslehre lassen sich gelegentlich Tendenzen zum Pantheismus Blavatskyscher Prägung finden, doch kehrt Hartmann fast immer wieder zurück zum unoffenbaren Absoluten, als der Quelle für alles 'relative Göttliche'.

So interpretiert er auch die indische Parabrahman-Vorstellung eher im Sinne der abendländischen Metaphysik, wenn er als Punkt I seiner Yoga-Lehre formuliert: *„Die Gottheit (Parabrahm). Das beziehungslose, nicht offenbare, unbeschränkte, eigenschaftslose Nichtoffenbare, das Absolute, die ewige Einheit und unbewegliche Ruhe, das Nichts, in dem alles enthalten ist, der bodenlose Abgrund allen Seins; das Nichtsein, in welchem das Dasein einen Ursprung hat, die Ewigkeit." (26)* Die Patenschaft Meister Eckharts läßt sich an dieser Passage, wie auch an vielen anderen Werkstellen, nicht leugnen. Hartmann schöpfte vielfach aus der deutschen Mystik, um asiatische Überlieferungen in ein abendländisches Gewand zu kleiden.

Zur Verdeutlichung des Problems von Einheit und Vielheit greift Hartmann auf die Quellen-Metapher zurück: *„Es ist nur ein Gott, der die Quelle von allem ist. Aus der ewigen Einheit gehen alle Dinge als aus ihrem Ursprung hervor."* (27)

Die Einheit verliert sich aber nicht in die Vielfalt, die Transzendenz geht nicht in einer Immanenz auf, die Quelle erschöpft sich nicht im Verströmen (vgl. Plotin, Enn. III, 8, 10). *„Gott bleibt immer derselbe, wie zahlreich*

26) Franz Hartmann, *"Drei Abhandlungen über Yoga"*, Buenos Aires o. J. I, 22
vgl. im Gegensatz zu Hartmann die Aussagen des in gleicher Tradition stehenden Johannes Fährmann, für den "die EINE Wesenheit 'Parabrahm' genannt und schlechthin als 'Raum' bezeichnet wird". J. Fährmann, *"Großer Theosophischer Katechismus"*, Buenos Aires o. J. II, 11

27) F. Hartmann, *"Die weiße und schwarze Magie"*, Calw o. J., S. 59

auch die Offenbarungen sein mögen, die aus ihm hervorgehen, so, wie die Zahlen aus der Eins. Die Eins wird nicht weniger, indem sie sich offenbart." (28) Diese Konzeption der Andersheit Gottes darf nicht außer acht gelassen werden, wenn man die 'pantheistischen' Sätze Hartmanns analysiert. So heißt es bei ihm auch: *„Da alles aus Gott hervorgegangen ist, so ist auch alles wesentlich Gott, und außer ihm ist nichts."* (29) Oder an anderer Stelle: „Alles ist *Gott, und auch wir sind Gott in unserem Wesen."* (30) Hartmann hätte seine Auffassung weniger mißverständlich zum Ausdruck gebracht, wenn er das Wort Gott in zwei Ausführungen geschrieben hätte. So benennt er sowohl GOTT — die unerschaffene, unerschöpfliche Quelle, wie auch 'Gott' — den aus der Quelle geflossenen Strom, mit dem gleichen Ausdruck. Vereinzelt wird die pantheisierende Sprache erhellt durch eine (Eckhartische) Unterscheidung zwischen Gottheit und Gott, so im nachstehenden Zitat, dessen Licht-Metaphorik zugleich Zeugnis für die nichtpantheistische Grundhaltung Hartmanns ablegt.

„So wie wir die Sonne nicht anders erkennen können, als durch das Licht, welches sie aussendet, so können wir auch Gott nur durch das Licht der Gottheit, den Geist Gottes, erkennen. Geist ist Bewußtsein; wenn der Gottesgeist in unserem Inneren zu unserem Bewußtsein kommt, dann erkennen wir Gott." (31) Auch hier wird die Erinnerung an das Spiegelgleichnis von Meister Eckhart (32) geweckt, in dem die Einheit aber auch die Unterschiedenheit zwischen Ur-Licht und Widerschein, zwischen Ur-Bild und Ab-Bild so treffend verdeutlicht wird. Der Spiegel bleibt letztlich immer ein Spiegel! (33)

28) ders., *"Magie"*, a. a. O. S. 59

29) ders., *"Mysterien, Symbole und magisch wirkende Kräfte"*, Calw o. J., S. 68

30) ebd., S. 114

31) ders., *"Magie"*, a. a. O., S. 189

32) *„Ich nehme ein Becken mit Wasser und lege einen Spiegel hinein und setze es unter den Sonnenball; dann wirft die Sonne ihren lichten Glanz aus der Scheibe und aus dem Grunde der Sonne aus und vergeht darum doch nicht. Das Rückstrahlen des Spiegels in der Sonne ist in der Sonne (selbst) Sonne, und doch ist er (der Spiegel) das, was* er *ist. So auch ist es mit Gott. Gott ist in der Seele mit seiner Natur, mit seinem Sein und mit seiner Gottheit, und doch ist er nicht die Seele. Das Rückstrahlen der Seele, das ist in Gott Gott, und doch ist sie*

Rudolf Steiner — Gottheit und Götter

In die Linie der doppeldeutigen Gotteslehren reiht sich auch Rudolf Steiner ein. Auch bei ihm besteht die Problematik der klaren Grenzziehung zwischen göttlicher Einwohnung in allem Geschaffenen und der Erhabenheit der unerschaffenen Gottheit — das zeitlose Anliegen aller Mystiker. Wer sich im geistigen Aufstreben zum göttlichen Licht emporschwingen will, muß dieses in irgendeiner Weise gegenwärtig sein lassen. Dabei kann in der sprachlichen Ausgestaltung (bei eventuell kontroverser innerer Überzeugung) leicht die Grenze zwischen dem Absoluten und dem Relativen verschwimmen.

Steiner bekennt sich in vielen seiner Schriften und Vorträge zu einer Substanzmetaphysik, die er im Vergleich von Tropfen und Meer veranschaulicht. *„Wie der Tropfen sich zu dem Meere verhält, so verhält sich das "Ich" zum Göttlichen."* (34) Die Gleichheit der Substanz will Steiner aber nicht im

(die Seele) das, was *ist."* Meister Eckhart, *"Deutsche Predigten und Traktate"*, München 1963 5

33) Im Gegensatz zu Hartmann verwischt die Grenze zwischen Ur-Sein und geschöpflichem Sein bei Adolf M. Oppel, einem theosophisch beeinflußten Zeitgenossen Hartmanns.
„Dies allein zeigt schon, daß der Mensch, und zwar nur er, Gott und ein Gott sein kann, und daß Gott, wenn auch in einem anderen Sinn als die Kirchen es lehren, ein persönlicher Gott ist." (A. M. O., *"Das Adeptenbuch"*, Nachdr. d. Ausgabe Lorch 1906, Schwarzenburg 1979, I, 311)
Noch merkwürdiger Oppels Behauptung zur Allwissenheit Gottes:
„So schafft sich Gott durch den Menschen seine Allwissenheit, seine Weisheit, seine Güte, kurzum alle seine Attribute." (ebd. II, 94)
Hier fehlt jede philosophische Durchdringung der Gottesproblematik.
Auch der mit Kreisen der Leipziger Theosophen in Kontakt gekommene Bo Yin Ra argumentiert mit unscharfen Grenzen zwischen dem "Ursein" und "Urseinselementen" in seiner Gotteslehre. (vgl. *"Das Mysterium von Golgatha"*, Bern 1973[4], S. 43 f. und *"Das Buch vom lebendigen Gott"*, Bern 1981[6], S. 117 ff.)

34) Rudolf Steiner, *"Die Geheimwissenschaft im Umriß"*, Dornach 1976[2], S. 52

Sinne einer Vergottung des Menschen verstanden wissen. *„Damit machen wir den Menschen nicht zu einem Gott. Ebensowenig wie wir den Tropfen, den wir aus dem Meere herausnehmen, zum Meere machen, wenn wir sagen: er ist gleicher Substanz mit dem ganzen Meere; ebensowenig machen wir das Ich zu einem Gotte, wenn wir sagen, es ist gleicher Substanz und Wesenheit mit dem die Welt durchpulsenden und durchwebenden Göttlichen."* (35)
Wie problematisch diese Art der Substanzmetaphysik werden kann, wird sich anhand der Idee von der Allmacht und Allwissenheit Gottes noch deutlicher erweisen. Bei allgemeiner Betrachtung läßt sich nicht verstehen, in welcher Weise 'individualisiertes Göttliches' (der Tropfen aus dem Meer) wesentlich anders sein soll als das Absolute; wobei außerdem zu fragen wäre, ob das Göttliche (Meer) teilbar (in Tropfen) ist.
Steiner muß sich der Fragwürdigkeit der Tropfenmetapher bewußt gewesen sein, denn in einem nur wenige Wochen später gehaltenen Vortrag (als der Vortrag des Zit. 35), wechselt er das Bild von der Seele als Tropfen im Meer, zur Vorstellung von der Seele als Werkzeug.
„Nicht den Gott selber suche man in der eigenen Seele. Der Gott wird mittels des Werkzeuges gesucht, und das Werkzeug wird man nirgends draußen finden." (36)

Wie schon F. Hartmann, so zieht auch Steiner die Unterscheidung Meister Eckharts zwischen Gottheit und Gott heran, um zwischen Relativem und Absolutem zu differenzieren. *„Das Wahre ist mit dem Göttlichen identisch; das Göttliche lebt in meinen Adern. Es lebt in allen Dingen und es lebt auch in mir. — Und wenn wir diesen Gedanken in uns denken, so ist er göttlich, aber er ist nicht Gott selbst und kann die Gottheit nicht umspannen."* (37)

Nur kurze Zeit nach dieser klaren Grenzziehung, die zu den eindeutigsten Aussagen Steiners in dieser Frage zählt, geht er jedoch über Eckhart hinaus,

35) ders., *"Metamorphosen des Seelenlebens"*, Dornach 1978[2], S. 11

36) ders., *"Pfade der Seelenerlebnisse"*, Dornach 1976, S. 240

37) ders., *"Spirituelle Seelenlehre und Weltbetrachtung"*, Dornach 1972, S. 48
(vgl. das klassische Sonnengleichnis bei R. Steiner, ebd. S. 44)

indem er den göttlichen Funken als wesensgleich mit der Gottheit bezeichnet; denn das, *„was er als göttlichen Funken in sich trägt, ist von gleicher Art und Wesenheit wie die Gottheit."* (38) Hier fällt die Schranke zur Gottheit, die, etwa bei Hartmann oder der frühen Blavatsky, als unüberwindlich von ihrer Anlage her galt. Zum unerschaffenen, ewigen Quell der Gottheit, der absoluten Transzendenz, führte kein Weg.
Eigenartigerweise spricht Steiner im Zusammenhang mit der Gottheits-Vorstellung den Hindus, die er sonst nur "Rassengötter" verehren sah (39), die richtige Verehrung des Brahman (der Gottheit) zu. *„Wir beten nicht diesen oder jenen Gott an, wir beten hinter Brahma Brahman an, das der Hindu verehrt, der noch eine Empfindung von den Dingen hat, denen gegenüber er Schweigen kennt."* (40) Da er an gleicher Stelle den Gottesbegriff in einer dynamischen Entwicklung begriffen sieht (41), muß möglicherweise auch der Begriff "Gottheit" bei Steiner nicht mit der philosophischen Strenge bewertet werden, wie es seine geistesgeschichtliche Entstehung verlangte.
Die Theologie der Genesis hat Steiner einer kritischen Analyse unterworfen, wobei seine Schlußfolgerungen im wesentlichen denen von H.P. Blavatsky gleichen. Das hebräische "elohim" wird auch von ihm — im Gegensatz zu Martin Buber — als Plural (die Elohim) übersetzt und streng vom 'Gott Jehova' unterschieden.
„Die göttlichen Wesenheiten, die als die Elohim bezeichnet werden, die wir streng unterschieden haben von dem Gotte Jahve oder Jehovah, diese göttlichen Wesenheiten sind die Schöpfer von dem physischen, ätherischen und astralischen Leib." (42) Ursprünglich gehörte auch Jehovah zu den sieben "Hauptlichtgeistern" (Elohim), spaltete sich dann aber ab und *„ging einen anderen*

38) ebd. s. 367 f.

39) vgl. *"Wendepunkte des Geisteslebens"*, Dornach 1974, S. 156
(zur Fehldeutung der indischen Advaita-Philosophie vgl. *"Okkulte Untersuchungen über das Leben zwischen Tod und neuer Geburt"*, Dornach 1980³, S. 296

40) ders., *"Spir. Seelenlehre"*, a. a. O., S. 56

41) ebd.: *„Deshalb müssen wir den Gottesbegriff in eine unendliche Perspektive rücken, ihn als ein lebendiges Leben in uns tragen."*

42) ders., *"Wo und wie findet man den Geist?"*, Dornach 1961, S. 123 f.

Weg zum Heile des Menschen, er wählte nicht die Sonne, sondern den Mond zu seinem Aufenthalte. Und dieser eine der Lichtgeister, ... , ist kein anderer als derjenige, den das Alte Testament "Jahve" oder "Jehova" nennt." (43)
Jahve/Jehovah wird zur Mondgottheit (44) und erhält damit eine kosmische Dimension. Diese reduziert Steiner dann allerdings wieder (wie auch H.P. Blavatsky) zum Stammesgott (bzw. Volksgottheit), von denen es gleich mehrere gegeben haben soll. *„Indem wir von Jahve sprechen, haben wir es nicht mit einer einzigen Gottheit zu tun, sondern mit vielen Volksgottheiten."* (45) Jahve verbleibt aber nicht in der 'Stellung als Volksgottheit', sondern er wird — zu Christus! Denn *„das ist dieselbe Wesenheit: Jahve und Christus, nur in anderer Form."* (46)
In Christus tritt also Jahve/Jehovah in die Inkarnation. Der 'Gott' tritt ins Fleisch und verhilft den Menschen, die *„mit äußeren Augen vorher niemals einen Gott gesehen hatten"* (47), nun *„mit den Erdensinnen einen Gott zu sehen."* (48)
Entscheidende Bedeutung muß hier dem unbestimmten Artikel "einen" beigemessen werden. Hier inkarniert sich nicht *der* Gott eines Platon oder Plotin, auch nicht *der* Gott eines Origenes, Meister Eckhart oder Cusanus, sondern *ein* Wesen (Lichtgeist), das nur als 'Gott' apostrophiert wird. Rudolf Steiner gebraucht den Begriff "Gott" in äußerster Eigenwilligkeit, und es bedarf sorgfältiger Prüfung des jeweiligen Werkzusammenhanges, um die verbale Vielfalt zu entwirren.
Steiner kennzeichnet in der — wenig zutreffend überschriebenen — Buchausgabe *"Das Geheimnis der Trinität"* den Vater als "ungezeugt Zeugenden", (49) damit scheinbar an die klassische abendländische Theologie an-

43) ders., *"Das Johannes-Evangelium"*, Dornach 1975[9], S.53

44) *"Esoterische Betrachtungen karmischer Zusammenhänge"*, Dornach 1975[2], Bd. V, S. 69 (vgl. auch Bd. 2, S. 246 ff.)

45) ders., *"Ursprungsimpulse der Geisteswissenschaft"*, Dornach 1974, S. 283

46) ders., *"Der Orient im Lichte des Okzidents"*, Dornach 1977, S. 191

47) ders., *"Das Joh.-Ev."*, a. a. O., S. 80 f.

48) ebd.

49) vgl., *"Das Geheimnis der Trinität"*, Dornach 1980 , S. 70

knüpfend. Doch der *"Vatergott ist der Gott des Raumes"* (50), dem sich zuzuwenden ein "Verfallen an den Raum" bedeutete, was Steiner in der zitierten Passage als wenig erstrebenswert kennzeichnet.

In der Weiterführung dieser Trennung von Vater-Gott und Christus-Gott kommt Steiner dann zu der eigentümlichen These: *„Gott-Vater nicht zu finden, ist eine Krankheit; den Christus nicht zu finden, ist ein Unglück."* (51) Konsequent weitergedacht verwirft diese Position sämtliche nicht-christlichen Religionen (auch die Theistischen) als spirituell verfehlt, wofür eine Episode aus Steiners Leben beredtes Zeugnis ablegt. (52)
Zu welch grotesken Aburteilungen die Verfolgung der Steinerschen 'Theo'-logie führen kann, belegt eine Aussage des Anthroposophen Georg Kühlewind: *„Wer den Sohn nicht gewahr wird, kommt nicht zum Vater — er kommt zu Allah."* (53) Abgesehen davon, daß zu Steiners "Vater" zu kommen, wenig beglückwünschenswert ist, qualifiziert Kühlewind die Millionen Gläubigen einer großen Weltreligion in einem Satz ab. Was für ein Gott wäre dieser 'Gott'?
Vor dem Hintergrund der Tropfen-Meer-Metaphorik wurde bereits auf die Problematik der göttlichen Allmacht hingewiesen. Für Steiner stellte sich diese Frage nicht. *„Wir treiben keine Katechismus-Wahrheiten; da steht natürlich drinnen: Gott ist allmächtig, allweise und allgütig und so weiter. Das alles sind Dinge, die mit den Wirklichkeiten nichts zu tun haben."* (54)
In einem für die Gottesfrage äußerst wichtigen Vortrag hat Steiner diese

50) ders., *"Karm. Betr. II."* a. a. o., S. 249

51) ders., *"Die Sendung Michaels"*, Dornach 1977[2], S. 83

52) Gottfried Husemann schildert in seinem Aufsatz *"Die Begründung der Christengemeinschaft"* die Aussprache Rudolf Steiners mit einem Jugendlichen. *„So erklärte zum Beispiel ein sich als Vollmensch fühlender Jugendlicher, er habe doch das Bedürfnis, mehr den Vater zu verehren als den Christus. "Ja", sagte Dr. Steiner in großer Ruhe und Freundlichkeit, "wenn Sie das Bedürfnis haben — christlich ist es nicht."* In: *"Erinnerungen an Rudolf Steiner"*, hrsg. von Erika Beltle und Kurt Vierl, Stuttgart 1979, S. 304

53) Georg Kühlewind, *"Das Gewahrwerden des Logos"*, Stuttgart 1979, S. 157

54) R. Steiner, *"Die Sendung Michaels"*, a. a. O., S. 90

Aussage zu begründen versucht. *„Wenn Gott allmächtig wäre, dann würde er alles das tun, was geschieht, es wäre also die menschliche Freiheit dann unmöglich. Die Allmacht Gottes würde die menschliche Freiheit ausschließen! Die Allmacht der Gottheit ist zweifellos nicht vorhanden, wenn der Mensch frei sein kann."* (55) Steiner unterliegt hier einem philosophischen Grundfehler, indem er nicht zwischen potentieller und aktueller Allmacht zu unterscheiden vermag. Er verkennt geradezu das Einzigartige des Schöpfungsmysteriums, daß nämlich der allmächtige Gott dem Geschöpf die Freiheit gegeben hat, auch gegen das göttliche Gesetz zu handeln.
Die menschliche Freiheit *kann gar nicht* mit der göttlichen Allmacht konkurrieren, weil sie sie nicht zu berühren vermag; und die göttliche Allmacht konkurriert nicht mit der menschlichen Freiheit, weil sie sie nicht einschränken *will.*
Neben der Allmacht spricht Steiner Gott auch die Allweisheit ab, läßt Ihm nur noch die Liebe, während Er Macht und Weisheit mit Luzifer und Ahriman teilen muß. *„Gott ist reine, lautere Liebe, nicht höchste Weisheit, nicht höchste Macht. Gott hat behalten die Liebe, geteilt aber hat er die Macht und die Weisheit mit Luzifer und Ahriman."* (56)

Steiners 'Gottes'lehre ist keine Lehre von GOTT ! Neben philosophischen Unhaltbarkeiten mögen okkulte Wahrnehmungen stehen, die sich auf bestimmte kosmische Entwicklungen beziehen, aber nicht die absolute Gottheit zum Inhalt haben. Besonders erschwerend für das Verständnis Steinerscher Gedanken wird dabei die undifferenzierte Verwendung des Wortes Gott, das *nicht identisch* mit dem in zweieinhalb Jahrtausenden geistesgeschichtlich gewachsenem Begriff ist.
Steiner wollte sicher kein Verkünder pan- oder polytheistischer Ideen sein, doch versäumte er es, durch klare Aussagen Licht in eine der wichtigsten Fragen des Daseins zu bringen.

55) ders., *"Die Liebe und ihre Bedeutung in der Welt"*, Vortrag, gehalten in Zürich am 17. Dezember 1912, Einzelausgabe, Dornach 1976[4], S. 11

56) ebd., S. 12

Max Heindel — Das Absolute

In seiner *"Weltanschauung der Rosenkreuzer"* sieht Max Heindel das Grundproblem der Gottesfrage ganz in der Linie der voranstehenden Kapitel. *„Wenn der Name 'Gott' gebraucht wird, so ist es immer ungewiß, ob das Absolute, das Eine Sein, oder das Höchste Wesen, welches der Große Urheber des Weltalls ist, oder Gott, der Urheber unseres Sonnensystems, gemeint ist."* (57)

In seinen an diese Feststellung anschließenden Ausführungen löst Heindel dieses Problem überzeugend, indem er streng zwischen dem ABSOLUTEN und Gott (dem Herrn dieses Sonnensystems) unterscheidet. In anderen Werken verwischt diese Grenzlinie wieder etwas. Es taucht GOTT (in Großbuchstaben) auf, dann als absolute Quelle des Seins verstanden; und trinitarische Konstruktionen werden herangezogen, bei denen nicht unmittelbar die Zuordnung deutlich wird.

Grundsätzlich bekennt sich Heindel klar zur Transzendenz Gottes (des Absoluten). Den Sonnenball sieht er als Gleichnis für den unoffenbaren Gott, aus dem alles hervorströmt, wie die Strahlen aus der Sonne. Das Absolute aber *„liegt jenseits des Verständnisses. Kein Ausdruck, kein Gleichnis, zu dessen Verständnis wir fähig wären, kann auch nur annähernd davon eine Idee geben. Manifestation schließt Begrenzung ein. Darum können wir das Absolute als grenzenloses Wesen, als die Wurzel des Seins charakterisieren."* (58)

Heindel versteht das Absolute im Sinne einer unpersönlichen Gottheit, aus der allerdings zum Beginn eines Schöpfungszyklus ein eher personal zu sehender GOTT hervorgeht. *„Aus der Wurzel des Seins — dem Absoluten — geht im Anfang der Manifestation das Höchste Wesen hervor. Das ist DER EINE."* (59) Dieses "Höchste Wesen" kennzeichnet Heindel als dreifaltig (Kraft — Wort — Bewegung) und betrachtet es als die Quelle für "sieben Logoi", aus denen wiederum kosmische Hierarchien emanieren. Auf der

57) Max Heindel, *"Die Weltanschauung der Rosenkreuzer"*, Zürich o. J., S. 177 f.

58) ebd., S. 181

59) ebd.

niedersten (siebten) kosmischen Stufe vollzieht sich dann die Manifestation der Sonnensysteme. Diese siebente Ebene unterteilt Heindel noch in sieben Welten, in deren höchster der "Gott unseres Sonnensystems" west.

Auch diesen 'solaren Gott' sieht Heindel trinitarisch, mit den Aspekten Wille, Weisheit und Tätigkeit. Er knüpft daran eine Auslegung des traditionellen Trinitätsdogmas und deutet es von seiner Initiations-Lehre her. *„Der VATER ist der höchste Initiierte der Saturnperiode.*
Der SOHN ist der höchste Initiierte der Sonnenperiode. Der durch Einweihung den zweiten Aspekt GOTTES erreichte.
Jehovah, der HEILIGE GEIST, ist der höchste Eingeweihte der Mondperiode." (60) Offensichtlich ordnet sich diese Trinitätslehre der solaren Dreifaltigkeit (nicht der kosmischen) zu; wobei auch diese eher symbolischen Charakter annimmt, wenn Heindel letztlich bekennt: *„Gott ist eins und ungeteilt."* (61)

Heindel verneint jede pantheistisch ausgeprägte Substanzmetaphysik. Das ABSOLUTE ist streng getrennt von allem Geschaffenen, seien es kosmische Logoi oder solare 'Götter'.
Vor diesem Hintergrund zeichnet er seine Kosmologie, die, wie jedes System, eine gewisse Starrheit nicht vermeiden kann, und der ein Hauch von 'Weltformel um jeden Preis' anhaftet, die allerdings nie die absolute Gottheit im geschaffenen Sein aufgehen läßt.

60) ders., *"Das Rosenkreuzerische Christentum"*, Darmstadt o. J., S. 312 f.

61) ders., *"Okkulte Prinzipien der Gesundheit und Heilung"*, Darmstadt 1978, S. 159

Annie Besant — Die Unendlichkeit Gottes

Als geistige Nachfolgerin H.P. Blavatskys (nach dem Tode Olcotts auch die Präsidentin der Theosophischen Gesellschaft Adyar) steht Annie Besant weitgehend in der Tradition ihrer Lehrerin, allerdings akzentuierter als diese die Immanenz *und* Transzendenz Gottes betonend.
„Das göttliche Leben ist der Geist in allem Bestehenden, vom Atom angefangen bis zum Erzengel; das Staubkörnchen könnte nicht vorhanden sein; wäre Gott nicht in ihm, und der erhabenste Seraph ist nichts wie nur ein Funken des göttlichen Feuers, welches Gott ist. Und so bilden wir eine Bruderschaft, die wir an dem einen Leben in Gott teilnehmen. Das Durchdrungensein von Gott und das Wohnen in Gott, sowie die Solidarität der Menschen, das sind die Grundwahrheiten der Theosophie." (62)
Alles Seiende lebt in der Vollkommenheit der 'ewigen Fülle'. Die 'eine Quelle' fließt über (wobei auch Annie Besant die Frage nicht beantworten kann, *wohin* sich die göttliche Manifestation vollzog), ohne sich zu erschöpfen. Alles Geschaffene ist Abbild des göttlichen Urbildes; denn *„sein ganzes Universum ist sein Spiegel, und jeder Bruchteil des Weltalls strahlt seinesteils Gottes eigene Vollkommenheit zu ihm zurück."* (63)

Annie Besant wäre nicht Schülerin H.P. Blavatskys, wenn nicht auch bei ihr vereinzelt klassisch-pantheistische Formulierungen zu finden wären. So kennzeichnet sie die Monaden als Selbst und das Göttliche Sein als Ur-Selbst, um schlußzufolgern, daß *"diese Selbste das Ur-Selbst sind"*. (64) Im gleichen Werk verneint sie, in Fortführung dieser Ideen, die Existenz eines *"außerkosmischen Gottes"*. (65)

62) Annie Besant, *"Das Rätsel des Lebens"*, Düsseldorf 1928, S. 5

63) dies., *"Die Entwicklung des Lebens und der Form"*, Berlin 1902, S. 50

64) dies., *"Eine Studie über das Bewußtsein"*, Leipzig 1906, S. 245

65) ebd., S. 251

Doch sollte dies nicht der philosophische Endpunkt in der Lehre Annie Besants sein. Wie ihr Leben (66), so entwickelte und wandelte sich auch ihre Lehre. Im Jahre 1927 hält sie in der überfüllten Queens Hall in London vier vielbeachtete Vorträge, in denen mehrfach auch die Gottesfrage thematisiert wurde. In diesen unternahm Annie Besant den Versuch, ihre Gedanken über eine Synthese von Immanenz- und Transzendenz-Vorstellungen zu erläutern.

„Die Einheit allen Lebens ist die Grundlage, auf der es (i.e. das Gesetz der Bruderschaft, d. Verf.) beruht. Denn es gibt nur einen *Gott und* ein *Leben, das sich in allen Welten offenbart, die ER geschaffen hat. Und diese Einheit des Lebens bedeutet die Bruderschaft all der gesonderten Leben, die in dieser Einheit bestehen."* (67) Um die Tragweite dieser Äußerung zu verstehen, darf nicht vergessen werden, daß hier die Präsidentin jener Theosophischen Gesellschaft sich zur Idee Gottes bekannte, an deren Beginn die nichttheistischen 'Mahatma-Briefe' standen. Es kann daher nicht verwundern, wenn es in der Entwicklungsgeschichte der Theos. Gesellschaft starke Strömungen gab und gibt, die gegen die 'Neu-Theosophie' (Besant/Leadbeater) eine Bewegung "zurück zu den Quellen" initiierte, in der Annahme, die neueren Lehren seien eine Verfälschung der ursprünglichen Botschaft der Mahatmas. (68)

Im zweiten ihrer Queens Hall-Vorträge ergänzte Annie Besant ihre Darlegungen des "einen Lebens", um den beiden Gottesvorstellungen (transzendent/immanent) besser gerecht werden zu können. *„Wenn es wahr ist, daß*

66) vgl. die gelegentlich sehr sarkastische, aber doch informative Biographie von Arthur H. Nethercot, *"The first five years of A. B."*, Chicago 1960 und *"The last four lives of A. B."* Chicago 1963

67) dies., *"Die neue Kultur"*, Düsseldorf 1929, S. 18

68) Es bedarf daher schon großer Harmonisierungsbestrebungen, um die beiden unterschiedlichen (konträren?) Positionen zu vereinen, wie dies beispielsweise Beatrice Flemming in ihrem *"Theosophischen Weltbild"* (München 1976, Bd. 3, S. 204) versucht. Die Gegenposition vertritt Norbert Lauppert in der Zeitschrift "Adyar" (32. Jg. 4/1977, S. 108 ff.)

es nur ein *Leben gibt und daß dieses eine Leben die allesumschließende Macht ist, außerhalb der nichts bestehen kann, dann ist es doch auch ganz klar, daß dieses Leben, das in einem mit Vernunft und Gefühl begabten, durch seine Handlungen auf seine Umwelt wirkenden Wesen wohnt, — daß dieser Gott in uns notwendigerweise für immer danach strebt, wieder eins zu werden mit dem Gott um ihn. So können wir, wo immer wir auf die menschliche Rasse stoßen, — ... —, dieses Suchen nach Gott finden, diese drängende Sehnsucht des Gottes im Menschen nach der Befriedigung durch die Einswerdung mit dem Gotte um ihn, mit dem Gotte in seinen Mitgeschöpfen wie mit dem transzendenten Leben, das alles umschließt."* (69)

Annie Besant, die sich jahrzehntelang dem Studium der indischen Philosophie zuwandte und auch im heutigen Indien noch hoch angesehen ist, deutet auch die Bhagavad Gita eher theistisch. *„Der da als "noch ein anderes nichtwahrnehmbares Wesen" bezeichnet wird, der "erhabene Geist", Purushottama ist der Allherrscher, und Er ist eingekleidet in der aus Materie und Geist, Prakriti und Purusha bestehenden dualen Natur. Materie und Geist machen zusammen die Natur aus, der Herr der Natur aber ist größer als diese. Materie und Geist bilden vereint das Lebensrad, der Herr jedoch, der Unveränderliche, thront darauf."* (70) Das Universum ist nur der Schleier, hinter dem *„der Ewige steht, der keinen Wechsel kennt."* (71)

Bei aller Betonung der Einheit allen Lebens und der Göttlichkeit des Menschen, verbleibt Annie Besant in der tiefen Demut dessen, der wahrhaft weiß. Sie bejahte die glorreiche Zukunft des Menschen, ordnete ihm aber die gebührende Stellung im All zu. *„Und ich, die ich von mir weiß, wie un-*

69) Annie Besant, *"Die neue Kultur"*, a. a. O., S. 27 f.
Sehr schön formuliert auch B. Flemming: *„Auf Grund der* All-Einheit *kann er innerlich den* "Einen" *erfühlen und meditativ die Seligkeit des Einsseins mit* Ihm *erleben. Jedoch* Ihn Selbst in seiner allumfassenden kosmischen Majestät erkennen *kann der Mensch nicht."* (a. a. O. Bd. 2, S. 72). Für die nicht-theistische theosophische Position vgl.: William J. Ross, *"Der Gottesbegriff"*, in: *"Funken aus kosmischer Flamme"*, Graz 1978, S. 42 ff.

70) A. Besant, *"Winke zum Studium der Bhagavad Gita"*, Leipzig 1907, S. 81

71) ebd., S. 82

wissend ich bin, die ich weiß, daß manche Äone dahingehen muß, ehe ich fähig sein werde, daran denken zu können, mich mit diesen tieferen Problemen und Rätseln zu beschäftigen, ich schätze manchmal die Unwissenheit des Fragenden nach den Fragen, die er fragt, hinsichtlich des Letzten Seins, und wenn er wissen will, was er den ersten Ursprung nennt, während ich weiß, daß er nicht einmal den tausendsten Teil des unmittelbaren Ursprungs dessen erfaßt hat, woraus er selbst entsprang. Darum sage ich frei heraus, daß Jene Gewaltigen, welche wir verehren, die Götter unseres Systems sind; jenseits derselben, über sie hinaus erstrecken sich noch Gewaltigere, welche wir vielleicht nach Myriaden von Kalpas (i.e. Zeitalter, d. Verf.) anfangen können zu verstehen und zu verehren." (72)

Mit den "Göttern unseres Systems" bezeichnet Annie Besant die Wesen der solaren Hierarchie, die die Entwicklung in unserem Bereich des grenzenlosen Universums leiten. Unter diese ordnet sie auch, wie andere Autoren vor ihr, Jehovah ein, der als Volksgottheit der Juden zu sehen ist. (73)
Menschliches Sein ist von seiner Anlage her rückbezogen auf den absoluten Urgrund, die eine Quelle. Ewig speist ihn diese mit dem Wasser des Lebens, und er empfindet ihre unbegreifliche Gegenwart. (74) Vom Hauch Gottes erfüllt, erkennt er Geheimnis auf Geheimnis, immer weiterschreitend auf heiligem Pfad. Und *„der einige Gott ist der Gegenstand aller Verehrung, das Ziel aller Weisheit, die Quelle aller Tätigkeit.* Ein *Gott und daher* eine *Menschheit.* Ein *Gott und daher Einheitlichkeit im Leibe Gottes.* Ein *Gott,* Ein

72) dies., *"Avataras"*, Hagen o. J., S. 16

73) dies., *"Esoteric Christianity"*, Wheaton 1966[7], S. 66

vgl. auch B. Flemming: *„Wir sprechen in Wahrheit von* zwei *ganz immens verschiedenen Wesenheiten! Der* eine *ist der allerschaffende und -erhaltende Beherrscher des mächtigen, gesamten Universums, mit seinen ungeheuren Nebelflecken und Millionen von Milchstrassensystemen — über Den unmöglich etwas zu erfahren ist. Die andere — unser Sonnenlogos — ist der Herrscher eines der kleinsten Fixsterne — über welchen eines Tages manches bekannt sein wird, ..."*. (a. a. O., Bd. 3, S. 194)

74) vgl. die feinsinnigen Gedanken von B. Flemming zur Frage der Gottesverehrung; a.a.O., Bd. 2, S. 213 f.

Leben, eine *Bruderschaft ...... Und so sehen wir aus dem einen Universum, eingekleidet in diesen Körper des Lichts, den Herrn eines anderen Universums hervortreten. Wir aber, die Partikel seines Körpers sind, werden mit Ihm gemeinsam in diesem neuen Universum wirken und vollkommenere Arbeit leisten, als uns dies hienieden möglich gewesen ist. Immer vollendeter, immer vollkommener von Zeitalter zu Zeitalter, von Universum zu Universum. Wo aber bleibt Trauer, wo Verwirrung, haben wir also die Einheit geschaut?"* (75)

Charles Webster Leadbeater — Der ewige Eine

Charles W. Leadbeater, langjähriger Weggefährte von Annie Besant, gehört zu den schillerndsten Gestalten der 'Esoterik'. Von keinem anderen "Botschafter des Lichtes" ging ein derartig weitreichender Einfluß aus wie von ihm. Ohne Zahl ist die Schar derer, die aus seinem gewaltigen Werk schöpften, doch nur wenige bekannten sich zu ihm, als ihrer Quelle.
Leadbeater war schon zu Lebzeiten umstritten, und auch nachdem er seine physische Hülle abgelegt hatte, waren (und sind) schrille Töne der Feindschaft (vor allem gegen seine Person) zu vernehmen. (76) Es kann hier nicht der Ort sein, über seine moralischen Anschauungen und seinen Lebenswandel zu rechten, vielmehr bleibt sein Werk zu beachten, sein Vermächtnis für kommende Generationen.

Leadbeater gehört zu jenen 'Sehenden', die sich klar und eindeutig zur Existenz eines *liebenden* (transzendenten) Gottes bekannten. Bei aller Betonung der Gegenwart des Göttlichen in der Welt, die vereinzelt Fragen über

75) A. Besant, *"B. Gita"*, a. a. O., S. 97

76) vgl. die um Objektivität bemühte, aber doch im Grundtenor feindliche Biographie Leadbeaters von Gregory Tillett, *"The Elder Brother"*, London 1982

das *Wesen* des Geschaffenen aufwerfen, weist C.W. Leadbeater immer wieder auf den Absoluten Geist hin, wenngleich wissend, daß keines Sehers' Auge je Seine Herrlichkeit geschaut.
„*Von dem Absoluten, dem Unendlichen, dem Allumfassenden vermögen wir nichts weiter zu wissen, als das "Es ist"; denn alle Bezeichnungen können es nur beschränken, da der Gedanke das Schrankenlose nicht zu fassen vermag. Unzählbare Universen sind in Ihm, unzählige Sonnensysteme in jedem Universum. Jedes Sonnensystem ist die Offenbarung eines mächtigen Seins, eines Wesens, das alles das repräsentiert, was die Menschen unter Gott verstehen.*"
(77) Das 'ferne Absolute' verhüllt sich jedoch nicht in unzugänglicher Transzendenz, sondern enthüllt sich als die LIEBE — und über diese Ur-Kraft, dieses unbegreifliche Geheimnis der Liebe, wird ein Weg zu Gott geöffnet. „*Sie versuchen eins zu werden mit Gott. Was ist dieser Gott? Gott ist die Liebe. Sie müssen also Liebe entwickeln, wenn Sie eins mit Ihm sein wollen, und je mehr Liebe Sie bekunden, desto mehr werden Sie zu einem Ausdruck der Gottheit werden.*" (78)
Diese Liebe kennzeichnet für Leadbeater auch das innerste Sein der verborgenen Allgegenwart Gottes, des Gottes, in dem wir leben, weben und sind.
„*Denken Sie daran, daß es nichts geben kann, was nicht in Seinem Bewußtsein ist; aber dieses mächtige Bewußtsein ist eine so mächtige Liebe, daß keiner, der sie versteht, je etwas andres fühlen kann als tiefe Ehrfurcht und Freude in der Gewißheit, daß der Schutz dieser allumfassenden Liebe ihn nie verlassen kann.*" (79)

Die schon verschiedentlich dargelegte Trennung zwischen der absoluten Gottheit und dem solaren 'Gott', bejaht auch C.W. Leadbeater. Er kennzeichnet letzteren häufig als den "solaren Logos", um die Seinsverschiedenheit zu verbalisieren. „*Man muß natürlich verstehen, daß wir jetzt nicht von dem Absoluten, dem Höchsten und Unendlichen reden wollen (wir können ja*

77) Charles W. Leadbeater, *"Ein Textbuch der Theosophie"*, Leipzig 1915, S. 9

78) ders., *"Gespräche über 'Zu Füßen des Meisters'"*, Düsseldorf 1926, S. 528

79) ders., ebd., S. 457

von IHM nichts wissen, als daß ER ist); wir reden vielmehr von der herrlichen Offenbarung Seiner Selbst, die die leitende Kraft, oder die GOTTHEIT unseres Sonnensystems ist." (80)

Gegenüber dem Solaren Logos läßt Leadbeater die Formulierung vom "persönlichen Gott" gelten (81), während er die Gottheit als das ganz Andere, jenseits der menschlichen Idee von Persönlichkeit sieht. Die Gottheit — ewig, allumfassend eines und unveränderlich — steht über allem. In nahezu sämtlichen Werken hebt Leadbeater hervor, über das Absolute könne letztlich nur gesagt werden: Es ist!

„Ich kenne die Absichten des Höchsten nicht. Ich weiß nichts über Ihn — als daß ER ist. *Von der Sonnen-Gottheit wissen wir etwas mehr als das; wir wissen sogar ganz Bestimmtes. Wir kennen Ihren Entwicklungsplan, kennen ihn und können ihn sehen; aber was hinter ihm liegt, davon wissen wir sehr wenig. Wir müssen annehmen, daß es eine Gottheit gibt, die all' die Millionen von Sonnensysteme regiert, und in Übereinstimmung mit dieser Voraussetzung ist unser Sonnensystem wahrscheinlich nur eines unter vielen. ... Wenn dem so ist, so gibt es auch einen Gott, der über allem steht, höher als alle und über den hinaus wir nichts kennen. Er ist — Er muß sein — das ist alles, was wir sagen können."* (82)

In Fortsetzung des kopernikanischen Erbes wandelt Leadbeater den geozentrischen Gott, stellt ihn wieder in die Grenzenlosigkeit des Universums. Die unermeßlichen, kaum nachvollziehbaren Ausmaße des sichtbaren Kosmos offenbaren für C.W. Leadbeater den Saum der unfaßbaren, unerkennbaren GOTTHEIT. Menschliches Bewußtsein, auf einem Staubkorn im All mühsam um Erkenntnis ringend, darf sich nicht vermessen, die ewige GOTTHEIT erfassen zu wollen.

80) ders., *"Der sichtbare u. d. unsichtbare Mensch"*, Freiburg 1964, S. 30 f.

81) ders., *"Grundlinien der Theosophie"*, Berlin 1903, S. 27
vgl. zu Leadbeaters Auffassung von Jehova als "atlantischer Elementar-Gottheit", "Gespräche", a.a.O., S.660 f.

82) ders., ebd., S. 35 f.

Trotz aller Kosmologie und Kosmosophie, begegnet Charles W. Leadbeater dieser Gottheit im philosophischen Gebet, — d.h. in meditativer Hinneigung nicht in egoistischer Ge-Bettelei —, als "liebendem Vater", sicher wissend, dafür von den Mahatma-Briefen als "Idiot" geziehen zu werden (vgl. Zitat 17). *„Ich fühlte in mir immer die Überzeugung, daß Er doch alles soviel besser als ich wissen müßte, und, als liebender Vater (der Er, wie ich absolut überzeugt bin, ist), schon alles dies geschehen ließ, das geschehen mußte und keine wünschenden Bitten meinerseits verlangte."* (83)

Es verdient als bemerkenswert hervorgehoben zu werden, wie ein weltbekannter theosophischer Mystiker und Seher, der er zu Lebzeiten zweifelsfrei war, im Grunde seines Wesens eine kindlich-reine Herzensfrömmigkeit zu bewahren wußte; und seine Kritiker, die sicher manche Schwächen zu Recht bemängelten, sollten einmal prüfen, welches spirituelle Erbe er hinterlassen hat, um es abzuwägen gegenüber seiner menschlichen Unvollkommenheit.
Wer immer dann seine Ablehnung gegenüber Charles Webster Leadbeater aufrechterhalten will, wird jenem Mann nicht Gottlosigkeit vorwerfen können, der in seinen *"Gesprächen über "Zu Füßen des Meisters"* schrieb: *„Das Auge hat nicht gesehen, noch das Ohr gehört, noch kann das Herz des Menschen erfassen alle Dinge, die Gott denen bereitet hat, die ihn lieben. Das ist heute genau so wahr, wie es vor zweitausend Jahren war."* (84)

83) ders., *"The Monad"*, Adyar 1980[4], S. 107

„It always seemed to me that He must know so far better than I, and that, being a loving Father (as I am absolutely certain that He is), He is already doing all for me that can be done, and needs no requests from me."

84) *ders., "Gespräche"*, a. a. O., S. 37

Geoffrey Hodson — Das Unbegrenzte

Einer der bedeutendsten Schüler C.W. Leadbeaters ist der Theosoph Geoffrey Hodson. Der Schwerpunkt seiner Forschungen lag allerdings weniger im Bereich der Kosmologie, sondern in der Untersuchung der Gesetzmäßigkeiten von Reinkarnation und Karma; und vor allem in der Beobachtung der Reiche der Engel und Naturgeister.

In der Gottesfrage bewegt sich Hodson weitgehend auf der Linie Leadbeaters. Er unterscheidet zwischen dem Absoluten, dem unendlichen, unbegrenzten GOTT und dem 'Gott' unseres Sonnensystems, dem solaren Logos. (85) Diesem ordnet er Immanenz und Transzendenz zu, indem er ihn sein System durchdringen und umfassen läßt. Auch für den absoluten Geist gilt diese Konzeption: *„Das Begrenzte ist im Absoluten enthalten, das es aus sich entfaltet und durchdringt."* (86) Begrenzung deutet Hodson daher als Offenbarung des absoluten Geistes, der in der Form Erscheinung wird. *„Gott kann deshalb am treffendsten definiert werden als die Unbegrenztheit und Absolutheit, die sich in der begrenzten Form offenbart."* (87)

Neben diesen transzendenzbetonten Werkpassagen lassen sich allerdings auch vereinzelt pantheisierende Formulierungen nachweisen. So findet sich in den Aufzeichnungen G. Hodsons über seine Vorlesungen an der "Schule der Weisheit", die er zwischen 1953 und 1955 in Adyar leitet, die Aussage: *„Vom geistigen Standpunkt aus betrachtet sind Gott und Mensch eines und identisch."* (88)

Diese krasse Form einer Identitätslehre korrigiert sich, kontrastiert man sie mit dem Hintergrund eines im gleichen Jahr (1955) vor der Theosophi-

85) vgl. Geoffrey Hodson, *"The Christ Life ..."*, Wheaton 1975, S. 14 ff.

86) ders., *"The Kingdom of the Gods"*, Adyar 1976[8], S. 4
(The finite is therefore contained within the Absolute, which in its turn enfolds and permeats the finite.)

87) ebd., S. 3
(God, then, may be best defined as Infinity and Absoluteness made manifest through finite forms.)

88) ders., *"Lecture Notes"*, Adyar 1962, S. 404
(The next step in thought is, that, spiritually, man and God are one and indentical.)

schen Gesellschaft in den USA gehaltenen Vortrages, in dem Hodson seine Gottesvorstellung präzisierte.

„Außerhalb, jenseits und in allem befindet sich jene Ewige und Unbegrenzte Quelle, aus der alles Zeitliche und Begrenzte hervorströmt, geboren wird. Dieses Grenzenlose Selbst-Seiende, ewig unerkennbar und unerkannt, ist das Absolute, das Unveränderliche, das Unbegrenzte, das Ewige All, aus sich selbst heraus seiend, der ursprunglose Ursprung, die wurzellose Wurzel. Es ist Nicht-Sein, Nicht-Existenz, das Nichts (wie die Kabbalisten sagen), eine unpersönliche Einheit, die keine für den menschlichen Verstand begreifbaren Eigenschaften besitzt." (89)

Wenn Geoffrey Hodson daher von der Einheit zwischen Gott und Mensch spricht, wird diese unter dem Gesichtspunkt der Einwohnung des Göttlichen in allem Geschaffenen, nicht im Sinne eines unreflektierten Pantheismus, zu verstehen sein. Der Ungrund (J. Böhme), die wurzellose Wurzel, das Ain Soph der Kabbalisten, vermischte sich auch für Hodson nicht mit dem aus Ihm Hervorgegangenen.

C. Jinarajadasa — Das Eine Leben

Ein weiterer bedeutender Leadbeater-Schüler war der spätere Präsident der Theosophischen Gesellschaft, C. Jinarajadasa, der sich in seiner Gotteslehre noch enger an seinen Lehrer anlehnt als G. Hodson. Jinarajadasa betont die Vorstellung von Gott als dem Gegenüber, dem sich die "befreite Seele"

89) ders., *"Occult Powers"*, Adyar 1977[4], S. 6
(Behind and beyond and within all is that Eternal and Infinite Parent from within which the temporary and the finite emerge or are born. That Boundless Self Existence, forever unknowable and unknown, is the Absolute, the Changeless, the Infinite, Eternal All, the Self-Existent, the Causeless Cause, the Rootless Root. This is Non-Being, Negative Existence, No-Thing, (as the Kabalist says), an impersonal Unity, without attributes conceivable by man.)

auch nach ihrer "Befreiung" liebend zuwenden könne. So bejaht er die Ideen des mittelalterlichen indischen Philosophen Ramanuja, der lehrte, daß *„obwohl die Seele und ES (THAT) immer eines seien, es trotzdem einen Aspekt des Absoluten gäbe, der als Persönlicher Gott zu bezeichnen wäre und dem die Seele in Ewigkeit auch* nach *ihrer Befreiung anbeten könne, wenngleich immer vereint mit IHM (THAT)."* (90)

Die von Jinarajadasa betonte Form der Verehrung eines personal verstandenen Gottes darf nicht mit einem naiven Anthropomorphismus verwechselt werden. Die mystische Philosophie lehrt nicht 'den alten Mann mit dem Bart', sondern die Idee der universalen Person. *„Das Eine Leben ist, so wird uns gesagt, eine Person, aber Er überschreitet alle Grenzen, die sich notwendigerweise mit unseren Begriffen von Persönlichkeit verbinden."* (91)

Sein Gottesbild führt Jinarajadasa dazu, die Immanenz-Transzendenz-Vorstellung im Sinne einer entwicklungsgeschichtlichen Bewußtwerdung zu deuten. Die Erkenntnis von der Einwohnung des Göttlichen in allem Seienden geht der Schau des wahrhaften GOTTES voraus.

„Wir müssen zuerst lernen, das Göttliche im Gesicht unseres Nächsten zu schauen und dann in der Natur, denn diese enthüllen uns das Geheimnis der innersten Gottheit. Wenn wir diese Stufe erklommen haben, beginnen wir den Transzendenten Gott zu schauen, das Absolute, jenseits aller Namen." (92)

Diese "Gottesschau" bedeutet kein statisches Verharren, sondern muß vielmehr als unendlicher Prozeß, als die evolutive Dynamik der Gotteskindschaft verstanden werden. Das Mysterium des Absoluten kann kein erschaffenes Wesen je vollkommen entschleiern.

90) C. Jinarajadasa, *"The K. H. Letters to C. W. Leadbeater"*, Adyar 1980[2], S. 39
(But the philosophy of Ramanujacharya insists that while the Soul and THAT are ever one, nevertheless there is an aspect of the Absolute which is the Personal God, which the Soul can worship for ever and ever *after* Liberation, while still united to THAT.)

91) ders., *"Die okkulte Entwicklung der Menschheit"*, Paris 1947, S. 164

92) ders., *"The Divine Vision"*, Adyar 1954[4], S. 79
(We have to learn first to see the Divine Vision in the face of our fellowmen, and then to see it in the faces of nature, for they tell us of the mysteries of the Immanent Godhead. As we arrive at that stage, then begins for us the vision of the Transcendent God, that Absolute which ist beyond all names.)

I. K. Taimni — Der unpersönliche und der persönliche Gott

Der 1978 in Indien verstorbene Professor für Chemie an der Universität Allahabad, Iqbal Kishen Taimni, zählt zu den bedeutendsten theosophischen Autoren der Nachkriegszeit und verdiente eine weitaus größere Würdigung im abendländischen Raum als ihm bisher zuteil wurde.
In seiner Kosmologie setzt er die theistische Tradition fort, indem er ein oberstes Prinzip annimmt (Parabrahman), in dem sich alle Evolutionsprozesse vollziehen. Unzählige Sonnensysteme existieren in der Unendlichkeit des manifestierten Weltalls, geführt von solaren Logoi (ishvaras), die sich ihrerseits in Entwicklung zu noch vollkommeneren Wesenheiten befinden.
„*Das geoffenbarte Weltall wurzelt in einem ewigen, grenzenlosen, unveränderlichen, ewig ungeoffenbarten Prinzip, welches das Absolute, Parabrahman oder die höchste Wirklichkeit genannt wird. Dieses Prinzip übersteigt die Kraft menschlichen Verstehens.*
Die unzähligen Sonnensysteme, die einen Teil des geoffenbarten Weltalls bilden, sind Ausdrucksformen jener höchsten Wirklichkeit, wobei jedes Sonnensystem eine unabhängige Einheit bildet, aber dennoch in der ewig ungeoffenbarten Wirklichkeit verwurzelt bleibt." (93)
Innerhalb seiner Theo-Logie räumt Taimni auch dem Gedanken der "Vaterschaft Gottes" (94) zentrale Bedeutung ein. Innerhalb der Gottheit (Parabrahman) vollzieht sich der Zusammenfall der Gegensätze persönlich — unpersönlich. Beide sind nur zwei Aspekte der göttlichen Einheit, die von verschiedenen Sehern und Mystikern jeweils unterschiedlich betont wurden, abhängig von individuellen Erfahrungsaspekten.
„*Wenn Er (i.e. Gott, d. Verf.) in einem Seiner Aspekte vollkommene Unpersönlichkeit ist, muß Er in Seinem gegensätzlichen Aspekt zugleich vollkommene Persönlichkeit sein. Wenn Seine Liebe in unpersönlicher Weise das gesamte*

93) I. K. Taimni, "*Selbsterziehung und Selbstverwirklichung*", München 1980, S. 11
vgl. auch Taimni, "*Die Wissenschaft des Yoga*", München 1982, S. 62 f.

94) ders., "*Selbsterziehung*", a. a. O., S. 166

Universum umfaßt, dann muß Er gleichermaßen jede individuelle Geistseele mit höchster Liebe so behütend in Seinem Schoß tragen, wie es keine menschliche Mutter für ihr Kind vermöchte." (95)

So muß das Geschöpf in äußerster Ehrfurcht vor der unbegreiflichen Größe und Herrlichkeit des absoluten Geistes verharren und kann Ihm doch in zutiefst berührender persönlicher Nähe begegnen. Unter diesem Gesichtspunkt gewinnt die alte indische Legende neue Bedeutung, deren Botschaft darin gipfelt, man solle keinen Bettler von der Tür weisen, — denn es könnte Gott selber anklopfen.

Alice A. Bailey — Der Teil und das Ganze

Zwischen den Jahren 1919 und 1945 verfaßte die Engländerin Alice A. Bailey ein 24-bändiges Werk, das zu den umfangreichsten der modernen 'Esoterik' gehört. Als Inspirator und eigentlichen Urheber dieses Schrifttums nannte sie einen tibetischen Meister, Djual Khool, der bereits in den "Mahatma-Briefen" als Schüler Koot Hoomis Erwähnung findet und vor der Jahrhundertwende selbst in den Rang eines "Meisters" aufstieg.
Geht man von der Authentizität der Inspirationsquelle, dem "Tibeter", aus, so kann es als logische Konsequenz nicht verwundern, wenn das Werk von A.A. Bailey, vor allem in der Gottesfrage, sehr eng an H.P. Blavatsky angelehnt ist. Zahlreiche Passagen ihres Schrifttums lesen sich wie eine Exegese der *"Geheimlehre"*, dem Hauptwerk von H.P. Blavatsky. (96) Wie Blavatsky

95) ders., *"Man, God and the Universe"*, Wheaton 1974, S. 14
(If He is utterly impersonal in one of His aspects He must be utterly personal in its opposite aspect. If His love holds in His vast embrace the whole universe in an impersonal manner, then He must also hold each individual soul within His bosom as the most loved and cared for child as no human mother can do.)

96) vgl. Alice A. Bailey, *"Eine Abhandlung über Kosmisches Feuer"*, Genf 1958[5], S. 35 ff.

lehrt auch A.A. Bailey einen transzendenten und immanenten Gott, unter deutlicher Betonung der Wesensgleichheit des mikrokosmischen (Mensch) und des makrokosmischen (Gott) Seins.
„*Gott ist eine Tatsache. Das ist die Wahrheit, daß das* Sein *der immanente (innewohnende) Gott und der transzendente (jenseitige) Gott ist. Das bedingt die Anerkenntnis des großen Ganzen und der zugehörigen Teile; es ist das Wissen um die Gottnatur, das durch richtiges Grundverhältnis und durch Wesensgleichheit des Ursprunges gewonnen wurde. Die Offenbarung des göttlichen Lebens, das alles Seiende durchdringt (der immanente Gott) und desselben Lebens, das jene noch viel größere kosmische Beziehung (den transzendenten Gott) begründet, ist die sichere und endgültige Garantie für jeden Fortschritt und für weitere Offenbarungen.*" (97) Obwohl der Tibeter (siehe auch Kap. "Mahatma-Briefe") sich als Buddhist bezeichnet, basiert seine Gotteslehre weitgehend auf der Bhagavad Gita und dort vorrangig auf den Strophen IX,4+5 und X,42. (98)
Aus diesen Versen leitet sich seine Immanenz-Transzendenz-Konzeption ab, die in einer letzten, überpersönlichen Quelle gipfelt.
„*Jenseits des manifestierten Universums befindet sich der/das Eine Gestaltlose,* Das *was nicht Einzelwesen ist, frei von den Begrenzungen individuellen Daseins.*" (99)
Dieser jenseitige Makrokosmos Gott ist allerdings nicht *wesenhaft* verschie-

97) dies., "*Die Geistige Hierarchie tritt in Erscheinung*", Genf 1967, S. 351

98) IX, 4 + 5:

„*Dieses ganze All ist von mir in meiner unentfalteten Gestalt durchdrungen. Alle Wesen wohnen in mir, aber ich wohne nicht in ihnen. / Und (doch) wohnen die Wesen nicht in mir; siehe mein göttliches Geheimnis. Mein Geist, der der Ursprung aller Wesen ist, erhält die Wesen, wohnt aber nicht in ihnen.*"

X, 42:

„*Ich trage dieses ganze All, indem ich es mit einem einzigen Teil meines Selbst durchdringe.*"

zit. in: S. Radhakrishnan, "*Die Bhagavad Gita*", Wiesbaden, o. J.
(vgl. in diesem Werk auch den ausgezeichneten (theistischen) Kommentar des großen indischen Denkers!)

99) dies., "*Eine Abhandlung über die Sieben Strahlen Bd. II*", Genf 1973², S. 259 f.

den vom Mikrokosmos Mensch. Bailey (Tibeter) neigt eher zu einer Identitätsmetaphysik, in der Seele und Überseele (Gott) eines (gleich) sind. *„Im makrokosmischen Sinne ist Gott der Beherrscher von allem; Er ist die Gesamtsumme allen Wissens, da Er, wie leicht zu ersehen ist, die Gesamtsumme aller Bewußtseinsgrade ist. Er ist die Seele aller Dinge; und die Seele des Atoms der Materie ist genauso ein Teil Seines unendlichen Bewußtseinsbereiches wie es die Seelen der Menschen sind. Die Seele des Menschen ist potentiell die gleiche."* (100)

Ähnlich wie bei Steiner wird das Attribut der Allwissenheit, in der abendländischen Metaphysik stets allein Gott vorbehalten, zu einem auch den Geschöpfen erreichbaren Gut. *„Seit die Zustände Zeit und Raum bestehen, hat es Wesen gegeben, die Allwissenheit erlangt haben."* (101)

Schwer verständlich wird dann allerdings eine eher hegelianische Vorstellung vom zu sich selbst kommenden absoluten Geist, wie in der Abhandlung über "Esoterisches Heilen" dargelegt, wo es heißt: *„Die Gottheit selbst befindet sich auf dem Wege zur Vollkommenheit."* (102) Hier wird die Idee von der unverursachten, absoluten Quelle allen Seins aufgegeben, denn jene 'existiert' jenseits von Zeit und Werden. Die "Gottheit" dieser Werkstelle kann auch nicht mit dem 'Gott' unseres planetarischen Systems verwechselt werden, da sie A.A. Bailey sorgfältig trennt und letzteren mit dem christlichen Gott gleichsetzt. (103)
Anzumerken bleibt hier, daß auch A.A. Bailey, wie H.P. Blavatsky, den alttestamentlichen Jehovah als jüdischen Stammesgott, nicht als planetarischen Logos, deutet. (104)
Der immanente Gott, der auch als "kosmischer Christus" (105) bezeichnet

100) dies., *"Der Yoga-Pfad"*, Genf 1978[2], S. 61 f.

101) ebd., S. 64

102) dies., *"Esoterisches Heilen"*, Genf 1973[2], S. 23

103) vgl., dies., *"Initiation"*, Genf 1970[2], S. 118

104) dies., *"E. Heilen"*, a. a. O., S. 429

105) dies., *"Von Bethlehem nach Golgatha", Genf 1974, S. 102*

wird, erhält verschiedentlich Benennungen, die dem Gottesbild zahlreicher theosophischer Autoren diametral entgegenstehen. So wird in der *"Abhandlung über die Sieben Strahlen"* vom "göttlichen Instinkt" oder "Gottes Instinktnatur" gesprochen und die Existenz eines "unterbewußten Lebens von Gott" postuliert. (106)
Die Zahl jener Stellen im Werk von Alice A. Bailey, in denen die Absolute Gottheit in einen Prozeß des Werdens gepreßt und mit Attributen der Vergänglichkeit versehen wird, sind nicht gering. Sie kontrastieren, oft schwer einsichtig, mit Passagen, die sich unmißverständlich zu einer transzendenten Gottheit bekennen, der wurzellosen Wurzel, der Einen Ursache. Die 'inspirierten' Werke (107) zeigen das gleiche Doppelgesicht wie die Schriften von H.P. Blavatsky, als deren genuine Fortsetzung sich die *"Botschaften des Tibeters"* verstehen. Der "Tibeter" stellte das Baileysche Schrifttum als zweites Glied einer Kette der esoterischen Lehre dar, deren drittes in den Jahren nach 1975 hinzugefügt werden sollte.

Gottfried von Purucker — Pantheismus

Die Weiterentwicklung der in den Anfängen der Theosophischen Gesellschaft gegebenen Lehren, durch Annie Besant und Charles W. Leadbeater, führte innerhalb der verschiedenen Zweige der Theosophischen Gesellschaften zu teilweise großen Spannungen. Vor allem die an W.Q. Judge, einem der Gründungsmitglieder, anknüpfenden amerikanischen Theosophen betrachteten allein die Schriften von H.P. Blavatsky und die Mahatma-Briefe als die originale, von den Meistern vermittelte Lehre. Zu dieser

106) dies., "Strahlen II", a. a. O., S. 264

107) Zu einer dagegen fast kindlich-rein zu nennenden Frömmigkeit bekennt sich Alice A. Bailey mit ihren Worten in der unvollendeten Autobiographie. *„Ich weiß, daß Christus lebt und daß wir in Ihm leben, und ich weiß, daß Gott unser Vater ist und daß unter Gottes großem Plan alle Seelen am Ende ihren Weg zu Ihm zurückfinden werden." A. A. Bailey, "Die Unvollendete Autobiographie"*, Genf 1975, S. 70

Überzeugung bekannte sich auch Gottfried von Purucker, dessen Schriften in umfangreichen Teilen aus exegetischen Abhandlungen zur *"Geheimlehre"* und den *"Mahatma-Briefen"* bestehen.
Purucker knüpft in seiner Gotteslehre ausschließlich an die späte Blavatsky mit ihrer stark pantheistisch geprägten Vorstellung an. Für ihn *„gibt es keinen Gott, der fälschlicherweise als Schöpfer und Hüter des Guten angenommen wird."* (108) Sein Glaubensbekenntnis lautet klar und unmißverständlich: *„Wir sind Pantheisten. Für uns ist alles Seiende wesenhaft lebendig."* (109)
Purucker sieht das göttliche Sein als unbegrenztes Leben, das in absoluter Immanenz dem Universum einwohnt. Das universale Leben ist universales Bewußtsein, das sich vom Atom bis zu den lichten Höhen solarer Logoi erstreckt, in unendlicher Entwicklung. *„Die Vermutung, daß das Göttliche außerkosmisch, außerhalb der Grenzen von irgend etwas existiert, ist eine eitle und törichte Vorstellung."* (110)
Aufgrund dieses Gottesbildes kann Purucker nicht mehr zu einer wesenhaften Unterscheidung zwischen Geschöpf und Schöpfer kommen, denn das "unpersönliche ES" (111) ist zugleich identisch mit dem innersten Wesen des Menschen (pan-theismus).
Entgegen der Lehre der klassischen indischen Philosophie, in der "Parabrahman" als transzendente Gottheit, als das *absolute Jenseits des Universums* begriffen wird, zieht Purucker "Parabrahman" *in das Universum.* *„Parabrahman ist keine Wesenheit; es ist Unbegrenztheit, DAS, das unbegreifliche All."* (112)

108) Gottfried von Purucker, *"Fountain-Source of Occultism"*, Pasadena 1974, S.421
(..., there is no God, wrongly supposed to be the creator and arbiter of good.)

109) ders., *"Studies in Occult Philosophy"*, Pasadena 1973, S. 573
(We are Pantheist. To us everything that is, is essentially alive.)

110) ders., *"Der Mensch im Kosmos"*, Graz 1972, S. 218

11) ders., ebd., S. 217

112) ders., *"Fountain-Source"*, a. a. O., S. 89
(Parabrahman is no entity; it is Infinitude, THAT, the incomprehensible All.)
Für eine Auslegung des THAT, die Züge einer Transzendenz-Lehre aufweist vgl., Studies, a. a. O., S. 157

Für Purucker kann es nur ein Sein geben — göttliche Existenz. Da es logisch nicht zu erklären ist, wie außer Gott noch anderes (verschiedenes) Seiendes bestehen kann, verneint Purucker die Verweisung auf ein Schöpfungsmysterium und betont einen exklusiven Pantheismus. Die Frage, wie sich absolutes Bewußtsein, göttliches Leben, über das relativ Unbewußte (etwa das Atom) erneut zu absolutem Bewußtsein entwickeln soll (und warum!?), muß er unbeantwortet lassen.

Evolution des Bewußtseins soll aus sich selbst heraus geschehen, wobei Intelligenz als unerklärliches Inneres a priori in allem Leben verstanden werden muß. Doch warum existieren jene Unterschiede zwischen dem Atom und dem solaren Logos, wenn es 'immer' nur *ein* Leben gab? Wo 'begann' (wenn es für Purucker überhaupt einen 'Beginn' geben kann) die Entwicklung des solaren Logos und 'wo' (außer-kosmische oder noch nicht-geschaffene Existenz ist bei Purucker nicht möglich) befand sich das Atom (oder der Mensch), das (der) einmal solarer Logos werden soll, als der solare Logos Atom (oder Mensch) war?

Pantheistische Ideen werfen Fragen auf, die, gerade diesen Pantheismus negierend, beantwortbar sind; während das theistische Weltbild Fragen offen lassen muß — die ins Geheimnis weisen.

Jiddu Krishnamurti — Der Gott ohne Namen

Eine der rätselhaftesten Gestalten unter den "Botschaftern des Lichtes" ist in der Person Krishnamurtis verkörpert. In seiner Jugend ausschließlich theosophisch erzogen, löste er sich als junger Mann von der Theosophischen Gesellschaft, um fortan seinen eigenen Weg zu gehen und seine Botschaft vom "freien Menschen" zu vermitteln.

Krishnamurti hat nur selten derart Stellung zur Gottesfrage genommen, daß er erklärte, was Gott für ihn sei. Stattdessen betont er, was Gott für ihn *nicht* sei.

Eine seiner frühen Aussagen zur Gottesidee, die er wohl auch heute noch gelten lassen würde, wirft zugleich Licht auf Krishnamurti als Person. *„Ich* *bin überzeugt, daß es ein ewiges Leben gibt, das Ursprung und Ziel ist, Anfang und Ende, und doch ohne Ende und Anfang ist. In jenem Leben gibt es Erfüllung. Und jeder Mensch, der jenes Leben erfüllt, besitzt den Schlüssel zur Wahrheit ohne Grenzen. Jenes Leben ist für alle da. In jenes Leben sind Buddha und Christus eingegangen. Aus meiner Sicht habe ich jenes Leben erreicht, bin darin eingegangen. Jenes Leben besitzt keine Form, so wie auch die Wahrheit keine Form, keine Grenzen besitzt. Und jenes Leben muß jeder Mensch erreichen."* (113)

Krishnamurti sah eine Gefahr in den traditionellen Gottesbildern, da sie die Gläubigen in ein starres Schema preßten, in dem jegliches freies spirituelles Leben zu verkümmern drohte. Häufig versuchte er dieser Erstarrung entgegenzuwirken, indem er es unternahm, orthodoxe Gottesvorstellungen aufzubrechen, zu dynamisieren.

„Ich habe niemals gesagt, daß es keinen Gott gibt. Ich sage, daß es Gott nur gibt, wie er sich Ihnen offenbart. ... aber ich werde das Wort Gott nicht benutzen. ... Ich nenne es lieber das LEBEN." (114)

Gott, als LEBEN verstanden, bedeutete für Krishnamurti, das Göttliche in das Frei-Sein von tötender Begrifflichkeit zu führen. (115) Ein Anklammern an den nur *gedachten Gott* würde die Begegnung mit dem *lebendigen Gott* verhindern, unmöglich machen. Krishnamurti fordert daher, ganz im Einklang mit der Lehre der Mystik, ein Ent-Werdung des niederen Ich, um in der 'Leere' zur Fülle der Gotteserfahrung zu gelangen. *„So ist Gott da, wenn* Sie *nicht sind. Wenn Sie sind, ist er nicht. Wenn Sie nicht sind, ist Liebe. Wenn Sie sind, ist keine Liebe."* (116)

Der namenlose Gott, dem in Freiheit begegnet werden kann, ist für Krishnamurti der allein wahre Gott; und die IHM begegnen wollen, müssen Geist im GEISTE, Liebe in der LIEBE sein.

113) Mary Lutyens, *"Krishnamurti"*, München 1981, S. 303 ff.
vgl. zur Deutung der spirituellen Entwicklung von Krishnamurti, *"The Initiate in the Dark Cycle"*, by his Pupil, London 1977

114) ebd., S. 307

115) vgl. Jiddu Krishnamurti, *"frei sein!"*, Bern, o. J., S. 15

116) ebd., S. 18

Abd-Ru-Shin — Das Wesenlose und das Wesenhafte

Jene, von Krishnamurti so entschieden kritisierte Anthropomorphisierung Gottes, findet sich in der *"Gralsbotschaft"* Abd-Ru-Shins. Das Göttliche wird zum stilisierten Übermenschen, mit allen menschlichen Attributen, bis hin zum "Göttlichen Zorn".

Nur ganz vereinzelt wird in der *"Gralsbotschaft"* der Versuch unternommen, das Göttliche vor dem Hintergrund universalen Bewußtseins zu verstehen. Geschieht dies allerdings, so in der Unterscheidung zwischen dem Wesenlosen und dem Wesenhaften.

„Also wesenhaft ist alles außer Gott. Und da außer Gott nur noch Gottes Ausstrahlung besteht, so ist demnach das Wesenhafte die natürliche und unvermeidbare Ausstrahlung Gottes.

Es ist also das Wesenhafte viel umfassender und höher, als Ihr es Euch gedacht habt. Es ist außer Gott alles *umfassend, teilt sich aber in viele Abstufungen, je nach dem Grade der Abkühlung und der damit verbundenen Entfernung von Gott."* (117)

In der Erläuterung dieser Aussage bleibt Abd-Ru-Shin in dieser Bildhaftigkeit, kehrt aber die Vorstellung von Gott, in "dem alles lebt und webt" um, und läßt das Wesenhafte (d.h. das Geschaffene) das Göttliche umhüllen; denn *„das Wesenlose ist Gott. Das Wesenhafte der Mantel Gottes."* (118)

Weitaus fragwürdiger als die Konzeption des Wesenhaft-Wesenlosen ist die Lehre von der Aufteilung Gottes, um eine äußerst fragwürdige Christologie zu begründen. Der absolute Geist wird als die ewige Einheit aufgegeben, denn *„Gott trennte in seiner Liebe durch einen Willensakt ein* Stück *von sich selbst ab und senkte es in Fleisch und Blut, in einen Menschenkörper männlichen Geschlechtes: Jesus von Nazareth, als nunmehr fleischgewordenes Wort, fleischgewordene Gottesliebe, Gottes Sohn!"* (119)

117) Abd-Dru-Shin, *"Im Lichte der Wahrheit"*, Vomperberg 1950, Bd. III, S. 142

118) ebd., S. 143

119 ebd., Bd. II, S. 31

Derartige Ideen sind nur unter Berücksichtigung eines naiven Gottesbildes zu verstehen, in dem der ewige GEIST zu einer Art gegenständlich Seiendem wird, das willkürlich teilbar ist.
Damit nicht genug, verfällt Abd-Ru-Shin noch in die Zeit rachsüchtiger Stammesgötter, wenn er 'seinen Gott' im Zorn auf die Erdenmenschheit einschlagen läßt. *„Die Zeit der Langmut Gottes ist nun auch vorüber. Heiliger Zorn schlägt in die Reihen dieser Frevler ein, welche die Erdenmenschheit damit zu betören suchen, um ihr Ansehen zu steigern und zu wahren, ... Der Strahl göttlichen Zorns wird sie auferwecken aus dem unerhörten Geistesschlafe über Nacht und ...* richten*!"* (120) Die Idee von der Erhabenheit und Schönheit des ersten Prinzips, der ewigen Gottheit, des Schöpfers, der reine Liebe ist, versinkt im Sumpf blutdürstiger Götzen.

Georg Iwanowitsch Gurdjieff — Das Prinzip der Prinzipien

Georg I. Gurdjieff, sicher eine der undurchschaubarsten Persönlichkeiten der ersten Hälfte des 20. Jahrhunderts, verschlüsselte viele Passagen seines Werkes, so daß nicht immer eine unzweideutige Interpretation seiner Lehre möglich ist. Dies gilt vor allem für seine mystischen *"Erzählungen Beelzebub's"*, die schon von der sprachlichen Konstruktion her eine Dechiffrierung erfordern. (121)
Vor allem aus dem ersten Band der *"Erzählungen"* läßt sich einiges Material zur Gottesfrage gewinnen. So erfolgt im Verlauf der Geschichte die Nennung des *"Unendlich-Eins-Seienden"* und des *"Allergnädigsten-Unendlichen-Schöpfers"* (122), dem an anderer Stelle noch das Prädikat des *"Allumfassenden"* zugefügt wird.(123) Es sollte nicht ganz abwegig sein,

120) ebd., Bd. I, S. 168

121) vgl. das aus diesem Grund verfaßte Buch, *"Gurdjieff entschlüsselt"*, von J. G. Bennett, Frankfurt 1981

122) Georg I. Gurdjieff, *"Beelzebub's Erzählungen"*, Basel 1981, S. 148

123) ebd., S. 198

hier eine Verbindung zur Gottesidee zu ziehen, zumal Gurdjieff im gleichen Band auch vom *"Schöpfer"* und vom *"Vater Aller"* spricht. (124) Deutlicher wird sein Bekenntnis zu einer transzendenten ersten Ursache aus den Aufzeichnungen der Gespräche mit seinen Schülern, in denen er auch den Betriff vom *"Prinzip hinter allen Prinzipien"* bildet. (125) Diese erste Ursache ist für ihn auch in der indischen Brahman-Philosophie ausgedrückt, denn *"das philosophische Denken sieht jenseits aller Welten das höchste Grundprinzip, das heißt, das Absolute, welches in der hinduistischen Terminologie bekannt ist als das Brahma."* (126)
In seinen *"Gesprächen"*, wie auch in seiner autobiographischen Schrift *"Begegnungen mit bemerkenswerten Menschen"* wird mehrfach die Existenz einer transzendenten ersten Ursache betont, so daß Gurdjieff mit einiger Sicherheit zur Gruppe der nicht-pantheistischen Autoren gezählt werden darf. (127)

Flower A. Newhouse — Vater-Mutter-Gott

Die in Kalifornien lebende Mystikerin Flower A. Newhouse, deren Werk erst allmählich in seiner ganzen Tragweite und Bedeutung bekannt wird, äußerte sich nur selten über die eine, ewige Ursache allen Daseins, da sie GOTT nicht durch die Begrenztheit der Sprache in eine Schematik einzwängen will, die das göttliche Geheimnis eher weiter verschleiert als enthüllt.
In einer Fragestunde wurde sie einmal gebeten, den Unterschied zwischen

124) ebd., S. 207
(vgl. auch in Bd. III die *"Hymne an unseren Unendlichen"* S. 1250 f.)

125) *"Gurdjieffs Gespräche"*, Basel 1982, S. 27

126) ebd., S. 82

127) vgl. im Gegensatz zu Gurdjieffs Lehre die stärker pan-theistisch geprägten Ideen seines Schülers John G. Bennett, *"Die Meister der Weisheit"*, Freiburg 1979 und *"Harmonische Entwicklung"*, Salzhausen 1982

Gott, Jehovah und Adonai zu erklären. Sie anwortete:
„Der Begriff Gott bezieht sich auf das Unendliche, den Absoluten Göttlichen Geist, aus dem alles Leben entspringt und auf den hin alles Sein ausgerichtet ist.
Jehovah verweist auf den Rassengeist, der mit dem Jüdischen Volk verbunden war.
Der Ausdruck Monade bezeichnet die göttliche Gegenwart im Menschen, den leuchtenden Gottesfunken. Dieser Gottesfunken wird von einem verdichteten Lichtkörper umhüllt, der Adonai genannt wird. In diesem liegt der Ursprung unserer Individualität." (128)
Das Gottesbild von Flower A. Newhouse gleicht in seinen wesentlichen Zügen jenem der neueren theosophischen Autoren. Die Bejahung des göttlichen Seelenfunkens bedingt keine Vermischung zwischen Unerschaffenem und Erschaffenem. Das göttliche Sein bleibt die unerschöpfliche Quelle allen Lebens.
Flower A. Newhouse fügt in der Benennung Gottes einen neuen, vielleicht typisch weiblichen Akzent hinzu, indem sie stets von Gott als dem "Vater-Mutter-Geist" spricht, um orthodox-patriarchalische Vatergott-Vorstellungen grundsätzlich auszuschließen. Ihre Auslegung des Trinitätsdogmas läßt daher den "Sohn" immer eins mit "Vater" und "Mutter" sein.
Christus verkörpert die Vollendung der *menschlichen* (!) Entwicklung, das vollkommene Gotteskind, während der Hl. Geist die unzerstörbare spirituelle Verbindung von göttlichem Ursprung und göttlichem Geschöpf bezeichnet. (129)

In mehreren Abschnitten dieses Kapitels wurde bereits auf die Unterscheidung zwischen GOTT (dem Absoluten) und dem'Gott' unseres Systems,

128) Flower A. Newhouse, *"Here are your answers"*, Escondido 1981, Bd. II, S. 42 f. Vorabdruck der im Aquamarin-Verlag erscheinenden deutschen Übersetzung.

129) dies., ebd., Bd. I, S. 170 f.
(vgl. zu dieser Trinitätslehre die beeindruckenden Ausführungen des Benediktinerpaters Henri Le Saux (Swami Abhishiktananda) in seinem Werk *"Die Spititualität der Upanishaden"*, Köln 1980.)

dem Planetarischen Logos, eingegangen. In einer ihrer zutiefst bewegenden Schauungen erlebte Flower A. Newhouse während eines Sonnenaufganges am Ostermorgen die Verbindung von Christus mit dem Planetarischen Logos, dem Vater, dem Hüter auch unserer Welt.
"Vor einigen Jahren (1975 veröffentlich, d. Verf.), als meine anderweitigen Verpflichtungen noch nicht die jetzigen Ausmaße besaßen, war es leichter, in die höheren Lichtreiche hinaufzuschwingen. So werden am Ostersonntag, bei Sonnenaufgang, gewaltige Solare Engel sichtbar, die 'Engel des Morgens'. Eines Ostersonntags jedoch geschah etwas Außergewöhnliches, das ich nur einmal erleben durfte, und ich hoffe, ich möge es für immer in mir bewahren können. Ich erschaute eine unbeschreibliche Lichtfülle — und in ihr Christus. Sein Gesicht war emporgerichtet, und ich hörte Ihn sprechen. Er rief den Einen an, den Er Vater nannte — den Planetarischen Logos. Er sprach die Worte: „Du, der Du über Planeten und Menschen wachst, empfange meine Gabe. All jene, die Du mir gegeben, habe ich behütet." Da entflammte plötzlich das Licht, und in einem Strahlenfeuer verwandelten sich die Gestalten der Solaren Engel und des Christus zu Wesen von kosmischer Größe, um letztlich ganz in dieses strahlende Licht einzugehen. Dann ertönte die Antwort, wie von fernen Höhen, gleich dem Klang tiefer Glocken: "Mit größerer Kraft will ich Dich erfüllen." (130)

Unfaßbar verbleibt das Geheimnis GOTTES, und ewig wird kein geschaffenes Wesen die Herrlichkeit des Unerschaffenen schauen können. Doch "das Ziel ist der Weg", und er schenkt immer beglückendere Einblicke in die grenzenlose Schönheit der Schöpfung.
In Ehrfurcht schaut der Mensch empor zu Christus, dem vollendeten Menschen, um von Ihm die Botschaft des "Vaters" zu empfangen. Doch auch Dieser wird sich neigen vor einem Größeren, und sie alle geborgen in den Händen des EINEN, dessen "Botschafter" Zeugnis ablegen von Seinem Licht, in einer Welt der Finsternis — die allmählich aber beginnt, ES zu begreifen.

130) dies., *"Insights into Reality"*, Escondido 1975, S. 178 f.
Vorabdruck der im Aquamarin-Verlag erscheinenden deutschen Übersetzung.

Kap. II Schöpfungsvorstellungen

Wie die nachstehenden Ausführungen belegen werden, könnte dieses Kapitel auch *"Schöpfungs- und Nicht-Schöpfungs-Vorstellungen"* überschrieben sein; denn ein Teil der im Folgenden behandelten Autoren lehnt das klassische Schöpfungsmodell ab.

Die abendländische Gedankenwelt gründet in ihrem Schöpfungsbild weitgehend auf der Theologie des Augustinus und seiner Lehre von der *"Schöpfung aus dem Nichts"* (creatio ex nihilo). Gott schuf nicht aus einer vorhandenen Materie, auch nicht aus sich selbst — sondern aus Nichts. Damit ist von der Schöpfungslehre her jeder Identitätsvorstellung der Boden entzogen. Schöpfer und Schöpfung sind zwei *wesenhaft* unterschiedene Seinsebenen, wobei der Schöpfer im strengen Sinn nicht einmal das ganz Andere genannt werden kann, weil Schöpfer und Schöpfung unvergleichbar sind (das *"non-aliud"* des Cusanus). Der Schöpfer (das Absolute) enthält als die vollkommene Einheit alles Seiende unterschiedslos in sich eingefaltet (complicatio), um es im Akt der Schöpfung in die grenzenlose Vielheit zu entfalten (explicatio). Durch Schöpfung verliert Gott nichts von seiner Einheit; er bleibt die absolute Fülle des Seins (Plotins unerschöpfliche Quelle), die zugleich als tragender Grund allem Geschaffenen in unbegreiflichem Geheimnis einwohnt.

Die Einheit Gottes hat die Einheit der Schöpfung zur Folge, und ihr Ursprung bietet die Gewähr für ihre ewige Existenz; wobei die *bewußte* Erfahrung der Einheit allen Lebens entweder verlorenging oder erst im Verlauf eines Reifeprozesses erlangt werden kann.

Bei aller intellektuellen Brillanz der christlichen Schöpfungslehre darf nicht außer acht gelassen werden, daß sie die Frage unbeantwortet läßt, wie (und wo !) außerhalb des Göttlichen Seins, das zudem als die absolute Vollkommenheit verstanden wird, überhaupt anderes, nicht göttliches Seiendes existieren kann. Der Religionswissenschaftlicher Gershom Scholem weist in seinem hervorragenden Artikel *"Schöpfung aus dem Nichts und Selbstverschränkung Gottes"* auf das Paradoxe (oder das Mysterium ?) dieser Lehre hin.

"Wenn Gott das vollkommene Sein darstellt, so duldet es ja seiner Natur nach kein Nichts. Wo nichts wäre, muß ja Gott selber sein. Um wieviel mehr müssen wir fragen : wie können Dinge bestehen, die nicht Gott selber sind ?" (131) Als Antwort versucht Scholem die kabbalistische Lehre vom *"Zimzum"* zu vermitteln. Das hebräische *"Zimzum"* bedeutet wörtlich "Kontraktion" und will die 'innere Bewegung Gottes' vor aller Schöpfung verstehen helfen. Schöpfung, wenn sie wahrhaft als freier Akt Gottes gedacht wird, muß in einer ambivalenten Prozeßhaftigkeit gesehen werden (wobei allerdings für Gott das Moment der Zeitlichkeit entfällt), deren erster Akt die "Kontraktion Gottes" und erst deren zweites Geschehen die Entfaltung Gottes in einen "Urraum" darstellt.

"Der erste Akt der Schöpfung kann also nicht ein Herausgehen Gottes aus sich selber sein — .... —, sondern es muß ein Hineingehen Gottes in sich selber sein, das die Möglichkeit, das Apriori einer Welt überhaupt darstellt. Gewiß, in jenen Urraum, der durch den Akt des Zimzum *entstanden ist, sandte Gott einen Strahl der Emanation seines Lichtes. So ist die Schöpfung auf jeder Stufe gewiß auch Emanation, Ausstrahlung, aber auf jeder Stufe ist sie zugleich auch ein immer erneutes, kontinuierliches Sich-Zusammennehmen und Sich-Zurückziehen des Göttlichen. Denn wäre jener ZIMZUM, jene Verschränkung Gottes in sich selber, nicht kontinuierlich, so wäre eben doch nur Gott allein."* (132)

In dieser kabbalistischen Lehre ist der einzige *logisch* nachvollziehbare Erklärungsversuch des Schöpfungsgeheimnisses gelungen. Ob allerdings auch dieser nur ein Gedankengebäude darstellt, um Unerklärbares zu er-erklären, vermag hier nicht beantwortet zu werden.

Diese philosophischen Prämissen sollen jedoch leitend sein, wenn nachstehend die Schöpfungslehren der *"Botschafter des Lichtes"* analysiert werden. Widersprechen sie den Gedanken der großen Philosophen, bewegen sie sich in ihren Bahnen oder können sie tiefere Lösungsmöglichkeiten auf die Frage nach dem Wesen der Schöpfung enthüllen ?

131) Gershom Scholem, *"Schöpfung aus dem Nichts ..."*, Eranos Jahrbuch XXV, 1956, S. 115

132) ebd., S. 117

vgl. auch Werner Beierwaltes, *"Identität und Differenz"*, Ffm. 1980

Helena P. Blavatsky — Die Ewigkeit des Weltalls

Gottesbild und Schöpfungslehre hängen unauflöslich zusammen, und so kann es nur als konsequent angesehen werden, wenn H.P. Blavatsky den traditionellen "Schöpfungs"-Begriff ablehnt, um an seine Stelle die Idee einer All-Beseelung zu setzen. Für sie existieren grundsätzlich die Gottheit auf der einen und der absolute Raum auf der anderen Seite, womit sie die Lehre der frühen griechischen Philosophie von einer Urmaterie fortsetzt.
„Das unveränderlich *Unendliche und das* unbedingt *Schrankenlose kann weder wollen, denken, noch handeln. Um dies zu tun, muß es endlich werden, und* es *tut dies durch seinen Strahl, der in das Weltenei, oder den unendlichen Raum eindringt und aus demselben als endlicher Gott emaniert."* (133) Es gibt also nicht nur *ein* Sein, sondern außer (neben?) Gott existiert (wie immer diese Existenz zu denken ist bleibt ungesagt) noch ein unendlicher Raum. Der Raum darf auch nicht als ein vergängliches Daseinsfeld (und Gott nicht als Transzendenz) gedeutet werden, denn nach H.P. Blavatsky behauptet die Geheimlehre *„die Ewigkeit des Weltalls* in toto *als einer grenzenlosen Ebene."* (134)
In dieses Weltenall (Weltenei) fließt periodisch der "göttliche Atem", verleiht Existenz (Weltentag/Manvantara), um nach einem Äon wieder alles Leben "einzuatmen" (Weltennacht/Pralaya), wobei *„sich weder ein Beginn noch ein Ende dieser erstaunlichen Entwicklung vorstellen läßt."* (135)
Trotz ihrer Verneinung der "Schöpfungs"-Lehre gebraucht H.P. Blavatsky dann selbst diesen Begriff, um sieben Zyklen innerhalb eines Manvantara, einer offenbarten Weltperiode zu unterscheiden.

133) H. P. Blavatsky, *"Geheimlehre"*, a. a. O., I, S. 378
vgl. auch II, S. 168 f. und *"Isis"*, a. a. O., I, S. 302

134) GL, I, S. 44

135) ebd., S. 74

1. Schöpfung =	Geist der Universalseele (mahat)	
2. Schöpfung =	Differentiation der präkosmischen Materie	makrokosmische Ebenen
3. Schöpfung =	Schöpfung der Sinne	
4. Schöpfung =	Erster Naturbereich (Mineral, Pflanze)	
5. Schöpfung =	Zweiter Naturbereich (Tiere)	mikrokosmische Ebenen
6. Schöpfung =	Gottheiten (Archetypen der ersten Rassen)	
7. Schöpfung =	Menschen	

(136)

Vollbracht werden die Schöpfungen dieser sieben Zyklen durch kosmische Baumeister (Demiurgen), in der *"Geheimlehre"* als "Dhyan Chohans" bezeichnet. Sie formen den vorgegebenen (ewigen) Stoff (137), wobei es durchaus auch zu "offenbaren Mißerfolgen" (138) kommen kann. Den Dhyan Chohans sind die biblischen Elohim (Plural) gleichzustellen, da H.P. Blavatsky in der Genesis und den asiatischen Schriften, in Bezug auf die Schöpfungsfrage, im wesentlichen gleichartige Aussagen zu finden glaubt. (139)

Im Prozeß des Ausatmens und Einatmens der 'Schöpfung' und deren Gestaltung gibt es keinen ersten Anfang. *„Dieser Prozeß ist von Ewigkeit her im Gange und unser gegenwärtiges Weltall ist nur eines aus einer unabsehbaren Reihe, die keinen Anfang hatte und kein Ende haben wird."* (140)

Wenn diese Idee konsequent weitergedacht wird, stellt sich die Frage, ob nicht die Gestalter des manifestierten Universums, die Elohim (Dhyan Chohans), einmal *als solche* geschaffen wurden, denn wenn sie sich alle

136) ebd., S. 486 ff.; vgl. auch *"Isis II"*, S. 35

137) Der göttliche Geist (Parabrahman) und die göttliche Substanz (Mulaprakriti) sind der Wesenheit nach eins. (GL I, S. 360)

138) ebd., S. 300

139) vgl. *"GL III"*, S. 73 und S. 199 ff.

140) *"Isis II"*, S. 265

durch die Ebene des Atoms aufwärts entwickelt hätten — müßte es einmal *keine* kosmischen Baumeister gegeben haben. Den Hinweis auf diesen Widerspruch in ihrer Kosmologie gibt H.P. Blavatsky selber, denn sie lehrt: *„Ein Dhyan Chohan muß zu einem solchen werden; er kann nicht als ein vollendeter Engel geboren werden oder plötzlich auf der Ebene des Lebens erscheinen."* (141) Es kann also nicht *immer* (ewig) Dhyan Chohans gegeben haben, sondern diese müssen einen Anfang genommen haben.
H.P. Blavatsky lehnt die "creatio ex nihilo" ab, da *"Nichts nicht Etwas hervorbringen kann"*. (142) Überraschenderweise erhält dieses "Nichts" dann aber eine ganz andere Funktion, denn *„das 'Nihil' ist in Wirklichkeit die Absolute Gottheit selbst, die verborgene Kraft oder Allgegenwart."* (143) Damit nähert sie sich sehr der cusanischen complicatio-explicatio-Lehre, faßt diese allerdings eher pantheistisch auf, wie ein von ihr bejahter *"Esoterischer Katechismus"* belegt. In diesem heißt es in den Fragen und Antworten eins, zwei und fünf:

(1) F. — Was ist das Ewige Absolute?
A. — Jenes.

(2) F. — Wie kam der Kosmos ins Dasein?
A. — Durch Jenes.

(5) F. — Was ist die Substanz und Wesenheit, aus der das Weltall geformt ist?

A. — Jenes.

(144)

Versuchte sie in der Ablehnung der christlichen creatio-Lehre gerade die Unveränderlichkeit der Gottheit (Transzendenz) als Argument einzubrin-

141) *"GL I"*, S. 242
142) *"GL III"*, S. 228
143) ebd., S. 402
144) ebd., S. 444

gen, so hebt sie dieses durch die Identifizierung zwischen Weltall und Absolutem selbst auf. Schöpfungslehre und Gottesidee stehen bei H.P. Blavatsky in dem Spannungsfeld von Bewahrung der göttlichen Erhabenheit unter gleichzeitiger Bejahung der Göttlichkeit alles Seienden.
Vielleicht liegt ein Schlüssel zum Verständnis in ihrer Antwort auf die Frage nach dem Sinn des ganzen Prozesses von Ausatmung und Einatmung der Schöpfung, den sie in der individuellen Bewußtwerdung des Egos sieht. *„Am Ende seines Zyklusses der Reinkarnation ist es noch immer dasselbe Göttliche Bewußtsein, aber es (i.e. das Ego, d. Verf.) ist jetzt individualisiertes Selbstbewußtsein geworden."* (145)
Floß die absolute göttliche Liebe über, um ihren Geschöpfen zu schenken (wenn sie bereit waren, in Freiheit zu empfangen), was Ihr Selbst in Ewigkeit zueignet in unendlicher Glückseligkeit?

Die Mahatma-Briefe — Der Geist der Materie

In den Mahatma-Briefen selbst, wie auch in den Werken der Brief-Empfänger (Olcott, Sinnett und Judge), wird die Vorstellung einer Schöpfung verneint. Ein als absolut immanent gedachter Universalgeist formt die vorhandene (ewige) Materie (146) in einem anfang- und endlosen Prozeß, der selbst in den *"Nächten Brahmans"* nicht zum Stillstand kommt. Die Mahatma-Briefe sprechen daher von "Geist-Stoff" oder "Stoff-Geist". Unbegreiflicherweise wird dann aber neben Geist und Stoff noch ein drittes Prinzip eingeführt, das als Quintessenz beider gedeutet wird. *„Weit entfernt davon, philosophischer Größe zu ermangeln, zeigen unsere Lehren nur ein Prinzip in der Natur — Geist-Stoff oder Stoff-Geist, das dritte, das letzte Absolute, die Quintessenz der beiden, wenn mir diese irrige Bezeichnung gestattet wird, verliert sich jenseits der Schau und der geistigen Wahrnehmungsfähigkeit selbst der Götter oder Planetengeister."* (147)

145) ebd., S. 579

146) vgl. *"Die Mahatma-Briefe"*, a. a. O., II, S. 218

147) *"Briefe tibetischer Weiser"*, a. a. O., S. 86

Wie soll noch eine Art 'Oberprinzip' existieren, wenn nur *ein* Sein, absolute Immanenz, Identität von Geist und Stoff, postuliert wird? Dieses erste Prinzip hätte keine Funktion, denn die Mahatma-Briefe glauben an die *„spontane Entstehung, an den unabhängigen Ursprung von Materie."* (148) Hier wird der Glaube an ein weit größeres Wunder gefordert, als die oft bespöttelte Bejahung eines Schöpfergottes. Wie Materie "spontan" und "unabhängig" entstehen kann, bleibt völlig unbelegt.

Stattdessen wird die Paradoxie noch überspitzt in der Behauptung, latente (?) Intelligenz verwandele sich zu aktueller Intelligenz, wenn sie in Stoff eingeschlossen werde.

Frage: *Wenn das Absolute ein blindes Gesetz ist, wie kann es dann intelligentes Erkenntnisvermögen entstehen lassen?*

Antwort: *Nur passive latente Intelligenz oder jenes durch das ganze Universum ausgegossene Prinzip, welches in seiner reinen Immaterialität Nichterkenntnis und Nichtbewußtsein ist und das, sobald es im Stoff eingeschlossen ist, in beides verwandelt wird — kann es.* (149)

Spricht nicht alle Vernunft für die gegenteilige Annahme, daß nämlich ein intelligenter Allgeist intelligente Gesetze erschuf? Innerhalb der Schöpfung entsteht nichts ohne Ursache, im Makrokosmos dagegen soll, ganz nach Lehre der Materialisten, durchgeisteter Stoff aus Nichts entstehen, wobei das 'Nichts' doch gerade abgelehnt wird.

Der unauflösliche Widerspruch lautet daher: Es entsteht nichts durch einen Schöpfer oder aus dem Nichts (der theistischen Theologie), sondern alles ist von und in Ewigkeit existent als Geist-Stoff — doch der entsteht "spontan"!

Innerhalb des Weltalls vollzieht sich dann ein Entwicklungsprozeß, der jenem bei H.P. Blavatsky geschilderten entspricht. Aus unbewußter, ätherischer Existenz folgt schrittweise Verdichtung und individuelle Bewußtwerdung. (150) Alle Prozesse laufen aufgrund innewohnender Gesetzmäßig-

148) *"Mahatma-Briefe"*, I, S. 314

149) ebd., S. 316

150) vgl. ebd., S. 180

keit ab, die einfach *ist* und zur Erklärung, nach Lehre der 'Mahatmas', keines Schöpfers oder absoluten Prinzips bedarf. (151)
Dieser Auffassung schließen sich auch Olcott (152), Judge (153) und Sinnett (154) an, ohne selbst neue Argumente vorzubringen. Sie übernehmen weitgehend unverändert die Lehre der Mahatma-Briefe, die Existenz eines Schöpfers und der von ihm ins Dasein gebrachten Schöpfung verneinend.

Franz Hartmann — Das Göttliche Nichts

Die Lehre von der Schöpfung aus dem Nichts wird von Hartmann dem Buchstaben nach bejaht, vom Sinn her aber verwandelt. Das ursprüngliche Nichts, verstanden als das radikal Nicht-Göttliche, wird in seiner Deutung zum göttlichen Grund, aus dem heraus sich Schöpfung vollzieht.
„Alles geht ursprünglich aus dem Absoluten hervor, aber das Absolute selbst ist für uns unerkennbar und deshalb für uns ein Nichts. Daher sagt man, daß Gott die Welt aus Nichts, d.h. aus der Tiefe des Nichtoffenbaren hervorgebracht hat." (155)
Hartmann unternimmt den Versuch zu einer Mittlerposition zwischen der orthodoxen Lehre und der indischen Konzeption von den *"Tagen und Nächten Brahmans"*. Wenn Gott die Welt *„nicht aus nichts, sondern aus seinem Wesen schöpft"* (156), fällt der Brückenschlag zur Emanationsvorstellung leichter.

151) Anzumerken bleibt, daß in einem Brief die 'Mahatmas' sich selbst als "Geschöpfe" bezeichnen. (I, S. 79)

152) *„Nichts ist je aus nichts gekommen. Wir glauben nicht an Wunder; deshalb leugnen wir eine Schöpfung und können uns keinen Schöpfer vorstellen, der etwas aus nichts erschafft."* (H.S.Olcott, Buddh. Katechismus, a.a.O., S. 95)

153) vgl. William Q. Judge, *"Das Meer der Theosophie"*, München o. J., S. 30 ff.

154) vgl. A. P. Sinnett, *"Das Wachstum der Seele"*, Leipzig o. J., S. 379 ff.
ders., *"Die esoterische Lehre"*, a. a. O., S. 237 ff.

155) Franz Hartmann, *"Magie"*, a. a. O., S. 37

156) ebd., S. 49

Die Natur geht aus Gott hervor, *„ist aber deshalb nicht Gott."* (157) Der klassische Pantheismus kann Hartmann nicht zu seinen Zeugen zählen; wohl aber die neuplatonische Emanationsphilosophie, die alles Seiende in Abstufungen aus dem göttlichen Grund hervorströmen läßt. *„Je näher die Schöpfungen des göttlichen Geistes der göttlichen Quelle stehen, der sie entsprungen sind, um so vollkommener sind sie auch; je weiter sie davon entfernt und materiell geworden sind, um so weniger sind sie gottähnlich."* (158) In dieser Schöpfungsvorstellung sieht Hartmann keine Wertigkeit oder eine ewig festgeschriebene Ordnung, sondern das Abbild eines evolutiven Prozesses, der zur bewußten Gotteskindschaft führen soll.

Am Ausgangspunkt des schöpferischen Wirkens steht für ihn ein "Universalgeist" (159), der die Funktion des kosmischen Adam Kadmon (160) innehat und als der wahre geistige Mensch das ursprünglich unbewußte göttliche Geschöpf symbolisiert, das im Vollzug der Schöpfung zu seinem innerlich angelegten göttlichen Selbstbewußtsein reifen soll.

Grundsätzlich bejaht Hartmann den Schöpfungsgedanken, wenngleich verschiedentlich Aussagen über die Ewigkeit des Stoffes (161) oder die ursachlose Existenz alles Seienden in seinen Werken aufzufinden sind. (162)

157) ders., *"Die Erkenntnislehre der Bhagavad Gita"*, Calw o. J., S. 96

158) ebd., S. 97

159) ders., *"Yoga"*, a. a. O., s. 91

160) ders., vgl. *"Gita"*, a. a. O., S. 99
vgl. auch Gershom Scholem, *"Zur Kabbala und ihrer Symbolik"*, Ffm. 1977^2, S. 150 ff.

161) vgl. Hartmann's Roman *"Ein Abenteuer unter den Rosenkreuzern"*, Calw o. J., S. 92

162) vgl. *"Die Symbole der Bibel und der Kirche"*, Calw o. J., S. 10 ff.
"Das Evangelium Buddhas", Calw, o. J., S. 45 f.

Hartmanns Schöpfungslehre steht der Theosoph Joh. Fährmann nahe, wenngleich mit stärkerer Betonung des Pantheismus; vgl. *"Theos. Katechismus"*, a. a. O., Bd. I, 2, S. 15 ff.

Rein pantheistisch dagegen A. M. Oppel; vgl. Adeptenbuch, a. a. O., I, 46 u. II, 126

Rudolf Steiner — Geist und Urmeer

Steiner lehnte Antworten auf die Fragen nach dem ersten Ursprung der Welt ab: *„Nur Begriffshaarspalterei will erforschen, was 'ganz im Anfange' der Welt war, oder 'warum eigentlich Gott die Welt erschaffen habe'?"* (163) Als Begründung liefert er nur die Behauptung, daß der entwickelte Geistesforscher derartige Fragen nicht mehr stelle. Ausgehend von dieser Auffassung macht Steiner nahezu ausschließlich nur noch Aussagen über die "Schöpfung der Elohim", die Erschaffung der Erdenwelten.

Für diese, wohl aber auch generell, lehnt Steiner eine "creatio ex nihilo" ab. *„Aber sowohl das Wort "bara" wie auch das Wort "creare" heißt niemals: Gott hat die Welt aus dem Nichts geschaffen; denn beiden Worten liegt der Sinn zugrunde: Gott hat frühere Zustände in neue überfließen lassen; ebenso wie die Mutter das Kind nicht aus dem Nichts gebiert, sondern gebären heißt: das Kind tritt sichtbar in die Welt hinaus aus dem früheren verborgenen Zustand im Mutterleibe."* (164) In dieser Geburts-Metapher wird Steiners Überzeugung treffend deutlich. Schöpfung meint Veränderung von schon Bestehendem. Es wird nicht aus einem Nicht-Seienden durch eine Gottheit *geschaffen*, sondern Leben aus einer vorhandenen Substanz (Materie) *geschöpft*.

Steiner wählt erneut sein Meer-Tropfen-Gleichnis, in dem das Meer die Funktion einer Art Ur-Materie übernimmt. *„Vergleichen sie nun die im Schoße der Gottheit ruhende Seele mit dem Wassertropfen: die Leiber nehmen die Seelen auf wie die Schwämmchen die Wassertropfen; dadurch wurden die Seelen selbständig, wie das Wasser individualisiert wurde durch die Schwämmchen."* (165) Die Polarität von Materie (Wasser) und Geist (Schwamm) wird von Steiner nicht in eine Schöpfungsvorstellung eingefügt, die die Entstehung des einen aus dem anderen herleitet, sondern weit

163) R. Steiner, *"Aus der Akasha-Chronik"*, Dornach 1975, S. 101

164) ders., *"Menschheitsentwicklung und Christus-Erkenntnis"*, Dornach 1967, S. 78 f. vgl. zur *"Elohim-Schöpfung"* von R. Steiner, *"Die Geheimnisse der Biblischen Schöpfungsgeschichte"*, Dornach 1976[5]

165) ders., *"Menschheitsentwicklung"*, a. a. O., S. 133

eher in einen Monismus verwandelt, der letztlich nur eine Substanz in unterschiedlicher Gewandung anerkennt.
Steiner kann letztlich zu keiner klaren Schöpfungslehre gelangen, da dies sein 'Gottes'-Bild nicht ermöglicht. Die in Freiheit von Gott vollzogene Schöpfung, die Erschaffung eines vorher Nicht-Seienden, findet in der Anthroposophie Rudolf Steiners keinen Platz. (166)

Max Heindel — Schöpferische Hierarchien

Die Deutung der Heindelschen Schöpfungslehre wird erschwert (wie schon bei seiner Gotteslehre) durch die Unterscheidung zwischen GOTT (dem Absoluten) und dem 'Gott' eines solaren Systems. Für die hier allein wesentliche Frage nach der Beziehung zwischen GOTT und Schöpfung läßt sich nicht eindeutig beantworten, ob Heindel 'neben' GOTT noch die Existenz einer Ur-Materie annahm. Er gebraucht verschiedentlich Bezeichnungen wie "kosmische Ur-Substanz", in der er einen "negativen Pol des Universalgeistes" (167) zu sehen glaubte. Desgleichen deutet er das göttliche Schöpfungswort als ein "Zusammenfügen von chaotischen Atomen" (168), wobei diese zweifelsohne als schon vorhanden angesehen werden.
Kontrastierend mit diesen Lehren ist seine mehrfach belegte Betonung von der absoluten Transzendenz GOTTES, in dem und aus dem heraus sich Schöpfung vollzieht. Das EINE ist für Heindel ewig unvermischt mit anderem Seienden.
In diesen schöpfungs-orientierten Passagen versucht Heindel eine Erklärung des Mysteriums der Creatio, die auf eine traditionelle Emanations-

166) vgl. dazu die begründete Kritik aus kirchen-christlicher Sicht, in der — häufig allerdings unerträglich polemisierenden — Studie von Vera Pierott, *"Anthroposophie — eine Alternative?"*, Stuttgart 1982, S. 154

167) M. Heindel, *"Weltanschauung"*, a. a. O., S. 186

168) ders., *"Das Gewebe des Schicksals"*, Darmstadt 1978, S. 85

theologie hinausläuft. *„Am Ur-Anfang schuf GOTT in sich und von sich eine Menge potentieller, geistiger Intelligenzen, wie glühende Funken im flammenden Feuer; sie waren daher wie potentielle Flammen oder Feuer. Potentiell, weil sie allwissend waren wie GOTT, ohne selbstbewußt zu sein; und auch allmächtig wie GOTT, ohne jedoch dynamische Energie, verwendbar in jedem Momente, und im Einvernehmen mit ihrem Willen, zu besitzen."* (169)
Die Sinnfrage — läßt man die philosophischen Bedenken gegen diese Idee einmal außer acht — findet ihre Antwort damit in der Bewußtwerdung göttlicher Funken. Ursprünglich all- aber nicht individuell-bewußter Geist kleidet sich 'absteigend' in immer dichtere Gewänder, um in der Begrenzung sein ICH zu finden. (170)
Die ursprünglichen Funken, geboren aus dem göttlichen Geist, übernehmen die Aufgabenbereiche einer kosmischen Hierarchie und damit den Vollzug weiterer Schöpfungen (i.e. Gestaltung von vorgefundener Materie). (171) Heindel gerät mit seiner Vorstellung von den kosmischen Hierarchien in die Verlegenheit, den unterschiedlichen Seinsrang von Menschen und Seraphim, von solaren Logoi und Engeln erklären zu müssen. Um sein Modell nicht gänzlich aufgeben zu müssen, nimmt er Zuflucht zur göttlichen Willkür, denn *„Gott erschuf den Menschen ein wenig geringer"* (als den Engel, d. Verf.). (172)
Die Idee der Gleichheit aller Geschöpfe (auch am/im Anfang) vor Gott wird verneint. Es gibt eine kosmische Rangordnung, die innerhalb des Seins ein a priori darstellt — gegründet auf der Willkür Gottes.
Heindels System zeigt mehrfach Parallelen zur traditionellen Schöpfungs-Lehre, weicht aber in einigen — wenig überzeugend begründeten Aspekten — von dieser ab, ohne aber je den absoluten GEIST und seine Schöpfung bzw. eine Ur-Materie zu identifizieren.

169) ders., *"Rosenkreuzer Philosophie Bd. I"*, Darmstadt 1963, S. 1

170) vgl. auch ders., *"Lehren eines Eingeweihten"*, Darmstadt 1979, S. 50 ff.

171) Innerhalb bestimmter kosmischer Entwicklungsbereiche untergliedern sowohl Theosophen und Anthroposophen als auch Rosenkreuzer in ein sehr diffiziles System von Ketten, Globen, Runden und Rassen. Im Grundsätzlichen ähneln sich diese Modelle, können aber im Detail deutliche Unterschiede aufweisen.

172) ders., *"Rosenkr. Philos."*, a. a. O., Bd. 1, S. 3

Charles W. Leadbeater — Der Anfang des Universums

Leadbeater bekennt sich unzweideutig zum Gedanken der Schöpfung. Aus dem unerkennbaren EINEN geht alles Leben hervor, geboren aus und geborgen im Göttlichen Geheimnis. Leadbeater hat die Demut und die Erkenntnis, um nicht die 'Ursache' für Gottes Plan zu schaffen angeben zu wollen. Für ihn wird der Mensch nie wissen, warum die Gottheit das Universum aus sich hervorströmen ließ. Als einzigen Hinweis auf diese Grundfrage menschlichen Philosophierens greift er die Worte eines Gnostikers auf. *„Gott ist die Liebe, aber die Liebe kann nicht vollkommen sein, solange sie ohne einen Gegenstand ist, auf den sie sich ergießt und der sie erwidert."* (173)

Dem Gedanken einer "Schöpfung aus dem Nichts" steht er bejahend gegenüber, deutet ihn (allerdings bezogen auf unser Sonnensystem) als die Vorformung des zu Schaffenden im göttlichen Geist. (174) Alles Geschaffene kann daher als ein nach außen projiziertes Gedankenbild Gottes verstanden werden; dessen Bestehen radikal von seinem Urheber abhängig ist. *„Die Existenz der Materie hängt somit ganz und gar ab von der Fortdauer einer Idee im Geiste des Logos; wenn Er sich entschlösse, Seine Kraft herauszuziehen aus der physischen Welt — also aufhört zu denken — so würde jedes physische Atom sich augenblicklich auflösen, und der ganze physische Plan würde im Augenblick verschwunden sein und verlöschen wie das Licht einer Kerze, die ausgeblasen wird."* (175) Allein die Liebe Gottes gewährleistet den Fortbestand alles von IHM ins Sein Gedachten.

Über den "Anfang des Universums" schwieg Leadbeater. Eine Antwort auf diese Frage zu finden, konnte für ihn nicht mittels geistiger Schau erfolgen; denn *„der Anfang des Universums (wenn es je einen Anfang hatte), liegt für unsere Forschung jenseits des Erreichbaren. In dem frühesten uns zugänglichen*

173) C. W. Leadbeater, *"Textbuch"*, a. a. O., S. 10

174) ders., *"Das Innere Leben"*, Leipzig o. J., Bd. II, S. 334

175) ebd., II, 265

Zeitpunkte der Geschichte sind die beiden großen Gegensätze Geist und Materie, Leben und Form, bereits in voller Tätigkeit." (176)
Auf der Grundlage von Leadbeaters Lehrgebäude darf allerdings geschlossen werden, daß er nicht von der Existenz einer kosmischen Ur-Materie ausgegangen ist, die für den Schöpfer gewissermaßen vorhanden war. Auch der 'Weltstoff' wird von der Gottheit geschaffen und von großen kosmischen Wesenheiten am Beginn eines neuen "Weltentages" ausgestaltet. (177) Ungelöst bleibt dabei allerdings das Problem der Entstehung der Logoi etc.; denn einmal in der Zeit müssen auch diese ihren Anfang genommen haben. Die Lehre von den *"Tagen und Nächten Brahmans"* kann nicht sinnvoll als ein regressus ad infinitum gedacht werden. Wer leitete aber die Entwicklung der ersten Ur-Monaden, bis sie zu kosmisch-bewußten Individualitäten herangereift waren? War es die Gottheit selbst? (178)
Die Notwendigkeit eines Reifeprozesses war für Leadbeater im Aspekt der Freiheit begründet, da Schöpfung und Freiheit für ihn eine unauflösbare Verbindung darstellten. *„Zweifellos hätte Gott durch einen einzigen Willensakt den Menschen vollkommen und dem Gesetz fügsam gestalten können; aber würde ein solcher Mensch nicht nur ein Automat gewesen sein, — eine Figur, in der wohl Gottes Wille, aber nicht sein eigener gewirkt hätte? Was der Logos wünschte, war, aus Seiner eigenen Natur heraus Wesen zu schaffen, die ihm gleich werden sollten an Kraft und Herrlichkeit; Wesen, die in vollkommener Freiheit wählen konnten und die sich dabei mit absoluter Sicherheit für das*

176) ders., *"Textbuch"*, a. a. O., S. 18

177) Von Beatrice Flemming wird in ihrem Theosophischen Weltbild explicit die Geschaffenheit auch des Ur-Stoffes betont. *„Bei Beginn eines neuen "Weltentages" tritt zuerst der sogenannte GROSSE EINE auf, der Kosmische Ur-Logos, der aktive Aspekt des ABSOLUTEN URGRUNDES. Aus ihm geht die Weltenwurzel als Grundlage allen Stoffes — "Mulaprakriti" — hervor. Aus diesen beiden im GROSSEN EINEN wirkenden Grund-Elementen — Ur-Geist und Ur-Materie — bauen die früheren Logoi von ungeheuren Sternen- und Milchstraßensystemen, welche nun schrittweise aus dem GROSSEN EINEN hervorgehen, das Weltall in sieben Phasen auf."* (a. a. O., III, 189)

178) Leadbeater selbst hatte die Idee eines "ursprünglich homogenen Lebensstromes", der als Entwicklungsgrundlage am "ersten Tag der Schöpfung" gestanden haben kann. Vgl. *"Textbuch"*, a.a. O., S. 32

Recht und nicht für das Unrecht entscheiden mußten, denn ihrer vollkommenen Macht konnte vollkommenes Wissen und vollkommene Liebe beigefügt werden." (179)
Aus der Einheit unbewußt hervorgehend, in der Einheit allzeit geborgen, um letztlich bewußt in die Einheit zurückzukehren — dies kennzeichnet die Vorstellung Leadbeaters vom Ursprung und Sinn allen Seins. (180)

Annie Besant — Flamme und Funken

„*Der Mensch als* geistiges Sein, *als spirituelles Wesen, geht aus von Gott und kehrt zurück zu Gott."* (181) In diesem Satz liegt das Bekenntnis zur Schöpfung begründet, das neben A. Besant auch alle anderen theistisch orientierten Theosophen akzeptieren.
Das Universum spiegelt in seinen Formen die Ideen Gottes. Sie sind aus Gott hervorgegangen wie das Licht aus einer Lampe, gleich Funken aus einer Flamme. Solange das Licht leuchtet, strahlt die Sonne des Lebens am 'Tage Brahmans'; verlöscht es, geht alles Sein in Brahman ein, ein Existieren, von dem nicht mehr gesprochen werden kann. (182)
Annie Besant wählt zur Erklärung der Schöpfungsfrage neben dem Lichtgleichnis auch eine Blumen-Metaphorik. Das Universum gleicht der „*Sommerblüte einer im Ewigen ruhenden Wurzel."* (183) Die Wurzel bleibt immer unverändert die gleiche. Die Gottheit verändert sich durch die Schöpfung

179) ders., *"Das Innere Leben"*, a. a. O., Bd. I, S. 73

180) vgl. Zur Schöpfungsfrage auch Flemming, *"Weltbild II"*, 72 ff.
H. K. Challoner, *"Der Pfad der Heilung"*, München 1980, S. 30 ff.
C. Jinarajadasa, *"Die Welt als Vorstellung, Gefühl und Wille"*, Graz 1977[2], S. 68

181) Besant/Leadbeater, *"Der Mensch: Woher, Wie und Wohin"*, Düsseldorf 1931, S. 3

182) vgl. dies., *"Die Entwicklung des Lebens und der Form"*, Berlin 1902, S. 28

183) dies., *"Die Theosophie und ihre Beweise"*, Colmar 1914, S. 7

nicht. *„Das Weltall ist nur der Same der Gottheit, in dem jede Kraft eingeschlossen enthalten ist und der die Fähigkeit besitzt, durch deren Entfaltung sich zum Ebenbild des Höchsten zu erheben."* (184)
Innerhalb bestimmter kosmischer Bereiche entfaltet sich Schöpfung für A. Besant dann entlang der schon mehrfach skizzierte Linie. Ein solarer oder planetarischer Logos ergießt sich in sein System, in der Regel als dreifaltiger Prozeß gedacht. Unbewußter Geist steigt so, das Tal der Materie durchschreitend, empor zu göttlicher Bewußtseinsfülle. (185)
Die solare 'Gottheit', die Annie Besant auch als Ishvara interpretiert, als persönlichen Gott, entwickelt 'ihre' Funkenkinder, bis diese selbst die Bewußtseinshöhe erklommen haben, die sie befähigt *„sich in das Bewußtsein Ishvaras zu weiten, während es doch ein Zentrum für sich bleibt, fähig, als neuer Logos oder Ishvara emporzusteigen, um ein neues Universum hervorzubringen."* (186)

In der Erhellung des unfaßbaren kosmischen Vermächtnisses, das selbst in der geringsten Monade ruht, liegt eines der großen Verdienste der theosophischen Lehre. Das Fortschreiten bewußten Lebens, von Herrlichkeit zu Herrlichkeit, im Angesicht des Einen, der als unergründliches Geheimnis über allem west, ist die triumphale Botschaft an alle Suchenden.
Als zarte Lichtpunkte treten die Funken ihre Reise an, um bei ihrer Heimkehr selbst leuchtende Flammen zu sein. Licht von Seinem LICHT, Strahlen des einen STRAHLENDEN, Abbild des URBILDES — und doch immer bewußt, daß das Abbild nur die *„Spiegelung des Ungeoffenbarten ist.* Er selbst *aber ist das höhere Ungeoffenbarte, das Ewige, das nie vergeht."* (187)

184) dies., *"Entwicklung"*, a. a. O., S. 109 f.
Über die Zeit-Losigkeit Gottes führt A. Besant in ihrem Werk *"Dharma"* aus: *„Die Zeit bedeutet für Ishvara nichts, denn er ist ewig und für ihn IST alles."* Lehre des Wachstums, München 1981, Bd. II, S. 222
vgl. auch *"Eine Studie über Karma"*, Düsseldorf 1926, S. 10 ff.

185) vgl. *"Die Uralte Weisheit"*, Graz 1971[2], S. 38 ff.
vgl. *"Geist und Welt"*, Berlin (?) o. J., S. 84 ff.

186) dies., *"Die Lehre des Wachstums"*, a. a. O., S. 220

187) ebd., S. 222

Geoffrey Hodson — Der Kosmische Logos

In seinen Schöpfungsvorstellungen unterscheidet sich Hodson in mehreren Aspekten nicht unwesentlich von seinem Lehrer Leadbeater. Er lehnt die Idee der Schöpfung aus dem Nichts ab; setzt an ihre Stelle die Konzeption einer Emanation, die aufgrund unveränderbarer Gesetze abläuft. Das Aus- und Einfließen von universellem Sein sieht Hodson nicht als schöpferischen Akt, sondern als ewig bestehende Gesetzmäßigkeit. Sein entspringt aus innerer Notwendigkeit aus Nicht-Sein. (188)
Aus der Einheit, der wurzellosen Wurzel, wird die Zweiheit, Geist-Materie, geboren, die dann einen Dritten, den Sohn, erzeugt, in dem Hodson den Herrn des in einem Manvantara (Schöpfungstag) manifestierten Universums sieht. Dieser "kosmische Logos" trägt Züge des platonischen Demiurgen; aber auch des christlichen Gottes. In ihm entstehen in bekannter Linie die kosmischen Hierarchien, wobei auch Hodson die Frage nach dem Ur-Anfang nicht zu beantworten vermag. Planetarische Logoi, göttliche Sephiroth, werden als vorhanden 'gesetzt' und aus ihnen die weiteren Hierarchien des Lebens abgeleitet. (189)
Ansatzweise versucht Hodson eine Begründung in seiner Lehre von den "kosmischen Samen", aus denen sich alle Lebensformen entwickeln; doch verfolgt er diesen Gedanken nicht radikal bis zu seinem ersten Anfang und läßt damit eine wertvolle Antwortmöglichkeit ungenutzt.

Anknüpfend an H.P. Blavatsky setzt Hodson zwei Seinsgrundlagen, indem er neben der ersten Ursache noch dem Raum das Prädikat "ewig seiend" zubilligt. Da er sich nicht zum Pantheismus bekennt, bleibt ungeklärt, wie es zwei unverursachte Prinzipien geben kann. Wenn der Absolute Geist al-

188) vgl. G. Hodson, *"Kingdom"*, a. a. O., S. 10
ders., *"Occult Powers"*, a. a. O., S. 38 f.

189) vgl. ebd., S. 8 ff.
ders., *"The Supreme Splendour"*, Adyar 1969, S. 34 ff.

les ist, was ist, und außer Ihm *nichts* ist, kann nicht 'neben' Ihm der Raum bestehen. (190)

Tiefe und bewegende Schönheit kennzeichnet dann allerdings die 'Pfade der kosmischen Wanderschaft', wie sie B. Flemming in ihrem *"Theosophischen Weltbild"* aus einem Werk Hodsons zitiert.

„Das, was einst Engel und Mensch war, wird nach *der "Kosmischen Nacht" in dem neuen "Welten-Tag" eines neuen Universums als Schöpfer- und Engel-Logos eines eigenen Systems ausgesendet werden .....*

Jene, die einst Juwel und Sylphe waren, Blume und hegende Fee, Haustier und Mensch, Schüler und Meister, Initiierter und Welten-König, schreiten alle ewig voran und bewahren ihre Beziehung zueinander — auch als LOGOI und ENGEL-SONNENKÖNIGE und als KOSMISCHE LOGOI — die immer noch um ihren ehemaligen Regenten "kreisen". Denn die LIEBE ist die UR-KRAFT, die alle Planeten in ihren schwingenden Bahnen erhält. Sie bindet die unzähligen Systeme zu einem *Ganzen! Vom höchsten Göttlichen Herrscher bis zum kleinen physischen Wesen besteht eine Kette der Liebe — ungebrochen, unzerbrechbar. Im Licht jener erhabenen LIEBE sind alle Verschiedenheiten nur als viele Ausdrucksformen der EINEN, UNENDLICHEN, EWIGEN MACHT zu erkennen, aus der Alles entsprang, und zu der Alles immer heimkehrt."* (191)

Wer in der Liebe bleibt, bleibt im Licht Gottes. Wer im Licht Gottes bleibt, wird einst auch das Geheimnis des "Großen Anfanges" erfahren!

190) Vom Standpunkt philosophischer Vernunft noch bedenklicher die ähnlichen Ausführungen I.K.Taimnis in: *"Man, God and Universe"*, a.a.O., S. 15 ff. u. 274. Im Gegensatz dazu die Ausführungen desselben Autors in: *"Die Lehre des Wachstums"*, a.a.O., Bd. III, S. 24 ff.

191) B. Flemming, *"Weltbild"*, a. a. O., Bd. III, S. 127 f. (leider ohne Angabe der Originalquelle)

Alice A. Bailey — Sein und Bewußtsein

Die Immanenz-Transzendenz-Problematik, die sich für das Werk von A.A. Bailey bereits anhand der Gottesfrage abzeichnete, spielt auch in die Ausführungen zur Schöpfung hinein. Die Existenz eines "allerhöchsten Wesens" (192) wird bejaht. Seine Beziehung zur Schöpfung im Sinne einer partiellen Offenbarung (B. Gita X,42) gedeutet. Ein eindeutiges Unterscheidungsmoment zwischen dem einen SEIN und dem Seienden (Geschaffenen) weisen Baileys Schriften nicht auf. Stellt das Geschaffene nur ein Abbild des Urbildes dar, oder ist es selbst Teil des Urbildes?
Für den planetarischen Logos kann die Frage nach Identität und Differenz beantwortet werden. Für Alice A. Bailey *ist* der planetarische Logos die Gesamtheit aller Lebewesen seines Systems, vergleichbar der Beziehung einzelner Körperzellen zum gesamten Menschen. (193)
A. Bailey (Tibeter) bekennt sich daher folgerichtig zum Monismus (Hylozoismus; Allbelebtheit), wobei die Unterscheidung zum klassischen Pantheismus nur in dem Faktor der 'teilweisen Manifestation Gottes' liegt. Gott oder die Gottheit *ist* das Seiende, wenngleich auch noch *mehr* als dieses. (194)
Die Polarität Geist-Materie versucht A. Bailey dahingehend aufzulösen, daß sie nur "Energie von abgestufter Qualität" anerkennt. (195) Das Problem einer prä-existenten Materie stellt sich in ihrem Werk nicht, da keine Trennung zwischen Gott und Schöpfung besteht. Schwerverständlich wird dann die in einem späteren Werk des "Tibeters" doch vollzogene Einführung einer Substanzlehre, denn die *„Substanz ist — technisch gesprochen und im exoterischen Sinne — eigentlich kosmisch-ätherische Materie."* (196)

192) A. A. Bailey, *"Strahlen I"*, a. a. O., S. 38

193) vgl., *"Eine Abhandlung über Weiße Magie"*, Genf o. J. (3. Aufl.), S. 566

194 vgl., ebd., S. 22 f. und *"Kosm. Feuer"*, a. a. O., S. 294 f.

195) *"Kosm. Feuer"*, S. 610 (hier auch die Behauptung, *„daß es für den Okkultisten keine Substanz gibt"*.

196) dies., *"Telepathie und der Ätherkörper"*, Genf 1971², S. 204

Für die Beurteilung der Gesamtkonzeption kommt diesem Gegensatz allerdings keine Bedeutung zu, denn die monistische Grundhaltung, wonach alles Sein göttliches Bewußtsein in je unterschiedlicher Qualität, aber wesenhaft gleicher Substanz ist, bleibt davon unberührt. Alles Sein ist Sein Gottes, und alle Seelen sind identisch mit der einen Überseele.

Gottfried von Purucker — Das anfanglose Universum

Unterschied Alice Bailey noch zwischen einem immanenten und einem transzendenten Gott, so entfällt diese Differenz in den Werken Puruckers auch noch. Es ist kein Gott, der erschafft!
Allein ein ewiges, grenzenloses Sein existiert. Innerhalb dieses einen Seins gibt es verschiedene Schattierungen (Stufen). So wird auch zwischen sichtbarem und unsichtbarem kosmischen Sein differenziert, letzteres in der Funktion als Quelle menschlichen Daseins. Der Mensch *„ist ein Pilger der Ewigkeit. Er entsprang dem unsichtbaren Teil des kosmischen Seins, in Äonen, die so weit in der Vergangenheit liegen, daß die Menschheit, mit Ausnahme der großen Weisen und Seher, alle Erinnerung daran verloren hat. Er kam hervor aus dem Schoß des Kosmischen Seins als ein sich seiner selbst nicht bewußter Gottesfunke, ...“* (197)
Purucker konstruiert eine Kette schöpferischer Hierarchien, die aus dem anfanglosen Nichts kommen und in die endlosen Weiten des Universums wandern. Wie der Mensch "der Gott seiner Zellen" ist, so verkörpern höhere Wesenheiten die 'Götter' der Menschen.
„Er (der Mensch, d. Verf.) ist in einem sehr wahren Sinn ihr (der Zellen, d. Verf.) Gott, geradeso wie wir jene göttlichen Wesen, die uns spirituellen Ursprung gaben, unsere Götter nennen und geradeso wie diese göttlichen Wesen ihrerseits als spirituelle, atomare Teilchen von noch erhabeneren Wesenheiten abstammen und so fort, immer höher hinauf; eine endlose Hierarchie von auf-

197) G. v. Purucker, *"Goldene Regeln der Esoterik"*, München o. J., S. 81 f.

und absteigenden Intelligenzen und Lebenseinheiten." (198) In keinem Satz reflektiert Purucker über die Sinnhaftigkeit einer unendlich rückwärts schreitenden Reihe, ohne an einen ersten Anfang zu gelangen. Immer größer und größere Götter werden eingeführt, deren 'Anfang' sich im Dunkel ferner Äonen verliert; doch zur Annahme einer ersten Ursache vermag Purucker nicht zu gelangen. Stattdessen verfällt er auf die Idee der Selbstschöpfung, die er aus der indischen *"Svabhava-Doktrin"* ableitet. (199) *„Die Welten und wir selber gingen aus dem Herzen des Seins hervor, und im tiefsten Innern unserer Natur sind wir selbst dieses Herz des Universums."* (200)

Erzeugt sich die mikrokosmische Existenz auf unerklärliche Weise selbst, so besteht der Makrokosmos in Ewigkeit. Das Universum wird von einer *rein immanent* gedachten Intelligenz belebt, deren Strom *„niemals aufhört, weil das Universum ohne Grenzen, also grenzenlos ist, ohne Anfang und ohne Ende."* (201)

In fragender Anklage setzt sich Purucker dann mit dem theistischen Schöpfungsmodell auseinander. *„Ist euer Gott vollkommen, ewig, unendlich an Macht, wie ihr sagt? Dann fragen wir euch: Kann die Unendlichkeit etwas anderes als ein unendliches Werk schaffen, und kann ein unendliches Werk geschaffen werden und doch einen Anfang haben? Kann die Vollkommenheit ein unvollkommenes Werk hervorbringen? Befaßt sich das universale Leben mit den Einzelheiten des uns umgebenden physischen Universums, es sei denn in dem allgemeinen Sinne der unpersönlichen Tätigkeit universaler Kräfte?*
Auf diesen vollkommen vernünftigen und logischen Einwand gab es keine Antwort, ..." (202)

198) ders., *"Kosmos"*, a. a. O., S. 138

199) sva = selbst und bhava = werdend (Sanskrit)
vgl. ders., *"Source"*, a. a. O., S. 198 ff.

200) ders., *"Kosmos"*, S. 240
vgl. auch, *"The Dialogues of G. d. P."*, Vol. III, S. 160 ff., Pasadena 1948

201) ders., *"Die Mahatmas und der echte Okkultismus"*, Graz 1976, S. 26

202) ders., *"Kosmos"*, a. a. O., S. 237
vgl. auch *"Studies"*, a.a.O., S. 132 f.

Diese letzte Behauptung ist unrichtig, was auch Purucker selbst gewußt haben muß. Er war wohlbekannt mit den Werken Leadbeaters und Besants, die er oft beißend sarkastisch kritisierte. Dort, wie auch in zahllosen Werken anderer Autoren, hätte er leicht die nachstehenden Antworten erhalten können.

Die absolute Ewigkeit Gottes, der in Liebe Leben schenkt, gewährleistet die Unendlichkeit des Lebens, wobei eine unendliche Wirkung nur einer unendlichen Ursache bedarf, ohne dabei in logischen Konflikt mit der Tatsache der Geschaffenheit zu geraten.

Die Vollkommenheit brachte ein vollkommenes Werk hervor, denn die noch in Unvollkommenheit befindliche Schöpfung ist auf dem Weg zur Vollkommenheit; und ihre Unvollkommenheit (im Prozeß der Entwicklung) ist der Preis der Freiheit.

Die "behütende Hand Gottes" charakterisieren zu wollen, übersteigt menschliches Verstehen. Die Begegnung "von Angesicht zu Angesicht" mit dem persönlichen Gott, die hier und jetzt Ereignis werden kann, tangiert in keiner Weise die göttliche Allgegenwart, als verborgene Anwesenheit in allem Geschaffenen.

Die Bejahung eines schöpferischen Gottes bedingt nicht die Fähigkeit zur Beantwortung aller Fragen des Schöpfungsmysteriums; seine Leugnung jedoch führt in innere Widersprüche, aus denen heraus kein Licht einen Ausweg weist. (203)

203) Die gleichen Erwiderungen wären an Bo Yin Ra zu richten, dessen Schöpfungslehre nahezu identisch mit der Puruckers ist.
vgl. *"Das Mysterium von Golgatha"*, Bern 1973[4], S. 178
"Das Buch vom lebendigen Gott", Bern 1981[6], S. 113 ff.

Jan van Rijckenborgh — Die Ursubstanz

Rijckenborgh, der unter der Firmierung des Rosenkreuzertums eine synkretistische Philosophie aus zahlreichen okkulten Strömungen schuf, geht in seiner Schöpfungslehre von einer kosmischen Urmaterie aus, die den ewig existierenden Ur-Raum (H.P. Blavatsky) ausfüllt. Rijckenborgh benennt diese als "kosmische Wurzelselbständigkeit". (204) Diese "prima materia" wird von den Elohim als Grundstoff benutzt, um ein begrenztes Universum auszugestalten. (205)
Unerklärt bleibt die *parallele* Existenz des einen absoluten Gottes und der einen ewigen Materie im ewigen Ur-Raum.

Abd-Ru-Shin — Drei Schöpfungen

Abd-Ru-Shin zählt zwar zur theistischen Gruppe, unterscheidet sich aber in seiner Schöpfungslehre in allen Punkten von den Aussagen anderer Autoren. Er unterscheidet drei Schöpfungen, deren erste er als "Urschöpfung", die zweite als "Schöpfung" und die dritte als "Nachschöpfung" bezeichnet. Das Wesen der ersten Schöpfung ist charakterisiert durch die Hervorbringung von "urgeistigen" Wesenheiten, die sofort "vollreif erstanden". (206) Aus der Ur-Schöpfung resultieren in "natürlichstem Geschehen" (207) dichtere Welten, die gleichzeitig einen geringeren Seinsrang, größere Gottesferne und weniger entwickelte Spiritualität verkörpern. Die unterschiedlichen Grade der Göttlichkeit geschaffener Wesen sind somit gottgewollt

204) Jan van Rijckenborgh, *"Elementare Philosophie des modernen Rosenkreuzes"*, Haarlem 1975, S. 83

205) vgl., ders., *"Das Mysterium von Leben und Tod"*, Haarlem 1971^{3}, S. 73

206) Abd-Ru-Shin, *"Im Lichte"*, a. a. O., III, 354 f.

207) ebd., I, 144

und vorbestimmt. (208) Das Prinzip der Gleichheit aller Wesen vor Gott wird aufgehoben.
Die stoffliche Schöpfung ist für Abd-Ru-Shin endlich. Sie steht als "begrenztes Werk neben dem Schöpfer" (209) und fällt im "jüngsten Gericht" unter die 'göttliche Abrechnung'. Die Implikationen dieser Idee für das einzelne Individuum werden noch gesondert zu erörtern sein; an dieser Stelle soll nur die grundsätzliche Bejahung des schöpferischen Gedankens in der skizzierten (willkürlichen) Konstruktion festgehalten werden.

Georg I. Gurdjieff — Das Absolute und seine Kräfte

In den Darlegungen der nicht-theistischen Autoren (vgl. z.B. Purucker) vollziehen sich 'schöpferische' Prozesse mittels der Energien von großen (kosmischen) Wesenheiten, wobei immer unerklärt bleibt, welchen ersten Ursprungs diese Universalgeister sind. Auch Gurdjieff läßt innerhalb der Schöpfung eine vorgegebene Gesetzmäßigkeit walten, aufgrund derer das Universum gestaltet wird, die nicht unmittelbar Kräfte des Absoluten darstellen. Er unterliegt jedoch nicht dem Widerspruch, diese nur a priori zu setzen, ohne ihren Ursprung bestimmen zu wollen; sondern sieht sie aus dem Absoluten (das sie erschafft) hervorgehen. Erst diese Kräfte, auch als Prinzipien bezeichnet, vollziehen dann im eigentlichen Sinne Schöpfung.
„Der Unterschied zwischen der schöpferischen Tätigkeit des Absoluten und den nachfolgenden Schöpfungsakten besteht wie gesagt darin, daß das Absolute aus Sich selber erschafft. Nur das Absolute verfügt über Willen; Es allein bringt die drei Kräfte in Sich selbst hervor. Die nachfolgenden Schöpfungsakte vollziehen sich mechanisch durch die gegenseitige Beeinflussung der Kräfte nach dem Gesetz der Drei. Kein Einzelwesen kann von selbst schöpferisch sein — es ist nur eine gemeinschaftliche Schöpfung möglich." (210)

208) ebd. III, 402

209) ebd., I, 77

210) G. I. Gurdjieff, *"Gespräche"*, a. a. O., S. 224

Auch die Parallelexistenz von Absolutem und ewigem Raum (vgl. Rijckenborgh) wird von Gurdjieff negiert. Im Anfang existiert nur der Absolute, der "Einsseiende Schöpfer", der ggf. mit einem Ur-Raum identifiziert werden kann, da er alles ist, was ist, in Vollkommenheit. (211)
Alles Geschaffene und der Stoff, der innerhalb der Schöpfung geformt werden kann, urständet für Gurdjieff im göttlichen Schöpfer.

Flower A. Newhouse — Schöpfungszyklen

Es gibt keine höher-oder geringerwertigen Wesen in Gottes Schöpfung, nur jüngere oder ältere Gotteskinder. In der Überzeugung von Flower A. Newhouse vollzieht sich die göttliche Schöpfung in Zyklen. Jene kosmischen Wesenheiten, die gegenwärtig die Existenz des Menschengeschlechtes behütend überwachen, durchwanderten ihre Menschheitsstufe in früheren Äonen. Alle aber im Anfang entsprungen der unmanifestierten Gottesquelle, und der Geist des Absoluten führt sie, bis sie einst vereint in vollendeter "Göttlichkeit im Schoße des Vaters" ruhen. (212)

Aus Gott — in Gott — zu Gott zurück!

Wohin kann Schöpfung erfolgen, wenn es kein 'außerhalb' des Einen geben kann, und doch der Eine nicht die Vielheit ist?
Vielleicht kommt die kabbalistische Lehre der Selbstverschränkung Gottes (zimzum) der Wahrheit am nächsten. Doch welcher Mensch wollte so vermessen sein, alle Geheimnisse des Seins zu ergründen; und ist Schöpfung nicht eines der wunderbarsten Mysterien?
Der Gott, welchen er erkennen könne, wäre für ihn kein GOTT mehr, lehrte Meister Eckhart — und die Schöpfung, die nicht ihr ewiges Geheimnis hütete, wäre nicht die Schöpfung GOTTES.

211) vgl. *"Beelzebub"*, a. a. O., II, S. 798 und I, S. 149

212) F. A. Newhouse, *"Questions I"*, a. a. O., S. 175
vgl. auch *"Songs of Deliverance"*, Escondido 1972, S. 215 ff.

Kap. III Involution

Es herrscht Einheitlichkeit unter den *"Botschaftern des Lichtes"* in der Überzeugung von einer im Ursprung geistigen Schöpfung (Emanation). Gleich, ob sie im eigentlichen Sinne Schöpfung bejahen oder pantheistisch ausgerichtet sind — bewußtes Leben entspringt im GEIST. Aus dieser Quelle heraus vollzieht sich ein Abstieg, der zur individuellen Bewußtwerdung ursprünglich nur potentiell göttlicher Wesen führen soll.
Unterschiede lassen sich dann unter den "Botschaftern" allerdings über die Frage der 'Tiefe des Herabsteigens' verzeichnen. Sollte der Bewußtwerdungsprozeß gesetzmäßig bis hinab zur Materie führen (Involution)? Ist der Mensch somit am tiefsten Punkt seiner langen kosmischen Wanderschaft angelangt oder entsprang die materielle Welt, mit all den auf der Erde herrschenden Übeln, Kriegen und Mißständen (und nur von dieser Erde kann hier ausgegangen werden) einem 'kosmischen Abfall' (Engelsturz)?

Beide Positionen lassen sich in den Werken der nachstehend analysierten Autoren auffinden, beide mit wohlbegründeten Argumenten, die es vor dem Horizont objektiver Prüfung nur schwer ermöglichen, einer der beiden Auffassungen größere Überzeugungskraft als der anderen zuzusprechen.

Die Kontroverse — Involution (gesetzmäßiger Abstieg) gegen Abfall (Auflehnung gegen das göttliche Gesetz) — ist so alt wie die Menschheit. Über gnostisch-hermetische Schriften, alte Mysterienüberlieferungen bis hin zu den Mythen und Sagen längst vergangener Kulturen reichen die Aufzeichnungen, in denen der Körper als "der Sünde Sold" und als "Geschenk der Götter" umstritten ist.
Auch in den nachfolgenden Darlegungen wird sich eine gewisse Polarität herauskristallisieren (teilweise sogar innerhalb eines Werkes), die schwer auf-zu-heben ist zu einer neuen Synthese.

Das erste Beispiel für Schwankungen in der Auffassung liefert H.P. Blavatsky, deren Meinung zwischen Sündenfall (Isis) und Gesetzmäßigkeit (Geheimlehre) oszilliert. Unter Heranziehung hermetischer Philosopheme geht sie in der "Isis" davon aus, *„daß die Materie mit der Zeit durch die Sünde gröber und dichter geworden ist, als sie bei des Menschen erster Erschaffung war; daß der menschliche Körper anfangs halb-ätherischer Natur war; und daß die Menschheit vor dem Falle frei mit den jetzt unsichtbaren Reichen verkehrte. Aber seither ist die Materie zur undurchdringlichen Schranke zwischen uns und der Geisterwelt geworden."* (213) Im gleichen Werk spricht sie von *"rebellischen und törichten Genien"*, die nach weitverzweigten Entwicklungspfaden letztlich zu den *"Menschen unseres Planeten"* werden. (214) Der involutive Bewußtwerdungsweg sollte mit der Verdichtung zum Ätherkörper abgeschlossen werden. Die Heranbildung des materiellen Planes resultierte aus mißbräuchlicher Verwendung geistiger Energien.

Anders verlautet es dagegen in der *"Geheimlehre"*. Dort wird der "Fall der Engel" oder der "Fall des Ur-Adams" als mißverständliche Auslegung eines "Gesetzes der Entwicklung" bezeichnet. *„Der "Fall" ist eine universelle Allegorie. Sie stellt an das eine Ende der Leiter der Entwicklung den "Aufruhr", d.i. die Tätigkeit des differentiierenden Denkens oder Bewußtseins auf seinen verschiedenen Ebenen, welches Vereinigung mit dem Stoff sucht."* (215)

Die 1889 erstmals in Buchform veröffentlichte Arbeit *"Der Schlüssel zur Theosophie"* scheint dann wieder eine Rückkehr zur frühen Position der "Isis" zu vollziehen. Denn dort führt sie aus, daß das Ego ursprünglich göttlich war, *„aber seit seinem "Fall in die Materie", seit es den ganzen Zyklus hindurch von Inkarnation zu Inkarnation wandern muß, von der ersten bis zur letzten, ist es kein freier und glücklicher Gott mehr, sondern ein armer Pilger, der auf dem Weg ist, das wiederzugewinnen, was er verloren hat."* (216) Es läßt sich nicht eindeutig klären, ob das "muß" ein göttliches oder ein aus "Abfall" resultierendes ist. Nur der Ausdruck der "verlorenen" Göttlichkeit

213) H. P. Blavatsky, *"Isis I"*, a. a. O., S. 1 f.

214) ebd., S. 301

215) dies., *"Geheimlehre"*, a. a. O., II, S. 65 / vgl. auch ebd., S. 407

216) dies., *"Schlüssel"*, a. a. O., S. 135

könnte als Hinweis auf ein schuldhaftes Hinabsinken in die Materie gedeutet werden, denn einen gesetzmäßigen Involutionsprozeß dürfte sie nicht als Verlust gekennzeichnet haben.

Eine H.P. Blavatsky ähnliche Gedankenführung läßt sich bei Papus feststellen, der in der Materie "sündhafte Moleküle" zu erkennen glaubte, die aus dem "Verlangen des spirituellen Adam" resultierten. (217) Der ursprüngliche, reine Mensch war in einen "Lichtäther-Körper" als dichteste Hülle gekleidet, der sich erst in Folge eines "allgemeinen Verfalls" zum materiellen Leib verfestigte. (218)

G. von Purucker schließt sich in der Involutionsfrage an die frühe Blavatsky an. Die mythische Überlieferung vom "Fall der Engel" wertet er als Zeugnis für seine Ansicht, daß *„wir spirituelle Monaden sind, die in die Reiche und Strudel der materiellen Welt gefallen oder hinabgesunken sind."* (219) Noch prononcierter äußert er sich in den Aufzeichnungen seiner *"Dialoge"*, wo es heißt: *„Wir sind gefallene Götter."* (220) Da für Purucker kein persönlicher Gott als Gegenüber denkbar ist, kann der "Fall" nur in schöpfungsimmanentem Zuwiderhandeln gegen das eine Gesetz des Lebens bestanden haben, ein "gegen den Strom des Seins" fließen.

217) Papus, *"Die Grundlagen der okkulten Wissenschaft"*, Schwarzenburg 1977 (Nachdruck der Ausgabe 1926), S. 423

218) ders., vgl. *"Kabbala"*, a. a. O., S. 165
Rein mythisch (Luzifer-Revolution) wird das Involutions-Problem in den Darlegungen von Hargrave Jennings behandelt. Vgl. *"Die Rosenkreuzer"*, Schwarzenburg 1977 (Nachdruck der Ausgabe Berlin 1912 in zwei Bänden), II, S. 206 ff.
Von Eliphas Levi wird die Frage offengelassen. Vgl. *"Geschichte der Magie"*, Basel 1978 (Nachdruck der Ausgabe München 1926) I, S. 220
Aufschlußreich auch das Kap. über *"Fallen Angels"* in der vom Southern Centre of Theosophy, Australien, herausgegebenen Studie *"Devas and Men"*, Adyar 1977, S. 110 ff.

219) Purucker, *"Studies"*, a. a. O., S. 574
(We are spiritual monads fallen or sunken in the realms and whirlpools of the material worlds.)

220) ders., *"Dialogues III"*, a. a. O., S. 341

Achtet man einmal auf die Chronologie, so hat es den Anschein, als sollte eine Zäsur zwischen jenen Autoren, die Ende des 19. und Anfang des 20. Jhdt. schrieben und jenen der späteren Jahre dergestalt festzustellen sein, daß erstere der Idee des "Falls" zuneigten, während die zweite Gruppe den Gedanken der gesetzmäßigen Involution betonte.
Im Werk Franz Hartmanns tauchen beide Aspekte auf. Einerseits scheint er die Behauptung zu bestätigen, *„daß die ursprüngliche Heimat des Menschen eine Sphäre gewesen sei, deren Mittelpunkt der Sirius war und die unser Sonnensystem in sich schloß. Da standen dem ätherischen Menschen alle Welten in dieser Sphäre offen, während wir jetzt auf diesen Planeten "Erde" gebannt sind, über den sich unsere materielle Natur nicht erheben kann."* (221)
Andererseits betrachtet er das "Eintauchen in die sinnliche Welt" als natürlichen, gesetzmäßigen Weg im Rahmen des Involutions- und Evolutionsprozesses. (222)

Unmißverständlich äußert sich auch A.A. Bailey, die klar die Involutionslehre vertritt. *„Auf diese Weise trat das große Gesetz der Dualität in Kraft, das den "Fall der Engel" mit sich brachte. Diese stiegen aus ihrem sündenlosen, unbeschwert freien Daseinszustand herab, um durch materielle Inkarnation und den Gebrauch des Denkprinzips volles göttliches Bewußtsein auf Erden zu entfalten."* (223) Bemerkenswert ist bei Bailey allerdings eine Passage im 1.Band der *"Sieben Strahlen"*, in dem der Luzifer-Mythos zur Sprache kommt. *„Symbolisch gesprochen fielen einige Söhne Gottes ab, einst angeführt von "Lucifer, dem Sohn des Morgens". Dieser "Fall der Engel" war ein kolossales Ereignis in der Geschichte dieses Planeten; in der Geschichte des Sonnen-*

221) F. Hartmann, *"Magie"*, a. a. O., s. 195
vgl. auch ders., *"Jehoshua"*, Calw, o. J., S. 94 f.

222) vgl. *"Gita"*, a. a. O., S. 107
Noch schärfer Hartmanns Geistesfreund Joh. Fährmann: *„Die Sünde, die Absonderung von Gott, ist also eine naturgesetzliche Entwicklungsnotwendigkeit."* Theos. Kat., a. a. O., Bd. 2, Teil VII, S. 11

223) A. A. Bailey, *"Hierarchie"*, a. a. O., S. 149
vgl. auch *"Kosm. Feuer"*, S. 269 u. 1240

systems war es aber nur ein vorübergehend interessierendes Phänomen, ein unbedeutender Zwischenfall ...". (224) Ein für die Erde "kolossales Ereignis" sollte doch eine sorgfältigere Durchlichtung wert sein — doch leider sucht man diese vergeblich. Der generelle Tenor des Baileyschen Werkes liegt allerdings auch in der Bejahung des gesetzmäßigen Herabsteigens der Monaden in den materiellen Bereich.

Die Lehren der Theosophischen Gesellschaft, seit den Tagen der Präsidentschaft von Annie Besant, richten sich weitgehend am Involutionsmodell aus. Der materielle Plan wird als unerläßliche Stufe im Bewußtwerdungsprozeß angesehen. *„Involution und Evolution. Er (i.e. der Mensch, d. Verf.) muß sich selbst in Stoff hüllen, sich mit stofflicher Hülle umkleiden und Material aus allen Welten — der spirituellen, intellektuellen, astralen und physischen — an sich ziehen; dies ist die Einkleidung des Geistes in Stoff — Involution — manchmal das Herabsteigen des Geistes in die Materie, manchmal der Fall des Menschen genannt."* (225) Der Bezeichnung "Fall" kommt nur noch gleichnishafte Bedeutung zu, der ursprüngliche Sinn des Ab-Fallens oder Ab-Sonderns (Sünde von Sondern) wird aufgehoben. Hervorzuheben ist in diesem Zusammenhang ein tief reflektierter Gedankengang des einstigen Präsidenten der Theosophischen Gesellschaft, Sri Ram, der die Begründung für den Involutionsgedanken in der Interdependenz von Freiheit und Unwissenheit sieht. *„Es scheint, daß die Verwandlung eines göttlichen Funkens in eine menschliche Individualität mit all den Möglichkeiten, die auf den übermenschlichen Stufen vor ihr stehen — in denen absolute Freiheit verbunden ist mit einer voll bewußten Einheit mit dem göttlichen Ursprung — nur dadurch möglich ist, daß der göttliche Keim, der Keim des Bewußtseins, sich aus*

224) dies., *"Strahlen I"*, a. a. O., S. 433
vgl. auch *"Esoterische Astrologie"*, Genf 1970, S. 56

225) A. Besant, *"Das Rätsel des Lebens"*, Düsseldorf 1928, S. 14
vgl. auch Flemming, *"Weltbild"*, a. a. O., II, 77 und III, 87
In gleicher Weise äußerte sich auch Flower A. Newhouse in einem Brief an den Verfasser: *„Die meisten jener Wesen, die als "gefallen" bezeichnet werden, sind Seelen, die hinabstiegen in das physische Leben."*

einem Zustand vollkommener Unwissenheit in einen Zustand der Allwissenheit emporentwickelt. Die Freiheit muß offensichtlich ohne irgend eine Bindung an Erinnerung entwickelt werden, weil jede Erinnerung eine Begrenzung der Freiheit bedeuten würde." (226)
Das Geheimnis der geschöpflichen Freiheit wird radikal ernst genommen, wodurch sich eine existentiale Tiefe öffnet. In der Idee des Aufeinanderbezogenseins von Freiheit und Unwissenheit liefert Sri Ram nicht nur eines der bedeutendsten Argumente in der Frage der Involution, sondern er dringt damit zu einem Schlüsselpunkt der Schöpfungsproblematik insgesamt vor. Vielleicht bedurfte es des Zustandes der Un-Göttlichkeit, um in *echter* Freiheit zu bewußter Göttlichkeit emporzusteigen. (227)

Bei Rudolf Steiner muß die Frage Involution oder Abfall noch in sich differenziert werden, da er dem Moment des eigenen Verschuldens jenes der Verführung beiordnet. Der beabsichtigte Abstieg des Menschen auf den materiellen Erdenplan vollzog sich anders als ursprünglich intendiert. Zwar „brauchte *die einstige übersinnliche Welt den Durchgang durch die sinnliche"* (228), doch durch die "luziferische Verführung" hat die gesamte Erdenentwicklung eine andere Wendung genommen. *„Denn wäre dieses Ereignis nicht gekommen, so würde die ganze Entwicklung der Menschheit auf der Erde eine andere geworden sein; und die Menschen würden in einem viel vollkommeneren Zustand von Inkarnation zu Inkarnation gegangen sein."* (229)

Der Mensch wird durch den 'Streit der Götter' gewissermaßen in die Tiefe gerissen, wobei Steiner sehr bildhaft von den "Kämpfen Luzifers mit den

226) Sri Ram, *"Der Mensch"*, Graz 1963, S. 33 f.

227) vgl. auch I. K. Taimni, *"Selbsterziehung"*, a. a. O., S. 35 ff. und J. J. van der Leeuw, *"Götter in der Verbannung"*, Düsseldorf 1928, S. 12 ff.

228) R. Steiner, *"Wie erlangt man Erkenntnisse der höheren Welten?"*, Dornach 1978[5], S. 147 Im Gegensatz dazu spricht Steiner in seinem Werk *"Aus der Akasha-Chronik"* von einem "Umweg". Vgl., a. a. O., S. 61 f.

229) ders., *"Von Jesus zu Christus"*, Dornach 1982[6], S. 89 vgl. dazu auch *"Wendepunkte"*, a. a. O., S. 78

oberen Göttern" berichtet. *„Das war etwas, was die Götter in den höheren Welten unter sich auszumachen hatten, aber die Menschen sind durch den Götterstreit tiefer hineingerissen in die Welt der Materie, als sie es gesollt hatten."* (230) Es fällt, unter der Prämisse des guten und gerechten Gottes, nicht leicht, zu akzeptieren, daß sich die Entwicklung der Menschen als 'Spielball der Götter' vollzog, auch wenn dies im späteren Verlauf einen Ausgleich erforderte. Sollte die geistige Reife des Menschen und seine Hinwendung zum Göttlichen Ursprung 'geprüft' werden, so hätte gerechter- und sinnvollerweise eine Versuchung von spirituell gleichrangigen und gleichentwickelten Wesen vollzogen werden müssen. Wie sollte der in der Reifung begriffene Mensch einer Versuchung durch weit über ihm stehende Wesenheiten widerstehen können? (231)

Einer der wenigen Autoren der neueren Zeit, der sich eindeutig zur Vorstellung des "Abfalls" bekennt, ist Jan v. Rijckenborgh. Die Inkarnation des Geistes in die Materie (woher kam diese?) ist auf eine "kosmische Rebellion" der Geister zurückzuführen, die daraufhin den Weg in die Grobstofflichkeit beschreiten mußten.

„Die Menschheit wurde aus der Himmlischen Welt vertrieben, nicht zur Strafe *für die Sünde, für die verübte Rebellion, sondern zur Beschirmung des Allerschaffenen, auch zum Schutz des Menschen, sich selbst gegenüber. Nun begann die Involution, das Niedersteigen in den Stoff, also nicht im Sinne einer Pilgerreise, die in Gottes Plan enthalten ist, zum Zwecke der Erfahrung, sondern als Folgeerscheinung einer kosmischen Revolution; es war eine Involution zufolge einer verlorenen Sohnschaft, eine Involution wegen einer vorsätzlichen Un-*

230) *"Das esoterische Christenum"*, Dornach 1977[2], S. 286
Ähnliche Gedanken bei Bo Yin Ra, *"Das Buch der Gespräche"*, Bern 1978[3], S. 55

231) Nahezu identisch mit Steiner die Auslegungen M. Heindels. Vgl.:
"Lehren eines Eingeweihten", a. a. O., 198 f.
"Rosenkreuzer Philosophie", a. a. O., I, 133 ff.
"Weltanschauung", a. a. O., 282 ff.
"Zum Luzifer-Mythos", vgl. auch Abd-Ru-Shin, *"Licht"*, a. a. O., III, 146

treue." (232) Ähnlich der Lehre des "Geistchristentums" unterscheidet Rijckenborgh zwischen gefallenen und nicht gefallenen Geistwesen, wobei letztere die Scharen der planetarischen Hierarchie bilden. (233)

Wenn man, gerade als Deutscher, an Auschwitz und den Holocaust denkt, auch unter Berücksichtigung der Karma-Lehre, fällt es schwer, den Erdenplan (in seinem jetzigen Zustand) als Teil einer göttlichen Entwicklungskette zu bejahen. Möglicherweise soll aber auch der mythische "Fall Adams" eine mißbräuchliche Verwendung spiritueller Kräfte durch den Menschen dieses Erdenplaneten andeuten, der erst aus Eigenwillen die Harmonie eines anfänglich göttlichen Lebens auf der physischen Erde zerstörte. Menschliche Antwortversuche — doch 'Gottes Uhren gehen anders'; und es mag sich vieles aus Seiner Sicht völlig unterschiedlich zur menschlichen Betrachtungsweise darstellen. Die Lösung dieser Frage — vielleicht hat sie zwei — wird jeder einzelne Sucher erfahren, wenn die Reife seines Bewußtseins ihm die Fähigkeit der Rückschau schenkt, und er zu sehen vermag, welche Wege sein Geist einst beschritten hat.

232) J. v. Rijckenborgh, "*Elem. Philosophie*", a. a. O., S. 57
Vgl. auch die DarlegungenGurdjieffs über die "Tschut-Gott-Litanische Periode" in "*Beelzebubs Erzählungen*", a. a. O., II, 794 f.

233) Ausführlich dazu Michel, "*Das Geistchristentum*", Forstinning 1981

Kap. IV Evolution

Involution entbehrte jeder Vernunft, wäre sie nicht durch Evolution ergänzt. Der Geist steigt aus lichten Höhen herab (fällt?), nimmt immer dichtere Gewandung an, wickelt sich ein in Materie. In der Begrenzung findet er zu seinem innersten Kern, wird sich seines göttlichen Vermächtnisses bewußt und beginnt, sich in freier Entscheidung aus der materiellen Verdichtung herauszuentwickeln. Der Prozeß der Evolution nimmt seinen Anfang.

Das Grundkonzept zeichnet sich durch große Einfachheit aus — auf Abstieg folgt Aufstieg. Doch sehr bald tauchen Probleme auf, beginnend mit der Frage des Selbstbewußtseins. War die auf dem untersten Bogen des Involutionshalbkreises angelangte Geistseele schon mit *individuellem Selbstbewußtsein* begabt oder nicht? In welchem Verhältnis stehen die nichtmenschlichen Lebensfelder (Tier, Planze, Mineral) zum Menschen? Entspricht der alte Lehrsatz der Wahrheit, wonach aus dem Stein die Pflanze, aus der Pflanze das Tier, aus dem Tier der Mensch, aus dem Mensch der Engel und aus dem Engel ein göttliches Wesen wird?
Hier sind Grundfragen formuliert, die im nachstehenden Kapitel über die Evolutionslehre eingehend zu erörtern sein werden. Grundsätzlich läßt sich aber, gerade im Hinblick auf die Diskussion zwischen Kreationisten und Materialisten, schon vorab feststellen, daß alle "Botschafter des Lichtes" von der Priorität des Geistes ausgehen. Am Anfang war der Logos! Keiner der hier behandelten Autoren lehrte Evolution *ohne* Involution (bzw. Abfall). In einheitlicher Grundüberzeugung wird eine ursprünglich geistige Schöpfung (Emanation etc.) angenommen, auf die intelligent gelenkte Entwicklungsprozesse folgen. Eine Entstehung von Geist (Intelligenz) aus Materie wird einhellig verworfen.
Evolution meint Freiwerdung des Geistes zu jener Bestimmung, die *vor* Beginn des evolutiven Geschehens, gleichsam als Samenkorn, in ihn eingepflanzt wurde.

Helena P. Blavatsky — Die Wanderschaft der Monaden

Der Blavatsky-Biograph Howard Murphet schreibt in seiner sehr lesenswerten Arbeit über die *"Sphinx des 19. Jahrhunderts"*, daß eines ihrer zentralen Lebensziele die Bekämpfung der "falschen Schlußfolgerungen des Darwinismus" war. (234) Blavatsky sah Darwins Grundirrtum in der Reduzierung des evolutiven Geschehens auf den physischen Bereich allein. *„Darwin beginnt seine Entstehung der Arten beim niedrigsten Punkte und verfolgt sie aufwärts. Sein einziger Irrtum mag sein, daß er sein System am unrechten Ende anpackt."* (235)
In ihrer wenig bekannten Schrift *"Pranasophia"* äußert sich H.P. Blavatsky in für sie ungewöhnlich poetischer Form über ihre Vorstellungen zum Thema Evolution. *„In Äonen sind wir gewandert aus unserer himmlischen Heimat tief und tiefer hinab in die Materie, um nunmehr nach dem Gewinn des tiefsten Punktes, des Wendepunktes, durch alle Formen der immerwährenden Substanz, von den primitiven zu den höheren und höchsten, wieder hinaufzuklimmen zu der Seligen Land. Da sind wir im Laufe von Jahrmillionen in Präexistenzen ohne Zahl höher und höher geklommen mit der orthogenetischen Entwicklung, die hinanführt zum Unendlichen, sind wir Zug um Zug gefolgt dem unentrinnbaren Schicksalszuge des "Empor", sind wir als Weltenwanderer hinaufgestiegen durch alle Reiche der Natur, bis wir die Krone der Lebensentwicklung auf Erden wurden."* (236) Unter Berücksichtigung dieser Aussage könnte man von einer 'monadischen Evolution' sprechen, da hier von einer wesenhaften Identität des Ich ("wir") mit den Evolutionsformen (Naturreiche) ausgegangen wird.
Die Ausführungen von Madame Blavatsky in der *"Geheimlehre"* modifizieren dieses Modell allerdings dahingehend, daß die Monade nur partiell (strahlenhaft) in das Mineral-, Pflanzen- und Tierreich eintritt. Sie bleibt während des Verbundenseins mit diesen Reichen grundsätzlich sie selbst;

234) Howard Murphet, *"When Daylight Comes"*, Wheaton 1975, S. 72

235) *"Isis I"*, 429

236) dies., *"Pranasophia"*, Leipzig 1923, S. 3

gewinnt aber aus dem Durchschreiten dieser Evolutionsfelder an Erfahrung. Die Monade erzeugt und erschafft die mineralischen, pflanzlichen und tierischen Reiche nicht, sondern fließt nur in vorhandenes Sein ein. H.P. Blavatsky fordert deshalb die Formulierung, daß *„die Monade sich in jener Form von Prakriti (Natur, Materie, d.Verf.) manifestiert, welche das Mineralreich genannt wird"* (237), als präzisere Bezeichnung.
Im Verlauf von sieben Runden innerhalb eines manvantarischen Zyklus, so die theosophische Lehre, tritt der Mensch erstmals in der vierten Runde auf. Von der Form her sieht ihn H.P. Blavatsky nicht als "besondere Schöpfung" sondern als das *"Ergebnis des allmählichen Vervollkommungswerkes der Natur"* an. (238) Er steigt auch nicht vom Affen auf, sondern *"die Affen stammen vom Menschen ab".* (239) Mit dieser Behauptung nimmt sie in Kauf, eine Regression sich entwickelnden Bewußtseins zugestehen zu müssen, obwohl sie im gleichen Satz ergänzt, *„daß die menschliche Monade, welche einmal die Höhe der Menschheit erreicht hat, sich nicht wieder in Form eines Tieres verkörpert."* (240) Innerhalb der Struktur dieses Prozesses fällt es schwer, eine weitere Aussage der *"Geheimlehre"* über die Entstehung des Menschengeschlechtes einzuordnen. Es heißt dort: *„Der erste Menschenstamm wurde von höheren und halbgöttlichen Wesen aus ihren eigenen Wesenheiten heraus projiziert."* (241) Der Zusammenhang, dem diese Behauptung entnommen ist, verdeutlicht nicht, ob es sich um eine Projektion der Monaden im Rahmen des normalen Entwicklungsgeschehens handelt oder um eine Art 'kosmischen Eingriffes'.

Abschließend möge noch einmal die 'poetische Form der Evolutionslehre'

237) *"Geheimlehre I"*, 201
vgl. hierzu auch: *"Mahatma-Briefe II"*, 111 und
Joh. Fährmann, *"Theos. Kat."*, Bd. 2, V, 12
238) *"Geheimlehre II"*, 768
239) ebd. I, 208
vgl. auch: *"Mahatma-Briefe II"*, 83
240) I, 208
241) ebd. II, 91

zu Wort kommen: *„Auf der Fahrt zu den himmlischen Gestaden hat uns die Entwicklung geleitet vom Sonnenstäublein zum Mineral, von da zu den Formen der Flora und der Fauna und hat uns dann weitergeführt durch alle menschlichen Gestalten und Farben hindurch zur heutigen Vollendung. Aber die gewaltige Zukunftsaufgabe liegt noch vor uns und harrt der Lösung: der Anschluß an das höchste Ideal! Und wir werden uns bald strahlend erheben über das niedere Dasein."* (242)
Die Wanderung der Monaden vollzieht sich innerhalb des einen Seins, in immer wechselnden Formen, mit dem Ziel bewußter Göttlichkeit — im ewigen Leben.

Rudolf Steiner — Evolution und Degeneration

Die Steinersche Evolutionslehre lehnt sich eng an Blavatsky an, zeigt aber ein in den Details ausgearbeiteteres System, als es die Begründerin der Theosophischen Gesellschaft erstellte. Zum Verständnis von Steiners Lehre muß die grundsätzliche Vorbemerkung erfolgen, daß er Entwicklung in zwei Richtungen unterscheidet. Der aufsteigenden (eigentlich evolutiven) Linie ordnet er eine absteigende hinzu; läßt Menschenformen aus tierischen Vorläufern gebildet werden, um gleichzeitig in den Affen degenerierte Frühmenschen zu sehen.
Steiner setzt im Anfang menschlicher Entwicklung einen doppelten Ursprung an. Der geistig-seelische Mensch (die Monade bei Blavatsky) nimmt die physisch vorgebildete Form in Besitz und entwickelt diese bis zum heutigen Menschen. Ein Teil jener, von Steiner "Urväter" genannten, Schar verkümmert und bildet die gegenwärtig existierenden menschenähnlichen Affen. Steiner betrachtet die Gesamtheit der irdischen Lebewesen als vom Menschen abstammend. (243)

242) *"Pranasophia"*, a. a. O., S. 4

243) R. Steiner, *"Luzifer-Gnosis 1903-1908"*, Dornach 1960, S. 241

Ausgehend vom Primat des Geistes mußte Steiner den Darwinismus als "wissenschaftliche Unmöglichkeit" ansehen (244), da er in seiner strengen Ableitung der Entstehung des Menschen aus dem Tierreich "den Geist verleugnen" mußte. (245) Positiver beurteilte Steiner dagegen die Anthropologie Haeckels, in dessen Lehre er, unter selbstverständlicher Hinzufügung des Geistes, "schönste elementare Theosophie" (246) sah. Auch seine 1907 für E. Schuré verfaßten persönlichen Aufzeichnungen drücken Steiners hohe Wertschätzung Haeckelscher Lehren aus, wenn er ausführt, es gäbe *„keine bessere wissenschaftliche Grundlegung des Okkultismus als Haeckels Lehre."* (247)

Diese positive Bewertung des Haeckelschen Monismus, unter gleichzeitiger Erarbeitung seines Degenerations-Konzeptes, trug Steiner heftige Kritik ein. (248) In der Tat bedarf es großer Synthesebereitschaft, um den 'evolutionistischen' und den 'degenerationistischen' Steiner als Einheit zu werten.

Für die erste Position lassen sich im Werk Steiners zahlreiche Belegstellen finden, in denen sich die klassische Abstammungslehre widerspiegelt. *„Hätte vor Jahrmillionen der Wurm, der damals lebte, gesagt, ich bin auf dem höchsten Gipfel des Daseins angekommen, dann hätte sich der Wurm nicht zum Fisch, der Fisch nicht zum Säugetier, nicht zum Affen und nicht zum Menschen entwickeln können."* (249)

„Die Natur schreitet vom Wurm zum Säugetier, vom Säugetier zum Menschen nicht in einem begrifflichen, sondern in einem wirklichen Prozeß." (250) Die hier ausgesprochene Bejahung der aufsteigenden Linie kontrastiert scharf mit dem Degenerationsgedanken, der im Tierreich abgestoßene Partikel

244) ders., *"Mein Lebensgang"*, Stuttgart 1975[2], S. 47

245) ebd., S. 81

246) *"L.-Gnosis"*, 231

247) *"Briefe"*, a. a. O., S. 12

248) vgl. J. W. Hauer, *"Werden und Wesen der Anthroposophie"*, Stuttgart 1922, S. 38 f.

249) R. Steiner, *"Spirit. Seelenlehre"*, a. a. O., S. 55

250) ders., *"Die Mystik"*, Dornach 1977, S. 64

des Menschen sieht. *„So sind die Affen rückgebildete Menschen einer vergangenen Epoche."* (251)
Evolution *ohne* Degeneration war für Steiner nicht denkbar. Um sich selbst höher zu entwickeln, *„mußte der Mensch andere Wesen in den Abgrund stoßen."* (252) Die gnadenlose Härte dieser Lehre vermochte Steiner durch den Hinweis auf einen Ausgleich in späteren Entwicklungsphasen nur wenig abzumildern. In wesentlichen Zügen unterscheidet sich seine Lehre nur geringfügig vom klassischen "Kampf ums Dasein".

Die Entstehung der nicht-menschlichen Reiche erklärt Steiner auch im Zusammenspiel von mikro- und makrokosmischen Geschehnissen. Die Vorfahren des Tierreiches werden gebildet von Wesenheiten, die während früherer Entwicklungsrunden (Mond-Stufe) weiter zurückgeblieben waren als die tiefststehenden Menschenseelen.
Astralische Sonnen- und ätherische Erdkräfte wirken zusammen, um aus dem wässrigen Element der Erde die Vorfahren des Pflanzenreiches hervorzubringen. Das Mineralreich entstand, als der Mond sich von der Erde trennte, und zurückbleibender Stoff sich verfestigte. (253)
Alle Wesen, die entwicklungsmäßig unvollkommener als der Mensch sind, symbolisieren daher für Steiner frühere Evolutionsphasen des Erdenmenschen. *„Es gibt gewisse Wesen, die bleiben wie die Eiskörnchen auf einer frühen Stufe stehen, indem sie sich trennen von ihrer geistigen Muttersubstanz. Das sind die unvollkommensten Tiere, die einstmals dadurch entstanden sind, daß aus der menschlichen Muttersubstanz, aus dem astralischen Menschen nur ein Teil materiell geworden ist und sich herausverdichtet hat. Das sind die niedersten Tiere. Die anderen Menschen haben sich weiterentwickelt auf höhere Stufen."* (254) Als Hinweis für die Richtigkeit seiner Behauptung führt Steiner die zu Steinkohle verhärteten Farne und Schachtelhalme an.

251) ders., *"Akasha-Chronik"*, a. a. O., S. 74

252) ders., *"Die Offenbarungen des Karma"*, Dornach 1976, S. 54

253) vgl., *"Geheimwissenschaft"*, a. a. O., S. 110 ff.

254) ders., *"Die Erkenntnis der Seele und des Geistes"*, Dornach 1965, S. 279

Um das Verständnis seiner ungewöhnlichen Darlegungen zu erleichtern, skizzierte Steiner den Aufstieg des Menschen und die daraus resultierenden Abzweigungen (Degenerationen) wie folgt:

Polarzeit	— Beginn der Erdentwicklung mit dem Menschen in ätherischer Form
	— Einzeller (werden abgesondert)
Hyperboräa	— Wirbellose Tiere
Lemuria	— Fische, später Vögel
	— Reptilien
Atlantis	— niedere Säugetiere
	— höhere Säugetiere
	— Affen
	— Indianer (in der Spätzeit abgesondert, zwischen Atlantern und Europäern

(255)

Steiner stimmt dem Haeckelschen Stammbaum zu, mit dem Unterschied, daß Haeckel eine aufsteigende Linie vom Einzeller über das Tier zum Menschen sah, er dagegen *"in der Urform bereits den Menschen"* vorzufinden glaubte und die *"Tierwelt nur als Abzweigung, als entartete Menschen"*, betrachtete. (256)

Der Mensch der atlantischen Kultur kann, nach Steiner, aufsteigen zu immer vollendeterem Menschtum oder degenerieren zum Affen.

Wenn man also von Steiners Evolutionslehre spricht, sollte immer berücksichtigt werden, daß diese treffender als Degenerationslehre gekennzeichnet ist, denn für Steiner verläuft vielfach die Entwicklung vom Feineren zum Gröberen — und nicht umgekehrt.

255) ders., *"Menschheits-Entwicklung und Christus-Erkenntnis"*, Dornach 1967, S. 24
Noch 1906 (Brief an Marie Sievers vom 13. Januar) trat die Monade bereits in der lemurischen Zeit in den Tiermenschen ein. Vgl. *"Briefe"*, 90

256) *"Menschheits-Entwicklung"*, 245

Max Heindel — Evolution und Kristallisation

Die Ausführungen von Heindel und Steiner sind nahezu austauschbar. Beide stimmen bis ins Detail (manchmal bis ins Wort) überein, lehren die Gleichzeitigkeit von Evolution und Degeneration. Basierend auf der Vorstellung vom herabsteigenden Geist (Runden- und Kettenlehre), sieht auch Heindel im Evolutionismus Darwins die Auslassung der spirituellen Komponente als entscheidenden Fehler.
Nach Durchschreiten des Saturn-, Sonnen- und Mondkreislaufes, tritt der Mensch in der lemurischen Rasse des Erdkreislaufes in den Evolutionsprozeß ein. Die *"Wesen der lemurischen Epoche hatten alle die Stadien der pflanzen,- tier- und mineralähnlichen Evolution, mit welch letzterer sie anfingen, durchgemacht"* (257) Es bleibt offen, woher *diese* mineralischen, pflanzlichen und tierischen Bereiche ihren Ursprung nahmen, denn wie Steiner läßt Heindel Affen, Moose, Minerale etc. als Abfallprodukte der menschlichen Evolution entstehen.
„Der Affe ist vom Menschen degeneriert.
Die Polypen sind die letzte Degenerationsstufe der Säugetiere.
Die Moose sind die niederste Degenerationsstufe des Pflanzenreiches.
Das Mineralreich ist das Endziel der Formen aus allen Reichen, wenn sie den Gipfel der Degeneration erreicht haben." (258)
Menschliche Evolution zieht die Kristallisation (Degeneration) all jener Wesenheiten nach sich, die heute unterhalb der Stufe des homo sapiens bestehen.

Gottfried v. Purucker — Ewige Evolution

„Evolution ist das Hervorbringen, das Entfalten oder das Enthüllen dessen, was die sich entwickelnde Wesenheit im Kern ihres Wesens schon ist." (259)

257) M. Heindel, *"Rosenkreuzer Philosophie"*, Darmstadt 1963, Bd. I, S. 132

258) ders., *"Weltanschauung"*, 343

259) G. v. Purucker, *"Mahatmas"*, a. a. O., S. 27

Die umfangreichsten und detailliertesten Ausführungen unter allen *Botschaftern"* zum Evolutions-Problem finden sich im Werk Puruckers. Auf der Grundlage seines 'Schöpfungs'-Verständnisses, analysiert er eingehend den Auf- und Abstieg der Monaden im in- und evolutiven Prozeß. Am Ausgangspunkt des gesamten Ablaufes steht die (relativ) unbewußte Monade, die während des Durchschreitens des Erd-Zyklus aus sich selbst Strahlen aussendet, die bis zum Mineralreich hinabsteigen. Es kann im Rahmen dieses Modells nicht von einer *Inkarnation als Stein* (etc.), sondern nur von einer Inbesitznahme des mineralischen (etc.) Lebens gesprochen werden.
Für Purucker müssen zwei Entwicklungslinien unterschieden werden: Die sich 'von oben' in die Materie senkenden Monaden (individualisiert) und die 'von unten' emporstrebenden *"unendlichen kleinen Wesenheiten"*, denen das gleiche Ziel zugesprochen wird wie der schon menschlichen Monade. Zu stellen bleibt erneut die alte Frage nach dem ersten Ursprung der Materie.
Dem Darwinismus und der Lehre Haeckels erteilt Purucker eine Absage. Wie Steiner und Heindel neigt er der Degenerations-Hypothese zu. *„Der Mensch ist tatsächlich der ursprünglichste* aller *Stämme auf Erden. Man erinnere sich indessen, daß es in der gegenwärtigen großen Entwicklungsperiode auf unserer Erde oder was wir in der Theosophie unsere gegenwärtige "Globusrunde" nennen, lediglich die Säugetiere sind, die ihren Ursprung von dem ursprünglichen Menschenstamm herleiten. Die anderen Wirbeltiere, desgleichen die großen Gruppen der Wirbellosen, stammen zwar gleichfalls vom Menschen ab, aber in der vorhergehenden Globusrunde, die einen ungeheuer langen Zyklus evolutionärer Entwicklung umfaßt, der vor vielen Äonen zu Ende ging."* (260) Purucker lehnt somit die gradlinige Evolution ab, auch die Lehre der Abstammung des Menschen vom Affen. *„Der Mensch war niemals ein Menschenaffe, er war auch niemals ein niederer Affe."* (261) Stattdessen nimmt er für den Menschen einen *"Ursprung von göttergleichen Geschöpfen an. (262)*

260) ders., *"Kosmos"*, 92

261) ebd., 103

262) ebd., 116

Um Mißverständnisse zu vermeiden, darf nie der grundsätzliche Entwicklungsunterschied außer acht gelassen werden. Jene das pflanzliche oder tierische Reich bewohnenden Monaden schreiten in der Evolution voran, aber immer *als einzelne*. *„Die einzelnen Reiche (kingdoms) entwickeln sich nie* als Reiche *zu höheren Stufen."* (263)

Innerhalb seiner Ausführungen zur Evolutionsfrage markiert Purucker einen faszinierenden neuen Ansatzpunkt. Er sieht eine Interdependenz zwischen den mentalen Emanationen des Menschen und der Entwicklung in den nicht-menschlichen Reichen. Purucker deutet die menschlichen Gedanken als Energien, die, *"verschiedenen Arten von Lebensatomen"* entsprechend, zum Aufbau der unter dem Menschen stehenden Reiche beitragen. *„Gedanken des Hasses und der Zwietracht, die der Mensch hegt, seine oft tierischen Leidenschaften und die verschiedenen Arten unedler Energien, die aus ihm strömen, sind die Wurzeln der Dinge und Wesenheiten in den unter dem Menschen stehenden Reichen, die der Mensch für seine eigene Gattung als feindselig und gefährlich ansieht; während andererseits eine andere Art von vitalen und mentalen Emanationen des Menschen, solche von höherstrebender, harmonischer, gütiger, freundlicher, ausgeglichener Natur, in entsprechender Weise die mittleren oder psychischen Prinzipien der unschädlichen, harmlosen und wohlgestalteten Tiere bilden, wie auch der großen Zahl von nützlichen Gewächsen und schönen Blumen im Pflanzenreich."* (264)

Alles Leben ist eines. Alles ist mit allem verbunden und alle Reiche tragen füreinander Verantwortung, um in möglichst vollendeter göttlicher Harmonie die Evolution des Lebens zu gewährleisten. Sie führt den noch unbewußten göttlichen Funken — über die Reiche der Natur und die 'Zwischenstufe Mensch' — empor zu wahrer Göttlichkeit. Doch auch mit dieser Verwirklichung tritt kein Stillstand ein. Bewußtes Leben schreitet voran, von Herrlichkeit zu Herrlichkeit in Ewigkeit.

263) ders., *"Studies"*, 185
"But the Kingdoms *never as kingdoms become higher kingdoms."*

264) ders., *"Regeln"*, a. a. O., S. 61 f.

Annie Besant — Die Permanenten Atome

In den Werken Annie Besants findet die Degenerations-Hypothese keine Zustimmung. Sie verfolgt eine kontinuierlich aufsteigende Evolutionslinie, in der sich die *monadische Essenz*, nachdem sie ihre Quelle, den Logos ihres Systems, verlassen hat, durch alle Reiche emporentwickelt. Die Emanationen des Logos strukturieren den gesamten Evolutionsplan; ausgehend von der Erschaffung stofflicher Welten, in denen sich Entwicklung vollziehen kann, bis hin zur letztlich erfolgenden Individualisierung. Erst in diesem Stadium vollzieht sich die eigentliche 'Schöpfung' des Menschen, indem der emporstrebenden monadischen Essenz der unsterbliche Gottesfunken geschenkt wird. Die Frage nach dem Ursprung der Materie findet so durch Rückführung bis in den Logos selbst ihre Antwort.

Die *direkte* Abstammung des Menschen vom Affen findet auch bei A. Besant keine Befürwortung, da dem aus dem Tierreich aufsteigenden Leben eine neue Komponente (das höhere Selbst) hinzugefügt werden muß.

In ihrem zusammen mit Leadbeater verfaßten Werk *"Der Mensch: Woher, wie und wohin"*, schildert Annie Besant den Prozeß der Individualisierung, wie er sich für sie in geistiger Rückschau darstellte. In einer früheren Entwicklungsphase (Mond-Kette) hielt sich die damalige Menschheit affenähnliche Haustiere, die ihr treu ergeben waren. Bei einer kriegerischen Auseinandersetzung opfert einer der Affen in liebender Verteidigung seines Herrn sein Leben. Dieser bemerkt erst nach dem Geschehen die Tat. *„Voll inniger Hingebung richtet der arme Affe die Augen auf seines Herrn Angesicht und die Tat des Dienens, vollführt und, von dem leidenschaftlichen Wunsche beseelt zu retten, ruft eine Antwort, einen Widerhall des Willensaspektes der Monade in einem feurigen, entgegenstürzenden Kraftstrom herab und in dem Augenblick des Sterbens wird der Affe individuell und stirbt so — als Mensch."* (265)

265) A. Besant, *"Woher"*, a. a. O., S. 24 f.
Vgl. zu diesen Darlegungen die sarkastische Polemik Steiners, der Besant und Leadbeater als "vom guten Geist" verlassen bezeichnet. In: *"Aus der Akasha-Forschung"*, Dornach 1980[3], S. 19 (und Anm.)

Mit diesem Ereignis ist der vor-menschliche Entwicklungsvorgang abgeschlossen. Die Monade, A.Besant spricht auch vom Lebensstrom, in der noch keine wahrhafte Individualisierung stattgefunden hat, durchwandert die Naturreiche, in die sie als Samenkorm durch den Göttlichen Geist eingelegt war.
„Im Mineralreich entwickelt sich der Lebensstrom dadurch, daß er diese Formen zerbricht, um Pflanzen hervorzubringen und zu ernähren. Die Minerale zerfallen, damit aus ihren Bestandteilen Pflanzenformen aufgebaut werden können; ... Die Formen der Minerale vergehen, damit die Pflanzenformen wachsen können, und das Gesetz des Opfers, das dem Mineralreich auf solche Weise aufgeprägt ist, ist nichts anderes als das Gesetz der Entwicklung von Leben und Form. .... der Untergang der niederen Formen ist die Vorbedingung dafür, daß die höheren Formen erscheinen und bestehen können. Dieser Vorgang wiederholt sich im Pflanzenreich, denn auch diese Formen werden wieder geopfert, damit Tierformen entstehen und sich entfalten können." (266)
Der entscheidende Unterschied zu den bisher behandelten Autoren liegt in der Überzeugung A. Besants von der konstanten Emporentwicklung. Höheres entsteht aus Niederem, alles Leben strebt beständig aufwärts. Die Idee der "Degeneration" hat in ihrem System keinen Platz, sie wird vom inneren Aufbau ihrer Evolutionslehre her ausgeschlossen.

Die Evolution in den Naturreichen vollzieht die Monade mittels sogenannter *„permanenter Atome, die eine Funktion als Evolutionsinformationsträger (Bausteine der Monade) einnehmen. Alle Erfahrungen, die beim Durchschreiten der Naturreiche das monadische Leben prägen, sind in den permanenten Atomen gespeichert. Diese selbst tragen Bewußtsein (in gewissem Maße) und reagieren auf Einflüsse höherentwickelten Lebens. "Das Bewußtsein erwacht auf der physischen Ebene und sein Ausdrucksmittel ist das permanente Atom. In diesem liegt es schlafend: "Es schläft im Mineral"; und ein Erwecken zu einem leiseren Schlaf muß stattfinden, so daß es aus diesem tiefen traumlosen*

266) dies., *"Weisheit"*, a. a. O., S. 208 f.

Schlaf sich erhebt und aktiv genug wird, um in die nächste Stufe überzutreten: "Es träumt in der Pflanze"." (267)
Die permanenten Atome erfüllen ihre Aufgabe auf dem Weg durch die Naturreiche mit der Erbauung der höchsten Tierform. Durch liebevolle Hingabe an den Menschen öffnet sich das Tier der eigentlichen monadischen Welt und erlangt so seine Individualisierung. Sehr überzeugend wird dieses Geschehen von B. Flemming dargelegt:
„Das letzt-*entscheidende Ereignis tritt ein durch eine enorm-verstärkte, blitzartige Kraftergießung der betreffenden Monade aus der "Spirituellen Welt", wodurch dieser Ur-strahl von Oben sich mit dem Tierleben "vermählt", das sich von unten durch alle Naturreiche heraufgearbeitet hat. Die "Geburt" des menschlichen Egos erfolgt dann unmittelbar. Aus der bisherigen Gruppenseelensubstanz des Hundes wird der menschliche Kausalkörper gebildet: als Bewußtseinsträger des "neugeborenen" Egos, in dem alle Erfahrungen der* nun *beginnenden individuell-menschlichen Inkarnationen aufgespeichert werden. So hat eine Monade — ein Strahl der GOTTHEIT — sich eine "Seele" geschaffen, um ihre menschliche Evolution zu beginnen."* (268)
Alle Erfahrungen der vorherigen Wanderschaft sind durch die permanenten Atome in diesem gewissermaßen 'neugeborenen Gotteskind' aufgehoben. Es setzt jetzt den vorher weitgehend geleiteten Evolutionsprozeß in freier Entscheidungsfähigkeit fort. Die in den Naturreichen vollzogenen 'Handlungen' erfolgten als wesensgemäße Prozesse, allerdings mit Bewußtsein. So beschreibt einer der Mitarbeiter A. Besants rückschauend die Durchschreitung des Pflanzenreiches mit den Worten: *„Ich versuche zu blühen."* (269) Die Verwendung des "Ich" darf hier nicht im strengen Sinn interpretiert werden, es bezeichnet *Aspekte* der später zum Ich gewordenen Monade in ihrer Form als "monadische Lebensessenz" im Pflanzenreich. Die Individualisierung des monadischen Lebens kann sich — leider — auch durch eine extrem negativ geprägte Empfindung des Tieres vollzie-

267) dies., *"Eine Studie über das Bewußtsein"*, Leipzig 1906, S. 74
268) Flemming I, 29
269) *"Woher"*, 19

hen. Jagd- und Wachhunde, gequälte und verfolgte Tiere können durch starke Gefühlsaufwallung zur Individualität aufsteigen. *„Tiere, die oft grausam behandelt werden, können sowohl durch Anstrengungen den Grausamkeiten zu entgehen, als auch durch Pläne, um dem Gejagtwerden zu entfliehen, Individualisation erreichen. Sie entwickeln Schlauheit und List und ähnliche Fähigkeiten und zeigen eine aus Furcht geborene, verzerrte Genialität, gemischt mit viel Argwohn, Mißtrauen und Rachedurst. Wenn der Geist auf diese Weise, zwar in höchst unerwünschter Richtung, bis zu einem gewissen Grade im Umgang mit Menschen gestärkt worden ist, erfolgt Individualisierung."* (270)

Zu fragen bleibt hier nach der Gerechtigkeit und nach der *Qualität* der Monade. Trägt das Tier karmische Schuld für sein Schicksal? Nach welchen Gesetzmäßigkeiten tritt eine Monade (ein göttlicher Funken) in eine aufsteigende Tierform ein?

Hier bleiben außer diesen noch viele weitere Fragen offen, und es ist zu hoffen, die Zukunft möge der Menschheit eine größere Zahl an befähigten Menschen schenken, um die Fragen nach der Evolution des Lebens weiter zu erhellen. Auch eine mögliche Synthese zwischen dem Abfalls- und dem Evolutionsmodell verdient weitere sorgfältige Untersuchungen. Neue Ansätze könnte eine Anknüpfung an die kabbalistische Lehre vom "Bruch der Gefäße" und der notwendig gewordenen Erlösung der gefallenen Funken (Materie) bieten. Wäre nicht eine Beziehung zwischen den "monadischen Funken" und den "gefallenen Funken des Adam-Kadmon" denkbar? (271)

270) ebd., 27

271) vgl. hierzu: G. Scholem, *"Von der mystischen Gestalt der Gottheit"*, Ffm. 1977, S. 71 ff.
ders., *"Zur Kabbala und ihrer Symbolik"*, Ffm. 1977, S. 150 ff.
ders., *"Die jüdische Mystik in ihren Hauptströmungen"*, Ffm. 1967, S. 291 ff
vgl. auch: P. Michel, *"Mystische und literarische Quellen in der Dichtung von Nelly Sachs"*, Forstinning 1981, S. 119 ff.

Charles W. Leadbeater — Der Baum des Lebens

Die Darlegungen von A. Besant und C.W. Leadbeater stehen in engem Zusammenhang, wobei Leadbeater in den Details weit ausführlicher auf die einzelnen Entwicklungsschritte der Evolution bewußten Lebens eingeht. Entscheidende Grundlage für Leadbeaters Monadenlehre ist seine Feststellung, die Monade sei im Moment ihrer Ausströmung aus der Urquelle in keiner Weise eine Individualität gewesen. *„Als das, was man fälschlicherweise als menschliche Monade bezeichnete, vom Göttlichen ausströmte, war es keine Monade und noch viel weniger eine allweise und allgütige, es war kein Einzelwesen, sondern nur eine Masse monadischer Essenz. Zwischen Hervorgehendem und Zurückkehrendem besteht ein ähnlicher Unterschied, wie zwischen einer Nebelmasse und einem geordneten Sonnensystem, das sich aus dieser entwickelt hat."* (272) Das in den Stoff hinabsteigende monadische Leben entwickelt sich in zweifacher Form — innerstofflich und außerstofflich. In der innerstofflichen Form bezeichnet es Leadbeater als "Elementalessenz". *„Elementalessenz ist nur der Name, mit dem während bestimmter früher Entwicklungsstadien die monadische Essenz bezeichnet wird, und diese wiederum kann als die Ausgießung des göttlichen Lebens aus dem zweiten Logos in die Materie definiert werden. Es ist uns wohl bekannt, daß diese Ausgießung, ehe sie die Stufe der Individualisierung erreicht, auf welcher sie den Kausalkörper des Menschen bildet, nacheinander durch niedrigere Phasen der Evolution hindurchgegangen ist und diese beseelt hat — das Tier-, Pflanzen- und Mineralreich und die drei Elementarreiche. Während des Wirkens auf den betreffenden Stufen ist sie manchmal auch die tierische, pflanzliche oder mineralische Monade genannt worden, obwohl dieser Ausdruck ausgesprochen irreführend ist, denn schon lange, ehe sie zu einem dieser Reiche gelangt ist, ist sie aus einer zu vielen Monaden geworden. Diese Bezeichnung wurde aber gebraucht, um die Vorstellung zu vermitteln, daß die Differenzierung der monadischen Essenz, wenn sie auch schon viel früher begann, doch noch nicht bis zu dem Punkte der Individualisierung fortgeschritten ist."* (273) Dem innerstofflichen Entwick-

272) C. W. Leadbeater, *"Der sichtbare und der unsichtbare Mensch"*, Freiburg 1964[3], S. 58

273) ders., *"Die Lehre des Wachstums"*, München 1980, Bd. I, S. 170

lungsgeschehen korrespondiert ein außerstoffliches, das den göttlichen Funken betrifft. Dieser überwacht den gesamten innerstofflichen Reifeprozeß, um im geeigneten Moment die Individualisierung des aufsteigenden Lebens zu vollziehen. Leadbeater bezeichnet dieses Geschehen als die Emanation des dritten Lebensstromes, der die beiden ersten logoischen Ausgießungen (Leben und Form) durch individuelle Bewußtheit krönt. Offensichtlich muß auch dieser dritte Lebensstrom und die in ihm enthaltenen Monaden relativ unbewußtes Leben in sich tragen, denn zu welchem Zweck sollte eine bewußte und vollentwickelte Monade in die Materie hinabsteigen? Geht man davon aus, daß alles Leben in Entwicklung begriffen ist und jeder *neue* Schritt, aus eigener Kraft vollzogen, eine *neue* Gabe göttlichen Lichtes schenkt, bildet sich eine Kette, an der alle Lebensbereiche in sinnvoller Aufeinanderfolge aufgereiht sind. Alles Leben wird so als Gottesgeschenk offenbar, und jede neue, höhere Form des Daseins kann als Ergebnis von Selbsterrungenem und Geschenktem betrachtet werden.

Leadbeaters faszinierender Lebensbaum versucht den Gesamtverlauf des sich entwickelnden Lebens graphisch zu veranschaulichen.

(siehe Skizze Seite 104)

Solare-Wesenheiten

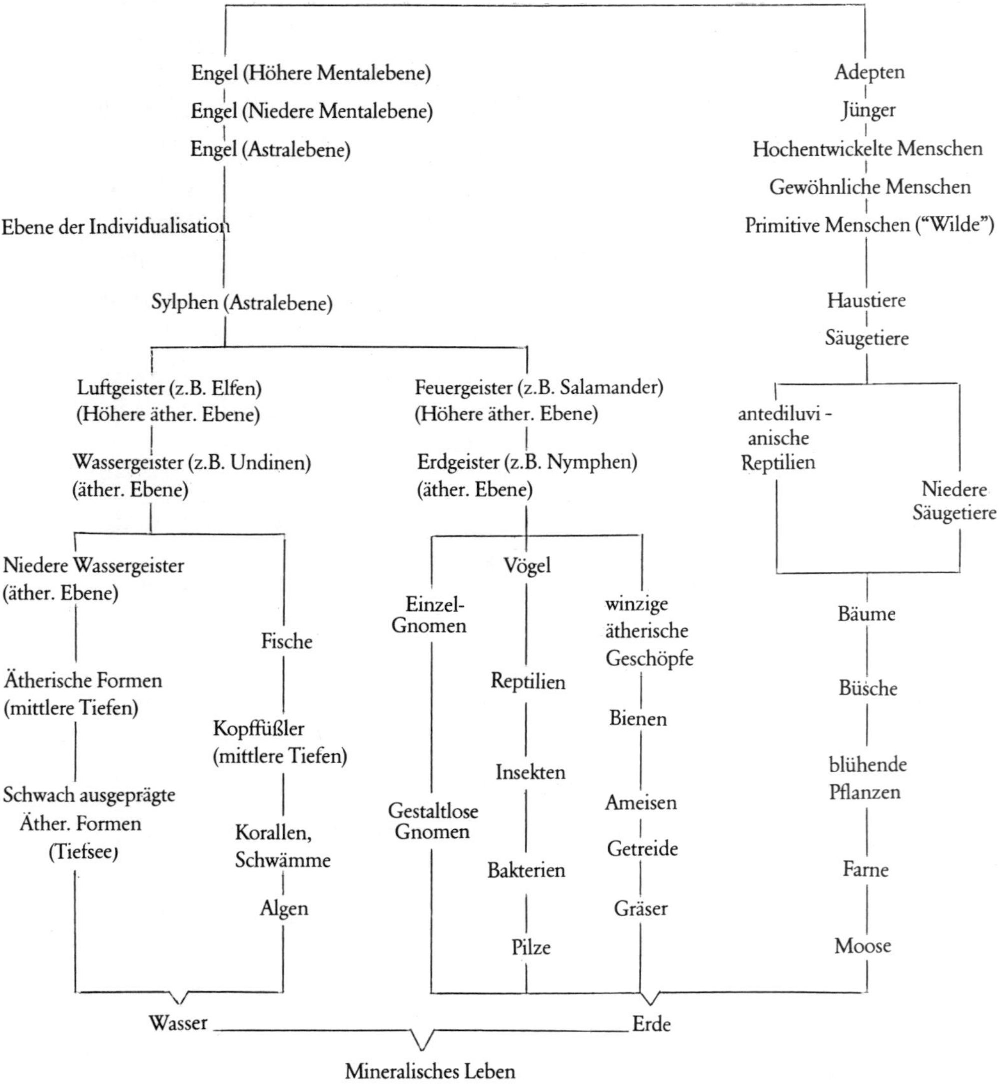

274) Vorabdruck, mit freundlicher Genehmigung des Hirthammer-Verlages (München), aus der deutschen Übersetzung des Leadbeater-Werkes *"The Hidden Side of Things"*, S. 86

Der göttliche Lebensstrom tritt in Form einer Weltseele in die dichte Form ein, die er selbst bildet. Im Rahmen des evolutiven Vollzuges teilt sich die Weltseele in individuelle Einzelseelen, die dann als ewig seiende Individuen ihren Fortbestand nehmen. Zu untersuchen bleibt in diesem Zusammenhang, ob die treibenden Kräfte in den Naturreichen immanent anzusetzen sind oder ob der Evolutionsprozeß durch göttliche Führung bis zum Menschen geleitet (d.h. gesetzlich gebunden) wird.
Ausgehend vom Mineralreich bilden sich die in der Graphik skizzierten Abzweigungen. Über die verschiedenen Verästelungen steigt das Leben auf bis zur Ebene der Individualisierung. *„Individualisierung (auf dem menschlichen Zweig, d. Verf.) ist nur für Haustiere möglich und selbst unter diesen nur für ganz entwickelte Arten derselben."* (275)

Die Übergänge zwischen den drei Naturreichen vollziehen sich je nach Reife und in sehr verschiedenen Ausprägungen. *„Wenn im Pflanzenreiche eine gewisse Gruppenseele Waldbäume beseelt hat, wird sie beim Übergang in das Tierreich alle die niedrigen Arten übergehen, d.h. sie wird niemals Insekten oder Reptilien beseelen, sondern wird sogleich auf der Stufe der niederen Säugetiere beginnen. Die Insekten und Reptilien werden von Gruppenseelen beseelt, die aus irgendwelchen Gründen das Pflanzenreich auf einer viel tieferen Stufe als auf der des Waldbaumes verließen. Auf dieselbe Weise wird sich die Gruppenseele, welche die höchste Stufe des Tierreiches erreicht hat, nicht im primitiven Wilden individualisieren, sondern in Menschen eines etwas höheren Typus, während die primitiven Wilden von Gruppenseelen stammen, welche das Tierreich auf einer viel tieferen Stufe verlassen haben."* (276) Leadbeater räumte selbst ein, für bestimmte beobachtete Vorgänge noch keine Erklärung gefunden zu haben. Auch für das schauende Auge birgt die Evolution des Lebens noch große Geheimnisse; doch bildet die Lehre Leadbeaters einen wertvollen Ansatz, um weiter und tiefer in den grandiosen Bauplan des Lebens einzudringen.

275) ders., *"Textbuch"*, a. a. O., S. 36

276) ebd., S. 35

Über die Wunderwelt der Natur und des in ihm wesenden Lebens weiß Leadbeater in seiner Begegnung mit dem "Geist des Baumes" zu berichten: *„Obgleich der Geist eines Baumes eine so schöne Form annimmt, zeigt er keinerlei Individualität, nicht einmal den allergeringsten Ansatz dazu, und doch steht seine Entwicklung sehr viel höher als die niedrigen Formen des tierischen Lebens, und wenn er übergeht in das Tierreich, wird er sofort in die Gruppe der Säugetiere eingereiht. Der Baum hat seine Zuneigungen und auch seine Abneigungen; beide geben sich kund in der Aura, obwohl die Farben und Umrisse natürlich im Ganzen genommen trüber und unbestimmter hervortreten, als es beim Tier der Fall ist. Bei Tieren, die in Zuneigung erglühen, ist die Farbe tatsächlich oft ganz merkwürdig kräftig; bei einigen Tieren selbst stärker als die, die bei menschlichen Wesen sich zeigt; denn beim Tier spitzt sich alles mehr nach einer Richtung hin zu und lagert sich um den einen Mittelpunkt.*
Die starke Vorliebe, die einige Leute für eine besondere Baumart oder Tiergattung hegen, hängt häufig ab von der Linie der vegetabilischen und animalischen Entwicklung, aus der heraus jene Leute emporsteigen." (277) Manches Mysterium eines langen Entwicklungsweges mag sich dem Menschen erschließen, wenn er tief in sich hineinhorcht, um der Botschaft seines höheren Selbst (278) zu lauschen, die ihm von fernen Zeiten und Lebensformen zu künden weiß.

Alice A. Bailey — Vom Atom zum Logos

Betonten die vorstehend analysierten Autoren die Dualität von inner- *und* außerstofflicher Evolution, so verlegt A.A. Bailey den Schwerpunkt auf die innerstoffliche Entwicklung. Die Verschiedenheit der aufsteigenden Lebensformen liegt nicht in einer wesenhaften Seinsunterschiedenheit begründet, sondern nur in der jeweils differierenden Seins*qualität*. *„Könnte es*

277) ders., *"Das Innere Leben"*, Leipzig o. J., Bd. II, S. 256

278) vgl. Leadbeater's, *"Das Höhere Selbst"*, Forstinning 1982

nicht zutreffen, daß es zwischen den verschiedenen Bewußtseinsgraden, die sich zum Beispiel vom Atom des Chemikers und Physikers bis hinauf zum Logos des Sonnensystems erstrecken, gar keine Lücken gibt und keine abrupten Übergänge, sondern daß immer nur eine allmähliche Ausdehnung und gradweise Evolution von einer Form intelligenter Manifestation zur nächsten stattfindet, und immer das Leben innerhalb der Form dabei an Qualität *zunimmt, und zwar vermittels der Erfahrung."* (279)
Nur in Einzelfällen wurde den aufstrebenden Tiermenschen seitens der planetarischen Hierarchie ein "Keim des Denkens" (280) eingepflanzt, der diese zu erhöhter intelligenter Tätigkeit befähigte. Jene ausgewählte Menschengruppe bildet den kulturtragenden Teil der heutigen Menschheit, gleichgültig in welcher Rasse sie inkarniert. Aufschlußreich wäre es, nähere Einzelheiten über die Kriterien zu erfahren, nach denen die Begabung mit dem "Keim des Denkens" seitens der Hierarchie erfolgte.
Von dieser fortgeschrittenen Menschheitsgruppe wurde ein weiterer Teil der Tiermenschen zur Entwicklung von Intelligenz stimuliert, und diese bilden die heutigen "zivilisierten Massen".
Neben diesen beiden Gruppierungen, deren erste als eine Art "Elite-Menschheit" bezeichnet werden müßte, existiert jener große Bereich, der sich allein auf dem langsam drehenden "Rad des Lebens" (innerstofflich) voranbewegt.
„Es gibt aber andererseits auch noch eine sehr große Anzahl von Menschen, deren Menschtum nicht auf einen der beiden genannten Prozesse zurückzuführen ist. Der langsam wirkende Einfluß des Lebens selbst hat sie geformt, der sogenannte Entwicklungsdrang, der in der Materie selbst liegt. ... Es sind dies die Massen der Analphabeten, der "Wilden" und der unwissenden Völkergruppen auf niedrigster Stufe, von denen es noch viele Millionen auf unserem Planeten gibt." (281) Für diesen großen Teil der Erdenevolution wirkt allein das innerstoffliche Entwicklungsgesetz. Von atomaren Urpartikeln ausgehend,

279) A. A. Bailey, *"Das Bewußtsein des Atoms"*, Genf 1975, S. 54

280) dies., *"Hierarchie"*, a. a. O., S. 69

281) ebd., S. 70

treibt eine immanente (intelligente) Kraft die vorhandenen Lebensformen zu immer weiterer Entfaltung.
Wie Leadbeater sieht auch A.A. Bailey in allen physischen Formen "elementare Lebewesen", die zum Aufstieg in der Deva-Evolution streben. *„Ein schöner Diamant, ein stattlicher Baum oder ein Fisch im Wasser, sie alle sind ja schließlich nur Devas."* (282)
Wollte man eine Phänomenologie der Naturmystik schreiben, so müßte in dieser Gesetzmäßigkeit der Entwicklung der Ursprung für alles naturmystische Erleben gesehen werden. Die umfassende Einheit alles Seienden ermöglicht fortgeschrittenem Bewußtsein den Kontakt zu seinen 'jüngeren Geschwistern', die es liebevoll auf ihrem Weg durch die niederen Lebensformen begleiten soll. Im bewußten Vollzug dieser Erkenntnis sollte sich die Einstellung des Menschen zu der ihn umgebenden Umwelt radikal verändern. Der Mensch hat die Aufgabe des Hüters übertragen bekommen — nicht die des Ausbeuters und Zerstörers.

Die Fragen der Übergänge von einer Lebensform in die nächst höhere, das Problem von Auf- und Abstieg und die Gesetzmäßigkeiten der einzelnen Evolutionsphasen mögen unterschiedliche Antworten in den jeweiligen Werken der "Botschafter" finden; doch in einem entscheidenden Punkt herrscht Einheitlichkeit der Auffassungen: Es gibt nur eine Kraft, die alles Leben zur GOTTHEIT zurückführen kann — die Liebe.

282) dies., *"Kosm. Feuer"*, 1022 (vgl. auch ebd. 969)

Kap. V Wurzelrassen

Der Komplex der Wurzelrassen, der frühen Menschenrassen des Erdzyklus, gehört zu jenen Bereichen, in denen weitgehend übereinstimmende Darstellungen vorliegen. Ausgehend von zwei Quellen, der *"Geheimlehre"* H.P. Blavatskys (vor allem Bd. 2) und W. Scott-Elliots Werken *"Atlantis"* und *"Das versunkene Lemuria"* (283), führen alle späteren Autoren die dort vorgezeichneten Linien fort, teils aus literarischer Übernahme, teils aus gleichartiger geistiger Wahrnehmung.
Die Lehre der Wurzelrassen fügt sich in das umfassende gnostische Weltmodell ein. Nach diesem manifestiert eine erhabene Wesenheit, ein solarer Logos, ein Sonnensystem. Innerhalb dieses Sonnensystems existieren zehn (sieben) Evolutionspläne, in denen sieben Ketten verlaufen. Jede Kette durchschreitet sieben Runden, wobei jede Runde in sieben Weltperioden unterteilt ist. Innerhalb dieser Weltperioden sind sieben Wurzelrassen zu unterscheiden, die sich noch in sieben Unterrassen verzweigen.
Um den kosmologischen Entwicklungszyklus, der z.T. schon im Kapitel *"Schöpfungsvorstellungen"* erörtert wurde, hier nicht erneut aufzufächern, soll eine Beschränkung auf die sieben Wurzelrassen der Erdperiode erfolgen.

Die erste Wurzelrasse wird als die *Polarrasse* bezeichnet, die zweite als die *hyperboreische*, die dritte als die *lemurische*, die vierte als *atlantische* und die sich gegenwärtig entwickelnde trägt den Namen *arische* Rasse.

Die polarische Rasse:
H.P. Blavatsky setzt den Entwicklungsbeginn der ersten Wurzelrasse auf eine Zeit vor 300 Millionen Jahren an. (284) G. Hodson reduziert diese An-

283) W. Scott-Elliot, *"Atlantis/Lemuria"*, Nachdruck der Ausgabe Leipzig o. J., Freiburg 1977

284) *"Geheimlehre II"*, 159 (vgl. auch II, 6 ff.)

gabe auf ein Datum von 60 Millionen Jahren vor unserer Zeitrechnung. (285) Die polare Rasse besaß astral-ätherische Körper, war geschlechtslos und beheimatet im Gebiet des heutigen Nordpols, der damals tropische Vegetation trug.

Die hyperboreische Rasse:
Nach den Angaben von H.P. Blavatsky erstreckte sich der hyperboreische Kontinent süd- und westwärts vom Nordpol und schloß das gesamte heutige Nordasien ein. Die hyperboreische Wurzelrasse war weniger ätherisch als die Polarrasse, trug aber noch keine Andeutung von Knochenstrukturen und hinterließ daher, wie die erste Wurzelrasse, keine archäologisch auffindbaren Spuren. Hodson datiert sie auf 40 Millionen Jahre vor unserer Zeitrechnung. (286)

Die lemurische Rasse:
Lemuria erhielt seinen Namen durch den Zoologen P.L. Sclater, der dann auch von der modernen Geisteswissenschaft beibehalten wurde. Der Lemurier wird als der erste eigentliche Mensch bezeichnet. Hodson setzt ihn vor 25 Millionen, Blavatsky vor 18 Millionen Jahren an. Seine geographische Heimat wird im Gebiet des heute im Pazifik ruhenden lemurischen Kontinents angenommen. Die Lemurier begannen individuelles Bewußtsein zu entwickeln, begrenzt in einem noch unausgebildeten physischen Körper. Die vier letzten Unterrassen sollen erste Spuren auf der Erde hinterlassen haben. Jinarajadasa nennt die Neger, Negritos und Zwergneger "Vertreter der späteren Unterrassen der lemurischen Rasse". (287)
A.A. Bailey, in Anlehnung an Blavatsky, versucht einen kosmologischen

285) G. Hodsons, *"Lecture Notes"*, a. a. O., S. 348
vgl. zur Polarrasse auch: Steiner, *"Akasha-Chronik, 76 ff.*
Jinarajadasa, *"Okkulte Entwicklung"*, 44 ff. (Dort ein Hinweis auf die Urheberschaft Leadbeaters bzgl. der Karten des Elliot-Buches.)
Purucker, *"Kosmos"*, 206 ff.

286) Vgl. Hodson u. Blavatsky a. a. O.

287) *"Okk. Ent."*, 45

Bezug herzustellen. *„Als der Mensch in lemurischen Zeiten (vor ungefähr achtzehn Millionen Jahren) zur Individualisierung gelangte, kam dies dadurch zustande, daß der Logos unserer Erdenkette mit dem Einweihungsstab berührt wurde; dies bewirkte die Belebung gewisser Zentren in Seinem Körper und der dazugehörigen Gruppen. Man könnte sagen, daß durch diese Berührung, die zu Bewußtsein auf irgendeiner Ebene führt, die betreffenden Lebewesen buchstäblich zu intelligenter Mitarbeit auf der Mentalebene erweckt wurden."* (288) In die lemurische Epoche wird auch das Herabkommen der "Herren der Flamme" von der Venus und die Errichtung der Planetarischen Hierarchie gelegt. Seit der lemurischen Wurzelrasse wird im eigentlichen Sinn von der Evolution des Menschen gesprochen.

Die atlantische Rasse:
Über die Atlanter liegt weitaus mehr Material vor als über die drei vorausgegangenen Wurzelrassen. Es werden sieben Unterrassen unterschieden:

1) Rmoahals:	Ausbildung der Sprache und des Tastsinnes (keine reinen Nachkommen mehr vorhanden)
2) Tlavatli:	Entwicklung des Gedächtnisses (Der Cro-Magnon-Mensch kann als annähernder Nachkomme bezeichnet werden)
3) Tolteken:	Ahnenkult und Königtum (Nachkommen sind die Indianer Süd- und Mittelamerikas)
4) Ur-Turanier:	Schwarze Magie (Nachkommen sind Teile der Chinesen)
5) Ur-Semiten:	Ausbildung der Gedankenkraft (Nachkommen sind Teile der Juden und die Kabylen Nordafrikas)
6) Akkadier:	Weitere Entwicklung des Denkvermögens (Nachkommen sind die Basken, Etrusker, Phönizier und Karthager)
7) Mongolen:	Höheres Denkvermögen (Nachkommen sind Teile der Japaner, Mongolen und Eskimos)

288) "*Kosm. Feuer*", 418
vgl. zur lemurischen Rasse auch: Steiner, "*Menschheits-Entwicklung*", 127
Heindel, "*Weltanschauuung*", 294 ff.

Atlantis war geographisch zwischen Island und Nordbrasilien beheimatet und erstreckte sich über große Teile des heutigen Amerikas. (289) Es wurde durch vier große Flutkatastrophen stark in seinem geographischen Aussehen verändert, für deren Ausbruch allgemein schwarzmagische Praktiken angenommen werden. Die erste Katastrophe, der entscheidende Untergang der atlantischen Kultur, ereignete sich vor 800.000 Jahren. Ihr folgte eine weitere Zerstörung vor 200.000 Jahren, die das verbleibende Atlantis in zwei Inseln, Ruta und Daitya, spaltete. Im Jahre 75.025 v.Chr. versank Daitya, und Ruta verblieb als kleine Insel. Der letzte Rest von Atlantis (Poseidonis) ging im Jahr 9564 v.Chr. im atlantischen Ozean unter, ein Geschehen, von dem Platon in seinen Werken Timaios und Kritias berichtet. (290)

Die Atlanter sollen sich zum Teil auf hoher Entwicklungsstufe befunden haben, wobei ihr Bewußtsein allerdings mehr einem unwillkürlichen Hellsehen, als einer ausgebildeten, individuell-bewußten Wahrnehmung des heutigen Menschen glich. Die Religiosität war sehr ausgeprägt, spiegelte sich allerdings in allen Schattierungen, von reinster Geistigkeit bis zu schwärzester Magie. Mit dem Untergang der Atlantis verlor sich ein astrales Hellsehen und ein neuer Menschentypus stieg auf.

Die arische Rasse:

Nach Aussagen der *"Mahatma-Briefe"* begann die fünfte Wurzelrasse bereits vor einer Million Jahren. (291) Bisher sind innerhalb der fünften Wurzelrasse fünf Unterrassen aufgetreten, die aber erstaunlicherweise alle relativ spät datiert werden, so daß die Ausgangszahl von einer Million Jahren mit Vorbehalt bewertet werden muß.

289) Vgl. die Karten im Werk Elliots

290) Gegen diese Datierung spricht sich nur J. G. Bennett aus, der Platons Bericht auf das minoische Kreta bezieht. Vgl.: *"Die Meister der Weisheit"*, 65

Zur Gesamtproblematik noch vergleichenswert: *"Geheimlehre II"*, 188, 328 u. 412
Bailey, *"Hierarchie"*, 153 / Steiner, *"Okkulte Geschichte"*, 93

291) *"Briefe tibetischer Weiser"*, a. a. O., S. 99

Die erste Unterrasse wird als die *ur-indische* bezeichnet, ihr Beginn auf 18.000 v.Chr. angesetzt. Ihr folgte die altägyptisch-chaldäische und dieser die ur-persische. (292) Mit den Kelten und später den frühen Griechen betreten wir in der vierten Unterrasse den Boden der überlieferten Geschichtsschreibung. Die gegenwärtig bestehende fünfte Unterrasse wird als teutonische geführt. Zu ihr zählen die Slaven, Skandinavier, Holländer, Deutschen, Engländer, sowie deren Nachfahren, wo immer sie auf dem Erdball zu finden sind.

Im Verlauf des weiteren Entwicklungsprozesses soll die sechste Unterrasse in Australien, den USA (Kalifornien) und Neuseeland auftreten, die siebte ihren Ursprung in Südamerika nehmen. Über den Beginn der sechsten Unterrasse liegen widersprüchliche Aussagen vor. Während Besant/Leadbeater in den USA und Australien bereits erste Anzeichen für das Heranwachsen der neuen Unterrasse zu sehen glaubten, rückte Purucker diese noch ca. 20.000 Jahre in die Zukunft. (293) Wer die aufblühende new-age-Kultur in Kalifornien schon einmal besuchen konnte, wird sich der Leadbeater/Besantschen Hypothese nicht ganz entziehen können.

292) R. Steiner sieht die zweite und dritte Unterrasse genau umgekehrt. Vgl.: *"Die geistige Führung des Menschen und der Menschheit"*, Dornach 1974, S. 62

293) Purucker, *"Dial. II"*, 161 f.

Kap. VI
Die höheren Körper des Menschen

In den 'esoterischen' Lehren wird die Sieben als die Zahl der Erde angenommen. So erweist es eine innere Logik, wenn der makrokosmischen Siebenheit eine mikrokosmische Siebenstufigkeit, in Bezug auf die Gesamtheit des Menschen, zugeordnet wird. Der physische Mensch, wie er sich dem Auge jedes nicht erblindeten Betrachters darstellt, enthüllt nur einen geringen Teil der menschlichen Gesamtkonstitution. Der grobstoffliche Körper manifestiert den untersten von sieben Aspekten (Prinzipien), die unauflöslich miteinander verknüpft sind. Es wäre daher irreführend, den Menschen als ein Konglomerat von sieben *verschiedenen* Körpern oder Seelen zu bezeichnen. Weitaus zutreffender charakterisiert die Benennung von sieben Funktions- oder Bewußtseinsträgern die Aufgabe der sieben Prinzipien (Körper). Jede körperliche Hülle ermöglicht es dem Gesamtmenschen, auf einer bestimmten kosmischen Ebene zu wirken, die sich von der physischen Erde bis zum voll entwickelten Seher und Sohn Gottes (Christusbewußtsein) auf der höchsten (dem *Menschen* erreichbaren) Stufe erstrecken kann.
Je nach der geistigen Reife des Menschen kann der Brennpunkt des Bewußtseins von der untersten Trägerform (physischer Körper) bis zum göttlichen Geist (Atman) verlagert werden. Im Idealfall kennzeichnet dies den erleuchteten Adepten, während der Durchschnittsmensch der fünften Unterrasse bewußtseinsmäßig zwischen physischer und astraler Ebene pendelt.

H.P. Blavatsky — Die menschlichen Aspekte

In der Frühzeit der Theosophischen Gesellschaft gingen H.P. Blavatsky und H.S. Olcott noch von einer Dreiteilung des Menschen in einen physischen Körper, den Astralkörper (Seele) und den göttlichen Geist aus. Der Astralkörper diente dem gestorbenen Menschen als nachtodliches Vehikel;

und je nach geistigem Verdienst vereinigte sich dieser nach einiger Zeit mit dem höheren Selbst — oder versank ins Nichts. (294) Diese nahezu orthodox-kirchlichen Vorstellungen resultierten vor allem auf dem damaligen Fehlen des Reinkarnationsgedankens, worauf in Kap. X noch einzugehen sein wird.
In der *"Geheimlehre"* legte H.P. Blavatsky dann die auch heute noch in weiten Kreisen akzeptierte 7-stufige Struktur des Menschen vor.
Als höchster Aspekt gilt der Atman (x), der allerdings eher als universelles denn als persönliches Prinzip angesehen wird. Auf der makrokosmischen Ebene entspricht ihm der ungeoffenbarte Logos. Als zweites Prinzip wird die spirituelle Seele (Buddhi) angenommen. Ihr folgt als drittes Prinzip die menschliche Seele (Manas), mit der die sogenannte höhere (obere) Triade beschlossen wird. Makrokosmisch muß dieser Dreiheit der Bereich der Ideen (vgl. Platon) zugeordnet werden.
Die niedere Vierheit setzt sich aus der tierischen Seele (Kama Rupa), dem Astralkörper (Linga Sharira), der Lebensessenz (Prana) und, als letztem der sieben Prinzipien, dem physischen Körper zusammen. (295) Zwischen Kama Rupa und Manas trennt sich der unsterbliche vom sterblichen Menschen, da die niedere Vierheit vergänglich (nach jeder Inkarnation), die obere Dreiheit dagegen ewig ist. Gelegentlich wird diese Grenzlinie durch eine Unterscheidung zwischen Kama-Manas (begierliches Denken) und Buddhi Manas (erleuchtetes Denken) ausgedrückt.
Aufgabe des Menschen kann es deshalb nur sein, sich auf seine eigenen höheren Prinzipien auszurichten, um so zu einem erleuchteten (vom Licht des Geistes, und damit Gottes) Wesen auf Erden zu reifen. In ihrem *"Schlüssel zur Theosophie"* charakterisiert H.P. Blavatsky die obere Dreiheit, im Sinne eines Abbildes (Strahles) des universalen Einen, als individuelle Existenz. (296)

294) Vgl.: Henry S. Olcott, *"Old Diary Leaves I"*, Adyar 1941², S. 280 f.

x) Aus drucktechnischen Gründen wird auf diakritische Zeichen verzichtet.

295) Vgl.: *"Geheimlehre II"*, 631 und III, 493 f.
Blavatsky, *"Die Wanderung der Lebensatome"*, Pfullingen 1922

296) a. a. O., 130

Im Zusammenhang mit der buddhistischen Geheimlehre unterscheidet sie in der *"Stimme der Stille"* noch die sogenannten "drei Gewänder des Pfades", den Nirmanakaya-, Sambhogakaya- und Dharmakaya-Körper. Der Nirmanakaya-Körper entspricht der ätherisch-astralen Hülle, die der Adept für seinen weiteren Entwicklungsweg zur Verfügung hat. Der Sambhogakaya-Körper ähnelt diesem, zeichnet sich aber noch durch das Ablegen der Erinnerung an alle irdischen Dinge aus. Der Dharmakaya-Körper ist identisch mit dem Atman. Er ist die Hülle ("idealer Hauch", H.P.B.) eines erleuchteten Buddhas, der in Einheit mit dem universellen Bewußtsein lebt. (297)

Die *"Mahatma-Briefe"* erwähnen nur selten das Siebener-System der menschlichen Körper, stimmen aber in diesen vereinzelten Passagen mit der Schematik von H.P. Blavatsky überein. (298)

Aus diesem Grund verfaßte A.P. Sinnett auf der Basis des ihm übermittelten Lehrgutes eine eigene Darstellung, unter gleichzeitigem Versuch einer Übersetzung der alten Sanskrit-Namen.

Körper	Rupa
Lebenskraft	Prana, oder Jiva
Astralkörper	Linga Sharira
Tierseele	Kama Rupa
Menschenseele	Manas
Geistseele	Buddhi
Geist	Atman

(299)

Die Aufgabenbereiche der sieben Körper lassen sich in Grundzügen so skizzieren:

297) Vgl.: *"Die Stimme der Stille"* Graz 1976[5], S. 46 ff. und 108 ff.

298) Vgl.: *"Briefe tib. Weiser"*, 79 und *"Mahatma-Briefe I"*, 182 ff.

299) Sinnett, *"Lehre"*, a. a. O., S. 29 (Abweichend davon die Darstellung in seinem Werk *"Das Wachstum der Seele"*, S. 138

Der *physische Körper* übernimmt eine Funktion, die der eines Taucheranzuges gleichkommt, der in einem bestimmten Medium — hier Wasser, dort Materie — als Werkzeug fungiert. Er ermöglicht es dem höheren Selbst Erfahrungen auf dem tiefsten Evolutionsplan zu sammeln.

Prana übermittelt die für den physischen Körper erforderlichen Lebensenergien, wobei als Quelle das unerschöpfliche kosmische Reservoir dient. Über das zweite Prinzip ist auch ein Austausch der Lebensessenz zwischen den Menschen möglich, ein Faktum, das besonders im Heilungsbereich zu beachten bleibt.

Der *Astralkörper* dient als Modell für den Aufbau des physischen Körpers vor dem Eintritt in die Materie und bildet das Vehikel für das aus der Inkarnation zurückkehrende Ego in der ersten Zeit nach der Entkörperung.

Kama Rupa, die tierische Seele, sammelt die im Verlauf einer Inkarnation angehäuften menschlichen Begierden. Als Energiezentrum vermag es den Menschen in die niedere Vierheit zu ziehen (den Süchten und Begierden verfallend) oder auf die höhere Dreiheit auszurichten (lautere Gesinnung, altruistisches Handeln). Nach H.P. Blavatsky, Judge u.a. ist Kama Rupa für einen Großteil der Erscheinungen und Phänomene bei mediumistischen Seancen verantwortlich.

Manas beherbergt Vernunft und Gedächtnis. Als Denkprinzip des Menschen dient Manas als Werkzeug für die Ideenbildung, wobei besonders auf die Unterscheidung zwischen höherem und niederem Manas zu achten ist. Der Intellekt des habgierigen, verschlagenen Geizhalses bedient sich auch des Manas, jedoch im Sinne von Kama-Manas, der begierlichen Gedankenkraft. Im Gegensatz dazu dient Buddhi-Manas dem Philosophen und Philanthropen für seine der Menschheit dienenden Werke.

Buddhi formt in Verbindung mit Manas die Individualität; für sich allein genommen wäre es nur Träger des Atmans. Buddhi kann auch als göttliche Seele übersetzt werden, in welcher der absolute Geist sein Abbild, seinen mikrokosmischen Brennpunkt gefunden hat.

Atman, als höchstes Prinzip, offenbart den allumfassenden Weltgeist, der in der Dreiheit mit Buddhi und Manas als göttlicher Funke das ewige Gotteskind bildet. (300)

In den Grundzügen findet diese Aufteilung bei allen "Botschaftern" Bestätigung, wobei sich noch detailliertere Erläuterungen und sprachliche Differenzierungen in den nachstehenden Ausführungen zeigen werden.

Franz Hartmann — Die fünf Schleier

Die Werke Hartmanns enthalten im Grundsatz die gleiche Aufteilung des Menschen in sieben Prinzipien, wie sie bereits bei H.P. Blavatsky nachgewiesen wurden.

1) Physischer Körper (Sthula Sharira)
2) Astralkörper (Linga Sharira)
3) Lebenskraft (Prana)
4) Tierische Seele (Kama Rupa)
5) Menschliche Seele (Manas)
6) Göttliche Seele (Buddhi)
7) Göttlicher Geist (Atman) (301)

Neben dieser Schematik behandelt Hartmann gelegentlich eine an der Taittiriya-Upanishad angelehnte "Fünf-Schleier-Lehre". Diese fünf Schleier liegen zwischen dem Atman und dem physischen Körper und verbergen

300) Vgl.: W. Q. Judge, *"Meer"*, a. a. O., S. 53 ff.
Für die antiken Vorbilder dieser Unterteilung vgl.:
Papus, *"Okkultismus"*, 303

301) vgl.: Hartmann, *"Yoga"*, 26 f. und Fährmann, *"Katechismus III"*, 14 ff.

dem Menschen sein eigentliches Wesen. Es gilt daher für ihn, Schleier auf Schleier zu enthüllen, um so sein innerstes, göttliches Wesen zu finden. Den ersten Schleier bildet der Ätherkörper (Annamaya Kosha). Ihm folgt die Lebensseele (Pranamaya Kosha), in der sämtliche Wünsche und Begierden des Menschen gespeichert sind. Über dieser bildet die eigentliche menschliche Seele (Manomaya Kosha) den dritten Schleier. In dieser Hülle finden die 'inneren Kämpfe' zwischen höheren Idealen und niederer Begierlichkeit statt. Das "erkennende Selbst" (Vijnanamaya Kosha), die Organisation der Erkenntnisprozesse, der Bereich des Denkens, formt den vierten Schleier. Die "Hülle der Glückseligkeit" (Anandamaya Kosha) ist das himmlische Selbst, die wahrhafte Wesenheit des ewigen Individuums; und in ihr gewinnt der alles umfangende göttliche Geist seinen reinsten Ausdruck (Atman). (302)

Rudolf Steiner — Das Ich

Steiner greift in seiner Körperlehre die ursprüngliche Dreiteilung des ersten nachchristlichen Jahrtausends auf und unterscheidet Körper, Seele und Geist. Diese wiederum differenziert er in sich erneut in drei Dreiheiten, um so zur leiblichen Triade (physischer Leib, Äther- und Astralleib), zur seelischen Triade (Empfindungs-, Verstandes- und Bewußtseinsseele) und zur geistigen Triade (Geistselbst, Lebensgeist und Geistmensch) zu gelangen. Die mittlere Triade bindet Steiner dann allerdings in die beiden anderen ein, faßt Astralleib und Empfindungsseele sowie Bewußtseinsseele und Geistselbst zusammen und bezeichnet die Verstandesseele als Ich. Als Resultat ergibt sich die folgende Siebenstufigkeit:

302) Hartmann, *"Karma"*, Calw o. J., 88 ff.

1) Physischer Leib (Sthula Sharira)
2) Ätherleib (Kama Rupa)
3) Lebenskraft (Prana)
4) Ich (Kama Manas)
5) Geistselbst (Buddhi Manas)
6) Lebensgeist (Buddhi)
7) Geistmensch (Atman) (303)

Dem "Ich" dieser Siebenheit kommt bei Steiner besondere Bedeutung zu. Von diesem zentralen Wesenskern des Menschen aus, vollzieht es die Umwandlung der niederen zur höheren Dreiheit. Durch die aktive Arbeit des Menschen transformiert das Ich den Astralleib zum Geistselbst (Manas), den Ätherleib zum Lebensgeist (Buddhi) und den physischen Leib zum Geistmenschen (Atman). (304)

Alles menschliche Handeln ereignet sich, im Idealfalle, aus dem Ich heraus. *„Im Grunde besteht alles Kulturleben und alles geistige Streben der Menschen aus einer Arbeit, welche diese Herrschaft des Ich zum Ziele hat."* (305)

Der bemerkenswerte Unterschied der Steinerschen Lehre zur frühen theosophischen Auffassung liegt darin, daß er die höhere Dreiheit des Menschen als Ergebnis einer vom Ich willentlich vollzogenen Anstrengung betrachtet, die theosophische Lehre dagegen mehr eine schon vorhandene Struktur betont, die 'nur' eine niedere Dreiheit (Persönlichkeit) bildet, etwa im Sinne von 'Kundschafter-Strahlen'. In der Konzeption Steiners führt der Weg von unten nach oben, in der zweiten von oben nach unten. Oder handelt es sich gar nur um das gleiche Geschehen, aus je verschiedenem Blickwinkel?

Für diese Annahme sprächen Steiners Ausführungen zum Kausalleib. Der Kausalleib tritt in theosophischer Darstellung mit dem Moment der Individualisierung auf, gilt als entscheidendes Charakteristikum des Menschen.

303) vgl.: Steiner, *"Geheimwissenschaft"*, 60
ders., *"Luzifer-Gnosis"*, a. a. O., S. 135
ders., *"Die geistigen Wesenheiten in den Himmelskörpern"*, Dornach 1974[4], S. 86 ff.

304) vgl.: *"Joh.-Ev."*, 34
ders., *"Theosophie"*, Dornach 1974[2], S. 48

305) *"Geheimwissenschaft"*, 55

Nach dem Tod der ersten menschlichen Inkarnation wird der Kausalleib mit seinen ersten Informationen geprägt. Steiner spricht vom "Kraftextrakt". Von Inkarnation zu Inkarnation entwickelt sich dieser Kausalkörper und speichert die Früchte aller Erdenleben. Das sehende Auge vermag an diesem Träger die geistige Stufe (alte oder junge Seele) eines Menschen abzulesen.
Berücksichtigt man die stärkere Gewichtung des Ich in der Anthroposophie, läßt sich in der Beurteilung der Siebenstufigkeit des Menschen weitgehende Übereinstimmung mit den theosophischen Anschauungen konstatieren. (306)

Annie Besant — Die Einheit des Menschen

In den Werken Annie Besants wird die theosophische Lehre vom Wesen des Menschen in vielen Details vertieft und erweitert. Die Einzeluntersuchungen der großen Theosophin, deren Schriften erst fünfzig Jahre nach ihrem Tod (1933) in Deutschland wieder neu aufgelegt werden, liefern wichtige Erkenntnis über die Gesamtstruktur des Menschen. Grundlegend bei allen Forschungen blieb für A. Besant immer die Überzeugung von der Einheit des menschlichen Individuums. *„Er bleibt eine Einheit des Bewußtseins unter jeder Wandlung seiner Hüllen."* (307) Der Aufbau dieser "Hüllen" wird von A. Besant einer akribischen Analyse unterzogen, wobei vor allem ihre Ausführungen zum Astral-, Mental- und Kausalkörper besondere Beachtung verdienen.
Der Astralkörper nimmt die dritte Stufe in der menschlichen Siebenheit ein, folgt, wie bei H.P. Blavatsky, dem physischen und ätherischen Körper. In der Erklärung des Manas-Prinzips verwendet A. Besant dann eine neue Differenzierung. Sie unterscheidet zwischen Mental- und Kausalkörper,

306) Die gleiche Struktur des Menschen läßt sich in den Schriften von Max Heindel und Jan v. Rijckenborgh nachweisen. Vgl.:
Heindel, *"Rosenkreuzer Philosophie II"*, 337 f.
Rijckenborgh, *"Elem. Philosophie"*, 45 ff.

307) A. Besant, *"Einführung in den Yoga"*, Leipzig o. J., S. 11

um damit den geistigen Sachverhalt treffender kennzeichnen zu können, als es mit dem früheren Modell möglich wurde. Buddhi, als Träger des ewigen Geistes (Atman), benennt sie als Seligkeitskörper (bliss body). Er entspricht dem Christus-Bewußtsein, und in ihm offenbart sich die göttliche Bestimmung des Menschen. (308) Die einzelnen Körper ermöglichen es dem Individuum (in seiner Gesamtheit), auf verschiedenen Lebensebenen zu wirken. Diese Ebenen widerspiegeln sich in den Körpern, manifestieren ihre unterschiedliche Qualität. Die begrenzteste, engste Form, der physische Körper, findet seine Analogie in den Beschränkungen der physischen Welt. Er wird eingehüllt vom Astralkörper, der bereits einen größeren Freiraum besitzt. Dieser Prozeß setzt sich fort bis zum höchsten menschlichen Bewußtseinsträger, der eine Existenz in wahrhaft göttlicher Freiheit und Herrlichkeit führt.

Über den Astralkörper kann der inkarnierte Mensch wichtige Hinweise für sein spirituelles Bemühen erhalten, und er vermag ihm als Gefährt in nichtmateriellen Welten zu dienen. Zu beiden Aspekten erwähnt A. Besant zwei Phänomene, die es verdienen, festgehalten zu werden.

Sie schildert den Fall eines Alkoholikers, der, aufgrund der Erfahrungen in seinem Trinkerleben, nach dem Tod, aus Abscheu, den Beschluß zur Abstinenz von allen Alkoholika faßt. *„Bei der neuen Geburt prägte das Ego dem neuen physischen und Astral-Körper diesen Abscheu ein; aber trotzdem war in dem Astralkörper noch etwas von derartiger Materie enthalten infolge der Schwingungen, die die frühere Trunksucht in dem permanenten Atom hervorgerufen hatte. Diese Materie ist im gegenwärtigen Leben weder durch Trinkleidenschaft noch durch mitmachen der Trinkgewohnheiten belebt worden; im Gegenteil, im Leben am Tage ist der Mann ganz nüchtern. Aber im Traum wird diese Materie im Astralkörper von außen zur Tätigkeit gereizt, und da die Herrschaft des Egos über den Astralkörper schwach ist, antwortet diese Materie auf die Schwingungen der Trinkbegierde, und der Mann träumt, daß er trinkt."* (309)

Der Traum, der das Resultat noch nicht gänzlich gelöster Relikte einer früheren Inkarnation darstellt, erläutert und warnt zugleich. *„Der Traum ist ein*

308) vgl.: *"Weisheit"*, 135 und *"Esoteric Christianity"*, Wheaton 1966[7], S. 161 ff.

309) dies., *"Eine Studie über das Bewußtsein"*, a. a. O., S. 194 f.

Zeichen des fast schon ganz errungenen Sieges. Zu gleicher Zeit ist er eine Warnung; denn er teilt dem Menschen mit, daß in seinem Astralkörper noch etwas Materie vorhanden ist, die durch Schwingungen der Trinker-Begierde belebt werden kann, und daß er sich während des Wachens nicht an Orte begeben sollte, wo solche Schwingungen vorhanden sind. Bis nicht solche Träume gänzlich aufgehört haben, ist der Astralkörper noch nicht ganz frei von einer Materie, die eine Quelle von Gefahr in sich schließt." (310)

Der zweite Bericht basiert auf eigenen Erlebnissen von A. Besant, die sich im Astralkörper, zur Rettung Schiffbrüchiger, aufhält, jedoch von den Ereignissen so gefangen genommen wird, daß sie Astralwelt und physische Welt für den Moment einer Bewußtseinstrübung nicht mehr unterscheidet.

„Ich befand mich astral auf einem sinkenden Schiff, und während ich darauf als unsichtbarer Helfer beschäftigt war, merkte ich, wie der Mast des Schiffes umstürzte. Mich im ersten Augenblick vergessend, dachte ich, der Mast werde auf mich sinken. Dieser momentane Gedanke genügte, um mich morgens bei meiner Rückkehr in den physischen Körper mit einer breiten Quetschwunde am Leib erwachen zu lassen, und zwar auf der Stelle, wohin der Mast gefallen war. Diese Erscheinung kommt so oft vor, bis man über solche Versehen hinaus ist. Es heißt, in seinem Bewußtsein eine solche Fehlfunktion unmöglich machen, und es zu schulen, daß es die astrale Sphäre nicht mehr instinktiv nach den gewöhnlichen physischen Gesetzen beurteilt." (311)

Der auf der physischen Ebene stürzende Mast hätte der sich im Astralen bewegenden Annie Besant keinerlei Schaden zufügen können, doch die negative Gefühlsreaktion wirkte auf ihre Physis zurück. (312)

310) ebd., 195 f.

311) *"Einführung i. d. Yoga"*, 121

312) Vgl. zur Problematik des Astralkörpers:
Sylvan Muldoon, *"Die Aussendung des Astralkörpers"*, Freiburg 1973[2]
Alfred Lischka, *"Erlebnisse jenseits der Schwelle"*, Schwarzenburg 1979
Robert A. Monroe, *"Der Mann mit den zwei Leben"*, Schwarzenburg 1980
Herbert H. G. Engel, *"Der Sphärenwanderer"*, Interlaken 1981
Werner Zurfluh, *"Quellen der Nacht"*, Interlaken 1983

Die Neugeist-Bewegung und die Christian Science haben, neben anderen Gruppierungen, in den letzten Jahrzehnten großen Anteil an der Bewußtwerdung der Kraft menschlicher Gedanken gehabt. Positives Denken verbessert den menschlichen Mentalkörper, während niedere und üble Gedanken die feineren mentalen Gewebe zerstören. *„Daraus folgt, daß unsere gegenwärtige Fähigkeit, auf Gedanken zu reagieren, die von außen auf uns zukommen, davon abhängt, welche Art von Materie wir in der Vergangenheit in unseren Mentalkörper eingebaut haben. Besteht dieser aus feinerem Material, dann wird er auf rohe und böse Gedanken nicht reagieren und diese können auch keinen Schaden stiften; besteht er dagegen aus grobem Material, dann wird er von jedem vorbeiziehenden bösen Gedanken beeinflußt werden, auf gute Gedanken aber nicht reagieren und von ihnen keinen Nutzen ziehen."* (313) Aufgabe des Menschen kann es daher nur sein, durch Hinwendung an spirituelle Ideale neue mentale Energien aufzunehmen und dieses Gedankenpotential in seinen Mentalkörper einzufügen. So bewirkt er durch eigene Anstrengung eine Verbesserung und Veredelung seines Wesens, wohl wissend — alles Wahre, Gute und Schöne ist ihm nur *gegeben*.

Die obere Triade des Menschen ist unzerstörbar. Auch der Kausalkörper (Ich) begleitet diesen von Inkarnation zu Inkarnation. Alle wahrhaft edlen Bestrebungen, alle selbstlosen Gedanken, alle liebevollen Dienste werden eingeflochten in das leuchtende Gewebe des menschlichen Kausalkörpers. Nichts des Guten geht verloren, und so führt Annie Besant in ihrer Schrift "Der Mensch und seine Körper" mit Hoffnung und Zuversicht schenkenden Worten aus: *„So sehen wir, daß durch das Gesetz der Entwicklung jedes Übel, so stark es zur Zeit scheinen mag, in sich den Keim der eigenen Zerstörung trägt, während jedes Gute in sich die Samen der Unsterblichkeit birgt. Das Geheimnis hiervon liegt in der Tatsache, daß jedes Übel disharmonisch ist, daß es im Gegensatz zum kosmischen Gesetz steht. Es wird also früher oder später durch das Gesetz zerbrochen, in Stücke geschlagen, in Staub aufgelöst. Jedes Gute andererseits ist in Harmonie mit dem Gesetz und wird von ihm mitge-*

313) Besant, *"Das Denkvermögen"*, Graz 1979, S. 33

führt, weitergetragen. Es wird ein Teil des Stromes der Evolution, und daher kann es nie untergehen, kann es nicht zerstört werden. Hierin liegt nicht nur die Hoffnung des Menschen, sondern die Gewißheit seines endlichen Triumphes. Wenn auch noch so langsam, es geht doch voran; wenn auch noch so weit der Weg, ein Ende hat er doch.
Die Individualität, die unser Selbst ist, entwickelt sich und kann nicht gänzlich vernichtet werden. Selbst wenn vielleicht durch unsere Torheit unser Fortschritt langsamer ist, als es nötig wäre, so bleibt nichtsdestoweniger alles, was wir zu ihm beitragen, so wenig es auch sein mag, in ihm für ewig erhalten und bleibt unser Eigentum für alle Zeiten." (314)
Immer weiter wird der Jünger voranschreiten auf dem Pfad, bis er einst den menschlichen Entwicklungsweg beendet hat, um zu erkennen, *„daß er selbst eines ist mit allen andern und daß er, ohne sein Selbstbewußtsein zu verlieren, sein Bewußtsein so ausdehnen kann, daß es das Bewußtsein anderer umfaßt, daß es wirklich und wahrhaft eines mit ihnen werden kann."* (315)

Charles W. Leadbeater — Der unsichtbare Mensch

Leadbeater unterscheidet sich in seinen Vorstellungen über das Wesen des Menschen nicht von denen A. Besants. Er vermag aber aufgrund seiner jahrzehntelangen Untersuchungen noch weiterführendes Material vorzulegen, dessen Qualität ihn im Urteil der Kritik zu einem der ersten Kenner dieser Materie auswies. Seine Arbeit *"Der sichtbare und der unsichtbare Mensch"* darf wohl als die profundeste auf diesem Feld bezeichnet werden. Wie nur wenige "Botschafter" hat Leadbeater den Menschen immer wieder auf die entscheidende Bedeutung seines *eigenen* Denkens und Wollens hingewiesen. In zahllosen Abschnitten seiner Werke zeigt er Wege zur Selbstfindung, die für ihn immer im Zusammenhang mit der einsichtigen Durchdringung der wahren Struktur des menschlichen Individuums stehen.

314) Zit. aus: *"Die Lehre des Wachstums"*, a. a. o., II, 59

315) ebd., 60

In der Liebe liegt das Geheimnis allen Seins beschlossen. Sie mag sich in unterschiedlicher Reinheit auf Erden zeigen, doch immer wirkt sie als Kraft des Guten. Im Bereich des Astralkörpers schildert Leadbeater den Aspekt der Liebe in ihrer persönlichen Form zwischen zwei Liebenden. *„So manches treue Herz wird glücklich sein, zu erfahren, daß man dem tatsächlich etwas von sich selbst gibt, dem man ein tiefes Liebesgefühl zusendet, daß ein Teil des Astralstoffes vom Liebenden zum Geliebten übergeht und ihm seinen eigenen Schwingungsrhythmus mitteilt, und sich, wenn nicht gerade ein gewisser Widerstand vorhanden ist, durchaus widerspiegelt und den Astralkörper des Empfängers in harmonische Schwingungen versetzt. Mit anderen Worten, Liebe erzeugt Liebe, und einen Menschen lieben, heißt ihn besser machen, als er sonst sein würde."* (316)

Der Astralkörper dient als Medium der Leidenschaften, Gefühle und Empfindungen, er reflektiert unmittelbar jede Regung des Menschen, sei sie positiver oder negativer Art. Der Astralstoff bildet außerdem die Substanz für lichte und dunkle Elementarwesen, die aus den Gedanken der Verkörperten in ihr länger- oder kürzerfristiges Dasein treten, um in der Welt des Astralkörpers ihren wohltuenden oder schädigenden Einfluß geltend zu machen.

Der auf der Astralebene hellsichtige oder sich nachts *bewußt* im Astralkörper bewegende Mensch, kann auf dieser Ebene mit anderen Wesen in deren astralen Hüllen kommunizieren. Außerdem ermöglicht ihm die willentliche 'Handhabung' des Astralkörpers eine weitaus größere Bewegungsfreiheit als der physische Körper, zumal er, so Leadbeater, in *„zwei Minuten die Erde zu umrunden"* vermag. (317)

Es wird gelegentlich die Befürchtung eines astralen Angriffes laut, doch sind die Bedenken in dieser Richtung in der Regel unbegründet. Ein lauterer und reiner Charakter formt einen Astralkörper, dessen Feinheit für die groben Partikel negativer Schwingungen keinen Resonanzboden bietet. *„Wenn ein böser Gedanke, mit der Absicht zu schaden, einen solchen Körper berührt, dann*

316) Leadbeater, *"Der sichtbare u. d. unsichtbare Mensch"*, Freiburg 1964, S. 100

317) ders., *"The Monad"*, Adyar 1980[4], S. 16

wird er mit seiner eigenen Energie von ihm zurückgestoßen werden; er fliegt dann rückwärts auf der magnetischen Bahn des geringsten Widerstandes, die er soeben durchlaufen hat, und trifft seinen Urheber." (318) Der Schlüssel für einen vollendeten Aufbau des Astralkörpers liegt verborgen in der menschlichen Freiheit und in den aus ihr geborenen Handlungen.

Während der Astralkörper bereits für eine relativ große Zahl an Menschen zum bewußten Vehikel geworden ist (Astralreisen; Sphärenwanderer), vermag im Mentalkörper nur der Eingeweihte *vollbewußt* zu wirken. Im Durchschnittsmenschen beginnt sich der höhere (spirituelle) Teil des Mentalkörpers erst allmählich herauszukristallisieren. Der Adept dagegen bewegt sich in ihm in Gedankenschnelle in Zeit und Raum.

Der Mentalkörper, als das Organ des Denkens, ist für Untersuchungen auf dem Gebiet der Gedankenkräfte bevorzugt heranzuziehen. Jeder Gedanke bildet eine Form. Denkt der Mensch an einen konkreten Gegenstand, so bildet er aus der Substanz des Mentalkörpers eine Abbildung von diesem, der in der Höhe der Augen für den mental Hellsichtigen objektiv erkennbar ist. Je nach der Intensität des Gedankens, bzw. der Gedankenkraft, hält sich die entstandene mentale Form längere Zeit oder vergeht in wenigen Augenblicken. Von außerordentlicher Bedeutung sind in diesem Zusammenhang die Ausführungen Leadbeaters zu den "kollektiven Gedankenformen", die durch permanente Neubelebung ihre Lebensdauer nahezu unbegrenzt verlängern. „*In Wirklichkeit ist der Mensch sein eigener Versucher. In der Regel erzeugt jeder bestimmte Gedanke eine neue Gedankenform. Wenn indessen den Denker bereits eine Gedankenform gleicher Art umschwebt, so verbindet sich, statt eine neue Form zu bilden, unter gewissen Umständen der neue Gedanke mit dem alten. Dieser Gedanke wird dadurch wesentlich gestärkt, und so kann durch langes Brüten über den gleichen Gegenstand bisweilen eine Gedankenform von riesiger Kraft erzeugt werden. War der Gedanke böser Art, so vermag die Gedankenform einen wirklich schlimmen Einfluß auszuüben, vielleicht viele Jahre hindurch, und sie hat für eine Zeitlang das Aussehen und die Kraft eines wirklich lebenden Wesens."* (319) Leadbeaters Darlegungen zielen hier

318) ders., "*Gedankenformen*", Freiburg o. J., S. 36 f.

319) "*Textbuch*", 50

vor allem auf die "Teufels-Manie" (Manas!). Durch unaufhörliche mentale Reproduktion vorgegebener Glaubensfloskeln ist der "Gehörnte", der "Neunschwänzige" oder der "Pferdefüßige" (etc.) immer wieder neu erzeugt worden. In Phasen hysterischer Pseudo-Religiosität kann dann eine plötzliche astrale Hellsichtigkeit auftreten (auch im Drogenrausch!) und der "Böse" wird geschaut, seine Existenz damit 'bewiesen'. Wären sich bestimmte kirchliche Kreise des grenzenlosen Schadens und Unglücks bewußt, die sie mit ihrer Teufels-und Satansdogmatik verursachen (durch die Rückwirkung aus den feinstofflichen Plänen), sie würden erschauern. Es bleibt zu hoffen, daß eine spirituell aufgeklärte Epoche diese alten Gedankenformen durch mentale Liebesschwingungen aufzulösen vermag.
In der religiösen Dogmatik, der fanatischen Glaubensintoleranz, sieht Leadbeater die schlimmste "mentale Erkrankung". *„Die religiöse Voreingenommenheit ist am weitesten verbreitet, von allen die ernsteste und schließt jegliche Annäherung an ein der Vernunft entsprechendes Denken bezüglich des Gegenstandes ganz aus. Leider verhält sich bei einer großen Anzahl von Leuten jener Gesamtteil ihres mentalen Körpers, der mit religiösen Dingen beschäftigt sein sollte, vollkommen untätig; er verknöchert und ist mit Warzen bedeckt, und selbst der elementarste Begriff von dem, was die Religion eigentlich bedeutet, bleibt für sie unmöglich, bis eine katastrophenartige Wendung eintritt."* (320) Wer im ausgehenden 20. Jahrhundert die Auseinandersetzungen selbst unter den 'esoterischen' Gemeinschaften verfolgt, der kann die Worte Leadbeaters nur mit einem Anflug von Bedauern, ja Wehmut, bestätigen.
Doch selbstverständlich wird durch religiöse Gedankenkraft auch viel Licht in die Welt gesandt, wobei die inhaltliche, konfessionelle Form für die Auswirkungen im mentalen Bereich unerheblich ist. Leadbeater beobachtete, wie die Anbetung Marias seitens einer frommen Katholikin Auswirkungen auf Moslems und Hindus hatte (umgekehrt gälte das gleiche Prinzip), deren astrale und mentale Körper stimulierte und so ein religiöser Einfluß auf diese Gläubigen ausgeübt wurde, der in der Glaubenspraxis dieser Menschen dann seine je eigene Ausgestaltung fand. (321)

320) *"Das Innere Leben"*, II, 138

321) vgl.: *"Hidden Side"*, 465 f.

Die menschliche Form bleibt nach Leadbeaters Untersuchungen bis zum Kausalkörper erhalten, allerdings darf sie nicht mit der Gestalt einer Inkarnation verwechselt werden. Vielmehr stellt sie eine Synthese der edelsten Aspekte des Menschen dar — es ist der "verklärte Übermensch", von Leadbeater auch mit dem griechischen Namen Augoeides bezeichnet. Er bleibt als das wahre "Ich" des Menschen während aller Inkarnationen erhalten, bis auch diese Hülle eines fernen Tages abgelegt wird, und die erleuchtete Seele zu neuer, beglückenderer Wanderschaft aufbricht. (322)
Nur die wahrhaft positiven Errungenschaften einer Inkarnation können bis zum Kausalplan aufsteigen und sich im Kausalkörper verankern. Der Mensch erwirbt sich in seinen Erdenleben gute und schlechte Eigenschaften, „*doch während die guten beständig aufgespeichert und innerhalb des Kausalkörpers aufbewahrt werden, können die tierischen nur in den niederen Trägern zum Ausdruck kommen und sind daher verhältnismäßig nur von kurzer Dauer.*" (323)
Alle negativen Aspekte schwingen sich bereits in der unterhalb des Kausalkörpers liegenden niederen Vierheit aus, können der Individualität keine nachhaltige Prägung eindrücken. Dies bedingt nicht ihre vollständige Auflösung, sie können sehr wohl in einer neuen Inkarnation wirksam werden, doch der neu inkarnierte Mensch ist im Vergleich zu seinem letzten Erdenleben zumindest einen Schritt vorangegangen. (vgl. Kap. X)

Alice A. Bailey — Die drei Triaden

Obwohl A.A. Bailey grundsätzlich an die siebenstufige Schematik der theosophischen Anthropologie anknüpft, zeigen sich im Detail doch verschiedentlich Differenzen.
Wie Steiner unterteilt Bailey ursprünglich die menschliche Konstitution dreifach. Die erste Triade, der reine Geist, spiegelt die drei göttlichen Aspek-

322) vgl.: "*Talks on the path of Occultism*", Vol. III, Adyar 1976[6], S. 214
323) "*Sichtbare*", 68

te Wille/Macht (Vaterprinzip), Liebe/Weisheit (Sohnprinzip) und aktive Intelligenz (Hl. Geist-Prinzip) wieder. Die zweite Triade, das Ego, drückt sich in der Dreiheit von geistigem Willen (Atman), Intuition (Buddhi) und abstraktem Denkvermögen (höheres Manas) aus. Auch in der dritten Triade, der Persönlichkeit, wird zwischen drei Aspekten unterschieden; dem Mentalkörper (niederes Manas), dem Emotional-Körper (Astralkörper) und dem physischen Körper (physisch-ätherischer Körper).
Vereinzelt separiert Bailey auch eine niedere Quaterne von der monadischen Dreiheit, mit dem "Sohnes-Aspekt im objektiven Dasein". (324)
Besondere Beachtung wird von A.A. Bailey dem Aufbau einer 'Bewußtseinsbrücke' (der sogenannten Antahkarana) geschenkt, die Monade und Persönlichkeit verbinden soll. Zur Veranschaulichung wählt sie ein Lichtgleichnis, wenn sie davon spricht, es sei Ziel der Entwicklung (durch Meditation etc.) *„das untere und obere Licht zu verschmelzen, so daß in physischer Manifestation* ein *Licht erstrahlt und so eine Licht-Synthese geschaffen wird."* (325) Die Monade soll sich in Vollkommenheit auf dem physischen Plan auszudrücken vermögen, die Christus-Geburt in der Krippe des Körpers geschehen.
Wesentlich sind in den Werken A.A. Baileys auch einige Ausführungen zum Äther- und Astralkörper, deren Beachtung manches Leid ersparen könnte. Für die Engländer brachten längere Aufenthalte in der damaligen Kronkolonie Indien häufig Erkrankungen mit sich. Bailey sieht eine entscheidende Ursache hierfür in der Überentwicklung pranischer Energien, bedingt durch die intensive Sonneneinstrahlung auf den daran nicht gewöhnten 'europäischen' Ätherkörper. *„Der ätherische Körper empfängt dabei das Prana oder die Sonnenstrahlen zu rasch und führt sie mit zu großer Gewalt durch das System hindurch und aus ihm heraus, wodurch der Betreffende der Trägheit und Entkraftung zum Opfer fällt. ... Das innere Dreieck übermittelt die pranischen Emanationen zu rasch, es bleibt keine Zeit zu deren Absorbierung übrig und das ganze System verliert dementsprechend an Kraft."*(326)

324) *"Kosm. Feuer"*, 321 / Vgl. auch: *"Strahlen V"*, 535

325) Bailey, *"Erziehung im Neuen Zeitalter"*, Genf 1966, S. 180

326) *"Kosm. Feuer"*, 147

Es verdiente eine sorgfältige Untersuchung, die Struktur der menschlichen Körper einmal im Vergleich zum Land der Inkarnation, der Heimat des alltäglichen Sprachgebrauches (oder auch der Heimat im geistigen Sinn?) zu analysieren.

Die Angst ist zu einem der entscheidenden Krankheitsfaktoren der modernen Industriegesellschaften geworden. Durch entwicklungsbedingte Sensibilisierung nehmen zahlreiche Menschen negative Energien auf, die absolut in keiner Verbindung mit ihnen stehen. Zum einen Teil werden negative Umwelteinflüsse assimiliert, zum anderen Bruchstücke des Weltkarmas aus der Akasha-Chronik unbewußt im Astralkörper verankert. Durch ein bewußt-spirituelles Leben und eine von hoher Ethik getragene Handlungsweise kann diesem Übel entgegengewirkt werden. (327)
Eine weitere große Gefahr der gegenwärtigen Zeit, vor allem der 'modernen Esoterik', liegt in der Verblendung, Bailey spricht auch vom Astralismus. Besonders das 'Auserwähltheits-Syndrom' spielt hier eine entscheidende Rolle. Kaum noch zu benennen ist die Zahl der Vatermedien, Pseudo-Hellseher und Heiler oder der falschen Gurus und Propheten. Der "Tibeter" zeigt in der persönlichen Unterweisung eines Jüngers mögliche Ursachen für alle diese Täuschungen auf.
„Diese Neigung zum Astralismus ist eine Erbschaft aus anderen Leben und hat ihre Grundlage in alten klösterlichen Tendenzen und in der Traumwelt, in der Du in alten Zeiten gewandert bist, um die Eintönigkeit des Lebens innerhalb der vier Wände der Zelle zu erleichtern, in der Du, beschaulichem Leben geweiht, gelebt hast. Dein Bewußtsein war damals mystisch, visionär und phantasiereich und schwang in das Gebiet astraler Halluzinationen hinüber. Dies bedeutet, daß Dein Astralkörper in diesem Leben leicht in die alten Wege, alten Gedanken und in die Kontrolle alter Gedankenformen zurückfällt und infolgedessen leicht einer Täuschung unterliegt." (328)
Die Arbeit des Menschen an und mit seinen höheren Körpern bedingt auch die kontinuierliche Achtsamkeit auf die Gefahren von Täuschungen und

327) Vgl.: *"Weiße Magie"*, 331 ff.

328) Bailey, *"Jüngerschaft im Neuen Zeitalter"*, Genf 1974, I, 837

Verblendungen, und wer einen Schritt nach innen wagt, sollte, wie es Rudolf Steiner formulierte, zuvor drei Schritte in Bezug auf seine ethische Vervollkommnung unternommen haben.

Flower A. Newhouse — Die sieben Ebenen der Wirklichkeit

Flower A. Newhouse steht mit ihrer Darstellung des Menschen in seiner Differenzierung in sieben Körper in der Tradition Annie Besants, die sie sehr schätzt und für die bedeutendste theosophische Autorin hält. Sie unterteilt "sieben Ebenen der Wirklichkeit" und ordnet diesen jeweils eine eigene körperliche Hülle zu.

1) Physische Ebene — physischer Körper
2) Ätherische Ebene — Ätherkörper
3) Astrale Ebene — Astralkörper
4) Mentale Ebene — Mentalkörper
5) Kausale Ebene — Kausalkörper (Seele)
6) Adonaische Ebene — Adonai
7) Göttliche Ebene — Monade (innerer Gottesfunken) (329)

Die Ebenen sechs und sieben werden nach F.A. Newhouse Überzeugung vom durchschnittlich entwickelten Individuum nicht erreicht; auch für die entwickelte Seele zählt die Berührung mit diesen Welten zu den "Sternstunden" (high points) des Lebens.

Einen tief erhellenden Einblick in das wirkliche Wesen des Menschen und die Funktionsweisen seiner einzelnen Körper vermittelt die Schilderung von Flower A. Newhouse über ein Erlebnis im Alltag.
„Als ich eines Tages mit dem Bus in die Stadt fuhr, konnte ich einen Mann mit

329) Flower A. Newhouse, *"Insights into Reality"*, Escondido 1975, S. 41 ff.
(Vorabdruck aus der im Aquamarin-Verlag erscheinenden deutschen Übersetzung.)

einem eher schmächtigen Körper beobachten, dessen Aura allerdings weitaus größer und ausstrahlender war — ein sicheres Zeichen für eine fortgeschrittene Seele. Der Kausalkörper ist in jedem Fall ausgedehnter als die physische Hülle und im entwickelten Zustand, wenn der Mensch aus der Kraft dieses Körpers wirkt, überstrahlt er bei weitem die gesamte Aura. Im Fall meines Mitreisenden konnte ich ein ungefähr fünf Zentimeter breites Band erkennen, das die Form seines Kausalkörpers andeutete. Gleichzeitig fiel mir eine unheilvolle Verdunkelung seines Ätherkörpers, der Gesundheitsaura, auf. Im Bereich der Leber zeichnete sich eine gänzlich leere Stelle ab, deutliches Indiz für eine schwere Lebererkrankung — über die der Erkrankte Bescheid wußte und wegen der er sich in großer Sorge befand.

Jemand mußte für diesen Menschen beten, denn in seiner Aura zeigte sich die Gedankenform der Madonna, woraus ersichtlich wurde, daß es sich bei der betenden Person um eine Katholikin und zwar um eine reine und tiefgläubige Seele handelte. Dieses Gebetssymbol kam wahrscheinlich von seiner Ehefrau oder Mutter, denn die Gedankenform wurde von einer Person geschaffen, die ihm in Liebe zugeneigt war und die Hl. Mutter um Hilfe bat. Der Archetyp war umgeben von einem lavendelfarbenen Rahmen, aus dem die häufige Wiederholung des Gebetes erkennbar wurde. Ich verspürte, wie ihre Gebete das Eindringen des göttlichen Gnadenstromes ermöglichte, denn an einer Stelle des Kausalkörpers zeigte sich ein Leuchten, das in der Regel die beginnende Heilung anzeigt." (330)

Für den geistig blinden Durchschnittsmenschen verhüllen immer noch viele Schleier das Geheimnis Mensch. Mit Dankbarkeit darf er die Hilfe jener reifen Seelen annehmen, deren spirituelle Fähigkeiten es ihm ermöglichen, tiefer in das Wesen des Mikrokosmos Mensch eingeführt zu werden.

So werden die Aufgaben und Wirkungsfelder der höheren Körper des Menschen allmählich verstehbarer, und die große Einheitlichkeit der Beobachtungen aller *"Botschafter des Lichtes"* mag als Indiz dafür gelten, daß auf klar umrissenen Gebieten objektive Erkenntnis geistiger Zusammenhänge möglich ist. Die Vielfalt der jeweiligen Aussagen ließe sich noch auf zahl-

330) ebd. 47 f.

reichen Seiten offenlegen, könnte Zeugnis für die Komplexität des Phänomens Mensch ablegen.

Entscheidende Bedeutung wird jetzt der Frage beizulegen sein, ob die höheren Körper des Menschen nur letztlich doch vergängliche Hüllen darstellen – oder ob eine ewige, unvergängliche Individualität existiert.

Kap. VII Selbst — Individualität — Monade

Unter allen Fragen, die das menschliche Leben seit Urbeginn begleiten, darf jene nach dem ewigen Leben als die am häufigsten gestellte angesehen werden. Gibt es etwas in mir, das ewig und unzerstörbar ist; so sinnt der Mensch im Angesicht des Todes.

In den Darlegungen über die höheren Körper wurde bereits auf den geistig-seelischen 'Überbau' des Menschen hingewiesen. Doch schon Platon ging in seinem unvergänglichen *"Phaidon"* dem Einwand nach, ob nicht an einem bestimmten Punkt — sei es im Diesseits, sei es im Jenseits — die menschliche Existenz zu einem definitiven Ende gelangt. Wartet ein ewiges Leben auf den Menschen oder wird er wieder "zu dem Staub, aus dem er gemacht"?

Im Folgenden soll anhand der Werke der *"Botschafter des Lichtes"* die Problematik der Monade, der unzerstörbaren, göttlichen Individualität, einer eingehenden Analyse unterzogen werden. Vor allem der Verbindung (oder Trennung) von Persönlichkeit und höherem Selbst muß dabei vorrangige Beachtung geschenkt werden. Kann es zu einer Abspaltung der inkarnierten Person von ihrer eigenen Monade kommen? Welche Kriterien zeichnen das "Ich" aus, von dem ausgehend jede Individualität sich als sich selbst im Gegensatz zu anderen identifiziert? Warum steigt ein göttlicher Funke (Monade) aus lichten Höhen hinab in materielle Begrenztheit, und wie vollzieht sich dieser Prozeß aus menschlicher Sicht?

Auf diese und weitere Fragen soll nachstehend aus verschiedenen Blickwinkeln Licht geworfen werden, wobei die Breite des Antwortspektrums zugleich die Vielfalt der Entwicklungswege reflektiert.

Vor allem in diesem Kapitel sollte die Waagschale des Urteils auf einer Seite die Rose der Liebe tragen, um in ihr den allein wahrhaften Richter zu finden.

Helena P. Blavatsky –
Sterbliche Persönlichkeit und unsterbliches Selbst

Die Monade ist der "emanierende Funken aus dem unerschaffenen Strahl". (331) In dieser Definition faßt H.P. Blavatsky ihre Überzeugung vom Wesen des höchsten menschlichen Aspektes zusammen. Ausströmend aus einer unerkennbaren Quelle (hier also die theistische Linie), beginnt die Monade ihren Weg als unbewußtes Lichtkind. Welten auf Welten durchwandernd sammelt sie Erfahrungen, um zurückzukehren zum göttlichen Ursprung, nunmehr jedoch mit individualisiertem Selbstbewußtsein.
Aufgrund ihrer "Verwandtschaft" mit dem universalen Geist ist die Monade "allmächtig" (332), ein Tropfen, dem die Fülle des Ozeans zur willentlichen Verfügung steht. Die Rückbindung der 'Allmacht' auf den absoluten Ursprung vollzog H.P. Blavatsky in der "Isis" noch ganz im Geiste Eckharts, wenn sie die Seele nicht im Identitätssinn als göttlich, sondern als Spiegel für das Licht des Einen bezeichnete: *„Je klarer der Spiegel, desto heller wird das göttliche Bild."* (333)
Die Reinigung (katharsis) des Spiegels von allen Unsauberkeiten, d.h. die Läuterung der Monade von allem Nicht-Göttlichen, führt zur Entdeckung des wahren "Ich bin Ich", in dem H.P. Blavatsky die "wahre Individualität" (334) sieht. Die verblendete Identifikation der gegenwärtigen Inkarnationsform mit dem ewigen Ich verhindert die Selbsterkennung des Menschen. So muß am Ziele jedes geistigen Pfades die klare Beantwortung der Frage "Wer bin ich" erfolgen.

Unsterblichkeit und ewiges Leben erkennt H.P. Blavatsky dem Menschen *nicht* als ein bedingungslos (von der Schöpfungsanlage) gewährtes Gut zu. Nur die bewußt erstrebte und erarbeitete Verbindung des niederen mit dem

331) *"Geheimlehre I"*, 624

332) *"Isis I"*, XII

333) ebd., XXIV

334) *"Schlüssel zur Theosophie"*, 40 f.

höheren Selbst verleiht der Persönlichkeit Anteil an der unsterblichen Existenz der Monade. *„Wenn die menschliche Seele während ihrer Lebenszeit es vernachlässigt hat, Erleuchtung durch göttlichen Geist, unseren* persönlichen *Gott zu empfangen, dann wird es für den groben und sinnlichen Menschen schwer, während einer größeren Zeitspanne seinen physischen Tod zu überleben."* (335)
Es spricht aus zahlreichen Werkpassagen von Madame Blavatsky die Überzeugung von einer denkbaren Trennung des göttlichen ICH vom menschlichen Ich. Nur die Erringung der Vereinigung von Persönlichkeit und unsterblichem Geist verhindert die *"individuelle Vernichtung nach dem Tode"*. (336) In seltener Härte formuiert H.P. Blavatsky ihre Lehre. Sie bejaht die Möglichkeit einer endgültigen Aufsplitterung der menschlichen Siebenheit, wobei die Frage zu stellen wäre, inwiefern man überhaupt von einem "Ich bin Ich" (das auch H.P.B. bejaht) sprechen kann, wenn dieses de facto noch dividierbar ist. Zwar erwähnt sie noch eine letzte (verzweifelte) Anrufung des Selbst durch einen Akt der Reue in der Persönlichkeit, ohne damit die "Vernichtungs-Hypothese" aufzugeben. (337)
Die entseelte oder entgeistete Persönlichkeit verliert sich letztlich in vollständiger Auflösung, während der *"Geist ein Wesen für sich bleibt"*. (338) An anderer Stelle heißt es dagegen: *„Der Mensch existiert im Geist, in* nichts; *als eine Form, Gestalt, als Schein wird er vollständig* vernichtet *und wird daher nicht länger sterben."* (339) Dies deutet eher auf ein amorphes Sein, in welchem nicht mehr von individueller Existenz gesprochen werden kann. Als Beleg für diese Annahme läßt sich auch Blavatskys Erklärung des Samadhi heranziehen, das sie als einen Zustand kennzeichnet, *„in welchem der Asket das Bewußtsein jeglicher Individualität, einschließlich der eigenen, verliert. Er wird — das ALL."* (340) Im Gegensatz zu dieser Auslegung des Er-

335) *"Isis I"*, 432 Vgl. auch: *"Geheimlehre III"*, 520 ff.

336) *"Isis I"*, 317

337) vgl. *"Geheimlehre III"*, 527 und *"Isis II"*, 153

338) *"Isis I"*, 316

339) ebd. 290

340) *"Stimme der Stille"*, 102

leuchtungszustandes im Yoga, deutet sie das buddhistische Nirvana als *"die Gewißheit individueller Unsterblichkeit im Geiste"* (341), um so — wieder einmal — die schon häufig vorgefundene Ambivalenz ihrer Lehre zu konstituieren.

Alfred Percy Sinnett — Die Entwicklung der Individualität

Die *"Mahatma-Briefe"* stützen die 'Aufspaltungs-Hypothese' von H-P. Blavatsky. Die niederen Aspekte (Persönlichkeit) des Menschen können sich von ihrem monadischen Hüter trennen, und aus diesem Grund ist "Unsterblichkeit keineswegs eine Selbstverständlichkeit für alle". (342) Extrem gegen den göttlichen Plan verstoßende Menschen, die Mahatma-Briefe nennen vor allem den Schwarzmagier, können für kürzere oder längere Zeit auf der Astralebene ihre Fortexistenz nehmen, bis sie spätestens am Ende des planetarischen Zyklus "vernichtet werden müssen". (343) In allen Fällen handelt es sich um 'geist-lose Halbmenschen', deren höheres Selbst absolut und unwiderruflich von ihnen abgetrennt ist. Doch auch dieses höhere Selbst wird innerhalb der Mahatma-Briefe nicht als unzerstörbare Individualität bezeichnet. Ausgehend von einer speziellen Schule der buddhistischen Philosophie (für die Gegenposition vom buddhistischen Standpunkt her wäre Lama A. Govinda heranzuziehen), wird mehrfach die Annahme einer unvergänglichen Individualität als "Irrglaube" und "Täuschung" verurteilt und auch die Atman-Lehre nicht im Sinne eines bleibenden, ewigen Prinzips gedeutet. (344)

Aufschlußreich kann eine Gegenüberstellung von Aussagen der Mahatma-Briefe mit den tiefschürfenden Darlegungen A.P. Sinnetts sein, seines

341) *"Schlüssel"*, 94 Vgl. auch: *"Geheimlehre I"*, 286

342) *"M.-Briefe II", 46*

343) *ebd., 152 / Vgl. auch Olcott, "Diary Leaves"*, I, 281

344) Vgl. II, 158 ff.

Zeichens immerhin einer der prominentesten Empfänger der Briefe.
Sinnett bejaht unmißverständlich eine "bleibende Individualität", die in langen Evolutionsspiralen reiche Ernte einbringt. Alle Erfahrungen zahlloser Inkarnationen werden in einer "individuellen Seele" aufgespeichert; *„und diese Seele bildet das eine, unveränderliche Identitätszentrum, das durch den ganzen Prozeß hindurch fortbesteht."* (345) Auf der Grundlage dieser Vorstellung kann die Konzeption der Monade nur eine dynamische sein, muß auch der monadische Funken in den evolutiven Prozeß einbezogen werden. Auch das höhere Selbst ist in Entwicklung begriffen und ist *„bei keinem Menschen nur eine farblose, unvergängliche, geistige Monade, sondern vielmehr die sich bildende, geistige Individualität."* (346)
Sinnetts Monadologie berührt den gesamten Schöpfungs- und Wachstumsprozeß menschlichen Seins. Er bettet seine Philosophie in ein System, an dessen Beginn auch das höhere Selbst nur als unausgebildeter (wenn auch potentiell göttlicher) Funken steht. *„Blicken wir zuerst rückwärts in die Vergangenheit, so muß man sagen, daß das Höhere Selbst notwendigerweise einmal im Keimzustand seiner Entwicklung existiert haben muß. Sobald vom Beginne der Evolution der menschlichen Monade — am Anfang einer kosmischen Periode — eine Individualität definiert worden ist, so muß mit dieser Individualität während aller ihrer irdischen Verkörperungen auf der geistigen Ebene ein Tätigkeits- oder Bewußtseinszentrum verbunden sein, das ihr beginnendes höheres Selbst vorstellt. Aber das höhere Selbst des Wilden der Urzeit und das des durchgeistigten Menschen der späteren Rassen sind zwei sehr verschiedene Wesenheiten. Es versteht sich von selbst, daß das Höhere Selbst durch die, während der langen Reihe seiner Tätigkeitsmanifestationen auf der Erde gesammelten Erfahrungen fortwährend wächst und zu immer größerer Vollkommenheit gelangt."* (347) Die Verwirklichung der Gotteskindschaft, die *jedem* Geschöpf als Geburtsrecht verliehen ist, hängt einzig von der individuellen Bemühung ab. Das "Seelenfünklein" verleiht dem Menschen das

345) A. P. Sinnett, *"Wachstum der Seele"*, a. a. O., S. 4

346) ebd., 89

347) ebd., 94 f.

'Instrument', den göttlichen Geist zu berühren. Sich mit IHM zu einen (unio mystica) ist Aufgabe menschlichen Strebens auf dem 'uralten Pfad'.

Überzeugend arbeitet Sinnett das Paradoxon einer bereits von Urbeginn an allwissenden Monade und eines sich entwickelnden Erdenmenschen heraus. Der Widersinn des Strebens und Bemühens in der Inkarnation angesichts eines ewigen, vollendet-göttlichen Selbst ist offensichtlich. Es kann daher vernünftigerweise nur von der wahrhaften Einheit des Menschen ausgegangen werden, der sich in seiner Gesamtheit entwickelt.
„Ist das Höhere Selbst, wie einige Okkultisten anzunehmen scheinen, schon von Anfang an eine allwissende Wesenheit, und besteht sein Entwicklungsprozeß nur in den Bemühungen, die das Niedere Selbst macht, um mit demselben in bewußte Verbindung zu treten, so bliebe dieses Niedere Selbst ganz unbelohnt in den zahlreichen Fällen, wo diese Verbindung nicht zustande kommt. Dann wäre unser Ringen nach Vollkommenheit auf unserer Erde ein unnützes, vergebliches Streben, höchstens durch ein besseres Karma belohnt, durch welches das folgende, von dem untätigen Höheren Selbst — der Individualität — überschattete Erdenleben weniger schmerzliche Erfahrungen für ein eigentlich ganz neues Wesen bringen würde, für das die Erinnerung an seine früheren Leiden nicht einmal dazu beitragen könnte, das Glück seines neuen, einzeln stehenden Erdenlebens zu erhöhen. Wenn sich das Höhere Selbst nicht als natürliche Folge dieses Ringens evoluiert, so hätten diejenigen nicht Unrecht, die die Theorie der Reinkarnation aus dem Grunde verwerfen, daß wir uns unserer vergangenen Existenzen nicht erinnern." (348)

Eindeutig distanziert sich Sinnett von einer pantheisierenden Deutung des Atman. Er brandmarkt alle Lehren, in denen die höhere Individualität des Menschen mit dem "Selbst des Universums oder mit Gott identifiziert" wird als "falsch" und als "kurzsichtige Theorie". (349)
Seine Meditationen über das Individualitätsproblem führen Sinnett dann zu einer intuitiven Deutung des Nirvana, die ein Zeugnis von ausnehmen-

348) ebd., 106

349) ebd., 98

der Tiefe und Größe darstellt. *„Nirvana bedeutet viel eher ein Aufgehen des Allbewußtseins im Individuum, als ein Aufgehen des Individuums im Allbewußtsein."* (350) Im Erreichen dieses Verwirklichungsgrades gelangt die menschliche Evolution an ihren End- und zugleich neuen Anfangspunkt. Aus unbewußten göttlichen Funken reifen (relativ) vollkommene Gottessöhne und -töchter heran; die in Übereinstimmung mit dem göttlichen Willen als individuell-bewußte Boten des EINEN auf neuen Wegen zu noch herrlicheren Schöpfungen wandern, nunmehr wissende Mitgestalter und Mitschöpfer des unendlichen GEISTES.

Franz Hartmann — Das Selbst und die Gottheit

In Hartmanns Philosophie des Selbst dominieren Gedanken eines vedantischen Monismus, unter unverkennbarer Beeinflussung der Maya-Lehre. Betonte Sinnett die *wesenhafte* Unterschiedenheit von Gottheit und Selbst, so relativiert Hartmann diese auf eine Scheintrennung; denn da *„Gott das wahre Selbst, alles und außer ihm nichts ist, so ist auch in Wirklichkeit nichts vorhanden, das sich mit ihm vereinigen könnte; denn es hat sich niemals irgend etwas von ihm getrennt."* (351) Die Annahme zweier Seinsebenen, einer Unerschaffenen und einer Erschaffenen, bewertet Hartmann als die große Täuschung (Maya), ohne erklären zu können, worin die Ursache für die offensichtliche Nicht-Göttlichkeit des Menschen zu suchen ist, wenn *„alles Gott ist, und auch wir in unserem Wesen Gott sind."* (352)
In seiner extremen Position wird Hartmann in seiner Lehre vom Selbst bis zur Selbst-Schöpfung geführt, in der der Mensch sich als der "Schöpfer aller Dinge erkennt" (353), und das göttliche Selbst als "die Gottheit, welche den

350) ebd., 260 / Vgl. hierzu auch: W. Q. Judge, *"Meer"*, 80

351) *"Yoga I"*, 103 f.

352) *"Symbole"*, 114

353) ebd., 112

ganzen Makrokosmos umfaßt" (354) angesehen wird. In dieser Form der Identitätsmetaphysik spricht Hartmann dann sogar von der "Illusion des Selbst" (355) und läßt nur noch ein form- und individualitätsloses Sein gelten.

Pantheismus und Alleinheitslehre bilden allerdings nicht die einzigen Pfeiler, auf denen Hartmanns Weltbild errichtet ist. Mehrmals spricht er auch der Individualität das Prädikat der Ewigkeit zu, deutet die Nirvana-Erfahrung als Erweiterung des Ich-Bewußtseins zu einem kosmischen Ich-Bewußtsein, verneint die Idee eines Erlöschens des Ichs im All. Der Gottmensch erkennt sich als eins mit der Gottheit, *„im Selbstbewußtsein der Unendlichkeit, ohne deshalb aufzuhören, eine von anderen Menschen verschiedene Individualität zu besitzen."* (356)

Die Kontrastierung beider Ideen läßt kaum eine Grenzverwischung oder gar Synthese zu. Wollte Hartmann in seinen pantheisierenden Passagen allein die Göttlichkeit des Menschen verdeutlichen, so kann ihm der Vorwurf der sprachlichen Unschärfe nicht erspart bleiben, zumal er die ewige Individualität eher in einen statischen Makrokosmos zwängt, als auf die unbegrenzte Dynamik solarer und galaktischer Entwicklung hinzuweisen.

Rudolf Steiner — Ich und Welt

Die bereits in Kap. I behandelte Problematik der Beziehung Schöpfer — Geschöpf bei Steiner soll hier nicht erneut aufgegriffen werden. Wesentlicher in der Individualitätsfrage ist Steiners Lehre vom ewigen Ich, vom unzerstörbaren Wesenskern des Menschen.

In der Geschichte der Menschheitsentwicklung setzt Steiner den 'Beginn' des Ichs in der fünften Unterrasse der atlantischen Wurzelrasse an. Die ursprüngliche Unverbundenheit von menschlichem Äther- und physischem

354) ebd., 78

355) *"Die Meister der Weisheit"*, Calw o. J., S. 5

356) *"Magie"* 141 / Vgl. bzgl. des "persönlichen Nirvana": *"Symbole"*, 32

Körper wurde beendet, *„so daß der Punkt des Ätherleibes sich in den Punkt des physischen Körpers hineinschob. In diesem Augenblick, wo beide Punkte zusammenfielen, konnte der Mensch anfangen, Ich zu sich selbst zu sagen."* (357) Steiner spricht im Zusammenhang mit diesem Geschehen auch vom "Ich-bin" als dem "tiefsten inneren Wesenskern", der sich in dieser Entwicklungsepoche in den Menschen eingesenkt hat und der "in alle Ewigkeit bleiben wird als Individualität". (358) Dieses "Ich" wird als das "wahre Ich" (359) auch am Ende des gesamten Erdentwicklungszyklus existieren, wenn die Eindrücke zahlloser Inkarnationen längst im Schatten der Zeit verblichen sind.
Die in der atlantischen Rasse angesetzte Geburt des Ichs erhält, nach Steiners Überzeugung, durch das Kommen Christi einen entscheidenden neuen Impuls, um im inkarnierten Erdenmenschen das Bewußtsein seiner *individuellen* Unsterblichkeit zu stärken. Eng verbunden mit diesem Ereignis sieht Steiner die Entwicklung des Gewissens, die er ansatzweise bereits in der griechischen Dichtkunst angedeutet sieht. (360)

Durch Steiners Auseinandersetzung mit einer bestimmten Art von 'Urbrei-Mystizismus', dem er eine deutliche Absage erteilt, zeichnen sich die scharfen Konturen seiner Ich-Lehre überzeugend ab. *„Immer wieder hört man die Phrase, die Menschen müßten nach und nach in einem Allbewußtsein aufgehen. Das wäre die Erlösung, wenn sie ihr heutiges Bewußtsein verlören und in einem Allbewußtsein aufgingen. So verhält es sich aber nicht. Das Ich-Bewußtsein, das einstmals gar nicht da war, wird noch nach der letzten Verkörperung bestehen."* (361) Die von einer zahllosen Schar durch die Erdenevolution geschrittener Wesen assimilierten Eindrücke bleiben erhalten, formen ein schillerndes Mosaik in spirituellen Reichen. *„So bringt ein jeder Mensch,*

357) *"Vor dem Tore der Theosophie"*, a. a. O., S. 96

358) *"Ursprungsimpulse"*, 282

359) Steiner, *"Der Weg der Selbsterkenntnis des Menschen"*, Dornach 1977[2], 136 f.

360) vgl. *"Joh.-Ev."*, 73 ff.

361) *"Ursprungsimpulse"*, 283

wenn er wieder in das Allgeistige zurückkehrt, seine besondere Färbung mit. Das ist sein individuelles Bewußtsein, das unverlierbar ist. Ein Zusammenklang von allen Bewußtseinen, eine Harmonie wird das Allbewußtsein sein. In Freiheit werden die Wesen, die durch die Menschheit gegangen sind, eine Einheit sein." (362)

Im Gegensatz zu Hartmann verliert Steiner nie die Unendlichkeit der Entwicklung aus den Augen, sondern stellt die Individualität (Seele) in eine unbegrenzte Kette des Wachstums. *„Weil wir niemals die Grenzen der Seele selbst finden können, ist die Seele fähig, die Grenzen zu übersteigen und immer höhere und höhere Stufen zu ersteigen."* (363)

Die Härte und Grausamkeit, wie sie vor allem in den *"Mahatma-Briefen"*, aber auch in einigen Abschnitten der Werke von H.P. Blavatsky, in Bezug auf die individuelle Unsterblichkeit vorzufinden sind, wird von Steiner zurückgewiesen. Ohne Blavatsky mit Namen zu nennen, distanziert sich Steiner von ihrer "Vernichtungs-Hypothese". *„Es wird zum Beispiel gesagt, daß durch ein gewisses Quantum von Bösem, das die Menschenseele auf sich lädt, diese Menschenseele im Laufe der Evolution verschwinden könne. Insbesondere wird oft betont, als ob Schwarzmagier, die viel Böses getrieben haben, geradezu einmal in ihrem Dasein ausgelöscht würden.*

Diejenigen, die länger schon teilnehmen an unseren Bestrebungen, wissen, daß ich mich immer gewandt habe gegen solche Behauptungen. Denn das müssen wir vor allen Dingen voll festhalten, daß alles, was wir als Tod bezeichnen hier in der physischen Welt, gar keine Bedeutung hat für die übersinnliche Welt." (364) Das einmal in die Menschheitsevolution eingetretene Ich, das in sich den ewigen Gottesfunken birgt, kann weder durch Auf- bzw. Abspaltung (potentiell) noch durch Aufgehen in einem unpersönlichen Nichts (absolut) vernichtet werden. Der Wesenskern des Menschen, seine unverwechselbare Individualität, die sich durch alle Entwicklungsphasen als das je einmalige "Ich bin Ich" weiß, wird auf ewigen Pfaden von Lichtreich zu Lichtreich wandern.

362) ebd.

363) *"Pfade der Seelenerlebnisse"*, Dornach 1976, S. 277

364) *"Okk. Untersuchungen"*, 301

Es bleibt Steiners großer Verdienst, vor allem gegen unausgereifte (oder fehlgedeutete) asiatische Spiritualität, das Mysterium des ewigen Gottesfunkens im Bewußtsein breiter Schichten neu belebt zu haben.

Max Heindel — Einheit und Getrenntheit

Ziel der Evolution ist die bewußte Einheit in der Vielheit. Heindel sieht den Zweck des individuellen Inkarnationsweges in der Ausbildung eines vollentwickelten Einzelwesens, das die Fülle seiner Erfahrungen in die Gesamtheit aller Lebewesen einfügt. Da in der Individualisierung das zentrale Moment der Evolution gegeben ist, ist *„ein Verlust der Individualität ganz und gar unmöglich."* (365)
Die Verwirklichung der Einheit allen Lebens, die Realisation eines kosmischen Bewußtseins, führt zur Erkenntnis des anderen und doch gleichen (aber nicht im Sinne von Identität) Seins, durch bewußte, wesenhafte Verbindung. Heindel versucht dieses Geschehen im Bild des Diamanten zu erhellen. *„So wie die einzelne Facette eines Diamanten Zutritt zu allem Licht hat, das durch jede der anderen Facetten strahlt, so wie sie mit ihnen eins ist und doch durch Linien begrenzt wird, die ihr eine gewisse Individualität* ohne Getrennheit *geben, so wird der individuelle Geist* das Gedächtnis seiner besonderen Erfahrungen zurückbehalten *und gleichzeitig allen anderen* die Früchte *seiner persönlichen Existenz geben."* (366)
Gleichheit und Differenz dürfen nicht als unverbindbare Antipoden betrachtet werden, sondern müssen als Ergebnis schöpferischer Mannigfaltigkeit des Einen gewürdigt werden, in dem wir leben und sind. Einheit ohne Differenziertheit wäre ebensowenig sinnvoll wie absolute Getrenntheit ohne Einheit.
Der alte Satz aus dem pseudohermetischen *"Buch der 24 Philosophen"*: *„Deus est sphaera infinita, cuius centrum ubique, circumferentia nusquam"*,

365) *"Rosenkreuzer Phil. I"*, 29

366) *"Weltanschauung"*, 436

kann, wenn er richtig transformiert wird, auch auf die *potentielle* (aber letztlich nie einholbare) Unendlichkeit des Geistes angewandt werden, der als Abbild Gottes diesem in Ewigkeit zustrebt.

Mabel Collins — Zwillingsseelen

Eines der beglückendsten Mysterien der Schöpfung liegt in der Lehre von den Zwillings- oder Dualseelen verborgen. Nur wenige der *"Botschafter des Lichtes"* berühren dieses Kleinod Göttlicher Liebe. Aus dem Allgeist hervorgegangen, vereint ein Band göttlicher Liebe zwei Funken in unaussprechlicher Harmonie. Eine Liebe, die zu unterscheiden ist von der weltenumspannenden Liebe für alles Leben. Es ist die leise, zarte und individuelle Liebe, die sich auf Erden in einigen großen Dichtungen widerspiegelt, die durch unsterbliche Liebende selbst zu unvergänglichen Kunstwerken wurden.
„An einem bestimmten Punkt der Entwicklung ist es das Recht des Schülers, seiner Zwillingsseele auf der physischen Ebene zu begegnen." (367) Wenn die geistige Reife *beider* Wesen eine gewisse Höhe erreicht hat, dürfen sie in bewußtem Erkennen ihren Weg gemeinsam gehen, als Arbeiter im Weinberge Gottes. Sie werden sich in einzigartiger Weise ergänzen und in vollkommener Liebe dem ewigen Licht zustreben.
Dieses LICHT besitzt auch im Menschen eine Herberge. Der ferne Gott ist zugleich der (die) immer gegenwärtige Vater (Mutter). In feinsinniger Poesie berührt Mabel Collins die unergründliche Erhabenheit der Gottheit, der unberührbaren Flamme.
„Denn in dir wohnt das Licht der Welt, — das einzige das deinen Weg bestrahlt. Vermagst du nicht, es in dir zu erkennen, du wirst es anderwärts vergebens suchen. Und dennoch liegt es jenseits deiner selbst. Dringst du zu ihm, hast

367) Mabel Collins, *"Bruchstücke"*, München o. J., S. 42
Vgl. auch: Collins, *"Fünf Blindheiten"*, Calw 1960, S. 14

du dich selbst verloren. Und unerreichbar ist's, denn immer weicht's zurück. In seinen Lichtkreis magst du dringen, doch seine Flamme magst du nie berühren." (368)

Bo Yin Ra – Unendliche Individualität

Die Relation von Einheit und Vielheit wird seitens Bo Yin Ras ähnlich wie von Heindel gedeutet. Individualität reflektiert in sich alles Leben gleich einem Brennspiegel, ohne in diesem Leben aufzugehen.
„Individualität ist zeitlich wie räumlich unendlich!
Keine 'Individualität' könnte jemals die andere hindern, sich selbst zu entfalten.
Jede hat ihr unendliches Reich für sich!
Vereinigt mit allen anderen 'Individualitäten', alle anderen durchdringend und von ihnen durchdrungen, erlebt sie alle nur in sich selbst." (369)
Individualität erstreckt sich von ihrem Mittelpunkt aus ins All, es in sich aufnehmend und sich zugleich in dieses einbringend. Cusanus darf als Pate genannt werden mit seinem Wort, daß jedes in jedem ist (quodlibet in quolibet), weil Gott alles in allem ist.

In seinem *"Buch der Gespräche"* läßt Bo Yin Ra einen 'älteren Bruder' einen tiefen Gedanken aussprechen: *„Niemand kommt zum Bewußtsein seines ewigen 'Ich', der nicht vergessen kann, was er vorher war!"* (370) Im Anhängen an die Vergänglichkeit der begrenzten Persönlichkeit, im Irrglauben, die materielle Welt sei das wahre und ganze Sein, schließt sich die Tür zwischen ich und ICH.
Die Schatten der Inkarnationen dürfen keine Macht mehr besitzen, wenn das Licht der wahren Individualität aufscheinen soll.

368) dies., *"Licht auf den Weg"*, Calw 1968, S. 8

369) *"Buch der Gespräche"*, 50 f.

370) ebd., 103

Annie Besant — Individuelles Bewußtsein

„Ich definiere die Seele als das, was den universellen Geist individualisiert, was das universelle Licht in einem Brennpunkt sammelt, gewissermaßen ein Gefäß, in das der Geist gegossen wird, so daß das, was an sich universell ist, wenn es in dieses Gefäß gegossen wird, gesondert erscheint, zwar identisch mit seinem Wesen, aber in der Manifestation getrennt." (371)

Die Ausführungen Annie Besants über die Individualität bewegen sich stets im Spannungsfeld von Personalität und Universalität. Aufgabe des emporstrebenden Selbst innerhalb seines Lebensfeldes, des Logos seines Systems, ist es, jene Stufe zu erklimmen, in der die Täuschung der Getrenntheit ein Ende findet, die "eigene Identität aber nicht aufhört" und die "Erinnerung nicht verloren geht". (372)

Aufgrund ihres Evolutionsverständnisses betrachtet A. Besant die Monade nicht als 'vollendet vorgegeben', sondern sieht sie in kontinuierlichem Wachstum, eingebettet in universale Zyklen. Geboren aus der Quelle des Ur-Geistes, taucht sie ein in den Strom des Lebens, um, geprägt durch zahllose Erfahrungen, als bewußte Individualität zurückzukehren; wobei Rückkehr auch neuer Anfang — nicht ewiger Stillstand — bedeutet.

Die Heimkehr des "Tropfens in den Ozean" bedingt daher für Annie Besant keine Auflösung, der Tropfen verschwimmt nicht im kosmischen Meer, *"sondern der Tropfen dehnt sich zum Ozean aus und behält doch seinen eigenen Mittelpunkt. Es wäre von keinem großen Nutzen, die Individualität auszubilden, wenn schließlich alles wieder weggeworfen werden sollte und der Mensch bei seiner Rückkehr in den "Busen des Vaters" dasselbe bliebe als er bei seinem Hervorkommen war."* (373)

371) A. Besant, *"Im Vorhof des Tempels"*, Graz 1979, S. 32 f.

372) dies., *"Das Denkvermögen"*, Graz, 1979, S. 19
Trotz großer Betonung der Einheit des Menschen und der ewigen Fortdauer der Individualität, knüpft A. Besant vereinzelt an die Blavatskysche 'Abspaltungs-Hypothese' an und erachtet eine unwiderrufliche Trennung von Persönlichkeit und Monade für denkbar. Vgl.: *"Die sieben Prinzipien"*, 86 und *"Der Tod und was dann?"*, Leipzig o. J. (2. Aufl.), S. 77 f.

373) Zit. in: George Arundale, *"Nirvana"*, Düsseldorf 1930, S. 165

Der Mensch ist Abbild Gottes. Die Monade ist Spiegel des Logos; der makrokosmische Geist wohnt auch im mikrokosmischen Selbst. Wäre nicht der innere Funken des Menschen gottähnlich, so müßte alle Entwicklung einmal zum Stillstand kommen. Doch die Allgegenwärtigkeit und Allmacht Gottes, in Ihm ewig und immer wirklich — das zeitlose Sein, ist dem Menschen 'nur' in zeithafter, d.h. in Ewigkeit nicht endender Form geschenkt. Die in Gott eingefaltete Ewigkeit des immer zugleich Seins, wird im Menschen als ewiges Nacheinander-Sein entfaltet.
Annie Besant reflektiert in ihrer "Studie über das Bewußtsein" über aktuelle und potentielle Allgegenwärtigkeit und Allwissenheit.
„Wir wollen hier nur ein Weltall (= Sonnensystem) ins Auge fassen und dessen Logos. Wir nennen diesen Logos allgegenwärtig und allwissend. Im Grunde genommen besteht diese Allgegenwart, diese Allwissenheit auch im individualisierten Selbst, dem Einzelbewußtsein, da ja dieses eins ist mit dem Logos; jedoch mit einem gewissen Unterschied. Der Unterschied besteht darin, daß während in dem Einzel-Selbst als Selbst, abgesehen von allen seinen Hüllen, diese Allgegenwart und Allwissenheit vermöge seiner Einheit mit dem universellen Selbst vorhanden ist, die Hüllen, an die dieses Einzel-Selbst gebunden ist, noch nicht gelernt haben, auf die Änderungen im Bewußtsein durch Schwingungen zu reagieren, die immer auftreten, sobald es seine Aufmerksamkeit von einem Gegenstand oder einem Teil seines Inhaltes auf einen anderen lenkt. Wir müssen also sagen, in ihm, diesem Einzel-Selbst, existiert alles nur potentiell, d.h. der inneren Möglichkeit nach, nicht wie im Logos aktuell, d.h. in Wirklichkeit."
(374) Wenn alles Leben in dem einen LEBEN webt, kann schwerlich die definitive Zerstörung (Vernichtung) eines Strahles der Monade eingesehen werden. Alles Leben befindet sich in immerwährender Verwandlung, und auch das Böse wirkt in Gottes Plan, als 'Teil von jener Kraft, die stets das Böse will und doch das Gute schafft'. Der Schwarzmagier mag über Äonen in den Schatten des Nichts, des Nicht-Göttlichen verharren, dürsten in lebloser Gottferne, um doch einmal zu jenem Lichtfunken in sich zu finden, der sein unvergängliches Erbe bleibt, Gottesgabe auf dem Altar des Weltenmorgens.

374) *"Bewußtsein"*, 156 f.

Charles W. Leadbeater — Monade — Ego — Persönlichkeit

In dem für den Menschen maßgebenden Schöpfungsbereich unterscheidet Leadbeater sieben Daseins-Ebenen. Von der göttlichen Welt (Adi-Plan) über die monadische (Anupadaka-Plan) bis hin zur physischen. Innerhalb dieser sieben Sphären manifestiert sich die göttliche Individualität in drei Aspekten. Die Monade, deren tiefsten Lebensplan die monadische (Anupadaka) Welt bildet, entspricht dem göttlichen Geist im Menschen. Leadbeater bezeichnet sie auch als "Funken des göttlichen Feuers", als Gott wesensähnliches Flammenkind, das nie von Ihm getrennt werden kann.
Im Verlauf des Bewußtwerdungsprozesses sendet die Monade einen Aspekt hinab in die höhere Mentalebene, von Leadbeater das Ego (oder die Seele) genannt. Während des gesamten menschlichen Entwicklungszyklus charakterisiert dieses Ego den eigentlichen Menschen.
Für den Abstieg in die dichteste und tiefste Daseinsebene schickt das Ego einen Persönlichkeitsstrahl hinab in die Materiewelt, um so dort Erfahrungen sammeln zu können. Die menschliche Persönlichkeit ist daher, zieht man das *wahre* Menschenwesen in Betracht, nur der "Bruchteil eines Bruchteiles". Im Vollzug der Evolution wird die Lichtbrücke (Antahkarana) zwischen Monade, Seele und Persönlichkeit immer besser ausgebaut, bis die drei eins geworden sind; *„und wenn das vollbracht ist, hat der Mensch den Zweck seines Herabsteigens in die Materie erreicht — er ist der Übermensch oder Adept geworden."* (375)
Das Aussenden von Strahlen (Ego/Persönlichkeit) durch die Monade darf, nach Leadbeater, nicht im Sinne einer Trennung oder Abspaltung verstanden werden. Eine diesbezügliche Lehre bezeichnet er als "irreführend", denn *„es hat nie ein niederes Selbst als abgesondertes Wesen gegeben, aber das Ego legt ein winziges Bruchstück seiner selbst in die Persönlichkeit, damit die Persönlichkeit die Schwingungen der niederen Welten in Erfahrung bringen*

375) *"Meister u. d. Pfad"*, 20

kann." (376) Der Sinn des Herabsendens von Erfahrung suchenden Strahlen liegt nach Leadbeaters Überzeugung in der Tatsache, daß sich auch die Monade entwickeln muß. Sie ist zwar *„göttlichen Wesens, aber ich glaube nicht, daß daraus folgt, daß dieses Göttliche Wesen in seiner Kraft vollständig entwickelt ist. Ich glaube, daß der Funken auf dem Wege ist, zu einer mächtigen Flamme anzuwachsen und vielleicht, sozusagen, zu einer großen Sonne. Sodaß wir* Sie *als sich entwickelnd betrachten müssen."* (377)
Welche Höhe die Monade (Individualität) auch immer erklimmen mag, es ist kein Ende des Voranschreitens abzusehen. Die Monade wird die Einheit mit dem göttlichen Geist verwirklichen, ohne ihre Individualität zu verlieren; das *„Meer wird sich in den Tropfen ergießen"*, doch, so bekennt Leadbeater, *„was ihr letztes Ende (*falls es überhaupt eines gibt, d. Verf.) *ist, das weiß ich nicht"*. (378)
Das Eingehen der Individualität in die Gottheit, von so vielen spirituellen Lehrern als Endstufe bezeichnet (379), vor allem im Rahmen der Nirvana- und Samadhi-Erfahrungen, wird von Leadbeater dynamisiert. Er stellt damit eine revolutionierende Stufe der 'esoterischen' und klassisch-philosophischen Tradition dar. Die ewige Erweiterung des Bewußtseines markiert eine neue Dimension in der Geschichte der Bewußtseinsforschung, und nach Leadbeater kann nur noch Aurobindo als ähnlich bahnbrechender Geist bezeichnet werden. Leadbeater führt über die Einungsprozesse aus: *„Es vollziehen sich im Verlauf des Fortschreitens der Seele viele solche Verschmelzungen auf verschiedenen Ebenen, und jedesmal hat es den Anschein, als*

376) Gespräche über *"Zu Füßen des Meisters"*, Düsseldorf 1926, S. 27 (und S. 461)
Die gelegentlich vertretene Mehrfach-Beseelung (vgl. etwa die *"Seth-Botschaften"*) d.h. die Inkarnation des Egos in mehreren Körpern lehnt Leadbeater ab. *„Zu gleicher Zeit mehr als* einen *physischen Leib zu beseelen, ist einem Menschen nicht möglich, doch kann er sehr wohl eine beliebige Anzahl von Gedankenformen gleichzeitig seelisch beleben, wenn diese von anderen Leuten auf der Mentalebene im Verlaufe ihres Himmelslebens von ihm gebildet werden."* (*"Innere Leben II"*, 56)

377) ebd., 474

378) ebd., 34
Vgl. zu dieser Frage auch: I. K. Taimni, *"Yoga"*, a. a. O., 162

379) Vgl.: Michel, *"Das Weltbild der Yoga-Meister"*, Forstinning 1982

ob die endgültige Vereinigung mit dem Höchsten verwirklicht wäre, das wir erreichen können; doch durch alle diese Erfahrungen bleibt unser wahres Selbst immer erhalten. ... Alles, was wir durch viele Leben errungen haben, ist noch vorhanden." (380)

Sein Bekenntnis zum Theismus, zum göttlichen Gegenüber, legt Leadbeater in seiner Kommentierung der Collins-Schrift *"Licht auf dem Pfad"* erneut in unzweideutiger Form ab. *„Immer inniger wird die Annäherung an das Göttliche Sein, von Ebene zu Ebene erfolgt eine umfassendere Vereinigung mit IHM, doch die FLAMME, Sein wahres Bewußtsein, werden wir nie berühren."* (381) Die Kette der wachsenden Herrlichkeit und Schönheit (chain of increasing glory and beauty) ist ohne Ende. Von Wunder zu Wunder wandert der Geist in der Grenzenlosigkeit der göttlichen Schöpfung, und *„bei diesem wunderbaren Aufwärtssteigen ist jedoch kein Verlust des Individualitätsgefühls, wohl aber ein Verlußt des Getrenntseinfühlens bis aufs äusserste. Das ist scheinbar ein Widerspruch, und doch ist es klar, daß es wirklich so ist. Der Mensch erinnert sich alles dessen, was hinter ihm liegt. Er ist er selbst, derselbe Mensch, der diese oder jene Handlung in längst vergangener Zeit vollbrachte. Er ist in keiner Weise verändert, außer daß er jetzt viel mehr ist, als er damals war, und fühlt, daß er ebensoviele andere Offenbarungen in sich einschließt. ..... Jedem einzelnen würde es scheinen, als habe* er *alle anderen in sich eingeschlossen oder mit sich vereint; so befinden wir uns denn hier offenbar in einer Art Täuschung, und eine noch etwas weitergehende Erkenntnis wird uns klarmachen, daß wir alle nur Seiten eines einzigen größeren Bewußtseins sind, und daß das, was wir früher für* unseren *Verstand,* unsere *Kraft hielten, immerdar Seine Eigenschaften, Sein Verstand und Seine Kraft waren. Wir sind in Wahrheit bei der Erfüllung der altehrwürdigen Worte angelangt: "Du bist*

380) Leadbeater, *"Talks III, Light on the path"*, Adyar 1976[6], S. 158

„Many such mergings at different levels take place in the progress of the soul, and in each of them it seems that we become utterly one with the highest which then we can reach, yet never through all that we do we lose anything of our true Self. ... All that we have grained through the long series of lives is still there."

381) ebd., 159

„We shall draw ever nearer and nearer to the Divine, becoming one with Him at level after level, but the Flame, His true consciousness, we shall never touch."

Das." Es sind zwei ganz verschiedene Dinge, über das hier unten mit dem Verstande zu reden oder zu glauben, daß man es erfaßt, und in diese wunderbare Welt wirklich einzutreten und sie mit einer Gewißheit, die nie mehr erschüttert werden kann, zu kennen." (382)

Alice A. Bailey – Das Gott-Ich

Vergegenwärtigt man sich noch einmal das Bailey'sche Gottesbild mit seiner sehr unscharfen Grenzlinie zwischen dem transzendenten und immanenten Gott, wird der Rahmen ersichtlich, innerhalb dessen sich die Bewertung der Individualität vollziehen muß. Das göttliche Sein in der Manifestation ist wesenhaft *identisch* mit dem Unmanifestierten. Erhebt daher der Mensch sein Bewußtsein von der Ebene der Persönlichkeit auf jene der Seele, so erkennt er, daß *„die Seele allwissend und allmächtig"* ist. (383) Er wird frei aus der Welt der Täuschung und erlangt das *„unbezweifelbare Wissen, daß Gott* ist, *und daß er selbst Gott* ist". (384) Die Differenzierung zwischen Immanenz und Transzendenz wird angesichts dieser Gotteslehre zur Bedeutungslosigkeit reduziert, denn ein wirklicher Seinsunterschied zwischen individuellem und absolutem Geist existiert für Bailey (den "Tibeter") nicht. Noch deutlicher wird diese Aufhebung im Gleichnis vom Gottessohn, der vom Sohn zum Vater wird. *„Dabei sollte er sich mit Bedacht vergegenwärtigen, daß er ein Sohn Gottes ist, der zum Vater zurückkehrt, daß er Gott selbst ist, der das Gottbewußtsein sucht, welches Sein eigen ist."* (385)

382) *"Das Höhere Selbst"*, 62 ff.

In der Fortsetzung der Tradition von Besant und Leadbeater stehen die theosophischen Autoren G. Arundale, Sri Ram, C. Jinarajadasa, G. Hodson, J. J. v. d. Leeuw, H. K. Challoner und B. Flemming, deren Werke eingehend zu diesem Komplex zu behandeln keine neuen Akzente vermitteln würde, weshalb hier darauf verzichtet wird.

383) *"W. Magie"*, 268

384) *"Yoga-Pfad"*, 109 f.

385) *"Briefe über okkulte Meditation"*, Genf 1973², S. 77

Auch hier muß die an alle Vertreter der Maya-Lehre zu richtende Frage gestellt werden, wie es zu erklären ist, einerseits eine in ihrem Wesen göttliche (Identität!) Monade zu postulieren und andererseits diese in einen Zustand zu stellen, in dem sie sich ihrer Göttlichkeit nicht bewußt ist (Maya).
Ein *absolut* werdender Gott bedingte die Aufhebung jeglicher Seinsgrundlage, denn wenn Gott nicht die unhinterfragbare letzte Ursache für alles Sein *ist*, bleibt nur eine positive Bewertung des Materialismus, nach der alles Entstandene Produkt von Willkür und Zufall ist. Wird dagegen die absolute Ursache bejaht, kann diese nicht in einen unmanifestierten und in einen manifestierten Aspekt aufgespalten werden, ohne ihr eigentliches Sein, als ewige, unerkennbare Quelle, aufzugeben.

In ihrer generellen Anlehnung an H.P. Blavatsky folgt A.A. Bailey auch deren 'Abspaltungs-Hypothese'. Die Persönlichkeit kann sich völlig von der Seele trennen, um im Nichts zu versinken. *„Das Leiden der Seele ist, wenn die Persönlichkeit verloren geht, nur ein symbolischer Ausdruck. Es gibt für sie keinen Schmerz oder wirkliches Leiden, und häufig hat sie auch keine Kenntnis von dem Ereignis."* (386) Die vor allem von den neueren theosophischen Autoren überzeugend dargestellte und einleuchtend begründete Lehre von der unzerstörbaren Einheit des Menschen wird in Zweifel gezogen, und das unverständliche Zerrbild einer ewigen Verdammnis der menschlichen Persönlichkeit an die Wand gemalt.
Die ausgeprägt pantheistischen Züge des Bailey'schen Werkes bedingen allerdings nicht die Leugnung der Idee einer ewigen Individualität, wenngleich Individualität nicht in der Polarität von Gott und Geschöpf gesehen wird. Sie stellt *als solche* einen unvergänglichen Wert dar. *„Getrennt von der Universalität gibt es keine Einheit und getrennt von der individuellen Verwirklichung keine Würdigung des Universalen."* (387)
Die Ewigkeit des Individuums wird auch in den Schriften von Alice A. Bailey proklamiert, nur in der inneren Bewertung dieser wird ein diametral anderer Maßstab angelegt als bsw. in den Schriften Steiners oder der theisti-

386) *"Esoterisches Heilen"*, Genf 1973², S. 377

387) *"Die Strahlen und die Einweihungen"*, Genf 1972, S. 135

schen Theosophen. Das ewige ich bleibt kein göttliches Ich — es wird zum Gott-Ich. Es geht ins Licht *und* in die Flamme ein, es *ist* die Flamme.

Gottfried von Purucker — Die Götter

Wie Bailey steht auch Purucker in der Nachfolge von H.P. Blavatsky und läßt in seinen Werken unschwer eine Präferenz für einen Pan-Kosmismus nicht-theistischer Prägung erkennen. Um die Permanenz der Entwicklung zu betonen, rückt er den Aspekt der unzerstörbaren Individualität gegenüber einer kosmischen Evolution des Bewußtseins in den Hindergrund. *„Es gibt im Menschen keine ewig unveränderliche Seele."* (388) Purucker interpretiert "unveränderliche Seele" als statischen Ist-Zustand, der in sich selbst verharrt, abgeschlossen von jedem weiteren Fortschritt ("kristallisierte Unvollkommenheit"). Da es in der Entwicklung des Bewußtseins, so die grundsätzlich überzeugende Argumentation Puruckers, keine äußerste Grenze gibt, kann auch nicht eine unveränderliche Individualität gesetzt werden. Mensch und Universum sind in ihrem Innersten eines *(„das Universum bist Du")*, wobei der Mensch 'sein inneres Universum' niemals wird ausschöpfen können. Die Identität von Allgeist und individuellem Geist begründet das stetige Wachstum der Erfahrung, dessen Ursache Purucker rein *immanent* begründet. *„So entfaltet sich in zyklischen, beständig wiederkehrenden Perioden der Geist oder die Monade in ewigem Werden immer weiter vom Spirituellen zum Überspirituellen, um dann zum Göttlichen und weiter zum Übergöttlichen zu werden. Ist dies das Ende seiner Entwicklungsmöglichkeiten? Nein, er schreitet ewig fort, sein Wachstum und seine Entwicklung finden nie ein Ende."* (389) Die Faszination über diese gewaltigen kosmischen

388) *"Mahatmas"*, 36 / Vgl. auch *"Dial. I"*, 239

Zur Frage der 'verlorenen Seelen' (Abspaltung der Persönlichkeit) vgl. bei Purucker: *"Studies"*, 572 und *"Source"*, 452

389) *"Regeln"*, 88

Ähnlich wie Purucker die Gedanken von I. K. Taimni. Vgl. *"Selbsterziehung"*, 173

Wachstumsprozesse darf nicht vergessen lassen, daß Purucker diese völlig unabhängig von der Existenz Gottes verstanden wissen will. Hier liegt der zentrale Unterschied etwa zu Leadbeater begründet, der dieselbe kosmologische Dimension befürwortet, aber 'eingefügt in die Hände Gottes'. Für Purucker dagegen ist der "höchste Teil" des inneren Menschenwesens "eine Gottheit, ein Gott". (390) An die Stelle des Schöpfergottes tritt das "grenzenlose Universum", in dem die Monaden die Funktion von "spirituellen Bausteinen" übernehmen. (391)
Innerhalb dieser Konzeption taucht allerdings die Schwierigkeit einer Antwortfindung auf die Frage nach dem Anfang der Monade auf, und Purucker tendiert hier zur Auffassung eines unbegründbaren Ursprungs am Anfang eines Schöpfungszyklus (Manvantara), wobei Schöpfung als Selbst-Schöpfung zu verstehen ist. (392) Während der Dauer eines Weltentages wandert die Monade, in stetigem spirituellen Wachsen durch die Grenzenlosigkeit des ewigen Universums, um beim Anbruch der Weltennacht (Pralaya) in einen unmanifestierten Zustand (über den Purucker keine Aussage macht, außer der, daß er nicht mit der Idee eines Gottes verbunden werden darf) zurückzukehren. In diesem verbleibt sie, bis der neue Tag heraufdämmert und neue Pfade vor der voranschreitenden Monade aufleuchten.

Götter ziehen durch ein grenzen- und anfangloses Universum — eines Gottes bedarf es nicht.

Abd-Ru-Shin — Ewige Verdammnis

Die bei Blavatsky in einigen extremen Ausnahmefällen angenommene Abtrennung der Persönlichkeit von ihrer Monade und die damit verbundene

390) *"Wer war Jesus?"*, Vortrag von Purucker am 5. Okt. 1930 in Point Loma
Dt. Übersetzung in der Ausgabe der Theos. Gesell., Unterlengenhardt 1964

391) *"Regeln"*, 139

392) Vgl.: *"Source"*, 272

Auflösung wird bei Abd-Ru-Shin in abgewandelter Form zu einem häufigen Geschehen im Feld menschlicher Entwicklung. Der Mensch, der nicht die Verbindung mit dem Geist verwirklicht, kann sich nicht über die *„Stofflichkeit erheben und wird mit ihr dann auf der letzten Strecke des Weges in die Auflösung gezogen. Das ist dann der geistige Tod! Gleichbedeutend mit dem Auslöschen aus dem Buche des Lebens."* (393) Das menschliche Wesen wird endgültig vernichtet, fällt einer "ewigen Verdammnis" anheim.
Das gleiche gilt für die nicht mehr in der physischen Hülle lebenden Wesen. Auch den in der Astralwelt Lebenden, sofern sie nicht zu einer Vergeistigung (im Sinne A.'s) gelangen, droht ein "wirkliches Ende", bei dem es zur "Zersetzung" (394) ihrer Persönlichkeit kommt.
Besonders befremdlich in dieser Vorstellungswelt wirkt eine anti-feministische Komponente. Alle Frauen, die nicht dem Ideal der Frau (in A.'s Vorstellung) entsprechen, versinken in die Verdammnis, da sie gegen das Gebot der Natur verstoßen. Denn *„alle solche Frauenseelen, die ihre Weiblichkeit vermauert haben, können überhaupt nicht mehr zur Inkarnation auf Erden kommen, sie fallen als unbrauchbar bei dem Gericht unter die Massen, die in die Zersetzung gezogen werden."* (395)
In dieser eigenwilligen und abstoßend grausamen Form findet die Lehre Abd-Ru-Shins (und auch die Rijckenborghs) keinerlei Bestätigung im gesamten Schrifttum der *"Botschafter des Lichtes"*. Die nahe an Augustins Prädestinationslehre (nach der von Gott der größte Teil der Menschheit von vornherein zur ewigen Verdammnis bestimmt ist) angrenzende Lehre Abd-Ru-Shins muß bei Bejahung eines Gottes der Liebe verworfen werden.

393) *"Lichte I"*, 79
Ähnlich die Gedanken Gurdjieffs. Vgl.: *"Gespräche"*, a. a. O., 242 ff.

394) I, 82
Zustimmend zu dieser Auffassung Rijckenborgh. Vgl.: *"Der kommende neue Mensch"*, Haarlem 1975[2], S. 157 / *"Umwälzung"*, a. a. O., S. 87 / *"Elementare Philosophie"*, a. a. O., 76 ff.

395) III, 183

Flower A. Newhouse – Das Unendliche im Menschen

„Gott beschenkt seine Kinder mit der Gabe Seiner ewigen Unendlichkeit. Ewige Existenz charakterisiert daher ebenso das Leben des Menschen wie Individualität." (396)

Die Unsterblichkeit der Monade steht für Flower A. Newhouse außer Frage. Sie ist ein Funken aus der göttlichen Flamme, der jedes Individuum zu seinem je unverkennbaren Wesen, seinem Ich bin Ich, gestaltet. Zusammen mit seiner Dualseele (opposite oder biune soul) wandert jeder Mensch durch die Jahrtausende, bis seine Erdenentwicklung abgeschlossen ist und lichtere Höhen seiner (ihrer) harren.

Flower A. Newhouse bezog auch detailliert zur 'Abspaltungs-Hypothese' Stellung. In Anknüpfung an die theosophische Auffassung einer Unterscheidung von höherer Dreiheit und niederer Vierheit im Menschen, bejaht sie die Möglichkeit einer Lösung der letzteren von der ersten, allerdings *nicht* im Sinne einer endgültigen Abspaltung. In extremen Fällen (Stalin und Hitler nennt sie als Beispiele aus neuerer Zeit) kann sich die Persönlichkeit von ihrem höheren Selbst lösen, um für eine Läuterungsphase eine Entwicklungskette zu durchlaufen, die F.A. Newhouse die "dämonische Linie" nennt. Erst wenn durch leidvolle Reife- und Reinigungsprozesse wieder eine gewisse geistige Stufe erreicht wird, kann sich die Persönlichkeit erneut in die Menschenevolution einreihen und die Verbindung mit ihrer Monade aufnehmen. Es kann daher keine menschliche Persönlichkeit *endgültig* zerstört werden. Kein Menschenleben fällt einer ewigen Verdammnis zum Opfer.

Alles Leben strebt zu höherer Entfaltung seines inneren Wesens. Der eingeborene göttliche Funke, die unsterbliche, ewige Individualität, schreitet von Erfahrung zu Erfahrung. Ist das Menschenreich durchwandert, warten kosmische Welten auf die Monade. Von Stern zu Stern, von Sonnensystem zu Sonnensystem, in immer herrlicherer Gewandung führt der Weg des Geistes – wohin weiß GOTT allein!

396) *"Songs of Deliverance"*, Escondido 1972, S. 172

Kap. VIII Das Leben in geistigen Welten

Die individuelle Unsterblichkeit (unter Berücksichtigung der Möglichkeit einer Trennung von Persönlichkeit und Monade in extremen Fällen) wird einhellig von allen "Botschaftern des Lichtes" (Autoren gegensätzlicher Auffassung werden nicht zu den "Botschaftern" gezählt) uneingeschränkt bejaht. Die physische Hülle, der Erdenkörper aus Fleisch und Blut, wird wie ein altes Gewand abgestreift, um die höheren Aspekte des Menschen in lichtere Welten zu entlassen. Das Leben in geistigen Reichen beginnt.
Die Forschungsergebnisse der modernen Thanatologie (Kübler-Ross, Moody u.a.) haben eine Fülle überzeugenden Beweismateriales für die Annahme der Existenz eines nicht an den physischen Körper gebundenen *individuellen* Bewußtseins erbracht. (397) Verglichen mit den Lehren der "Botschafter" fügt sich das bisher erworbene Wissen zu einem sinnvollen und weise geordneten Mosaik zusammen. Die feinstofflichen Körper des Menschen ziehen sich aus der nicht länger verwendbaren physischen Hülle zurück und werden von jenen Seinsbereichen der Geisteswelt angezogen, die ihrem inneren Wesen entsprechen. Gleiches zieht Gleiches an — und eine strahlende Seele kann nicht an dunkle Astralpläne gebunden sein.
Die für den Menschen relevanten geistigen Reiche sind charakterisiert durch eine Fülle unterschiedlicher Schattierungen. Von der abstoßenden Finsternis der tiefsten Astralebene bis zu den strahlendsten Lichtenwelten reicht das Spektrum, das den Menschen nach seinem Abschied von der Erde erwartet. Aus sporadischen und spontanen Schauungen dieser Sphären heraus, dürften die Erzählungen von Himmel und Hölle, von Fegefeuer und Paradies entstanden sein.
Die Mannigfaltigkeit der geistigen Welten spiegelt sich auch in den Schilderungen der "Botschafter des Lichtes" über diese wider. Beschreibungen geistiger Sachverhalte orientieren sich vielfach anhand der Schicksale einzel-

397) Vgl. zur Frage eines Weiterlebens nach dem Tod auch den umfassend informierenden Kongreßbericht der VII. Imago Mundi Tagung: *"Fortleben nach dem Tode"*, Innsbruck 1980

ner Personen, deren Weg in geistige Welten weiterverfolgt wird. Die so gewonnenen Erkenntnisse schenken zwar einen sicheren Einblick in die Welt jenseits der Todespforte — aber immer nur einen Teilausschnitt. So mögen manche kontrovers scheinende Ausführungen nur die Darstellung eines Geschehens aus zwei unterschiedlichen Blickwinkeln sein.
Gerade die Vielfalt darf als Indiz für die Echtheit des Geschauten und Geschilderten gelten, denn sollte eintönige Uniformität das Charakteristikum der geistigen Welten sein?

Unter dieser Voraussetzung soll nachstehend der Versuch unternommen werden, ein möglichst umfassendes Bild jener Welten zu zeichnen, die als die Reiche des Todes bekannt sind — und doch mit weitaus größerer Berechtigung die Reiche des wahrhaften Lebens genannt zu werden verdienten.

H.P. Blavatsky — Kama-Loka und Devachan

Der entscheidende Gedanke H.P.Blavatskys in der Frage der Zustände des Lebens nach dem Tod ist die Idee der 'mentalen Schöpfung'. Sie glaubt nicht an ein "objektives Höllenfeuer" oder an ein "himmlisches Jerusalem", das eine von bösen Teufeln beheizt, das andere von guten Engeln mit "Saphiren und Diamanten gepflastert". Der Bewußtseinszustand nach dem Tod gleicht für sie eher einem "lebhaften Traum". (398) Die Welt, in der sich der vom Körper befreite Mensch befindet, wird allein aus den Energien seines Denkens, Fühlens und Wollens gebildet.
Eine wesentliche Unterteilung nimmt H.P. Blavatsky vor (später von Sinnett und anderen übernommen), die Trennung in Kama-Loka und Devachan. Kama-Loka (Sanskr.: Ort der Leidenschaften) entspricht der niederen Astralwelt. In dieser schwingen sämtliche ungeläuterten Energien des Menschen aus. Alle Empfindungen und Begierden können hier eine

398) *"Schlüssel"*, 108 / Vgl. auch: *"Geheimlehre III"*, 552 ff.

Form annehmen und den Menschen so mit seiner eigenen Schöpfung umgeben. Als Spiegel der Welt enthält die Astralsphäre eine unbeschreibliche Fülle an Formen und Bildern, häufig nicht durch besondere Schönheit gekennzeichnet (vgl. die künstlerische Gestaltung dieses Sachverhaltes in der "Versuchung des Hl. Antonius" durch H. Bosch).

Hat die gestorbene Individualität Kama-Loka durchschritten, wartet auf sie die Stätte der Seligkeit - Devachan. Je nach ihrer geistigen Reife und Spiritualität verbleibt die menschliche Wesenheit kürzer oder länger in einer Welt des Glückes und der Harmonie, die — und hier muß einem Einwand Rechnung getragen werden — , von ihr selbst erzeugt wird. *„Das spirituelle Bewußtsein der Mutter nach dem Tode wird ihr* vortäuschen *(vom Verf. hervorgehoben), daß sie umgeben von ihren Kindern und allen, die sie liebte, lebt. Da wird keine Lücke sein, kein Glied wird fehlen, um ihren entkörperten Zustand zu einem vollkommenen und absolut glücklichen zu machen."* (399)

Mag auch die physische Welt nur ein Abbild und einen schwachen Widerschein des wahren Seins darstellen, so sind doch die in ihr erlebten Erfahrungen wahrhaftig und wirklich. Das Devachan-Bewußtsein, wie es H.P. Blavatsky skizziert, ist dagegen umflort durch den Hauch des Truges und der Täuschung. Auch das Argument, nur so könne ein wahrhaft sorgen- und leidfreies Dasein in Glückseligkeit gewährleistet sein, vermag hier nicht zu überzeugen.

Gelegentlich kann man ein Plädoyer für die Droge vernehmen, die einen täuschenden Rausch erzeugt und falsche Glückseligkeit vorgaukelt. Wenn H.P.Blavatsky die "Halluzinationen (des Devachan) als barmherziges Gesetz der Natur" (400) bezeichnet, muß erlaubt sein zu fragen, in wel-

399) ebd., 113

400) *"Schlüssel"*, 115
Vgl. zur Devachan-Lehre auch: A. M. O., *"Adeptenbuch"*, a. a. O., S. 160 ff. (Bd. II) *"Die Mahatma-Briefe"*, Bd. II, 141 ff. und 296 / W. Q. Judge: *„Wir sehen sie (die Hinterbliebenen, d. Verf.) im Devachan nicht wirklich, aber wir stellen uns ihre Gestalten so lebhaft, so vollständig und objektiv vor, wie im Leben, ohne die negativen Eigenschaften, die wir als Mangel ansahen. ....Man mag es eine Täuschung nennen, wenn man will, aber die Illusion ist für die Glückseligkeit nötig, wie sie auch im Leben oft nötig ist."* (*"Meer"*, 143 f.)

chem Verhältnis dieses zur Wahrhaftigkeit Gottes steht. Träfen die Darlegungen von Madame Blavatsky in dieser Form zu, könnte auch nicht mehr von einer Verbindung der 'Gestorbenen' untereinander gesprochen werden, denn alle Wesen des Devachan würden in ihren jeweiligen Traum- und Trugwelten verharren, in illusionärer Glückseligkeit entschlafen, bis einst der Tag eines neuen Erdenlebens anbräche. (401) Außer den Adepten lebt nach der Philosophie von H.P. Blavatsky jeder gewöhnliche Sterbliche im halluzinierenden Traum der Devachan-Illusion.

Erhard Bäzner — Wege im Jenseits

Der Blavatsky-Mitarbeiter und führende deutsche Theosoph zur Jahrhundertwende, Franz Hartmann, lernte im Alter einen jungen Mann kennen, dessen geistige Gaben ihn tief beeindruckten. Hartmann konnte dem Suchenden, es war Erhard Bäzner, aus der Fülle seines Wissens Antwort auf viele Fragen schenken und ebnete so einem theosophischen Geistesforscher den Weg. Bäzners Veröffentlichungen ragen vor allem in zwei Bereichen heraus; zum einen in der Frage des Lebens nach dem Tod und zum anderen in seiner Forschungsarbeit über die Naturgeister, die später (Kap. XXIX) noch Berücksichtigung finden wird.

Bäzner unterscheidet in den nicht-materiellen Reichen zwischen Astralwelt, niederer Himmelswelt (Devachan), mittlerer Himmelswelt (Tugend- oder Kausalwelt) und kosmischer Himmelswelt (Welt des reinen Glückes). Beim Tod verläßt der wahrhafte (spirituelle) Mensch seinen physischen Leib. Äther- und Astralkörper ziehen sich mit den höheren Aspekten des Inkarnierten *endgültig* (im Schlaf ist noch eine Verbindung durch die sogenannte "Silberschnur" gegeben) aus dem Körper zurück, die "Silberschnur" reißt, der Mensch ist 'gestorben'.

401) Vgl. dazu die definitive Ablehnung eines "Wiedersehens im Jenseits" durch den Theosophen Joh. Fährmann in seinem *"Theos. Katechismus"* IV, 59 ff.

Während des Sterbevorganges (und unmittelbar danach) sieht der sich langsam von der Erde Lösende noch einmal sein ganzes Leben Revue passieren, durch die Zeit rückwärts bis zur Geburt schreitend. Ähnliche Erfahrungen können sich auch in Grenzsituationen (bei höchster Lebensgefahr) ereignen. C.G. Jung berichtet über ein ihm selbst widerfahrenes gleichartiges Erlebnis. (402)

Die erste Heimat für den Astralkörper bildet das Astralreich (Kama-Loka), wobei er als Aufenthaltsort an eine Stätte gezogen wird, die seiner inneren Struktur entspricht. Bäzner differenziert innerhalb der Astralwelt noch eine dreistufige "Unterwelt", die den allgemein verbreiteten Vorstellungen von einer "Hölle" recht nahe kommt. *„In der Unterwelt leben also niedere Elementarwesen, Gedankenschöpfungen, sowie verstorbene Menschen von niederer Gesinnung, die oft raubtierartig miteinander kämpfen. ... Solange der Verstorbene seiner Leidenschaft frönt, wird er mit dieser Gruppe verbunden bleiben."* (403) Über ein "Zwischenreich" und das "Fegefeuer" läutert sich der Verstorbene, um schließlich in das "Sommerland" (entspricht dem Devachan) aufzusteigen. Die ihm dort begegnende 'Wirklichkeit' wird geformt aus seinen *„eigenen Vorstellungen und Gedankenbildern"*. (404) Die lichte Seele vermag über das "Sommerland" in die "Tugendwelt" (Kausalebene) und von dort in die höchste planetarische Sphäre, den "siebenten Himmel" zu gelangen. Hier lebt der 'Verstorbene' im *„Bewußtsein der* Einheit, *die ihn mit allen Wesen verbindet. Zeit und Raum haben ihren Einfluß ganz verloren. Er steht erhaben über allen Zeitströmungen und Bildern und ist erfüllt von dem allverklärenden Lichte, der unermeßlichen Schönheit, reinen Freude und göttlichen Größe."* (405)
Entscheidend bei allen diesen Darlegungen ist der Sachverhalt, daß *sämtliche* geschilderten Prozesse sich im Bewußtsein (gewissermaßen innergei-

402) Vgl.: C.G.Jung, *"Erinnerung — Träume — Gedanken"*, Zürich 1967, S. 293 ff. Besonders aufschlußreich auch: Stefan v. Jankovich, *"Leben und Tod"*, Zürich 1981

403) E. Bäzner, *"Wo sind unsere Toten? Sehen wir sie wieder?"*, München 1973[3], S. 62

404) ebd., 66

405) ebd., 98

stig) des 'Verstorbenen' abspielen. Man könnte von einem Film des Lebens sprechen, der zwar von vielen (illusionären) Schauspielern gestaltet wird, jedoch nur einen Zuschauer zählt, der noch dazu mit dem Regisseur, Produzenten und allen Akteuren identisch ist. Der gleiche Prozeß spielt sich für alle Wesen der jenseitige Reiche ab, wobei allerdings jeder einen anders gestalteten Film erlebt. An der definitiven Vereinzelung (splendid isolation) und Isolierung des 'Verstorbenen', betrachtet man das Gesamtgeschehen einmal von der Warte eines objektiven Beobachters, ändert dies nichts. Konsequenterweise kann es innerhalb dieses Modells auch nicht zu einem Wiedersehen der 'Toten' kommen. Erst wenn alle jenseitigen Entwicklungsstufen durchlaufen sind, „*wenn die Strahlen der Liebe sie (die Verstorbenen, d. Verf.) wecken und die Lenker und Hüter des Schicksals sie durch das Tor der Geburt zum neuen Erdenleben geleiten.* Dann werden wir uns wiedersehen." (406)

Unbeantwortet angesichts dieses Welt- oder besser Jenseits-Bildes bleibt die Frage, warum es zu keiner Begegnung der 'Verstorbenen' in ihren geläuterten höheren Körpern kommen soll, die doch einen viel tieferen und innigeren Austausch zwischen den Individuen ermöglichten; und stattdessen erst ein Wiedersehen in der Begrenzung einer neuen Inkarnation befürwortet wird.

Rudolf Steiner — Seelenwelt und Geisterland

Die Darlegungen Steiners zum Sterbegeschehen und zur Nachtod-Frage sind gekennzeichnet durch große Klarheit und Überzeugungskraft. Sie finden zudem in nahezu allen entscheidenden Punkten Bestätigung durch die moderne Thanatologie.
Im Schlaf, dem 'kleinen Bruder des Todes', löst sich der Astralkörper vom physischen und Ätherkörper, um beim Erwachen des Menschen in diese

406) ebd., 218

Hüllen zurückzukehren. Der Sterbevorgang führt nun neben der Lösung des Astral- auch zur Abtrennung des Ätherkörpers, während der physische Leichnam allmählich verfällt. *„Die Erscheinung des Todes geht so vor sich, daß sich im Moment des Todes der Zusammenhang, der zwischen dem Äther- und Astralleib einerseits und dem physischen Leib andererseits besteht, namentlich im Herzen löst. Eine Art Aufleuchten findet statt im Herzen, und dann hebt sich über den Kopf heraus Ätherleib, Astralleib und Ich."* (407) Der Ätherleib bleibt im Nachtod-Zustand noch für einige Zeit mit dem Astralkörper verbunden. Während dieser Phase vollzieht sich das Rückschau-Geschehen. Der 'Verstorbene' sieht in einer Fülle von Bildern sein zurückliegendes Erdenleben vor seinem inneren Auge vorüberziehen. Die Erinnerungsmöglich- und Fähigkeit ist nach Steiners Überzeugung untrennbar mit der Existenz des Ätherkörpers verbunden. *„Solange der Ätherleib dem Menschen erhalten bleibt, besteht eine gewisse Vollkommenheit der Erinnerung."* (408)

Der entscheidende Wert des Rückschauphänomens liegt nicht in einem Anflug von nachtodlicher Besinnlichkeit, sondern in der mit ihm verbundenen Selbst-Gerichtsbarkeit des 'Verstorbenen'. Der Rückschauende betrachtet sein vergangenes Erdenleben nicht als unbeteiligter Zuschauer, sondern ist in das Wieder-Erleben bewußt-erfahrend eingebunden. *„Ein Mensch, der z.B. im sechzigsten Jahre gestorben ist und der aus einer zornigen Aufwallung heraus in seinem vierzigsten Jahre jemand körperlichen oder seelischen Schmerz zugefügt hat, wird dieses Ereignis noch einmal erleben, wenn er bei seiner rückgängigen Daseinswanderung nach dem Tod an der Stelle seines vierzigsten Jahres angelangt ist. Nur erlebt er da nicht die Befriedigung, die ihm im Leben geworden ist durch den Angriff auf den anderen, sondern dafür den Schmerz, der durch ihn diesem anderen zugefügt worden ist."* (409)

407) *"Vor dem Tore d. Theosophie"*, 28 / Vgl. auch: *"Geheimwissenschaft"*, 70 f.

408) *"Geheimwissenschaft"*, 72

409) ebd., 79 / Vgl. auch: *"Geisteswissenschaft als Lebensgut"*, Dornach 1959, S. 167
Als besonders schmerzhaft schildert Steiner die Rückschau des Vivisektors. Vgl.: *"Die Offenbarungen des Karma"*, Dornach 1976, S. 72 und *"Vor dem Tore"*, 33

Der Rückblick, das Wieder-Erleben, vollzieht sich in einem Gesamtzusammenhang der verflossenen Inkarnation, man könnte von einer 'holistischen Rückschau' sprechen, in der nicht nur das *eigene Erleben* wieder-empfunden wird, sondern auch die *Auswirkungen* aller Handlungen *auf andere* erstmals bewußt erfahren werden. So wird der jetzt in der Geisteswelt lebende Mensch in die Lage versetzt, aufgrund seiner ambivalenten Schau (Täter *und* Opfer) selbst über sich recht sprechen zu können. Es wird in diesem Zusammenhang noch zu erörtern sein, welche Auswirkungen diese außergewöhnlichen Erlebnisse in karmischer Hinsicht auf das reinkarnierende Ego zeitigen.

Innerhalb der nachtodlichen Zustände differenziert Steiner zwischen seelischer (astralischer) und geistiger (devachanischer) Welt. (410) Die untersten Ebenen der astralischen Welt bilden in der Regel die erste Heimat für viele entkörperte Menschen. Der stark von Begierden Geprägte wird hier durch eine schmerzhafte Läuterung schreiten müsssen, bis seine Seele gelernt hat, nicht länger nach körperlich-sinnlicher Befriedigung zu trachten. In den tiefsten Kamaloka-Sphären können dem 'Verstorbenen' seine Begierden in Form von wirklichen Wesenheiten gegenübertreten, und Steiner schildert diese "Welt des Läuterungsfeuers" (auch "Begierdenglut" genannt) in düsteren Farben als *„grauenhaft und schmerzerregend"*. (411) Zugleich betont er die "Wirklichkeit" dieser Welten. *„Lesen Sie Leadbeaters* "Astral-Ebene", *so werden Sie finden, daß die Dinge in der astralen Welt so wirklich sind wie die Droschken und Pferde in den Londoner Straßen. Damit soll gesagt werden, wie wirklich diese Welt ist für denjenigen, der sie kennt."* (412)
Die Frage nach der 'räumlichen Erstreckung' des Kamaloka versucht Steiner dahingehend zu beantworten, daß er Kamaloka in jenem kugelförmigen Raum ansiedelt, der sich zwischen Erde und Mond ergibt, wenn man in der Mondbahn eine äußerste Begrenzungslinie zieht. (413) Wenn der

410) Vgl.: *"Vor dem Tore ..."*, 18

411) *"Geheimwissenschaft"*, 80 f. / Vgl. auch: *"Erkenntnisse h. Welten"*, 108 f.

412) *"Spirituelle Seelenlehre"*, 92 f. / Vgl. *"Okk. Untersuchungen"*, 12 f.

413) Vgl.: *"Okk. Untersuchungen"*, 67

Mensch sich allmählich im Verlauf seines Kamaloka-Aufenthaltes (Steiner setzt in der Regel dafür ein Drittel der Erdenlebenszeit an) von seinen irdischen Begierden gereinigt hat, geht seine Kamaloka-Zeit dem Ende entgegen. Er wirft seinen niederen Astralkörper ab und steigt ins Devachan auf. Steiner unterteilt die Seelenwelt und das Geisterland (Devachan) noch in sieben Regionen, denen jeweils bestimmte Entwicklungsprozesse zugeordnet werden. Herausragend in Steiners Charakterisierung des Geisterlandes ist seine "Urbild-Lehre", die ihn als genuinen Platoniker ausweist. *„In dieser Welt sind nun zunächst die geistigen* Urbilder *aller Dinge und Wesen zu sehen, die in der physischen und seelischen Welt vorhanden sind. .... In der wirklichen "Welt des Geistes" sind solche Urbilder für alle Dinge vorhanden, und die physischen Dinge und Wesenheiten sind* Nachbilder *dieser Urbilder."* (414) Die Patenschaft der platonischen Ideenlehre ist unverkennbar.

Berücksichtigt man, daß Steiner das "Geisterland" auch als die Heimat des höheren menschlichen Selbst bezeichnet, so wird erkennbar, in welcher Weise der Mensch selbst "seines Glückes Schmied ist". Alle Gestaltungen menschlichen Seins sind letztlich auf den Urheber Mensch zurückzuführen. Keine Götter-Willkür dämonisiert das Leben der Menschheit, sie selbst trägt für alles Geschehen die Verantwortung.

Im Zusammenhang mit der Analyse des vedantischen "Tat tvam asi", stellt Steiner den Menschen dann auch untrennbar in das einheitliche Feld allen Lebens. *„So blickt man hier auf die Urbilder der physisch-körperlichen Wirklichkeit als auf eine Einheit, zu der man selbst gehört hat. Man lernt deshalb nach und nach seine Verwandtschaft, seine Einheit mit der Umwelt durch Beobachtung kennen. Man lernt zu ihr zu sagen: Das, was sich hier um dich ausbreitet, das warst du selbst. — Das aber ist einer der Grundgedanken der alten indischen Vedanta-Weisheit. Der "Weise" eignet sich schon während des Erdenlebens das an, was der andere nach dem Tode erlebt, nämlich den Gedanken zu fassen, daß er selbst mit allen Dingen verwandt ist, den Gedanken: "Das bist*

414) *"Theosophie"*, 95

du"." (415) Im Geisterland wird dem Menschen die Schau seiner eigentlichen Bestimmung zuteil. Er erkennt sich als Geist im Geiste, und je länger und intensiver er sein Leben in geistigen Welten verbringen kann, um so näher kommt er seinem Ziel des vollkommenen Menschseins. Aus der Polarität von physischer und geistiger Welt erwächst die schöpferische Spannung, die als belebender Faktor den evolutiven Prozeß vorantreibt. *„Sehe ich meine Lieben im Jenseits wieder?"* Diese bange Frage begegnet jedem, der sich zu geistigen Fragestellungen äußert, in mehr oder weniger primitiv oder philosophisch durchdachter Form. Im Gegensatz zu verschiedenen theosophischen Auffassungen beantwortet Steiner diese Frage mit einem "entschiedenen Ja". (416) Die im physischen Leben Verbundenen werden sich auch in geistigen Welten treffen, um dort ihren Weg gemeinsam fortzusetzen. Die so überzeugende Argumentation, wieviel einsichtiger und sinnvoller es doch wäre, wenn einander Liebende sich in ihrer geläuterten geistig-seelischen Form wiederfänden, gewinnt durch Steiners Forschungen Bestätigung. *„Im Devachan stehen die Seelen einander selbst gegenüber. Das Verhältnis von Seele zu Seele ist viel innerlicher als in der physischen Welt und viel inniger. Niemals kann im Devachan ein Zweifel sein, ob der eine den anderen wiedererkennt .... Das Wiedererkennen seiner Lieben dort ist gar nicht besonders schwierig, denn dort trägt sozusagen jeder seine geistige innere Wesenheit auf seinem geistigen Antlitz geschrieben."* (417) Wer in wahrer Liebe auf Erden gebunden ist, der bleibt auch im Himmel gebunden. Die unbeschreibliche, allumfassende Liebe Gottes schenkt die Gewähr, daß einander Liebende sich in ihrer geistigen Wahrhaftigkeit, d.h. als wirkliche Wesen, als sie selbst, begegnen und nicht in der Form halluzinativer Phantasmagorien.

Den Zurückbleibenden fällt das Weiterleben, nun oft alleinstehend, schwerer als den geliebten Partnern, die in geistigen Reichen beglückende Erfahrungen durchleben dürfen. Doch aus dem Gebot wahrer Liebe heraus, sollten sie der Trauer keinen Platz in ihren Herzen einräumen, um die gelieb-

415) ebd., 104

416) R. Steiner, *"Ein Weg zur Selbsterkenntnis des Menschen"*, Dornach 1977^2, S. 47

417) ders., *"Das Prinzip der spirituellen Ökonomie"*, Dornach 1979^2, S. 198

ten 'Toten' nicht durch ungebührlichen Kummer zu belasten. Steiner gibt allen Trauernden eine weise Botschaft: *„Gute Gedanken sind wie Balsam für die Toten. Nicht egoistische Liebe soll man ihnen senden, nicht trauern, daß man die Toten selbst nicht mehr hat; das stört den Toten und ist für ihn wie Bleigewicht."* (418)

Der Tod bedeutet keine unabänderliche Trennung. Hinter dem Schleier von Raum und Zeit (in irdischem Verständnis) wartet der oder die Geliebte, um nach den Phasen der Läuterung (sofern sie erforderlich ist) mit seinem Dual gemeinsam in den "wirklichen Himmelsraum" weiterzuschreiten. Sie werden die "Sternenkolonien" (419) durchwandern, bis sie ihr Weg einmal zurück in ein neues Erdenleben führt. Einmal aber wird an sie nicht mehr der Ruf der Erde ergehen — und sie werden zwischen den Sternen ihre neue Heimat suchen.

Max Heindel — Durch das Fegefeuer in den Himmel

In allen entscheidenden Punkten enthalten die Schriften Heindels das gleiche Lehrgut über die geistigen Welten wie jene Steiners. Nach der Abtrennung von Ätherkörper, Astralkörper und Ego durchlebt das leibfreie Ich in der Rückschau sein vergangenes Erdenleben, durchschreitet dann die Ebene der Läuterung, von Heindel das Fegefeuer genannt, um schließlich in die himmlischen Welten aufzusteigen, die er in einer Dreiteilung sieht. (420) Der erste Himmel folgt unmittelbar dem Kamaloka-Aufenthalt, während der zweite und dritte, als die Welt der konkreten und abstrakten Gedanken, erst am Ende des Aufenthaltes in den nicht-physischen Ebenen erreicht wird. (421)

418) *"Vor dem Tore"*, 146

419) *"Esot. Betrachtungen karm. Zusammenhänge"*, IV, 107

420) Vgl.: *"Lebensleib"*, 61 f.

421) Vgl.: *"Ros. Christentum"*, 130

Wie Steiner und die überwiegende Zahl der "Botschafter" lehnt auch Heindel die Idee eines strafenden Gottes ab. Die teilweise schmerzlichen Läuterungen werden dem Menschen von seinem eigenen höheren Selbst auferlegt, d.h. er richtet sich im nachtodlichen Zustand selbst. *„In Wahrheit gibt es keinerlei Strafe; all unser Leiden entspringt absolut nur unseren selbstgeschaffenen Gewohnheiten und steht zu ihnen in genauem Verhältnisse."* (422)
Allgemein betrachtet, vollzieht sich die Lösung aus der unmittelbaren Erdbindung in relativ kurzer Zeit. In Ausnahmefällen kann es jedoch zu jahrhundertelanger Erdverhaftetheit kommen. Vor allem die Ahnenkulte des Altertums und die Waffenrituale bei den Todesfeierlichkeiten des Mittelalters bewirkten durch ätherische Bindungen eine meist unheilvolle Erdgebundenheit. *„Das ermöglichte es ihnen, jahraus, jahrein in ihren Burgen herumzujagen, wie sie zu Lebzeiten gejagt hatten, und zwar nicht nur Reiche und Krieger, sondern auch andere. In Fällen von Blutfehde, wobei Menschen erschlagen wurden, reizten die Geister ihre Verwandten, sich zu rächen, indem sie bei ihnen blieben und mithalfen, die blutigen Taten auszuführen."* (423)
Neben den Schattenseiten verdient aber auch die Schönheit der himmlischen Welten hervorgehoben zu werden; und Heindel sieht diese u.a. in den "Kinderparadiesen". Die in den Kinderjahren 'verstorbenen' Erdenmenschen erfahren in den geistigen Reichen besonders liebevolle Betreuung, die es ihnen ermöglicht, in gleichsam spielerischer Weise zu lernen und geistig zu reifen. Die seelischen Werte, die sich dem Individuum aufgrund seiner Erfahrungen im "Kinderparadies" einprägen, können wertvolle Bausteine für den zukünftigen Erdenpfad werden.
Die Diskussion am Ende des 20. Jahrhunderts über das Problem eines "humanen Todes" ist heftig entbrannt; vor allem ausgehend von der medizinisch-technischen Perfektion, die die Institution Krankenhaus inzwischen erlangt hat. Mit Schaudern mag man an die große Zahl jener denken, die über Wochen und Monate nur mittels des Geräte- und Instrumentenparkes eines modernen Krankenhauses am 'Leben' erhalten wurden. Obwohl Heindel zu seiner Zeit noch gar nicht mit dieser ausgeklügelten Sterbever-

422) ebd., 105 f. / Vgl. auch: *"Empfindungsleib"*, 71 f.

423) *"Empfindungsleib"*, 75

hinderungstechnologie konfrontiert wurde, gilt sein Plädoyer dem menschenwürdigen Tod. *„Es ist dem Sterbenden gegenüber auch ein großes Verbrechen, Reizmittel anzuwenden, die die höheren Träger mit einem Ruck in den physischen Körper zurückzwingen und so dem Menschen einen starken Schlag versetzen. Es ist keine Folterqual, hinzuscheiden, es ist aber tatsächlich eine Folterqual, zu fortgesetztem Leiden zurückgezerrt zu werden. Einige Abgeschiedene erzählten Forschern, daß sie auf diese Weise stundenlang sterben mußten. Sie hatten ihre Verwandten inständigst gebeten, ihre verfehlte Güte einzustellen und sie sterben zu lassen."* (424)
Ist der Tod dann eingetreten, befürwortet Heindel die Bestattungsart der Verbrennung, vor allem um die vielfach vergiftete und zersetzte Hülle nicht der Erde anzuvertrauen und um den abgelegten Ätherkörperleichnam, wenn er vom Astralkörper abgeworfen und zur physischen Hülle zurückgezogen wird, nicht einem nur langsam vonstatten gehenden Verfallsprozeß auszusetzen. (425)
Auch das Sterben und das Begräbnis sollten immer unter dem Gesichtspunkt des Dienstes an dem *einen* Leben betrachtet werden.

Annie Besant — Tod und Leben

Annie Besants Lehren zur Todesfrage und den Wegen des Menschen in geistigen Welten bewegen sich im Rahmen des bisher Dargelegten. Innerhalb dieses Prozesses, von der Lösung des Ätherkörpers bis hin zum Aufstieg in leuchtende Sphären, ergänzt sie einige wertvolle Details.
In der westlichen Welt wurde in fast allen Ländern die Todesstrafe abgeschafft; eine auch vom 'esoterischen' Standpunkt sehr zu begrüßende Entscheidung. Der wegen Mordes zum Tode verurteilte Verbrecher wiederholt in den niedersten Astralwelten unaufhörlich seine Bluttat. Durch seine relative Freiheit innerhalb dieser dunklen Ebenen, versucht er, *„andere dahin*

424) *"Weltanschauung"*, 101

425) Zustimmend Bo Yin Ra: *"Das Buch vom Jenseits"*, Bern 1978[4], S. 32 f.

zu bringen, sein Verbrechen zu wiederholen". (426) Es sollte daher die Bestrebung der Strafvollzugsbehörden sein, den Verbrecher über eine Neugestaltung des Gefängniswesens in seinem Wesen zu verändern, zu verbessern. Erste Versuche, Strafgefangene in östliche Meditationsübungen einzuführen, haben in dieser Hinsicht bereits Erfolge gezeigt.

In ihren Betrachtungen über das Devachan-Dasein stellt A. Besant die Bewußtseinsreife eines Erdenmenschen in den Mittelpunkt ihrer Betrachtungen. Die Aufnahmefähigkeit für die Energien des Devachan sieht sie entscheidend bestimmt durch die geistige Arbeit des Individuums während seiner Erdentage. *„Sein Bewußtseinszustand hängt vollkommen von der Entwicklungsstufe ab, die er erreicht hat. Befindet er sich noch auf den ersten Lebensstufen, dann wird er, sobald er seine Werkzeuge auf den niederen Ebenen verloren hat, in Bewußtlosigkeit gehüllt, einfach schlafen. Sein Leben wird in ihm sanft weiterpulsen und die wenigen Ergebnisse seines beendeten Erdenlebens, die geeignet sind, seiner Substanz einverleibt zu werden, assimilieren; er wird sich aber seiner Umgebung nicht bewußt sein."* (427) Zum besseren Verständnis dieses Sachverhaltes mag man sich einen Erdenmenschen vorstellen, der keinerlei Interesse für Kunst oder Literatur zeigt und so an einer Fülle geistig beglückender Werte vorbeilebt, sie 'verschläft'. Jene Seelen dagegen, die geistig strebend ihren Weg suchten, werden einst in eine Welt aufsteigen, jenseits der astralen Begrenzungen, von deren Herrlichkeit A. Besant beredt Zeugnis ablegt. Es *„kommt eine Zeit, in der die Fesseln des Astralkörpers endlich abgeschüttelt werden, wobei die Seele für kurze Zeit das Bewußtsein ihrer Umgebung verliert, ähnlich der Bewußtlosigkeit, die dem Abwerfen des irdischen Körpers folgte, um dann erweckt zu werden durch das Gefühl einer Seligkeit, die so intensiv, so grenzenlos und unergründlich ist, daß sie die kühnsten Träume übersteigt; es ist die Seligkeit der Himmelswelt, der Welt, zu der die Seele ihrer Natur nach gehört."* (428)
Die nirvanische Welt, die Welt des Selbst, stellt die höchste für den Men-

426) *"Theosophie und modere psychische Forschung"*, Leipzig 1907, S. 89

427) *"Weisheit"*, 114

428) ebd., 84

schen erreichbare Ebene dar. In ihr sind die Beschränkungen des Erdenbewußtseins weitgehend aufgehoben, und der Mensch erfährt die Einheit allen Seins. Er *„lebt, atmet und empfindet mit Anderen, indem er sich mit diesen identifiziert, aber doch seinen eigenen Mittelpunkt kennt."* (429)
Dieser nirvanische Plan beschließt den Weg der Geistseele zwischen Tod und neuer Geburt. Zwischen ihm und der physischen Welt vollzieht sich die Evolution des Erdenmenschen. Doch dieses an sich schon grandiose Schauspiel der Schöpfung stellt nur einen unendlich kleinen Teil eines nicht erfaßbaren Ganzen dar, denn was jenseits der nirvanischen Ebene liegt, *„verbirgt sich unseren Blicken und verschwindet im unvorstellbaren Licht der Gottheit."* (430)

Charles W. Leadbeater – Täuschung und Wirklichkeit

„Wenn der Mensch stirbt, so wird der ätherische Teil seines physischen Körpers aus dem dichteren Stoffe desselben herausgezogen, und kurz darauf (gewöhnlich schon innerhalb weniger Stunden) löst das Astrale sich ab vom Ätherischen, und das Leben des Menschen auf dem Astralplan hat seinen Anfang genommen. Unter normalen Verhältnissen bleibt der Mensch solange ohne Bewußtsein, bis er sich vom Ätherischen frei gemacht hat, und wenn er wieder zu einem neuen Leben erwacht, so ist es auf dem Astralplan, Doch gibt es Leute, die sich so verzweiflungsvoll an das stoffliche Sein klammern, daß ihre astralen Vehikel sich nicht von den ätherischen lösen können, und bei ihrem Erwachen sehen sie sich daher immer noch von ätherischer Materie umgeben.
Der ätherische Leib ist nur ein Teil des physischen Leibes und aus sich selbst kein Bewußtseinsträger – kein Körper, in dem ein Mensch wohnen und seine Verrichtungen ausführen könnte." (431) Auf der Grundlage seiner Terminologie von der Sieben-Stufigkeit des Menschen, wählt Leadbeater auch die Benen-

429) A. Besant, *"Die Zukunft die unserer wartet"*, Leipzig o. J., S. 51

430) *"Weisheit"*, 129

431) *"Das Innere Leben II"*, 34 f.

nungen der einzelnen geistigen Welten. Nach dem Verlassen der astralen Sphären tritt der Mensch in die Mentalwelt (= Devachan) ein, um dort die Auswirkungen der von ihm erzeugten Gedankenkräfte zu durchleben. Wenn diese Energien ausgeschwungen sind, wird auch die mentale Hülle abgelegt, und das Ego kehrt in seinem Kausalkörper, der von Erdinkarnation zu Erdinkarnation erhalten bleibt, in seine eigentliche Heimat zurück.

Leadbeater bestätigt in seinen Schilderungen die Wahrnehmungen anderer "Botschafter". Besonders beachtenswert innerhalb seiner Ausführungen sind die Beobachtungen zum Verlauf des eigentlichen Sterbevorganges. Sie nehmen wesentliche Forschungsergebnisse von Osis/Haraldson und Kübler-Ross schon vorweg; in der tröstliche Gewißheit schenkenden Schau vom weitgehend schmerzfreien Zurückziehen der Geistseele aus dem Körper. *„Eine andere weitverbreitete Vorstellung in Bezug auf den Tod ist die, daß er ein unbedingt schmerzlicher Vorgang sein muß, und es ist durch grausame Geschichten über Todeskämpfe und Todesröcheln dieser Glaube noch mehr genährt worden. Aber es ist ziemlich gewiß, daß diese Fabeln auch unter unsere Liste der Mißverständnisse zu rechnen sind, denn es ist fast sichergestellt, daß diese üblen Begleiterscheinungen gewöhnlich nur die letzten krampfhaften Zuckungen des physischen Körpers sind, nachdem ihn das bewußte Ego bereits verlassen hat. Beinahe in allen Fällen scheint das wirkliche Dahinscheiden vollkommen schmerzlos zu geschehen, selbst wenn ein langes, schreckliches Krankenlager vorhergegangen ist, das jetzt durch den Tod beendigt wird.*

Der friedliche Ausdruck, der sich so oft über das Gesicht eines Sterbenden ausbreitet, ist ein starker Beweis für diese Annahme, die überdies durch das ausdrückliche Zeugnis jener bestätigt wird, denen man sofort nach dem Tod diese Frage vorgelegt hat, während alle Umstände noch frisch in ihrer Erinnerung waren." (432)

Der Verstorbene hat die Erdenwelt verlassen, aber er ist nicht in ferne Welten entschwunden. Der 'Himmel' liegt nicht im Himmel der Wolken, sondern die geistigen Welten umgeben und durchdringen uns. *„Diese verschie-*

432) Leadbeater, *"Das Leben im Jenseits"*, Leipzig 1914, S. 30

denen Daseinspläne sind also keineswegs räumlich voneinander getrennt, sondern alle befinden sich um uns und über uns, hier und überall." (433)

Die niedersten Astralebenen beherbergen nach Leadbeaters Wahrnehmungen nur einen minimalen Prozentsatz entkörperter Erdenmenschen. Es bedarf einer außerordentlichen Verhaftetheit an Begierden (Trunk- und Drogensucht, sexuelle Perversion etc.), um in diese tiefsten Bereiche des Kamaloka hinabzusinken. Das Läuternde dieser Stätten sieht Leadbeater, wie auch Steiner, in der Qual, äußerster Begierlichkeit zu unterliegen, ohne die geringste Möglichkeit zu ihrer Befriedigung. (434) Als Spiegelbilder der Seelen werden diese 'Ebenen' aus der eigenen Gedankenkraft der Verbzw. Entkörperten geschaffen. Es sind dies *„aber keine Örtlichkeiten, sondern lediglich nur verschiedene Stadien des Bewußtseins. Eine Hölle existiert nicht, sie ist ein bloßes Trugbild der theologischen Phantasie; ein unvernünftig lebender Mensch kann sich aber ein sehr unangenehmes und lange währendes Fegefeuer bereiten. Weder dieses noch der Himmel sind ewig, denn eine endliche Ursache kann keine unendliche Wirkung hervorbringen."* (435)
Als ungefähre Zeitangabe setzt Leadbeater für den Durchschnittsmenschen vierzig Jahre in der Astral- und zweihundert Jahre in der Mentalwelt (Devachan) an. Der geistig Strebende reduziert dagegen sein Astraldasein auf zwanzig Jahre, unter Erweiterung des Himmelslebens auf tausend Jahre. Eine hochentwickelte Seele vermag den Aufenthalt auf dem astralen Plan sogar auf wenige Stunden zu reduzieren, um dann fünfzehnhundert Jahre in himmlischen Welten zu weilen. Der Mystiker Willigis berichtete über Gandhi, daß dieser gleich einer leuchtenden Sonne durch alle Läuterungsebenen emporgestiegen sei in strahlendste Welten des göttlichen Lichtes.

433) *"Unsichtbare Mensch"*, 18 / Auf dieses Ineinandergreifen der Welten scheint auch die Heim'sche einheitliche Quantenfeldtheorie hinzudeuten, die unsere vierdimensionale Raum/Zeit-Welt in einen sechs-dimensionalen Raum einbettet. Vgl.: B. Heim, *"Elementarstrukturen der Materie"*, Innsbruck 1979

434) Die Mythologie der Griechen (Tantalus-Sage) wertet L. als Hinweis auf diesen Zusammenhang. Vgl.: *"Das Leben nach dem Tode"*, Genf 1952, S. 13

435) *"Textbuch"*, 61 / Vgl. auch: *"Das Höhere Selbst"*, 31 ff.

Zur Höllenfrage, bzw. der Lehre von der Vernichtung der Persönlichkeit, zieht Leadbeater das Schicksal eines Schwarzmagiers heran. Diesen sah er gänzlich *„außerhalb der Schwingungen des göttlichen Lebens"* stehen (Avitchi), *„absolut allein im Universum — ein umherfließender Punkt im Raum"*. (436) Dieser grauenhafte Bewußtseinszustand, der nahe an die (generell falsche) Idee einer ewigen Verdammnis heranreicht, kann sich über lange Zeiträume erstrecken. Doch auch für dieses Individuum kommt einmal der Tag, an dem ihm ein neues Licht leuchtet und ein Weg zurück zur göttlichen Quelle gezeigt wird. *„Es kommt tatsächlich eine Periode in der menschlichen Entwicklung, aber erst nach Millionen von Jahren, wo die Individuen, welche sich beharrlich gegen den Fortschritt gestemmt haben, ausgesondert werden, — indessen keineswegs in die ewigdauernde Verdammnis der Hölle (diese ist nur eine scheußliche Erfindung des entarteten Gehirns irgendeines diabolischen Ungeheuers von menschlicher Grausamkeit), sondern in einen Zustand relativer Aufhebung des Lebens, wo er auf den Anbruch einer neuen Entwicklungswelle harrt, und diese bietet ihm in ihren Anfangsstadien eine neuerliche Gelegenheit zur Entfaltung, aber in besserer Anpassung an die engen Grenzen seiner schwachen Fähigkeiten."* (437)

Die Berichte von Menschen, die die Fähigkeit der bewußten Aussendung des Astralkörpers besitzen, beziehen sich nach Leadbeaters Forschungen auf die höhere Astralebene. *„Einige dieser so geschaffenen Landschaften sind sehr schön; es gibt da liebliche Seen, prächtige Berge, hübsche Blumengärten, alles entschieden schöner als irgendetwas ähnliches in der physischen Welt."* (438) Dieser Bereich entspricht dem "Sommerland" vieler spiritistischer Kundgaben. In ihm geht die 'Sonne' nicht unter, und die Erfahrung von Zeit ist verändert, im Vergleich zur Erdenwelt.
In dieser Sphäre liegt auch das sogenannte "Kinderparadies" beheimatet. Hier verbringen die 'gestorbenen' Kinder ein außerordentlich glückliches Leben und können durch wunderbar liebevolle Seelen geistige Belehrun-

436) *"Talks III"* (Comm. to *"Light an the Path"*), a. a. O., S. 131

437) *"Jenseits"*, 4

438) *"Textbuch"*, 77

gen aufnehmen, die ihren zukünftigen Erdenweg maßgeblich beeinflussen. Das Schicksal früh sterbender Kinder erklärt Leadbeater unter zwei Aspekten. Zum einen wird damit elterliches Karma ausgelöst, und zum anderen können schon wenige Jahre (wenn bald darauf eine neue Inkarnation erfolgt) den Erdenweg eines Menschen grundsätzlich anders verlaufen lassen. (439)

Die Mentalwelten (und Teile der Astralebene), geformt aus der Gedankenkraft der Erdenwesen, enthalten eine unermeßliche Bilderfülle. Kollektive Gedankenformen wie individuelle Einbildungen beleben diese Pläne. *„Viele solcher Gedankenformen beziehen sich auf als erwiesen bekannte religiöse Geschichten, und ihr Erschauen durch besonders empfindsame Leute hat eine Menge ganz echter Berichte zu Tage gefördert, die von ungeschulten Sehern und Seherinnen — wie z.B. Anna Katharina Emmerich — mitgeteilt wurde."* (440) So kann man dort die gedanklich ausgeschmückten Gestalten der biblischen Überlieferungen antreffen, jeweils 'gefärbt' durch die regionalen Eigenheiten. Leadbeater schildert z.B. Christus und seine Jünger in der Gewandung deutscher Bauern oder italienischer Lazzaroni und Joseph und seine Brüder, gekleidet als englische oder amerikanische Farmersknechte. (441) Selbst bekannte literarische Gestalten lassen sich abbildhaft in den astralen und mentalen Bereichen auffinden. Man kann Ali Baba und Robinson Crusoe ebenso begegnen wie Aladin mit seiner Wunderlampe und dem Hl. Nikolaus. (442) Ziel geistigen Strebens sollte es daher sein, aus der Täuschung der eigenen Gedankenschöpfungen zu erwachen und zu wahrem geistigen Wissen voranzuschreiten.

Zur Frage des persönlichen Wiedersehens nimmt Leadbeater mit gleicher Entschiedenheit Stellung wie Rudolf Steiner. *„Zum Glück läßt sich diese Frage klar und ohne Einschränkung beantworten: Die Freunde werden hier sein und voller und wirklicher als sie jemals mit uns waren."* (443) Der 'Ver-

439) Vgl.: *"Jenseits"*, 354 ff.

440) *"Innere Leben II"*, 161

441) Vgl.: *"Jenseits"*, 59 f.

442) Vgl. auch: *"Die Devachan-Ebene"*, Leipzig 1911, S. 61 ff.

443) *"Jenseits"*, 313 / Vgl. auch: *"Denen, die trauern"*, Colmar o. J.

storbene' hat zudem das Glück, die auf Erden Geliebten auch im Jenseits immer bei sich zu haben. Diese nicht unmittelbar einsichtige Tatsache erläutert Leadbeater im Rahmen seiner Betrachtungen über die Vielfalt geistiger Ausdrucksmöglichkeiten der Seele. *„So kann keine noch so große Zahl von Ausdrucksformen der Seele auf irgendeiner niederen Ebene deren Fülle erschöpfen, da sie überhaupt auf einem höheren Niveau steht. Sie läßt einen kleinen Teil von sich in einen physischen Körper eintreten, um Erfahrungen zu machen, die nur auf dieser Ebene gewonnen werden können. Sie kann jeweils nur einen solchen Körper auf einmal bewohnen; denn das ist Gesetz. Aber wenn sie auch tausend annehmen könnte, genügten sie nicht, um das auszudrücken, was die Seele wirklich ist. Sie kann nur einen physischen Körper haben; aber wenn sie bei einem Freund eine solche Liebe erweckt, daß dieser beständig ein deutliches Mentalbild desselben im Geist gegenwärtig hat, dann ist er fähig, auf diese Liebe zu reagieren, indem er sein eigenes Leben in jene Gedankenform ergießt und sie so belebt, daß sie ein wirklicher Ausdruck jener Seele auf jener Ebene wird."* (444)
Liebe kann nie trennen, sie vereint immer. Mit wachsenden geistigen Fähigkeiten gewinnt sie immer vollkommener Ausdruck. Die Aufenthalte der Geistseele in den (aus irdischer Sicht) jenseitigen Welten werden immer beglückender — und jedes Leben führt den Menschen näher an jene Stufe, auf der er erkennen wird, daß er ein Sohn des lebendigen Gottes ist — und das Christusbewußtsein auch in ihm leuchtet.

Alice A. Bailey — Der Ruf der Seele

Die Botschaften des "Tibeters" über den Tod und den Weg der Geistseele im Jenseits bewegen sich innerhalb des im Vergangenen abgesteckten Feldes. Im Augenblick des Todes zieht sich das Ego mit dem Ätherkörper aus der physischen Hülle zurück. Es erfolgt die Rückschau, die Ablegung des Ätherkörpers und der Aufenthalt in der Astralebene, deren illusionärer

444) *"Das Leben nach dem Tode"*, a. a. O., S. 29

Charakter (als nicht ewiges Daseinsprinzip) im Bailey'schen Werk immer wieder betont wird. Ist die Astralebene durchschritten, tritt die Seele in die Mentalwelt (Devachan) ein. Auch das Devachan ist für den Tibeter noch eine Sphäre, in der *„das Bewußtsein immer noch in den Begriffen von Raum und Zeit denkt"*. (445) Nach einer mehr oder minder bewußten Berührung der Nirvana-Welt vollzieht sich dann die Vorbereitung für eine erneute Inkarnation.

Ergänzend zu den bisherigen Darstellungen des Sterbevorganges wird bei Bailey vom "Ruf der Seele" gesprochen. Das Leben des Erdenmenschen wird von seinem höheren Selbst her geleitet, das auch den Zeitpunkt für seine Rückkehr aus der materiellen Welt kennt. Ist dieser gekommen, dann *„läßt die Seele — von ihrer eigenen Ebene aus — ein "Wort der Zurückziehung" ertönen, und dadurch wird sogleich ein innerer Prozeß und eine Reaktion im Menschen auf der physischen Ebene veranlaßt."* (446) Die Antwort des Körpers auf den Ruf der Seele wird binnen kürzerer oder längerer Zeit Auswirkungen zeigen, die den Tod des Erdenmenschen herbeiführen. Er verläßt seinen physischen Träger, doch *„seine Individualität geht nicht verloren"*, der Mensch *„bleibt er selbst"*. (447)

Wenngleich in den Schriften von A.A. Bailey mehrfach die Idee einer Vernichtung der Persönlichkeit in der sogenannten achten Sphäre (Avitchi) vertreten wird, wenn die Persönlichkeit keinen einzigen, bewahrenswerten Aspekt aus der Inkarnation mitgebracht hat, baut doch auch die Philosophie des "Tibeters" auf dem Grundprinzip der Liebe auf. *„Es gibt weder einen zornigen Gott, noch eine Hölle, und auch keine stellvertretende Sühne. Es gibt nur ein einziges großes Prinzip der Liebe, welches das ganze Universum beseelt."* (448)

Der Mensch erntet im Jenseits, was er im Diesseits gesät hat. Je nach geistiger Reife werden seine Wege in lichteren oder weniger lichten Welten verlau-

445) *"K. Feuer"*, 1260 / Vgl. auch: *"Der Yoga-Pfad"*, Genf 1978[2], S. 45 ff.

446) *"Esoterisches Heilen"*, 514

447) ebd., 519

448) ebd., 428

fen, bis er zurückkehrt, um den Lehrplan der Erdenschule in einer höheren Klasse aufzunehmen.

Flower A. Newhouse — Wege ins Licht

Das besondere Charakteristikum in den Ausführungen von Flower A. Newhouse über das Leben nach dem Tod ist die allumfassende Liebe, die jeden Menschen, selbst den größten Sünder (Ab-sonderer) umhüllt. In ihrer Schau erblickte Flower A. Newhouse Heerscharen lichter Wesen, die auf den höheren Plänen wirkten, um die 'Verstorbenen' aufzunehmen und zu führen. Selbst die 'Höllensphäre' verliert in ihren Wahrnehmungen viele Schrecken. Sie schildert diese als Bereiche, denen eine entfernte Ähnlichkeit mit öden und verlassenen Landstrichen der Erde zugesprochen werden kann. *„Die Hölle gleicht nicht annähernd jenem Schreckensbild, wie es von Furchtsamen gezeichnet wird. Sie bildet vielmehr eine Stätte, in der die 'Verstorbenen' lernen, sich von ihren selbst-auferlegten Qualen zu lösen."* (449)

Wenn der Erdentod erfolgt ist, zieht sich der Mensch in seinem Astralkörper in die Astralwelt zurück. Um diesen Prozeß zu erleichtern, befürwortet Flower A. Newhouse die Verbrennung der sterblichen Überreste. Durch den Verbrennungsvorgang erfolgt eine schnellere Lösung der höheren Körper von den physischen und astralen Schalen. Solange diese nicht vollständig aufgelöst sind, kann sich der 'Verstorbene' nicht gänzlich vom Anhangen an seine frühere Körperlichkeit befreien. (450)
Im Zustand erdgebundener Täuschung kann der im Astralen lebende Mensch noch stark von seinen eigenen Gedankenbildern und -formen beeinflußt sein. Je eher er sich über dieses Schattengewebe erheben kann, desto schneller vermag er die wahre Gestaltung der höheren Welten zu erken-

449) *"Questions II"*, 47
(Vorabdruck der im Aquamarin-Verlag erscheinenden deutschen Übersetzung.)

450) Vgl.: *"Questions I"*, 16

nen. Flower A. Newhouse betont ausdrücklich die eigene Wesenhaftigkeit und Wirklichkeit der höheren Welten, die nicht nur aus halluzinativer Illusion zusammengesetzt und geprägt sind. (451)

Ein bedeutungsvoller Schritt im Dasein auf höheren Plänen ist der Eintritt in die "Hallen des Lernens" (Halls of Learning), die als Mysterienschulen der geistigen Welten zu bezeichnen wären. Die Meister der Planetarischen Hierarchie lehren in ihnen die Entwickelten, um deren geistigen Fortschritt zu fördern. Nach der Überzeugung von Flower A. Newhouse besteht das Leben zwischen den Inkarnationen daher nicht ausschließlich in der Verarbeitung des auf Erden Erlernten und Verursachten, sondern es bringt zugleich auch ein weiteres Voranschreiten. (452)

Die verschiedentlich vorzufindenden Lehren über die strenge Gesetzmässigkeit des Lebens in der Geisteswelt, die fast an einen anonymen Mechanismus, ein starres Prinzip erinnern, werden in der Botschaft von Flower A. Newhouse zu strahlendem Leben erweckt. Das Dasein im Jenseits vollzieht sich im wechselvollen Wirkungsfeld lichter Wesenheiten. So wird auch die "Sphäre der Urbilder", das unerschöpfliche Reservoir der Ideen (kosmos noetos), zur Lebenswelt von Wesen göttlichen Bewußtseins (Divine Intelligences), die aus der geistigen Fülle heraus, Gedanken- und Inspirationsströme in empfängliche Herzen leiten. (453)
Jene göttlichen Hüter der Menschheit überwachen auch die Energie-Zentren der Erde, von Flower A. Newhouse die "planetarischen Chakras" genannt. Unbeschreiblich strahlende Energiefelder umgeben diese Lebenszentren, aus denen die Kraftströme für alle positiven Entwicklungen im Erdreich fließen. Eine wissende Öffnung für diese göttlichen Lichtströme, würde die Empfänglichkeit der Erdenmenschen für jene Gaben erheblich steigern. (454)

451) Vgl.: "*Questions II*", 132

452) Vgl.: "*Songs from the House of Pilgrimage*", a. a. O., S. 179 ff.

453) ebd., 129

454) Vgl.: "*Insights into Reality*", Escondido 1975, S. 101

Befindet sich der Erdenmensch gegenüber der Geisteswelt auch eher in der Rolle des Empfangenden, so kommt ihm im Wechselspiel zwischen Dies- und Jenseits gelegentlich doch die Aufgabe des Schenkenden zu. Vor allem in der gedanklichen Verbindung und im Gebet (der Fürbitte) für die Verstorbenen, vermag der noch in der Inkarnation Lebende viel zu bewirken. Der bereits in die geistige Welt zurückgekehrte Ehemann von Flower A. Newhouse, Lawrence, schilderte seiner Frau, daß von ihr für ihn gesprochene Gebete als Gedankenformen aufstiegen, die sich in Gestalt einer strahlenden Sonne über seinem Herzchakra manifestierten.

Diesseits und Jenseits sind nicht getrennt. Nur ein Schleier verhüllt die 'Gestorbenen' vor den Blicken der 'Lebenden'; und wer wahrhaft in Liebe vereint ist, vermag durch den Tod nicht getrennt zu werden. Würden die Lebenden ihr Bewußtsein erweitern, wäre für sie die gleiche Verbundenheit mit den schon Vorausgegangenen möglich, wie es für jene mit den Zurückbleibenden gegeben ist, die sie in ihren höheren Körpern erleben.
Die Wege durch die jenseitigen Welten können tiefes Glück und großen Segen schenken. Richtet sich die heimkehrende Geistseele auf die göttliche Liebe und auf Sein Licht aus, wird sie emporgezogen werden in Sphären unsagbarer Glückseligkeit. Vereint in *wahrhafter* Liebe mit allen, denen ihr Herz gehörte, aufblühend in himmlischer Schönheit, in ewiger — doch geistig ständig weiter wachsender — Individualität — wird sie leben in der FÜLLE GOTTES, als unsterbliches Kind des EINEN.

Kap. IX Der Spiritismus

Gibt es eine Verbindung zwischen den Menschen diesseits und jenseits des Schleiers, den man Tod nennt?
Eine umfassende Antwort auf diese Frage bedingte eine kleine Enzyklopädie der Geistesgeschichte und stellte zugleich eine phänomenologische kultur- und religionsgeschichtliche Studie dar. Schon vor Jahrtausenden gab es Nekromanten, Seelenbefrager und Medien. Die Gegenwart erlebte eine neue Blüte der spiritistischen Bewegung seit dem letzten Drittel des 19. Jahrhunderts. Seit den Tagen der Chittenden-Vorfälle ergoß sich eine Flut medialer Schriften über die alte und neue Welt. Kundgaben, deren inhaltlicher Wert von den "Botschaftern des Lichtes" eher skeptisch beurteilt wurde.
Worin ist die Ursache für diese Bewegung zu sehen?
In den Jahrzehnten vor der Jahrhundertwende befand sich der Materialismus auf seinem Höhepunkt. Die spirituelle Wahrheit drohte unter der Last eines atheistischen Nihilismus zu ersticken; wodurch sich die geistigen Führer der Erde veranlaßt sahen, gegen diese Tendenz ein Gegengewicht in die Waagschalen des Erdenlebens zu werfen. *„Jene Brüder, welche die Zeichen der Zeit zu deuten wußten, welche immer die Führer der Menschheit gewesen sind, haben auch die spiritistische Flutwelle über die Menschheit hingesandt."* (455) Steiner konnte sich in dieser Annahme auf eine Eintragung Olcotts in seinen Tagebüchern stützen, der bereits Ende des 19. Jahrhunderts auf eine Bemerkung H.P. Blavatskys hinwies, wonach die spiritistische Bewegung von den Meistern (Brotherhood of Adepts) initiiert worden war. (456)
Auch Alice A. Bailey maß der Lehre der Spiritisten eine nicht unerhebliche Rolle beim Aufbau eines neuen Weltbildes zu, denn es gelang den Spiritisten *„ein Fortleben nach dem Tode zu beweisen und damit haben sie einen wertvollen Beitrag zum Aufbau der neuen Weltreligion geliefert."* (457)

455) R. Steiner, "*Sp. Seelenlehre*", a. a. O., S. 229

456) Vgl.: H. S. Olcott, "*Old Diary Leaves Vol. I*", Adyar 1941[2], S. 69

457) A. A. Bailey, "*Probleme der Menschheit*", Genf 1955, S. 203

Um nicht unter die Kategorie "Spiritist" eingeordnet zu werden, erfolgte seitens einiger theosophischer oder anthroposophischer Lehrer ein teilweise extrem hart geführter Feldzug gegen den Spiritismus. Als herausragende Verfechterin dieser Linie wäre H.P. Blavatsky zu nennen, die früher selbst einmal medial geschrieben hatte (458), in ihren späteren Lebensjahren aber zur erbitterten Gegnerin aller spiritistischen Lehren wurde.
Rudolf Steiner bezeichnete in seiner Autobiographie den Spiritismus, dessen sinnvolle Entstehung er noch begrüßt hatte, als "Ab- und Irrweg". (459) Seine Befürchtungen, er könne in irgendeiner Weise mit dem Spiritismus assoziiert werden, gingen sogar soweit, daß er in seinem Besitz befindliche, medial entstandene Schriften, wie die Botschaften *"Emanuels"*, am liebsten verbrannt hätte. (460)
Vor einer Erörterung des Spiritismus-Komplexes im Detail kann in einer generellen Stellungnahme sicher der abwägenden Beurteilung von B. Flemming zugestimmt werden, die dem Spiritismus zugestand, in seinen edleren Formen *„vielen Menschen Beweise für das Fortleben nach dem Tod verschafft zu haben; und auf der sozialen und ethischen Seite bei der Bildung "eines Kernes der Universalen Bruderschaft" mitzuwirken."* (461)

Das mediale Phänomen als solches wird von allen "Botschaftern" einheitlich geschildert. Im Falle des Mediums handelt es sich um einen Menschen, dessen Äther- und Astralkörper weniger fest mit der physischen Hülle verbunden ist als dies bei den meisten Erdenmenschen gegeben ist. Diese Lokkerung ermöglicht es nicht-physischen Wesen, deren Körper-Organisationen zu benutzen, sie gewissermaßen als Sprachrohr zu gebrauchen. Bei Tieftrancemedien spricht A.A. Bailey sogar von einer regelrechten Zerstörung des Sonnengeflechtes im Ätherkörper, die es dem Medium ermöglicht, sich etwas aus dem physischen Körper zurückzuziehen (d.h. in Trance

458) Vgl. die Blavatsky-Biographie von Howard Murphet, *"When Daylight Comes"*, Wheaton 1975, S. 50

459) R. Steiner, *"Mein Lebensgang"*, Stuttgart 1975, S. 205

460) R. Steiner / M. v. Sievers, *"Briefwechsel 1901 — 1925"*, Dornach 1967, S. 207 ff.

461) Bl. Flemming, *"Weltbild I"*, 77

zu fallen). *„Die Verbindung mit der Astralebene wird durch jenes große Zentrum, den Solar-Plexus hergestellt, der die drei höheren Zentren mit den niederen verbindet. Das erklärt auch die Tatsache, daß bei den Materialisationen in spiritistischen Sitzungen oft Blumen erscheinen, denn das Pflanzenreich ist das mittlere Reich der drei untermenschlichen Lebensbereiche (Mineral-Pflanzen und Tierreich)."* (462)

Welche Wesen der 'anderen Seite' treten aber ein durch die geöffneten Tore, die ihnen das Medium darbietet?
H.P. Blavatsky (und die Mahatma-Briefe) begründete in ihren Werken die sogenannte "Schalen-Theorie", die weitreichende Auswirkungen haben sollte. Nach dieser Lehre können sich keine Geister (d.h. Verstorbene) durch ein Medium kundgeben, sondern nur die "astralen Überbleibsel", die Schalen oder Hüllen, die von der verstorbenen Persönlichkeit im Kamaloka zurückgelassen wurden. (463)
Neben diesen Astralhüllen werden auch die sogenannten "Elementale" zu Erklärungszwecken herangezogen. *„Die astralen Hülsen erzeugen im Verbund mit dem noch lebenden Astralkörper des Mediums, unterstützt von gewissen Naturkräften, die von den Theosophen als 'Elementale' bezeichnet werden, nahezu alle Phänomene des nicht-betrügerischen Spiritismus."* (464) Diese Elementale können auch durch konzentrierte Gedankenkräfte erzeugt werden und führen dann auf dem astralen Plan eine Art von 'Eigenleben'. (465)
Als dritte Möglichkeit wird von E. Bäzner der Einfluß und die Wirkungsmöglichkeit der Naturgeister geltend gemacht. *„Die vereinigte Gedankenkraft der Teilnehmer einer solchen Sitzung, sowie deren aurische Ausstrah-*

462) Bailey, *"Yoga-Pfad"*, 251 / Vgl. auch: *"W. Magie"*, 535 f. und A. Besant, *"Die sieben Prinzipien"*, a. a. O., S. 17 f.

463) Vgl.: Blavatsky, *"Schlüssel"*, 36 ff. / Die Schalen-Theorie bejahend auch: F. Hartmann, *"Magie"*, 183 f., G. Hodson, *"The Christ-Life from Nativity to Ascension"*, Wheaton 1975, S. 216 und Leadbeater, *"Textbuch"*, 80 f.

464) W. Q. Judge, *"Meer"*, a. a. O., S. 68

465) Vgl. zu diesem Problemkomplex: Owen/Sparrow, *"Eine Gruppe erzeugt Philip"*, Freiburg 1976

lungen und magnetische Schwingungen machen es den Naturgeistern leicht, eine beliebige Form hervorzubringen und in Erscheinung treten zu lassen. Dabei ist es ganz einerlei, ob ein Teil der Sitzungsteilnehmer dem Spiritismus mißtrauisch gegenübersteht, ihn ablehnt und bekämpft und das Medium zu "entlarven" sucht, oder ob die Teilnehmer begeisterte und überzeugte Spiritisten sind. Die Naturgeister benützen die ausgelösten Gedanken- und Willenskräfte, um die Gestalten hervorzubringen." (466) Die Naturgeister, nur bedingt selbstbewußt, aber intelligent, können, aus dem Feld der ihnen zur Verfügung stehenden mentalen Energien der Sitzungsteilnehmer schöpfend, durchaus sinnvolle Antworten geben. Sie können in begrenztem Rahmen sogar physikalische Phänomene bewirken. (467)

Leadbeater räumt allerdings ein, neben der Fülle an Illusionärem, auch vereinzelt mit ihn tief beeindruckenden Phänomenen und Kundgaben konfrontiert worden zu sein. Unter diese Kategorie sind auch die "Nirmanakayas" zu zählen, denen A. Besant in seltenen Fällen die Wahrnehmung einer Kommunikation auf medialem Wege zuspricht. *„Um mit diesen ... in Verkehr treten zu können, muß das Medium einen durchaus lauteren und edlen Charakter besitzen. Der Nirmanakaya ist ein zur Vollendung gelangter Mensch, der zwar seinen physischen Leib abgelegt hat, aber seine anderen niederen Prinzipien noch beibehält und noch in der irdischen Sphäre weilt, um die Evolution der Menschheit zu fördern."* (468) Ein gegenwärtig sehr bekanntes Beispiel dieser Prägung ist das Wirken von "White Eagle", der mehr als vierzig Jahre über sein Medium, Grace Cooke, segensreich und inspirierend wirkte. Einzigartig dürfte dabei sein, daß White Eagle, der selber via Medium kommunizierte, betonte, die Zeit des Mediumismus sei vorüber und nicht länger erforderlich. In Zukunft käme es auf die *bewußte* eigene Schau und Erfahrung des einzelnen Suchers auf dem Pfad an. Wer die White Eagle Lodge besucht, wird feststellen können, in welcher Weise bereits die beiden Töchter von Grace Cooke, die nach ihrem Tod die Loge führen, diesem Rat Rechnung tragen.

466) E. Bäzner, *"Die Naturgeister"*, München 1967[2], S. 164

467) Vgl.: Leadbeater, *"Hidden Side"*, a. a. O., S. 120 ff.

468) A. Besant, *"Der Tod — und was dann?"*, a. a. O., S. 133 f.

Die spirituelle Legitimation des Mediumismus kann nur an der Wertigkeit der übermittelten Botschaften gemessen werden. Prüfet alles ..... ! Selbstverständlich ist diese untrennbar verbunden mit der kommunizierenden Wesenheit von der 'anderen Seite', die allerdings nur in seltenen Fällen, die *„so rar sind wie das auftreten eines Genies oder Heiligen auf Erden"* (469), aus einer wirklich hochentwickelten Individualität besteht. Leadbeater berichtet in seiner höchst aufschlußreichen Schrift *"Das Leben im Jenseits"* über eigene Beobachtungen im Bereich des Spiritismus, die vor allem für die Beurteilung der Relation Medium-'Geist' von Belang sind. *„Das Trancesprechen ist eines der wenigstüberzeugenden Phänomene; jeder halbwegs gute Schauspieler kann den Trancezustand kopieren und einen mittelmäßigen Sermon halten. Ich habe aber Fälle erlebt, in denen sich Stimme und Gebaren so vollständig änderten, daß sie keiner weiteren Beweise bedurften, und andere, die in einer dem Medium fremden Sprache und über Gegenstände außerhalb seines Fassungsbereiches abgehalten wurden und so in sich selbst für die Wahrheit des Phänomens zeugten. Ich habe allerdings auch Trancereden beigewohnt, die alle Gemeinheiten, alle grammatikalischen Fehler, die ganze abscheuliche Aussprache eines ungebildeten Mediums so täuschend wiedergaben, daß man sich schwer zu dem Glauben verstand, es nicht mit einem betrügerischen Medium zu tun zu haben. Solche Fälle haben keinen positiven Wert. Aber sogar aus solchen konnte ich lernen, daß es immer angebracht ist, milde im Urteil zu sein und dem Medium so weit als möglich* nicht *zu mißtrauen. Denn erstens weiß ich, daß ein Medium Tote von seinem eigenen Typus an sich heranzieht, die in Kultur und Fortschritt ungefähr auf einem Niveau mit ihm stehen. Und zweitens, daß jede Kundgebung, die durch ein Medium hindurchgeht, in großem Maße von der Persönlichkeit des Mediums gefärbt ist und sich daher gern in einer Art und in einem Stil äußert, die den Gewohnheiten des Mediums entsprechen."* (470) Auch in den theosophischen Kreisen rückte man in den Jahren nach der Jahrhundertwende von der ausschließlichen Vertretung der "Schalen-Theorie" ab, um, zumindest in einigen Fällen, der "Geister-Hypothese" zuzustimmen, die ja auch die frühe Blavatsky noch gelten gelassen

469) Flemming, *"Weltbild I"*, 262

470) Leadbeater, *"Jenseits"*, 238

hatte. (471) So kann es daher nicht verwundern, wenn eine der großen Gestalten der Gründerjahre der Theosophischen Gesellschaft, Alfred P. Sinnett, im Alter von der "irreführenden alten 'Schalen'-Theorie" sprach. (472) Die Zahl der echten "Geister-Kommunikationen" muß sicher höher veranschlagt werden als nur mit wenigen Ausnahmen. Die grundlegende Täuschung, der ein überwältigender Teil der Spiritisten unterliegt, besteht weniger in Bezug auf den medialen Prozeß als solchen, sondern vielmehr in der Annahme der unbezweifelt - echten Identität des sich meldenden Geistwesens. Leadbeater wurde in seinem Leben immer wieder (meist von älteren Damen) mit dem Anspruch konfrontiert, er brauche seine theosophischen Lehren gar nicht erst darlegen, man sei bereits durch empfangene Offenbarungen über alle geistigen Zusammenhänge aufgeklärt. Die betreffenden Personen enthüllten ihm dann in der Regel mit wissender Miene, ihr erhabener Lehrer sei kein geringerer als diese oder jene bedeutende Gestalt der Zeitgeschichte, bzw. dieser oder jener Engel oder Erzengel. Leadbeater berichtet dann weiter: *„Wenn ich der Sache nachforsche, so ist der Erzengel gewöhnlich ein sehr würdiger dahingegangener Herr, der das astrale Leben entweder aus den Lehren anderer oder durch eigene Anschauung teilweise kennengelernt hat und von der Ansicht durchdrungen ist, daß die Welt, wenn er ihr diese Weisheit nur eingehend beibringen kann, sich auf einmal radikal ändern und eine vollständige Umwälzung des menschlichen Lebens hervorbringen muß. So sucht und findet er irgendeine sensitive Dame, drängt ihr die Überzeugung auf, daß sie die Erwählte sei, durch die die Menschheit zum Heil gelangt, daß sie eine hohe Aufgabe habe, der sie ihr Leben weihen müsse, daß künftige Zeiten ihren Namen segnen würden und so fort."* (473)
Dem Anspruch der Spiritisten, geistige Zusammenhänge erhellen zu wollen, könnte durchaus Zustimmung zuteil werden, wenn sie nicht den angemessenen Rahmen vielfach überschreiten würden. Es ist unerträglich, wenn über der primitivsten spiritistischen Kundgabe die Überschrift steht: *"Von Jesus offenbart"* oder *"Botschaft des Erzengels Michael"* und derglei-

471) Vgl.: Blavatsky, *"Isis I"*, 67 und Olcott, *"Diary Leaves I"*, 317

472) Zit. in: Murphet, *"Daylight"*, a. a. O., S. 98

473) Leadbeater, *"Jenseits"*, 239 f.

chen mehr. Durch diese Verblendungen, die jeder gebildete Leser bereits bei einer flüchtigen Lektüre der 'Kundgaben' durchschauen wird, kompromittieren die wohlmeinenden und gutgläubigen Spiritisten die gesamte Arbeit all jener, die, aufbauend auf der Weisheitstradition der Jahrtausende, ein neues, kosmisches Weltbild zu errichten bemüht sind, auf der Grundlage eines erweiterten (individuell bewußten) Bewußtseins.

Die Kritik an der inhaltlichen Qualität medial empfangener Botschaften fällt von vielen Seiten hart aus und ist, bei aller generellen Berechtigung, gelegentlich überzogen. So zeugt es schlicht von Unkenntnis, wenn G.v. Purucker den Spiritisten vorwirft, sie hätten keinerlei Kundgaben empfangen, die einen kulturellen oder wissenschaftlichen Wert besäßen oder irgendeine wissenschaftliche Erkenntnis vorwegnahmen bzw. herbeizuführen halfen. (474) Allein das Beispiel des Lorber-Werkes, sieht man einmal ganz von der christologischen Komponente ab, widerlegt unbestreitbar die Vorwürfe Puruckers, durch die nachweisliche Antizipation von Erkenntnissen der modernen Naturwissenschaft um einhundert Jahre. Gleich unhaltbar und falsch ist daher die Aussage der Mahatma-Briefe, daß *„die letzteren* (gemeint sind die "Geister") *nicht mehr wissen als das, was sie in den Hirnen der ersteren* (gemeint sind die Medien und Spiritisten) *finden können."* (475) Auch die Aussage eines 'Mahatmas', er kenne keinen Zirkel, in dem "die höchste Moral gelehrt werde", kann vor der Wirklichkeit nicht bestehen. (476)

Vollkommen berechtigt ist dagegen die Kritik von H.P. Blavatsky, wenn sie den spiritistischen Kundgaben über außerirdische Welten vorwirft, sie lehrten *„über Mond, Sterne und Planeten lediglich neue Verbindungen oder Abänderungen von den Menschen und Dingen, den Leidenschaften und Lebensformen, mit denen wir vertraut sind, obwohl sogar auf den anderen Planeten unseres eigenen Systems die Natur und das Leben gänzlich verschieden sind von dem, was auf unserem eigenen herrscht."* (477)

474) Vgl.: Purucker, *"Studies"*, 589 und A. A. Bailey, *"Die sieben Strahlen I"*, 135

475) *"Mahatma-Briefe I"*, 131 / Vgl. auch: Judge, *"Meer"*, 62

476) *"Mahatma-Briefe II"*, 191 / Vgl. dagegen: Michel, *"Geistchristentum"*, 151 ff.

477) *"Geheimlehre II"*, 740

Über diese Phantasien hinaus spannt sich der Bogen bis zum Grotesken, wenn in spiritistischen Seance-Räumen sogar der *„Esel, auf dem Christus nach Jerusalem geritten war, materialisiert erschien."* (478)

Diese Beispiele zeigen die grundsätzliche Schwäche zahlloser spiritistischer Gruppen, denen es nicht um wirkliche spirituelle Arbeit an der eigenen Unvollkommenheit geht, sondern um die Befriedigung ihrer Neugier und um Effekthascherei.

Ein weiterer Irrtum spiritistischer Kreise resultiert aus der Identifizierung von historischen Persönlichkeiten und deren Abbildern in der Akasha-Chronik. Rudolf Steiner erhellt diese Täuschung und skizziert zugleich den Operationsbereich astraler Formen. *„Der Spiritist glaubt einen verstorbenen Menschen zu sehen, es ist aber nur dessen Akasha-Bild. Ein Akasha-Bild von Goethe zum Beispiel kann auftreten, wie er im Jahre 1796 gewirkt hat; der Unkundige verwechselt es mit der Individualität Goethes. Das ist um so verwirrender, als dieses Bild lebt, auf Fragen Antworten gibt, und zwar nicht nur solche, die schon damals gegeben wurden, sondern ganz neue, die nicht ausgesprochen wurden. Es sind nicht Wiederholungen, sondern Antworten, so wie sie Goethe damals gegeben haben könnte. Es ist durchaus möglich, daß dieses Akasha-Bild Goethes sogar ein Gedicht macht im Stil und Sinn des damaligen Goethe. Die Akasha-Bilder sind eben richtig lebendige Gebilde."* (479) Ohne sorgsame spirituelle Schulung sind der Täuschung, vor allem wenn die Astralebene berührt wird, Tür und Tor geöffnet.

Der Theosoph W.Q. Judge faßte seine Kritik am Spiritismus unter sieben Punkten zusammen, die für diesen Problemkreis von zeitloser Gültigkeit sind.

1) Die Geister erklären die Gesetze nicht, nach denen sich die spiritistischen Phänomene vollziehen.
2) Die Aussagen über das Leben nach dem Tod variieren von Zirkel zu Zirkel, sind teilweise diametral widersprüchlich. Über die Reinkarna-

478) Blavatsky, *"Rätselhafte Volksstämme"*, Den Haag o. J. (Nachdruck der Ausgabe Leipzig 1908), S. 238

479) Steiner, *"Vor d. Tore d. Theosophie"*, 26

tionslehre liegen ebenfalls keine einheitlichen Angaben vor. (480)

3) Zu historischen Fragen (alte Hochkulturen), ethnologischen und anthropologischen Problemen gibt es keinerlei wertvolles Material.
4) Kundgaben bedeutender Personen der Geschichte (Philosophen und Dichter) erweisen sich als banale Gemeinplätze.
5) Die Medien nehmen Schaden an ihrer Gesundheit und konnten zum Teil des Betruges überführt werden.
6) Die Anstiftung zum Betrug erfolgt auch auf Anweisung der 'Geistführer'.
7) Die Lehren der 'Geister' decken sich mit den weltbildlichen Vorstellungen der Spiritisten. (481)

Diese Bewertung mag für Ausnahmefälle unberechtigt und unzutreffend sein, im Grundsätzlichen, läßt man die anklagemäßige Zuspitzung einmal außer acht, dürfte jedoch das Urteil von Judge die Bedenken gegen die Spielarten des modernen Spiritismus zutreffend umreißen. (482)

Die spiritistische Bewegung hatte eine bestimmte und begrenzte Aufgabe zu erfüllen. In einer Phase des extremen Materialismus vermittelten die spiritistischen Phänomene handgreifliche Beweise für die Existenz einer nichtmateriellen Wirklichkeit. Zahllose Menschen gewannen durch mediale Kundgaben die Überzeugung von der Unsterblichkeit des Menschen zurück — ein bleibendes Verdienst des Spiritismus.
Für die moderne Geisteswissenschaft übernimmt der Spiritismus die Aufgabe einer Vorschule (esoterisches Propädeutikum). Er bereitet den Boden,

480) Vgl. die bemerkenswerten Feststellungen von Leadbeater über einen 'buddhistischen Himmel' bei buddhistischen Spiritisten und einen 'christlichen Himmel' bei christlichen Spiritisten. (*"Jenseits"*, 14)

481) Vgl.: Judge, *"Meer"*, 181 f. / Als kritische Studie zum Spiritismus lesenswert: Payne/Bendit, *"this world and that"*, Wheaton 1969. Für die Auffassung der frühen deutschen Theosophen: F. Hartmann, *"Über den Verkehr mit der Geisterwelt"*, Calw o. J.

482) Auf die Gefahren der Mitgliedschaft in einem spiritistischen Zirkel weist Hodson hin. Vgl.: J. K. Robertson, *"Aquarian Occultist"*, S. 31 ff. (unveröff. Manuskript)

auf dem ein neues Welt- und Menschenverständnis erwachsen kann. Was zu einer bestimmten Zeit seine Berechtigung besaß, kann allerdings in einer späteren Entwicklungsphase schädlich sein. Der Weg des Menschen muß vom Medium zum Mystiker, vom passiven Werkzeug zum aktiven Wirkenden führen.

„Die Theosophie sucht nicht durch Ausschaltung des Bewußtseins, sondern durch Höherentwicklung des Bewußtseins die Geisteswelt zu erforschen. Des Theosophen Ideal ist, Aufschluß zu erlangen über die uns umgebende Geisteswelt bei vollkommener Kontinuität, bei Aufrechterhaltung des klaren Bewußtseins. Das ist der Unterschied zwischen dem theosophischen Schüler und dem spiritistischen Medium." (483)

483) R. Steiner, *"Sp. Seelenlehre"*, S. 235

Kap. X Reinkarnation

Wenn es, abgesehen von der zentralen Bedeutung der jeweiligen Religionsstifter, einen grundlegenden Unterschied in den Glaubenslehren der asiatischen Hochreligionen und dem Christentum zu benennen gelte, so würde unschwer die Vorstellung der Reinkarnation herausgegriffen werden. Reinkarnation und Karma, unabdingbare Grundlage buddhistischen und hinduistischen Glaubens, spielte in der christlichen Religion seit den Tagen des Konzils von Konstantinopel (553) keine Rolle mehr. Nur vereinzelt flakkerte noch die Idee der wiederholten Erdenleben in kleinen religiösen Gruppen auf, ohne allerdings gegen die gewaltsame kirchliche Unterdrükkung bestehen zu können.

Erst in der Klassik und in der deutschen Romantik, zur Zeit der beginnenden Auseinandersetzung mit der asiatischen Spiritualität (1818 erste Sanskrit-Professur für August Wilhelm Schlegel in Bonn), dringt der Reinkarnationsgedanke wieder in die geistige Welt des Abendlandes ein, um einen Siegeszug zu beginnen, der vielleicht am Ende des 20. Jahrhunderts mit der allgemeinen Anerkennung der Gesetzmäßigkeit wiederholter Erdenleben enden wird.

Vor einer eingehenden Beschäftigung mit den Reinkarnationslehren der *"Botschafter des Lichtes"* erscheint ein kurzer historischer Rückblick sinnvoll, der den Weg des Zwillingsgesetzes von Reinkarnation und Karma im Vergleich zur Entwicklung des Christentums beleuchtet.

Der Beginn christlicher Theologie kann nicht als ein Beginn von einem Punkte Null aus gesehen werden. Das christliche Lehr- und Glaubensgut gründet neben der apostolischen Überlieferung auf zwei weiteren historischen Traditionen — dem Judentum und der griechischen Philosophie. Vor allem die letztere gewann für die philosophisch-theologische Ausgestaltung des christlichen Glaubens weitreichende Bedeutung. Die zahlreichen Forschungsarbeiten zum Thema "christlicher Platonismus" haben die

vielfältigen Verzahnungen überzeugend nachgewiesen. (484)
Will man nun den Versuch unternehmen, aufzuzeigen, welche Bedeutung die Lehre der Wiedereinkörperung (Reinkarnation) und der ausgleichenden Gerechtigkeit (Karma) im Bereich des Christentums einnimmt, so muß dieser Untersuchung notwendigerweise die Auseinandersetzung mit der griechischen Philosophie vorausgehen.

Vorsokratiker

Schon die Orphiker (um 800 v.Chr.) sahen in der Seele eine gottentsprossene Wesenseinheit, die, in die Materie gefallen, nach vielfältigen Erdenwanderungen wieder befreit in ihre göttliche Heimat heimkehren sollte. Als beseelt galt den Orphikern auch das Tier, was zu ihrer Forderung einer vegetarischen Lebensweise führte. (485)

Der Mystiker und Seher Empedokles (ca. 495-435) ging davon aus, *„daß es für die Seelen, die gesündigt haben, Gesetz sei, in das Diesseits zu fallen"*, und er behauptete, *„daß er selber, von Gott verbannt, hierher gekommen wäre."* (486) So wird in einem Fragment sein Anspruch überliefert: *„Ich war ja einst schon Knabe, Mädchen, Strauch, Vogel und aus dem Meer emportauchender stummer Fisch."* (487) Für Empedokles war die ganze Natur beseelt und im Aufstieg zum Göttlichen begriffen. So war auch er ein vehementer Verfechter einer vegetarischen Lebensweise: *„Wehe mir, daß mich nicht vorher ein erbarmungsloser Tag sterben ließ, bevor ich den grausamen Gedanken faßte, meine Lippen an gräßlichem Fraße zu weiden."* (488) Nicht eindeutig zu klären ist die Frage, ob Empedokles die sich wiederverkörpernde Seele nach einer menschlichen Inkarnation wieder ins Tierreich absinken ließ, wie dies seinem berühmten 'Vorgänger' Pythagoras unterstellt wurde.

484) Vgl. P. E. Meijering — 10 Jahre Forschung zum Thema Platonismus und Kirchenväter,
in: Theol. Rundschau 36 / 1971, S. 303 — 319

485) Vgl. W. Capelle — *"Die Vorsokratiker"*, Stuttgart 1968, S. 31 f.

486) ebd., S. 242

487) ebd., S. 243

488) ebd., S. 246

Pythagoras (ca. 570-496), dessen Bedeutung für das Abendland kaum zu hoch angesetzt werden kann, war ein entschiedener Verfechter des Wiederverkörperungsgedankens. Von allen seinen Lehren ist diese am sichersten dokumentiert. Xenophanes überliefert die inzwischen berühmt gewordene Begebenheit, als Pythagoras an einem Hund vorübergegangen sei, der gerade geschlagen worden sei und darauf gesprochen habe: *„Hör' auf und schlag' (das Tier) nicht! Es ist ja die Seele eines befreundeten Mannes, die ich wiedererkannte, als ich das Winseln hörte."* (489) Ob diese Seelenwanderungslehre im wörtlichen Sinne zu verstehen ist oder als Hinweis für die Bindung einer Seele an ein Tier ist umstritten. Der Platonismus der Kaiserzeit sah die zweite Möglichkeit als gewährleistet an. Da auch verschiedene esoterische Überlieferungen die Annahme stützen, wonach eine äußerst negative Wesenheit an ein Tier gebunden werden kann (zumindest für einige Zeit), spricht eine gewisse Wahrscheinlichkeit für die Annahme, Pythagoras habe dies ausdrücken wollen. Sicher dokumentiert ist die hohe Ethik der Pythagoräer, die in einer unbedingten Achtung allen Lebens (Vegetarismus) vorrangig zum Ausdruck kommt.

Platon

Platon, auf dessen Schultern die Philosophie des Abendlandes steht, bekannte sich in mehreren seiner Werke zur Lehre von der Wiedereinkörperung, wobei allerdings auch bei ihm, wie schon bei Empedokles und Pythagoras, unklar bleibt, ob die Seele auch in Tiere wiederverkörpert werden könne. (490) Bemerkenswert bei Platon ist die Hervorhebung des Vergeltungsgedankens, in dem Anklänge an die Karma-Vorstellung aufzufinden sind. *„Die Schuld trägt der Wählende. Der Gott ist ohne Schuld."* (491) Interessant wäre es, in diesem Zusammenhang die Funktion des platonischen Dämons zu untersuchen, der in einer Weise geschildert wird, wie sie den "Herren des Karma" zugeeignet wird.
Die Kontroverse um die Verkörperung in Tiere, die die platonische Lehre

489) Capelle, S. 100 f.

490) Vgl. Phaidros 248 c ff. / Timaios 42 b ff. u. 90 e / Staat 614 ff.

491) Staat 617 e

auslöste, beendet Porphyrios mit der Aussage, die Wiedergeburt eines Menschen als Esel meine die Wiedergeburt als eselhafter Mensch. (492)

Plotin

Der geniale Exeget der platonischen Philosophie und bedeutendste Denker des Neuplatonismus, der Alexandriner Plotin (204-270), entwickelt in seinen von Porphyrios herausgegebenen Enneaden die durchdachtesten Lehren von Reinkarnation und Karma.

Für Plotin steht fest, *„die Seelen aber wechseln ihre Leiber und gehen in immer neue Gestalten ein."* (493) Die Seele bleibt als unzerstörbare Individualität erhalten (ganz platonisch) und kehrt in einen neuen Körper zurück, um die Früchte eines früheren Lebens zu ernten. Jedes Leben ist das Resultat der vorhergegangenen, denn *„man muß auch die Rechnung bis zu den früher gelebten Leben zurückverfolgen, denn von dorther rühren die Folgewirkungen."* (494)

Das Bekenntnis Plotins zur ausgleichenden Wirkung des Karmas ist unmißverständlich: *„Wer ungerecht getötet habe, werde wieder getötet, gewiß für den Täter ein Unrecht, dem aber, dem es widerfährt, zu Recht, und zwar geschehe dies so, daß der, welchem es widerfahren soll, zusammengeführt wird mit einem, der geeignet ist, zu vollführen, was jenem zu Erleiden bestimmt ist. .... was er jetzt erleiden muß, hat er einst selber verübt; ....."* (495)

Von entscheidender Bedeutung ist hier das doppelte Bekenntnis Plotins zur menschlichen Freiheit. Der Täter handelt aus freier Entscheidung, indem er ein Unrecht (Mord, Diebstahl etc.) begeht. Dem Opfer geschieht aber trotzdem kein Unrecht, es ist nicht Objekt der Willkür, die seine Freiheit beschneidet, sondern dem Opfer geschieht nach jenen Notwendigkeiten, die seine freie Entscheidung in früheren Leben initiierte. Über allem wacht

492) Vgl. H. Dörrie, *"Kontroversen um die Seelenwanderung im kaiserzeitlichen Platonismus"*, in: Hermes 85 / 1957

493) Enn. III, 2, 4 (ed. Beutler/Theiler, *"Plotins Schriften"*, Hamburg 1956 ff.)

494) Enn. III, 3, 4

495) Enn. III, 2, 13
(Über die Einkörperung der Seele in Tierkörper vgl.: Enn. III, 4, 2 und Enn. VI, 7, 6)

die "Ordnung des Alls", die verstanden werden kann als göttliche Weltregierung oder auch als spirituelle Wesenheiten, deren geistige Reife weit über jener der Menschen liegt und denen die Aufsicht über die gerechte Entwicklung der Erde unterstellt ist. Über den Fortgang des karmischen Prozesses entschieden — nach Plotin — daher allein die Menschen. In der willentlichen Zuwendung zum Guten (Idee des Guten = Gott) wird der negative karmische Prozeß unterbrochen, die Seele reinigt sich (katharsis) und kehrt letztlich zu Gott zurück.

Mit Plotin wurde bereits ein Denker der nachchristlichen Epoche behandelt. Es wäre im Zusammenhang mit der Wiederverkörperungslehre noch auf weitere einzugehen, so Albinos, Porphyrios, Jamblichus, Proklos u.a., doch brächte dies keine neuen Akzente.

Festzuhalten bleibt, welche starken vor- und nach- christlichen Strömungen sich erweisen lassen, in denen die Lehre der Wiederverkörperung und der ausgleichenden Gerechtigkeit zum selbstverständlichen Lehrgut gehört. Aufzuzeigen wäre nun, in welcher Form sich christliches Denken mit dieser Problematik auseinandergesetzt hat.

Neues Testament

Seitens christlicher Theologen wird vielfach die Ansicht vertreten, die Lehre von Reinkarnation und Karma widerspräche elementar dem christlichen Glauben, sei biblisch nicht begründbar und von der Kirche nie gelehrt worden. Lassen sich diese drei Behauptungen wahrlich aufrechterhalten?

Von Moses wird Gott als ein "eifriger" Gott dargestellt, der *„die Sünden der Väter heimsucht an den Kindern bis ins dritte und vierte Glied."* (5.Mose,5,9) Wenn man von der Vorstellung des liebenden Gottesvaters ausgeht, wie er ja ausdrücklich von den Christen bekannt wird, so stellt sich die Frage, ob eine wörtliche Auslegung dieser Bibelstelle gerecht wird. Käme der Vorstellung von der Güte und Gerechtigkeit Gottes nicht eher der Gedanke näher, hier sei ein Hinweis auf das Wiedergutmachen von Schuld in folgenden Erdenleben gegeben?

Weitaus eindeutiger zeigt sich der Sachverhalt im Neuen Testament. Jesus selbst offenbarte seinen Jüngern, daß Johannes der Täufer die Reinkarnation des Propheten Elias war. *„Und wenn ihr es annehmen wollt: Er ist Elia,* *der kommen soll."* (Matth. 11,14) *„Ich sage euch aber: Elia ist schon gekommen, und sie haben ihn nicht erkannt, sondern mit ihm getan, was sie wollten. So wird auch der Menschensohn durch sie leiden müssen. Da verstanden die Jünger, daß er zu ihnen von Johannes dem Täufer redete."* (Matth. 17,12f.) Die Verneinung des Johannes, er sei nicht Elia, auf die Frage der Priester, (Joh. 1,2) zeigt zweierlei: zum einen, die Bekanntschaft mit der Reinkarnationslehre bei der Priesterschaft und zum anderen die Unwissenheit des Johannes über sich selbst. Die Aussage des Johannes hervorzuheben, um die Aussage Jesu zu entkräften, er sei der reinkarnierte Elia, hieße das Wort des Schülers über das Wort des Meisters zu stellen.

Auch in den breiten Bevölkerungsschichten, aus denen ja auch die Jünger stammten, muß der Wiederverkörperungsgedanke bekannt gewesen sein, sonst ließe sich die Frage der Jünger, ob der Blindgeborene oder seine Eltern gesündigt hätten (Joh. 9,2) nicht verstehen, denn der Blindgeborene konnte ja nur in einem früheren Leben gesündigt haben. Nun wird die Antwort Christi gerne herangezogen, um zu belegen, Christus habe die Anschauung der Jünger zurückgewiesen. Es heißt (Joh. 9,3): *„Jesus antwortete: "Weder dieser hat gesündigt noch seine Eltern. Vielmehr sollen die Werke Gottes an ihm offenbar werden."* Steiner übersetzt an dieser Stelle (496): *„damit die göttliche Art, die Welt zu regieren, offenbar werde"* und weist darauf hin, wenn weder der Blindgeborene noch seine Eltern gesündigt haben, so müsse die Ursache in einer frühern Inkarnation zu suchen sein. So wird Jesu Hinweis auf die Werke (= Wirken) Gottes eine Belehrung über die wiederverkörperte Seele, wobei der Ausdruck "dieser" den Jüngern anzeigen sollte, über die gegenwärtige menschliche Form hinauszudenken.

Ein weiteres Indiz für die Bekanntschaft der Juden mit der Wiedereinkörperungslehre leitet sich aus Matth. 16,13 f. ab: *„Als aber Jesus in die Gegend von Cäsarea Philippi kam, fragte er seine Jünger: "Für wen halten die Leute den Menschensohn?" Sie antworteten: "Die einen für (die Wiederverkörperung) Johannes den Täufer, andere für (die Wiederverkörperung) Elia, andere wieder für (die Wiederverkörperung) Jeremia oder sonst einen der Propheten."* Ohne

496) R. Steiner, *"Spirituelle Seelenlehre"*, 80
Vgl. auch: James M. Pryse, *"Reinkarnation im Neuen Testament"*, Schwarzenburg 1980

die Grundlage der Wiedereinkörperung entbehrte die Anschauung des Volkes jeder Vernunft.
Auch die Gleichnisse vom Fischnetz (Matth. 13,47-50) und vom Weinstock (Joh. 15,1-6) lassen sich unter dem Gesichtspunkt der Wiederverkörperung sehen. Die weggeworfenen Fische und die abgeschnittenen Reben lassen sich als die zur Wiederverkörperung bestimmten Seelen interpretieren, ohne der textlichen Vorlage Gewalt anzutun.

Auch der Aspekt des Karma läßt sich vom N.T. her untermauern. Der Apostel Paulus formulierte das Gesetz des Karma in seinem Brief an die Galater (Gal. 6,7): *„Irret euch nicht, Gott läßt sich nicht spotten; denn was der Mensch sät, das wird er ernten."*

Auch Christus selbst wies auf das Gesetz der vergeltenden Gerechtigkeit hin: *„Denn alle, die zum Schwert greifen, werden durch das Schwert umkommen."* (Matth. 26,52) In der Offenbarung (13,10) wird dies noch einmal bestätigt: *„Wenn jemand mit dem Schwert tötet, der muß mit dem Schwert getötet werden."* Da die Geschichte an zahllosen Beispielen nachgewiesen hat, wie Menschen ihre Feinde "mit dem Schwert töteten", danach lange lebten und 'in Frieden' starben, stellt sich die Frage nach dem Ausgleich. Soll er in der geistigen Welt erfolgen, wo die Seelen weder über einen fleischlichen Körper noch über Waffen verfügen? Wohl kaum. Die Vergeltung erfolgt in einem neuen Erdenleben, in dem der Mensch das "erntet, was er gesät hat".

Wenn das Wirken der göttlichen Gerechtigkeit für den Menschen nicht immer ersichtlich ist, so liegt dies allein in seinem begrenzten Bewußtsein begründet. Doch sollte er die Worte Christi nicht außer Acht lassen: *„Kauft man nicht zwei Sperlinge um einen Pfennig? Dennoch fällt keiner auf die Erde ohne euren Vater. Nun aber sind auch eure Haare auf dem Haupte alle gezählt."* (Matth. 10,29 f.) Die Allmacht Gottes und seine Gerechtigkeit übersteigt menschliches Begreifen.

Origenes

Der bedeutendste aller frühen Kirchenväter, der erste systematische Denker des Christentums, der Alexandriner Origenes, bekannte sich zur Lehre der Wiederverkörperung. Dies war vor allem deshalb möglich, weil seine Seelenlehre eindeutig die Präexistenz der Seele vor der Inkarnation bejahte. Origenes ging in seiner Theologie von einer ursprünglich geistigen Schöpfung aus. Jedes geistige Geschöpf — alle waren auf einer gleichen 'Stufe' erschaffen — kann wählen, entweder immer mehr mit dem göttlichen Schöpfer vereint zu werden oder sich von ihm zu entfernen. Eine völlige Abkehr führt letztlich zum Entstehen der Materie und der physischen Einkörperung. Eine teilweise Abkehr von Gott führt zur Entstehung der Engelwesen. (497)

Die Seelen existieren also bereits vor ihrer Einkörperung, womit Origenes sich klar im Gegensatz zu den heute geltenden Auffassungen vom Kreatianismus und Traduzianismus befindet, im Einklang allerdings mit den *"Botschaftern des Lichtes"*.

Kreatianismus: Im Beginn des Einzel-Lebens wird von Gott jedesmal für den neu entstehenden Körper eine neue (d.h. erstmals existente) Seele geschaffen, die aus dem Nichts kommt.

Traduzianismus: Die Seele wird zugleich mit dem Körper, als eine Art Fortpflanzungsprodukt, aus der elterlichen Substanz hervorgebracht.

Beide Vorstellungen lehnte Origenes ab. *„Alle körperlosen und unsichtbaren vernünftigen Geschöpfe gleiten, wenn sie in Nachlässigkeit verfallen, allmählich auf niedere Stufen herab und nehmen Körper an je nach der Art der Orte, zu denen sie herabsinken: z.B. erst aus Äther, dann aus Luft, und wenn sie in die Nähe der Erde kommen, umgeben sie sich mit noch dichteren Körpern, um schließlich an menschliches Fleisch gefesselt zu werden."* (498)

497) Vgl. Origenes, *"De Principiis"*, (ed. Görgemanns/Karpp, Darmstadt 1976) II, 9, 5(S.413)

498) *"De Princ."* I, 5, 3

In der Körperwelt gilt ebenso wie in der geistigen Welt (kosmos noetos) die Gerechtigkeit Gottes. Origenes versucht dies vor allem am Beispiel von Esau und Jakob zu erweisen. *„Was Esau und Jakob betrifft, so findet man bei genauerem Studium der Schrift, daß keine Ungerechtigkeit ist bei Gott, so daß ehe sie geboren waren und etwas getan hatten — nämlich in diesem Leben — gesagt war, der Ältere solle dem Jüngeren dienstbar sein; und man findet, daß es auch keine Ungerechtigkeit war, daß Jakob im Mutterleibe seinen Bruder zu Fall brachte. Wir müssen nur annehmen, daß er auf Grund von Verdiensten eines früheren Lebens von Gott mit Recht geliebt wurde, so daß er auch nach Verdienst dem Bruder vorgezogen wurde."* (499) Am gleichen Beispiel versucht Origenes auch den Gedanken der ständig ab- und aufsteigenden (d.h. höherwertigen) Inkarnationen zu verdeutlichen. *„Wenn wir über die Seele des Esau nachforschen, so können wir feststellen, daß er wegen früherer Sünden zu einem tieferstehenden Leben verurteilt wurde."* (500) Im Falle Esau liegt also noch eine absteigende Linie vor, die Origenes möglicherweise bis ins Tierreich annahm. (501) Entscheidend blieb für ihn der Gedanke, die menschliche Seele wähle sich ihre Leben immer selbst in Freiheit. Wandte sich die Seele zum Logos in ihr, so führte ihr Weg zurück zu Gott, andernfalls entfernte sie sich von ihm.

Die Philosphie des Origenes und des ihm nachfolgenden — aber nicht immer mit seiner Lehre deckungsgleichen Origenismus — sollte Folgen haben. Auf dem 5.Konzil in Konstantinopel wurden zahlreiche Lehren, die weitgehend auf Origenes zurückzuführen waren, mit dem Anathem (Kirchenbann) belegt. Bedeutungsschwer war dabei die Ablehnung der Präexistenz der Seelen. So lauteten die zwei ersten Sätze der 15 Anathematismen des Konzils von 553:

499) ebd. II, 9. 7

500) ebd. II, 8. 3

501) Vgl. F. H. Kettler, *"Der ursprüngliche Sinn der Dogmatik des Origenes"*, Berlin 1965, S. 12 ff.
zu Origenes allgemein: H. Koch, *"Pronoia und Paideusis"*, Berlin 1932

„Wenn einer die erdichtete Präexistenz der Seelen und ihre daraus folgende phantastische Wiederherstellung vertritt — so sei er im Bann.

Wenn einer sagt: Der Ursprung aller Vernunftwesen seien Intelligenzen ohne Körper und Stoff gewesen, zahllos und namenlos, und sie alle hätten eine Einheit gebildet durch die Identität der Substanz, der Kraft und Wirksamkeit und durch ihre Einung mit dem Gott-Logos und seine Erkenntnis (d.h. alle waren Christus ähnliche Wesen, d. Verf.); dann habe sie Überdruß erfaßt an der Schau Gottes; sie hätten sich zum Schlechteren gewendet, je nachdem wie sehr eine jede dazu hinneigte, und hatten Körper angenommen, feinere oder dichtere, und einen Namen zugeteilt bekommen — denn es gibt Unterschiede sowohl der Namen wie auch der Körper bei den oberen Mächten —, und so seien sie teils Cherubim, teils Seraphim, teils Fürstentümer, Gewalten, Herrschaften, Throne, Engel und was es sonst an himmlischen Ordnungen gibt, geworden und benannt worden — so sei er im Bann." (502)

Mit diesem Konzilsbeschluß bedurfte es keiner gesonderten Verurteilung der Lehre von Reinkarnation und Karma mehr. Wenn die Präexistenz der Seele geleugnet wurde, konnte es selbstverständlich keine *Wieder*-Verkörperung geben, denn die Verkörperung war ja der erste Beginn seelischer Existenz, nachdem die Seele aus Nichts geschaffen wurde.

Der Umstand, daß dieser Beschluß erst 300 Jahre nach dem Tod des Origenes (254) gefaßt wurde, läßt darauf schließen, wie verbreitet die origenistischen Anschauungen waren. Andernfalls hätte sich schon weit früher eine klerikale Mehrheit gegen seine Überzeugungen gefunden. Der legendäre Ruhm des Kirchenvaters (Schüler bei Ammonios Sakkas, wie Plotin) ließ aber kaum frühere Schritte zu. Zudem wurde die Wiederverkörperungslehre, möglicherweise als 'esoterischer' Lehrinhalt, mündlich unter den frühen Christen gelehrt. (503)

502) Zit. in: *"De Princ."*, S. 825 ff.

503) Vgl. G. MacGregor, *"Reincarnation in Christianity"*, Wheaton (I 11.) 1978, S. 44

Vom 5.Jahrhundert an zeichnete sich im Christentum ein spiritueller Niedergang ab. Die großen, originellen Denker gehörten der Vergangenheit an. Die Kirche war seit dem 4.Jahrhundert Staatskirche, die Dogmatik war weitgehend befestigt, wahrhaft spirituelles Christentum in den Hintergrund getreten. Sieht man von der Gestalt des Scotus Eriugena ab, so läßt sich im Christentum der Übergangszeit vom Altertum zur Scholastik keine bedeutende Persönlichkeit finden.

Mit dem Konzil von Konstantinopel war die Aufrechterhaltung der Lehre von der Wiedereinkörperung unmöglich geworden. Wer sie weiter vertrat konnte seines Schicksals als Häretiker gewiß sein. So stehen die Geschehnisse um die mittelalterlichen Katharer, Albigenser und Waldenser nur in der Konsequenz kirchlicher Machtausübung. Seit 1100 gewannen die "Reinen" (gr. katharoi), von Südfrankreich und Oberitalien ausgehend, immer größeren Einfluß auf das christliche Glaubensleben. Ihnen, sowie den Albigensern und Waldensern, war die Bejahung des Wiederverkörperungsgedankens gemein. (504) In diesen freigeistigen Gruppierungen läßt sich diese Vorstellung erstmals nach der frühchristlichen Epoche wieder eindeutig belegen. Doch konnte es zu keiner Durchsetzung dieser Lehren kommen. Das Ende der 'Ketzer' war blutig. Die Kirche setzte ihre militärische Macht ein und beendete die neuentstandene Lehre durch Vernichtung ihrer Vertreter kriegerisch. Von da an scheint die Wiederverkörperungslehre nur noch im vertraulichen Kreis gelehrt worden zu sein, bis sie — vielleicht über die Rosenkreuzertradition weitergegeben — in der deutschen Romantik wiederauflebt.

In der Zwischenzeit war Giordano Bruno, der sich u.a. auch zur Lehre der Reinkarnation bekannt hatte, auf dem Campo di Fiori verbrannt worden und Lessing hatte 1780 seine kleine Schrift über *"Die Erziehung des Menschengeschlechtes"* veröffentlicht. Dort äußerte er in den § 94 und 98: *„Aber warum könnte jeder einzelne Mensch auch nicht mehr als einmal auf dieser Welt gewesen sein?" — „Warum sollte ich nicht so oft wiederkommen, als ich neue Kenntnisse, neue Fertigkeiten zu erlangen geschickt bin? Bringe ich auf einmal so viel weg, daß es der Mühe wiederzukommen etwa nicht lohnet?"*

504) Vgl. W. Nigg, *"Das große Buch der Ketzer"*, Zürich 1970[5], S. 167 ff.

Vom ausgehenden 18. und beginnenden 19.Jahrhundert sind zahlreiche Bekenntnisse zur Wiederverkörperung überliefert. Dichter und Denker, Mediziner und Mystiker bejahten sie. Kerner und Hebel ebenso wie Schiller und Goethe, Kleist ebenso wie Novalis, wobei vor allem der Weimarer Kreis um Goethe und Wieland herausragte. (505)

Dem Karma-Gesetz wird häufig der Vorwurf entgegengebracht, es sei ein Gesetz der Unbarmherzigkeit und lasse die Gnade außer acht. Diesem Vorwurf wird seitens der "Botschafter" entgegnet, Gnade müsse immer in der Dreiheit Gnade — Freiheit — Liebe gesehen werden.
Gottes Liebe ist immer gegenwärtig, aber sie erdrückt nicht die menschliche Freiheit. Aus Freiheit kann der Mensch die Liebe Gottes verweigern, sich damit außerhalb der Gnade stellen. Gottes Gnade ergießt sich nicht aus Willkür über den einen mehr als über den anderen. Wer das Licht Gottes annimmt, steht in der Gnade. Wer in der Gnade Gottes steht, löscht seine karmischen Pflichten durch das göttliche Licht.

So konnte der Mystiker Willigis auf die Frage, was Gnade sei, antworten: *„Gnade ist die Erleuchtung, das Gute zu erkennen. Wenn der Mensch in der Gnade lebt, dann wird er sofort wissen, das ist recht und dies ist unrecht."* Alles Geschaffene lebt immer in der Gnade — sie anzunehmen bleibt seiner freien Entscheidung vorbehalten.

Kirchliche Einwände

Eine Untersuchung über Reinkarnation und Karma im Christentum wäre unvollständig, würde sie nicht auch die Kritik der traditionellen Theologie zu Wort kommen lassen. So sollen nachstehend krititsche Einwände sei-

505) Vgl. E. Bock, *"Wiederholte Erdenleben"*, Stuttgart 1975 [6]

tens des katholischen Theologen Gebhard Frei behandelt werden. (506)

Einwand 1: Leib und Seele sind eine Einheit.

Entgegnung: Der Leib vergeht während die präexistente Seele (Geistseele) in die Geistige Welt zurückkehrt, von wo aus sie sich ggf. neu inkarnieren kann.

Einwand 2: Ist es gerecht, wenn ein Mensch gestraft wird, ohne Erinnerung an die Schuld einer früheren Existenz?

Entgegnung: Kann man etwa von Gerechtigkeit sprechen, wenn man die karmische Lösung ablehnt? In diesem Fall muß der 'unerforschliche göttliche Ratschluß' herhalten. Die Erinnerung wurde aus weiser Voraussicht gelöscht, damit die reinkarnierte Geistseele unbelastet ihren neuen Weg beschreiten kann.

Einwand 3: Karma steht im Widerspruch zu Güte und Gnade Gottes.

Entgegnung: Das karmische Gesetz ist die Gnade Gottes, die das Gefallene auf neuen Wegen in Freiheit zum Ursprung zurückführt.

Einwand 4: Es ist abzulehnen zu glauben, Jesus, Maria und die großen Heiligen hätten ihr Leid in früheren Inkarnationen verursacht.

Entgegnung: Alle großen Botschafter aus dem Licht können karmische Lasten der Verkörperten auf sich nehmen und so an deren Erlösung mithelfen ("Verbrennen des Karma").

Einwand 5: Die Sünde gegen den unendlichen Gott kann nach dem Maß der strengen Gerechtigkeit auch durch unzählige Reinkarnationen nicht gesühnt werden.

Entgegnung: Hier liegt ein völlig irriger Gottesbegriff vor. Gott braucht unsere Sühne nicht. Die gefallenen Wesen brauchen die Süh-

506) Gebhard Frei, *"Reinkarnation und katholischer Glaube"*, in: Schweizer Rundschau 47 / 1947, S. 169 – 178
Für die protestantische Theologie in gleicher oder ähnlicher Argumentation: Paul Althaus, *"Die letzten Dinge"*, Gütersloh 1961[8]
Aufgeschlossen stehen der Reinkarnationslehre gegenüber: auf kath. Seite Gerda Walther, auf prot. Seite Ernst Benz.

ne, damit sie zu Gott zurückkehren können. Gott reicht seine Hände allen und jederzeit, manche ergreifen sie sofort, manche erst nach langer Zeit (= vielen Inkarnationen).

Einwand 6: Die Allmacht Gottes könne einen Menschen in kurzer Zeit aus Gnade reifen lassen.

Entgegnung: Wozu erfolgt dann überhaupt die Inkarnation? Wo bleibt die Freiheit des Geschöpfes, wenn es gewissermaßen durch 'Zwangsreifung' zum Gotteskind wird? Wo läge das Kriterium für die willkürliche Gnadenzuwendung?

Einwand 7: Alles, was durch Reinkarnation erklärt werden soll, kann auch durch den jenseitigen Weg des Reifens erklärt werden.

Entgegnung: Unerklärt bliebe bsw. die Frage des Genies und die Frage des Leides. Gänzlich unbeachtet blieben die zahllosen sicher dokumentierten Reinkarnationsfälle, die als "wissenschaftlichen Beweis" zu erklären sich viele etablierte Wissenschaftler *heute noch* scheuen.

Es muß festgestellt werden, daß die kirchlichen Einwände gegen das Gesetz der Wiedereinkörperung und der ausgleichenden Gerechtigkeit nicht auf überzeugender Grundlage beruhen. Im Tiefsten ihrer Seelen empfinden zahllose Christen den Gedanken der wiederkehrenden Seelen einsichtiger, und so soll mit Goethe dieser Exkurs geschlossen werden, der im "*Gesang der Geister über den Wassern*" spricht:

Des Menschen Seele
Gleicht dem Wasser:
Vom Himmel kommt es,
Zum Himmel steigt es,
Und wieder nieder
Zur Erde muß es,
Ewig wechselnd ....

Wie schon in vielen Fragen, so muß auch in den Ausführungen zur Reinkarnationslehre zwischen den früheren und den späten Schriften von H.P. Blavatsky unterschieden werden. Es läßt sich nicht bestreiten, daß die Blavatsky der *"Isis" nicht* von der Reinkarnation auf dem Planeten Erde ausgegangen ist. *„Reinkarnation, d.h. die Erscheinung desselben Individuums, oder besser seiner Astralmonade, zweimal auf demselben Planeten ist keine natürliche Regel; sie ist vielmehr eine Ausnahme gleich dem teratologischen Phänomen eines zweiköpfigen Kindes."* (507) Die im gleichen Band gemachten Angaben über die Reinkarnation (I, 346 f.) beinhalten nur einen kurzen historischen Abriß und nehmen selbst für den Buddhismus nicht die irdische Reinkarnation an.

Der in einem 'Mahatma'-Brief vom August 1882 unternommene Korrekturversuch, der auch vom Kommentar des deutschen Herausgebers (N. Lauppert) unterstützt wird, wonach H.P. Blavatsky doch schon in den Tagen der Abfassung der *"Isis"* von der Wahrheit der Reinkarnationslehre überzeugt gewesen sei, läßt sich vor dem historischen Beweismaterial nicht aufrechterhalten. (508)

H.P. Blavatsky gewann die Überzeugung von der Richtigkeit der Reinkarnationslehre nicht vor dem Jahr ihrer Indienreise 1879. (509) Olcott, der über Jahre hinweg die Verbindung von H.P. Blavatsky mit ihren unsichtbaren Inspiratoren verfolgen konnte, der ihr in vielen Krisen zur Seite stand und unerschütterlich seinen Weg in der Verwirklichung der theosophischen Ideale fortsetzte, notierte in seinen Tagebuchblättern: *„Als wir an der* "Isis" *arbeiteten, wurde sie (i.e. die Reinkarnationslehre, d. Verf.) uns weder von den Mahatmas gelehrt, noch von ihr* (i.e. H.P.Blavatsky, d.Verf.) *in ihren literarischen Kontroversen oder privaten Gesprächen jener Tage vertreten. Sie bejahte und verteidigte die Theorie, daß die menschliche Seele nach dem Tod über einen Fegefeuer-Aufenthalt zu höher entwickelten anderen Planeten fortschritt.*

507) *"Isis I"*, 351

508) Vgl.: *"Mahatma-Briefe II"*, 267 f.

509) Vgl.: Olcott, *"Diary I"*, 280

Ich besitze Aufzeichnungen über das Gespräch zwischen einem Mahatma und mir, in dem eben diese Anschauung bestätigt wird." (510)
Olcott blieb bis an sein Lebensende aufrichtig genug, um einzugestehen, dieses Rätsel nicht gelöst zu haben. Er mutmaßte, die Adepten, die in der Frühzeit der Theosophischen Gesellschaft diese leiteten, hätten in Einzelfällen auch erst die Gesetzmäßigkeit der Reinkarnation erkennen müssen, um doch zugleich das Unwahrscheinliche dieser Annahme einzusehen. Für die Größe seines Charakters und seine unbestechliche Ehrlichkeit spricht, daß er, trotz Aufforderung, kein Detail dieses merkwürdigen Komplexes verschwieg. *„Einige geschätzte Freunde haben versucht, mich zu überreden, alle vorstehend gemachten Ausführungen über die Entstehungsgeschichte der Reinkarnationsidee in unserer Bewegung auszulassen, doch ich kann es nicht als meine Pflicht ansehen, so zu handeln. Auch will ich weder wichtige Tatsachen verheimlichen, noch falsche Aussagen machen."* (511)
Olcotts Offenheit versetzt die um ein objektives Urteil bemühte Nachwelt in die Lage, zwei plausible Schlüsse zu ziehen. Entweder waren die 'Mahatmas' der H.P. Blavatsky nicht identisch mit den Meistern der Weisheit, den spirituellen Führern der Erde; oder sie wollten die Reinkarnationslehre zum damaligen Zeitpunkt nicht in die westliche Öffentlichkeit tragen.

In der "Geheimlehre" wird die Reinkarnationsidee dann zum Eckstein der esoterischen Lehre. Das Ego geht durch zahllose Erd-Inkarnationen, die Mahatma-Briefe sprechen von 777 (512), um aus dem Zustand unbewußter Göttlichkeit zu individuellem (göttlichen) Selbstbewußtsein zu reifen.

510) ebd., S. 278 (*"When we worked on Isis it was neither taught us by the Mahatmas nor supported by her in literary controversies or private discussions of those earlier days. She held to, and defended, the theory that human souls, after death, passed on by a cause of purificatory evolution to other and more spiritualised planets. I have notes of a conversation between a Mahatma and myself in which this same theory is affirmed.*)

511) ebd., S. 289 (*"Some valued friends have tried to persuade me to omit all the foregoing arguments about the genesis of the Re-incarnation idea within our movement, but I cannot see it as my duty to do so. I will no more suppress important facts than I will make fals statements.)*

512) II. 116 (Vgl. hierzu die Auslegung der Zahl 777 bei A.A.Bailay, *"K.Feuer"*, 948 ff.)

Immer wieder inkarniert sich das Ego *„und nimmt die Sünden und Verantwortlichkeiten eines jeden Körpers auf sich. Bei jeder Inkarnation wird ein neuer Strahl entsendet, und doch ist es im Wesen derselbe Strahl, derselbe in euch und mir und jedermann."* (513) Die Reinkarnation erfolgt dabei immer in menschlicher Form. Die in Indien gelegentlich vorfindbare pervertierte Form einer Seelenwanderung in Tierkörper wird von H.P. Blavatsky abgelehnt. Sie deutet altindische Schriften, in denen diese Vorstellung vertreten worden zu sein scheint, als die Affinität von Lebensatomen der niederen Körper zu tierischen Wesen. Die Monade bleibt von diesem Prozeß unberührt. (514)

Einzelne Reinkarnationsfälle sind in den Schriften von Madame Blavatsky und in den Mahatma-Briefen nur selten dokumentiert. Das bekannteste Beispiel ist die Annahme, Kopernikus sei in seinem vorangegangenen Erdenleben Nicolaus Cusanus gewesen. (515) Von Sinnett heißt es in den Mahatma-Briefen, er sei Jupiter-Priester unter Kaiser Domitian (A.D. 94) in Rom gewesen. Dieser Brief betont zugleich die Verbindung der einzelnen Inkarnationen, da nicht jede neue Persönlichkeit in der Art eines unbeschriebenen Blattes vorzustellen sei. *„Ein Irrtum. A.P. Sinnett ist* nicht *"eine absolut neue Erfindung". Er ist das Kind und die Schöpfung seines vorhergehenden persönlichen Selbstes; der karmische Nachkomme."* (516) An diesem Punkt ließe sich die Verbindung zur buddhistischen Idee eines neuen Wesens, das *„nicht dasselbe, doch auch nicht ein anderes ist"* herstellen. Olcott, wie später Purucker, vertrat die Überzeugung, es könne kein starres, unveränderliches ICH geben, da dessen elementare Bestandteile beständig wechselten und entwicklungsmäßig voranschritten. *„Während des Lebens verändern sich die Skandhas* (517) *beständig, und während der Mann A.B. von*

513) *"Geheimlehre III"*, 591

514) Vgl.: *"Lebensatome"*, a. a. O., S. 16 f.

515) Vgl.: *"Geheimlehre III"*, 368

516) III, 124

517) Buddha unterschied fünf Skandhas: Das Körperliche (Rupa); Lust und Unlust, Empfindungen (Vedana); Unterscheidungs- und Begriffsvermögen (Sanjna); Triebkräfte und Willensregungen (Sanskara); reines Bewußtsein (Vijnana). Vgl.: H.v. Glasenapp, *"Die Weisheit des Buddha"*, Wiesbaden o. J., S. 41 f.

40 Jahren, was seine "Persönlichkeit" betrifft, mit dem Jüngling A.B. von 18 Jahren identisch ist, so ist er doch wiederum, infolge der fortwährenden Abnutzung und Erneuerung seines Körpers und der Veränderng seines Geistes und Charakters, ein verschiedenes Wesen. Nichtsdestoweniger erntet der Mensch in seinem späteren Alter genau den Lohn oder das Leid, die aus seinen Gedanken und Taten auf jeder vorhergehenden Stufe seines Lebens folgen. So erntet auch das neue Wesen eines wiederum Geborenen — welches dieselbe Individualität wie vorher ist, nur in einer veränderten Form oder neuen Gruppierung der Skandhas — genau die Folgen seiner Taten und Gedanken in der vorhergehenden Existenz." (518) Die Idee des kontinuierlichen Wachstums birgt große Überzeugungskraft; nur muß es innerhalb dieses Wachstumsprozesses einen Wachsenden geben. Wie der alte Mann, auf die Bilder aus seiner Kindheit zeigend, sagen kann: *„Das war ich"*, so muß auch das ICH, wenn es einmal rückschauend seine Inkarnationen übersieht, feststellen können: *„Das war mein Weg."* Die Skandhas erklären die Struktur des Reinkarnationsvorganges, wenn man von ihrer gesetzmäßigen Affinität durch die Inkarnationen ausgeht, aber sie gewinnen ihre Sinnhaftigkeit erst unter Annahme eines ewigen Individuums. Diese Erkenntnis führte den bedeutenden buddhistischen Weisen Lama Anagarika Govinda zur Überzeugung von der ewigen Polarität zwischen Individualität und Universalität. (519)

F. Hartmann — Reinkarnation oder Regression?

Die einmal ins Menschenreich aufgestiegene Monade kann nicht wieder unter diese Stufe zurückfallen. Eine Regression ins Tierreich wird von allen "Botschaftern" einheitlich verneint; denn *„eine Seele, die sich einmal zum Bewußtsein ihrer wahren Menschenwürde aufgeschwungen hat, würde in einem Tierkörper nicht die geeigneten Bedingungen zu ihrer fortschreitenden Entfaltung und Veredelung finden. Auch ist es nicht der persönliche Mensch,*

518) Olcott, *"buddh. Katechismus"*, a. a. O., S. 65

519) Vgl.: Michel, *"Yoga-Meister"*, 188 ff.

gerade so wie er im vorhergehenden eben war, der sich wieder verkörpert, sondern der göttliche Geist bringt einen neuen Menschen hervor, in welchem die Summe der Talente und Fähigkeiten, die der alte Mensch in seinem vorhergehenden Leben erworben hat, sich repräsentiert und zu weiterer Benützung vorhanden ist." (520)

Die Seele kehrt nach ihrem Himmelsaufenthalt (521) wieder in dichtere Sphären zurück, um sich für ein neues Erdenleben vorzubereiten. Sie zieht aus den mentalen und astralen Bereichen jene Partikel an sich, die ihrem inneren Wesen entsprechen. Der neu aufgebaute Körper repräsentiert daher genau den Reifezustand der wiederverkörpernden Individualität.

Nach dem Gesetz "Gleiches zieht Gleiches an", wird sich die Verbindung mit einer Familie ergeben, deren genetische Voraussetzungen die idealen Möglichkeiten für den Aufbau des geeignetsten physischen Körpers bieten.

Das reinkarnierende Wesen wird in sein neues Erdenleben eintreten, als ein anderes und doch als dasselbe. *„Shakespeare hatte völlig recht, als er das Leben mit einem Schauspiel verglich, denn das große Leben der Seele ist ein Drama, und jedes neue Leben und jede Wiederverkörperung ist ein weiterer Akt, in dem wir eine andere Rolle spielen und ein neues Gewand tragen; obwohl wir die ganze Zeit hindurch immer dieselbe Individualität sind."* (522)

Rudolf Steiner — Inkarnationswege

Steiner nimmt als zeitlichen Anhaltspunkt ein Intervall von ungefähr 1000 Jahren zwischen zwei Inkarnationen an. Mit der Reinkarnation verbindet

520) Hartmann, *"Karma"*, a. a. O., S. 91
Zustimmend auch: Sinnett, *"Lehre"*, 270 f. und Judge, *"Meer"*, 90

521) Hartmann spricht von 'mehr als 1000 Jahren', *"Magie"*, 131. Judge sogar von 1500 Jahren, *"Meer"*, 151.

522) Judge, *"Meer"*, 98
Vgl. auch: Fährmann, *"Th. Katechismus"* Bd. IV

er, im Normalfall, einen Geschlechtswechsel; doch kann in Ausnahmen bis zu sieben Inkarnationen der gleiche Geschlechtstypus beibehalten werden. (523)

Wenn sich die Geistseele nach ihrem Himmelsaufenthalt für eine neue Inkarnation vorbereitet, sammelt sie beim Hinabsteigen zum physischen Plan neue Materie für die kommende Erdenwanderschaft. *„Es ist das gleichsam, wie wenn herumgestreute Eisenspäne sich ordnen nach den Kräften eines Magnets. Je nach den innewohnenden Kräften sammelt der Mensch die Astralmaterie um sich herum; bei einem guten Vorleben sammelt er anderes Material als bei einem schlechten."* (524) Nach Steiners Überzeugung ist die zur Inkarnation bereite Individualität bereits vom Moment der Befruchtung an ihre zukünftige Hülle gebunden. Kurz vor der eigentlichen Einkörperung erschaut sie dann – ähnlich wie beim Phänomen der Rückschau im Tod – ihr kommendes Erdenleben in einer großen Bildfolge vor sich.

Die physische Hülle und die Geistseele stellen zwei gänzlich verschiedene Aspekte dar; wenngleich beide in der Inkarnation verbunden werden. Steiner sieht den Menschen daher als Brennpunkt zweier Linien. *„So ist tatsächlich im Menschen eine Zweiheit zusammengebaut, wovon das eine, das Geistig-Seelische, zurückführt auf eine bloß geistige Evolutionslinie, während das andere, das Physische, auf die vererbte Evolutionslinie zurückzuführen ist."* (525) Das Genie ist nicht Genie durch Vererbung, sondern durch Vererbung kann sich das Genie (von der Geisteswelt her) für seine Inkarnation jenes 'Material' suchen, das ihm als optimales Werkzeug zur Umsetzung seiner Fähigkeiten in der menschlichen Gemeinschaft dient.

Steiner hält einen Rückschritt des Reinkarnierenden, d.h. die Wiedergeburt in einer unvollkommeneren Form, in Einzelfällen für möglich. Allgemein *„ist aber der Durchgang des Menschen durch die wiederholten Erdenleben doch ein Aufstieg."* (526) Die Aufenthalte in den jenseitigen Welten spielen dabei in Steiners Reinkarnations-Konzept eine entscheidende Rolle, um dem

523) Vgl.: *"Geheimwissenschaft"*, 314

524) *"Vor dem Tore"*, 48

525) *"Die Erkenntnis der Seele und des Geistes"*, Dornach 1965, S. 295

526) *"Geisteswissenschaft als Lebensgut"*, Dornach 1959, S. 168

körperfreien Individuum möglichst eine tiefe Seelenprägung zu schenken, die sich für den weiteren geistigen Aufstieg von großer (positiver) Bedeutung erweist.
Wie kaum ein zweiter *"Botschafter des Lichtes"* (vielleicht mit Ausnahme Leadbeaters), unternahm Steiner Forschungen über die Inkarnationswege bedeutender Gestalten der Geschichte. Er sah allerdings keine *unbegrenzte* Rückschaumöglichkeit (dies unterscheidet ihn von Leadbeater), sondern ging von der Einsehbarkeit von sieben Erdenleben (incl. des gegenwärtigen) aus, drei rückschauend und drei vorausschauend. (527)
Die nachstehenden Inkarnationsketten vermitteln einen repräsentativen Überblick zu Steiners "Karma-Betrachtungen":

Francis Bacon	(früher: Harun al Raschid)
Charles Darwin	(Tarik, arabischer Feldherr im 8. Jh.)
Woodrow Wilson	(Muavija, einer der Nachfolger Mohammeds im 7. Jh.)
Ernst Haeckel	(Papst Gregor VII.)
Marx/Engels	(als Leibeigener »Marx« und unredlicher Gutsbesitzer »Engels« im 8., 9. Jh.)
Hölderlin	(Frau im Italien der Renaissance; davor Angehöriger der platonischen Schule)
Kronprinz Rudolf von Österreich (endete durch Selbstmord)	(Nero; war kurz nach seiner Nero-Inkarnation wiederverkörpert als untergeordneter Befehlsempfänger, der auf Anweisung sinnlos zerstören mußte)
Tycho de Brahe	(Herzeloyde, die Mutter Parsifals; davor Julian Apostata — inspirierte aus der Geisteswelt heraus Schelling)
Karl J. Schröer	(als Nonne Hroswitha im 10. Jh.; davor Platon)
Tobias G. Schröer	(Sokrates)
Novalis	(Raffael; Johannes; Elias)

527) Vgl.: *"Menschheitsentwicklung und Christus-Erkenntnis"*, a. a. O., S. 98 f.

Schiller	(Frau im 11. Jh.; davor Märtyrer in Rom zur Zeit der Auseinandersetzung des frühen Christentums mit dem römischen Kaiserreich)
Swedenborg	(Ignatius v. Loyola)
Goethe	(Künstler im frühen Griechenland)
Faust	(Empedokles)

(528)

Widersprüchlich äußert sich Steiner zu dem schon bei Blavatsky erwähnten 'Fall' der Reinkarnation des Cusanus als Kopernikus. Zum einen heißt es: *„Tatsächlich ist der Astralleib des Cusanus auf den Kopernikus übertragen worden, obwohl das Ich des Kopernikus ein ganz anderes war als das des Cusanus."* (529) Unmißverständlich wird hier von *zwei verschiedenen Wesenheiten* ausgegangen. (530) In seiner *"Okkulten Geschichte"* sieht Steiner dann in Cusanus und Kopernikus *dieselbe Wesenheit: „Dann wurde er (Cusanus, d. Verf.), wie sie wissen, wiedergeboren, und zwar sehr bald in diesem Falle, als Nikolaus Kopernikus. Dieselbe Wesenheit, die in Nikolaus Cusanus war, wirkte weiter in Nikolaus Kopernikus."* (531)
Welche Variante auch zugrundegelegt werden mag, vor dem Horizont der Vernunft erweist sich die Inkarnationskette Cusanus/Kopernikus durchaus als sinnhafte Folge, was sich auch für einige andere Steiner'sche Reinkarnationsbeispiele geltend machen ließe.
Kaum nachvollziehbar ist dagegen der Glaube, Platon und Sokrates (nach Jaspers einer der "maßgebenden Menschen"!) hätten sich als weitgehend unbedeutende Wiener Professoren im 19. Jahrhundert wiederverkörpert, von denen der eine (Platon!) noch dazu dem Altersschwachsinn verfiel. Wo zeigt sich dort die Geistesgröße der griechischen Weisen?

Für Steiners großes Verantwortungsgefühl spricht es, wenn er sich der zu

528) Vgl.: *"Esoterische Betrachtungen karmischer Zusammenhänge I — VI"*, Dornach 1970

529) *"Spirit. Ökonomie"*, 16 f.

530) Die Aufbewahrung von Äther- und Astralkörpern und deren Übertragung gehört zu den eigenwilligen Akzenten in Steiners Lehre. Vgl. auch: *"Spirit. Ökonomie"*, 18

531) *"Okkulte Geschichte"*, Dornach 1975^{4}, S. 97

seiner Zeit (wie auch am Ende des 20. Jahrhunderts) grassierenden Reinkarnations-Hysterie radikal entzog. (532) Er wollte das Mysterium der Wiederverkörperung nicht zu einem schlechten Schauspiel verkommen lassen (hier ein Echnaton, dort eine Kleopatra), sondern in seiner ganzen Ernsthaftigkeit und wahrhaften Bedeutung gewürdigt wissen.

Max Heindel — Die Leiter des Lebens

Den Abstiegsvorgang des Egos aus der Himmelswelt zur physischen Ebene schildert Heindel in Übereinstimmung mit Steiner. Während jener allerdings die Vorausschau des Egos auf sein kommendes Leben als fixiertes Geschehen beschreibt, unterstellt Heindel diese noch (in gewissen Begrenzungen) der freien Wahl. *„Dem Ego ist gewöhnlich die Wahl zwischen mehreren Leben gelassen."* (533) Nach erfolgter Wahl wird das Ego von den Helfern der "Berichterstattenden Engel" (auch als die "Herren des Schicksals" oder die "Hüter des Karma" bekannt) zu den Eltern seines kommenden Erdenlebens geleitet.

Ein wichtiger Aspekt der Inkarnationslehre Heindels ist seine Idee des "Keimatoms" (vgl. die "permanenten Atome" bei A. Besant). Dieses (oder diese, wenn man berücksichtigt, daß jeder Körper sein Keimatom besitzt) zieht aus der Gesamtsubstanz der jeweiligen Ebene die ihm entsprechenden 'karmischen Moleküle' und erbaut so den Träger für das neue Erdenleben. Entscheidend ist dabei der Entwicklungsgedanke, wonach *„die Quintessenz des Guten, die in dem einen Leben aus dem veränderlichen Teil des Lebensleibes herausgezogen wurde, die Qualität der prismatischen unveränderlichen Ätheratome in dem nächsten Leben bestimmt. Das Höchste des einen Lebens wird zum Niedrigsten im nächsten, und so klimmen wir allmählich die*

532) Vgl.: Friedrich Rittelmeyer, *"Meine Lebensbegegnung mit Rudolf Steiner"*, Stuttgart 1980[9], S. 51 ff.

533) M. Heindel, *"Okkulte Prinzipien der Gesundheit und Heilung"*, Darmstadt 1978, S. 67
Vgl. zu dieser Frage auch: G. Hodson, *"the Miracle of Birth"*, Wheaton 1981, S. 31

Leiter der Evolution zur Göttlichkeit hinan." (534) Jedes Leben führt aufgrund dieses Gesetzes (mindestens) eine Sprosse hinauf auf der "Leiter des Lebens". Es vollzieht sich im Zusammenspiel der karmischen Auswirkungen von vergangenen Erdenleben und jenen Ereignissen, die neu an das Individuum herantreten. Die Konfrontation mit neuen Lebenssituationen wird, aufbauend auf den in der Vergangenheit gesammelten Erkenntnissen, besser zu bewältigen sein als noch im letzten Erdendasein.
Als wesentliche Hilfe sieht Heindel in diesem Ereignisfeld die "Stimme des Gewissens", die sich, ausgehend vom Keimatom des Astralkörpers, von Erdenleben zu Erdenleben deutlicher verlauten läßt und stets klarer vernehmbar wird. (535)
Zwei interessante Details zum Komplex Reinkarnation bleiben aus dem Werk Heindels noch anzumerken. Das eine bezieht sich auf eine Inkarnationskette und deutet die Engländer als Reinkarnation der alten Römer, die Preussen dagegen als die ehemaligen Katharger. (536)
Das zweite Detail beinhaltet den Hinweis auf eine ur-christliche Geheimlehre (die Reinkarnation betreffend), nach der Christus selbst das Gebot gegeben haben soll, das Zwillingsgesetz von Reinkarnation und Karma (vorerst) nicht öffentlich zu lehren. (537)

534) *"Gewebe"*, 75 / Vgl. auch: *"Lebensleib"*, 78 ff.

535) Vgl.: *"Weltanschauung"*, 110 und *"Ros. Phil. II"*, 30 ff.
Als Zeitraum zwischen den Inkarnationen nahm Heindel 1000 Jahre an. Es erfolgt Geschlechtswechsel. Die Gesamtzahl der Egos der Erdenkette wird in seiner *"Rosenkreuzer Philosophie"* einmal mit 6 (II, S. 63), dann aber wieder mit 60 Milliarden (II, S. 68) angegeben; wobei letztere Zahl auch von H. P. Blavatsky genannt wurde.

536) Vgl.: *"Lehren eines Eingeweihten"*, a. a. O., S. 70
Ausführlicher noch zu diesem Gedanken: A. Besant, *"Wiederverkörperungslehre"*, Leipzig, o. J., S. 179 f.
C. Jinarajadasa, *"Die Welt als Vorstellung, Gefühl und Wille"*, Graz 1977², S. 23

537) Vgl.: *"Weltanschauung"*, 165

Annie Besant — Die Monade und die Reinkarnation

Besondere Beachtung wird von A. Besant der Wesensart des Wiedergeborenen gewidmet. Was re-inkarniert sich?
Sie lehnt die Vorstellungen einer simplifizierenden Reinkarnationslehre ab, nach der die *Person* Julius Tacitus, aus dem 2. Jahrhundert, im Mittelalter als der Mönch (oder die Nonne) Ludwig (oder Hedwig) wiedergeboren wird. Nicht eine Persönlichkeitsform reinkarniert, sondern die Geistseele sendet jeweils einen Strahl ihres Selbst in die Erdenwelt, um aus *„jeder solchen Inwohnung neue Erfahrungen, neues Wissen zu sammeln."* (538) Da nicht die gleiche Persönlichkeit (gleiches Gehirn) wiederkehrt, kann die neue Erdenhülle auch nicht die Erinnerungen der alten gespeichert haben. Aus diesem Grund erinnert sich der Mensch nicht an 'sein' früheres Erdenleben. *„Die Erinnerung an die Ereignisse seiner Vergangenheit ist einzig in seinem Kausalkörper aufbewahrt, in seiner fortdauernden Form, dem einen Körper, der von Leben zu Leben weiterbesteht."* (539) Berücksichtigt man diesen Sachverhalt, der auch von anderen "Botschaftern" bestätigt wird, dann läßt sich unschwer ersehen, wieviel Unfug von den "Inkarnations-Rück-Führern" getrieben wird. Nur die spirituell reife Seele vermag ihr Bewußtsein zum Kausalplan zu erheben. Welche Weisheit der Schöpfung liegt in dieser Begrenzung, die es nur dem geistig Geläuterten gestattet, auf Vergangenes zu schauen; denn nur dieser besitzt die Kraft, das Geschaute zu ertragen und zu verarbeiten. Die aber, die wahrhaft wissen und die zweifelsfreie Rückschau besitzen, werden nicht auf dem Markt der Eitelkeiten Handel treiben.

A. Besant erklärt, die Zeitdauer zwischen den Reinkarnationen betreffend, ein besonderes Gesetz für den "Schüler auf dem Pfad". *„Auf einer gewissen*

538) *"Wiederverkörperungslehre"*, 72 (Leider enthält diese sehr informative und aufschlußreiche Arbeit von A. Besant einige sachliche Unrichtigkeiten bezüglich historischer Befürworter der Reinkarnationslehre, Böhme, Swedenborg, Herder und Hegel zählten *nicht* zu ihnen.)

539) *"Weisheit"*, 154 / Vgl. auch: Besant, *"Sieben Prinzipien"*, S. 64 ff. und Taimni, *"Selbsterziehung"*, S. 124 ff.

Stufe ist es dem Schüler gestattet, sich nach dem Tode sehr rasch wieder zu verkörpern, und unter diesen Umständen hat der Betreffende auf der Astralebene eine für seine Wiedergeburt günstige Gelegenheit abzuwarten." (540)

C. Jinarajadasa erstellte in seiner Abhandlung über *"Die okkulte Entwicklung der Menschheit"* eine Übersichtstabelle, die eine Richtlinie bietet.

Reinkarnationstypen

1. Der Adept	—	er steht außerhalb des Rades der Wiedergeburt
2. Der Schüler auf dem Pfad	—	er verkörpert sich unter der Führung seines Meisters in sehr kurzer Zeit wieder, unter Verzicht auf das Himmelsleben.
3. Der Gebildete	—	er verkörpert sich entweder zweimal in jeder Unterrasse und verbleibt 1200 Jahre in der Himmelswelt (Typ I) oder er verbringt mehr als zwei Inkarnationen in derselben Unterrasse, mit einem Himmelsaufenthalt von 700 Jahren.
4. Der Durchschnittsmensch	—	beide verkörpern sich mehrmals in jeder
5. Der Unterentwickelte	—	Unterrasse.

(541)

Wer sich ein Leben lang (oder auch schon mehrere) mit allen Kräften für die Verwirklichung des göttlichen Planes auf Erden eingesetzt hat, kann, wenn es als sinnvoll erachtet wird, unter Führung seines Lehrers nahezu unterbrechungslos sein Werk fortsetzen. Er (sie) sollte dabei bemüht sein, die persönlichen Wünsche des kleinen Ichs zu überwinden, um ganz von der Gebundenheit an das Rad des Lebens (samsara) freizuwerden. *„Den Men-*

540) *"Weisheit"*, 61 ff.

541) *"Okk. Entwicklung"*, 60

schen, der seiner Befreiung entgegenschreitet, zieht nur mehr eines zur Erde zurück — die Liebe zu seinen Mitmenschen, der Wunsch zu dienen. Er ist nicht an das Rad gebunden, er ist frei, aber er kann noch einmal zurückkommen um derentwillen, die noch an das Rad gefesselt sind, und denen er beistehen will, bis die Fesseln aller zerrissen sind." (542) Alle großen Botschafter des Göttlichen Lichtes (Boddhisattvas) hatten längst die Bande der gesetzmäßigen Reinkarnation abgeworfen, um aus dem Wissen um die Einheit, in tief mitempfindender Liebe, helfend zurückzukehren.

Die historische Frage, das Fehlen des Reinkarnations-Gesetzes in der christlichen Glaubenslehre, löst sich für A. Besant mit dem Verständnis von der Mission des Christentums innerhalb des göttlichen Entwicklungsplanes. Sie unterscheidet zwei vorrangige Aufgabenbereiche der christlichen Glaubensgemeinschaften.

ad 1) Die schöpferische Tätigkeit im Menschen zu wecken und ihn die große Lehre vom Wirken als Dienst zu lehren.
ad 2) Die möglichst vollkommene Ausbildung der Individualität. (543)

Beide Aufgaben wären möglicherweise weniger gut erfüllt worden, wenn das Wissen um die 'neue Chance' vorhanden gewesen wäre. Könnten sich die großen christlichen Kirchen entschließen, diese Brücke zu beschreiten, um die Reinkarnations- und Karma-Lehre wieder in die christliche Dogmatik aufzunehmen, sie würden ein segensreiches Werk vollbringen.

542) A. Besant, *"Im Vorhof des Tempels"*, Graz 1979, S. 62

543) A. Besant, *"Die neue Kultur"*, Düsseldorf 1929, S. 30 f.
Vgl. auch: *"Das Kommen des Weltlehrers"* (Vortrag in London, vom 1. Nov. 1925), veröffentlicht vom Sekretariat des "Ordens des Sterns im Osten", Berlin o. J., S. 15

Charles W. Leadbeater — Ferne Leben

Wohl nur wenige Geschehnisse haben der Theosophischen Gesellschaft größeren Schaden bereitet als die Reinkarnations-Forschungen Leadbeaters. Von den Unwissenden ins Lächerliche gezogen, von den Unreifen zum Mittel unwürdiger Eifersüchteleien mißbraucht, bewirkten die 'Leben Leadbeaters' (544) nur wenig Segen. Blickt man aus dem Abstand der Zeit zurück, so mögen einige persönliche Komponenten die 'Leben' beeinflußt haben, in einer Gesamtschau bewertet, stellen sie ein außergewöhnliches Dokument esoterischer Forschung dar; ohne ihnen damit das Siegel der Unfehlbarkeit verleihen zu wollen. Leadbeater erlangte schon in jungen Jahren die Gabe der Rückschau, *„doch war dies (für ihn) kein Vergnügen."* (545) Er sah es als weises Geschenk der Natur an, die Aufzeichnungen der Vergangenheit (mit ihren Belastungen!) vor den Augen Unreifer verborgen zu haben.

Den Reinkarnationsprozeß beschreibt Leadbeater innerhalb der vorstehend skizzierten Bahnen. Neben den Aufbauphasen in den geistigen Welten, die durch das herabsteigende Ego vollzogen werden, berücksichtigt Leadbeater zusätzlich die Einflüsse seitens der schwangeren Mutter. *„Das Denken der Mutter während dieser Periode hat einen außerordentlich mächtigen Einfluß, denn dieses baut ebenfalls mit an der Form, die langsam in ihr heranwächst."* Aus diesem Sachverhalt wird deutlich, *„warum alle rohen und aufregenden Einflüsse ihr gänzlich ferngehalten sein müssen, warum nur die schönsten Farben und Formen sie umgeben und die friedlichsten Verhältnisse in ihrer Nachbarschaft vorherrschen sollten."* (546) Auch diesen Umstand gilt es als Fingerzeig auf die Einheit allen Seins zu erkennen.

544) Vgl.: *"Die 48 Leben von Alcyone"* und *"Lives of Erato and Spica"*, Adyar 1949

545) *"Talks III"*, 222 (*"Light on the Path"*)

546) *"Innere Leben II"*, 449
Vgl. auch: Jinarajadasa, *"The seven veils"*, 23 f. / Hodson, *"Miracle"*, 69 ff. (über die Anwesenheit der "Weltenmutter" bei jeder Geburt)
Bendit, *"Brücke"*, 63 ff.

Die ersten Jahre eines Neugeborenen können, wenn es sich um eine hochentwickelte Wesenheit handelt, für diese sehr unbefriedigend verlaufen. So schilderte der Brahmane T. Subba Rao Leadbeater, wie entwürdigend er sein eigenes Kindergeheul und den Verzehr von Übelkeit verursachenden Brei empfunden habe. (547)

Ein Blick auf die Verhältnisse der Welt mag die Befürchtung aufkommen lassen, es gäbe ein schier hoffnungsloses Mißverhältnis zwischen jungen und alten Seelen. Doch dieser Eindruck täuscht. Da die weniger reifen Seelen nur kurze Zeit auf den höheren Ebenen weilen, kommt ihnen immer das Übergewicht über die Zahl jener zu, die nach einem geistig-erfüllten Erdenleben lange Zeiträume himmlischen Glückes verleben.
Seine Inkarnationsforschungen führten Leadbeater zu ihn tiefbewegenden Erfahrungen. So begegnete ihm bei Untersuchungen in den Slums von London eine arme, unscheinbare Näherin, in der er eine leuchtende Seele erkannte, die durch ihre Liebe zu den Ärmsten in diesen ihre seelischen Funken erweckte und ihnen so den *„Eintritt in ein bewußtes geistiges Leben"* (548) ermöglichte. Nie sollte die äußere Form zu einer (an sich schon abzulehnenden) Bewertung des Menschen verleiten. Die Geringsten in dieser Welt, werden die Leuchtendsten in Seinem Reich sein! (549)

547) I. Leben II, 451

548) Leadbeater, *"Lehre des Wachstums I"*, 132 f.

549) Vgl. auch die Aussagen des "Lehrers" in der zur Zeit wohl beeindruckendsten Publikation zum Thema Reinkarnation: *„Es (i.e. das Ego, der Verf.) kann sich jedoch in menschlicher Form stets nur teilweise zum Ausdruck bringen — die Beschränkungen durch den Körper sind zu groß. Deshalb ist es wichtig, nie über einen anderen zu richten, wie niedrig oder unwissend er auch scheinen mag. Denn er* kann *eine große Seele sein, die jetzt in einer bescheidenen Verkleidung begangene Fehler büßt."* (H. K. Calloner, *"Das Rad der Wiedergeburt"*, München 1976, S. 142

Alice A. Bailey — Gruppen-Reinkarnation

Die Schriften Baileys enthalten gegenüber dem zeitlich früher publizierten theosophischen Lehrgut keine grundsätzlich neuen Gedanken. Einzig die Vorstellung der gleichzeitigen Reinkarnation bestimmter (seelisch verbundener) Gruppen kann als ergänzender Aspekt betrachtet werden. (550)

Obwohl weitgehend in der Tradition der von der Theosophischen Gesellschaft entwickelten Lehren stehend, wird seitens des "Tibeters" teilweise extrem feindlich gegen theosophische Autoren polemisiert. Er spricht von *„törichten Einzelheiten unbewiesener und unbeweisbarer Mitteilungen"* und von der *„kindischen Rekonstruktion vergangener Leben theosophisch eingestellter Menschen"*. (551) Gegen besseres Wissen werden prominente theosophische Seher als *„astrale Medien"* (552) abklassifiziert, obwohl jeder, der auch nur einen Blick in die Werke der angegriffenen Autoren wirft, deren klare Absage an jede Art mediumistischer Forschungen überprüfen kann. Zu fragen bleibt auch, ob es das Charakteristikum eines Meisters sein kann, sich über Schüler in derart verletzender Form zu verbreiten.

Der "Tibeter" lehnt auch die Aussagen bezüglich der inneren Ursachen der Reinkarnation ab. Vervollkommnung und Lebensdurst (ungestilltes Verlangen) gelten ihm nicht mehr als entscheidender Anlaß für die erneute Geburt; denn *„das Ego ist ja schon vollkommen"*. (553) Wäre diese Annahme zutreffend, so müßte die Welt wahrlich ein anderes Gesicht zeigen. Sollten dagegen die vollkommenen Egos eine derartig chaotische Welt ins Leben rufen, fehlte die Sprache, um diese Perversität zu brandmarken. Daran würde auch eine Verbrämung durch den Hinweis auf den Dienst an *„geringeren Lebewesen"* (554) nichts ändern.

550) Vgl.: *"Die Wiederkunft Christi"*, Genf 1970[2], S. 123

551) *"Esoterische Astrologie"*, Genf 1970, S. 329

552) *"Eso. Heilen"*, 439

553) *"Astrologie"*, 337

554) ebd.

Flower A. Newhouse — Reinkarnationsgesetze

Der Weg des durchschnittlichen (am Anfang) Erdenmenschen führt, nach Überzeugung von Flower A. Newhouse, durch neunzig Erdeninkarnationen. Während dieses Zyklus durchläuft er alle Rassen, um schließlich, verbunden mit seiner Dualseele, als erleuchtetes Wesen zu höheren Planeten weiterzuschreiten.
Die Dualseelen sind in der Regel gemeinsam inkarniert, in entgegengesetzten Geschlechtern. Sie können Bruder und Schwester, aber nicht zwei Brüder oder zwei Schwestern sein.
Flower A. Newhouse lehnt, ausgehend von ihren Rückschauerfahrungen, die Lehre vom Wechsel des Geschlechtes ab. Dieser vollzieht sich nur in Ausnahmefällen und bei besonderer karmischer Verschuldung. Auch Leadbeater tendierte nach seinen Untersuchungen (vgl. die *"48 Leben des Alcyone"*) nicht mehr zur starren Regel des Geschlechtswechsels.

Aus ihren Forschungen in der Akasha-Chronik veröffentlichte F. A. Newhouse einige historische Reinkarnationsfälle:

Albert Schweitzer	— der Apostel Petrus
Franz v. Assisi	— ebenfalls ein Apostel, aber nicht in der Bibel erwähnt
Elisabeth II.	— Elisabeth I.
Abraham Lincoln	— Epiktet
Roosevelt	— Nero
Gen. Doug. McArthur	— Cäsar
Paulus	— Aristoteles
Benj. Franklin	— Sokrates

Wechselnde Pfade — gleiche Wanderer.

In der Reinkarnationsproblematik läßt sich zwischen den *"Botschaftern des Lichtes"* vollständige Einmütigkeit feststellen. Es ist einhellige Überzeugung, daß die Geistseele nach ihrem Himmelsdasein wieder zur physischen

Ebene absteigt, dabei mittels der permanenten Atome Substanz aus den tieferen Ebenen an sich zieht, je nach Art ihres Karmas, um dann, unter Führung der *"Hüter des Karma"*, zu jenen Ebenen gezogen zu werden, die das karmisch entsprechende genetische Material zur Verfügung stellen können. Über den Zeitpunkt der Inkarnation differieren die Auffassungen, doch mag dies nur eine verbale Abweichung sein; wenn zum einen die Verbindung des Egos mit dem Fötus bereits als Inkarnation bezeichnet wird, zum andern aber erst die definitive Einkörperung mit dem ersten Atemzug als Inkarnation bewertet wird.

Es reinkarniert nie die gleiche Persönlichkeit, wohl aber die gleiche Individualität. Das wahre Selbst begrenzt sich, indem es in die Erdenwelt absteigt, um durch die Erdenwanderung zu reifen. (555) Dabei kann die Erdenpersönlichkeit in ihrer Unscheinbarkeit nur das täuschende Gewand einer Königsseele aus göttlichen Welten darstellen. Allein das Auge des wahren Sehers vermag die Geistseele hinter dem Menschen zu schauen und ihren Weg durch die Erdenwelt, in all seinen Verzweigungen, wissend zu durchdringen. Solange sich dem Menschen nicht aus harmonischem Wachstum und geistigem Gereiftsein das innere Auge öffnet, sollte er nicht versuchen, den Schleier der Zeit zu lüften, den eine weise und gütige Natur, zu seinem Besten, vor ihm gesenkt hat. (556)

555) Jinarajadasa wählt zur Veranschaulichung des Inkarnationsvorganges ein einleuchtendes Bild. Er bezeichnet das wahre Selbst des Menschen als eine bloße Hand. Über diese wird nun ein Glacé-Handschuh (= Mental-Körper) gezogen, die Empfindungsfähigkeit der Hand (= Selbst) somit bereits eingeschränkt. Dem Glacé-Handschuh wird ein Wollhandschuh (= Astralkörper) überzogen und auf diesen noch ein dicker Fäustling (= Äther- und physischer Körper) gestülpt. Damit ist die Wahrnehmungsfähigkeit der Hand drastisch reduziert. In gleichem Maße ist das eigentliche Wesen des Menschen durch die Einkörperung in seiner Ausdrucks- und Wahrnehmungsfähigkeit begrenzt.

556) Nur wenige Autoren der 'modernen Esoterik' lehnen die Reinkarnation ab. Vgl. Bo Yin Ra, *"Gespräche"*, 59 ff. und 235 ff. / *"Jenseits"*, 47 und 141 ff.
J. v. Rijckenborgh, *"Mysterium von Leben und Tod"*, Haarlem 1971, S. 8 ff. (Befürwortend dagegen derselbe Autor: *"Umwälzung"*, 34)
Gurdjieff, *"Gespräche"*, 105 und 246
Krishnamurti hält die Reinkarnation für ein "belangloses Problem". Vgl.: *"Religiöse Erneuerung"*, Bern o. J., S. 65. u. 76

Kap. XI. Karma

Reinkarnation kann nur im Zusammenhang mit der Lehre vom Karma betrachtet werden. Beide bilden ein unauflösliches Zwillingsgesetz. Solange die Geistseele an das Rad der Wiedergeburt gekettet ist, bleibt für sie das Gesetz von actio und reactio gültig. *„Was du gesät hast, das wirst du ernten!"*

In Gottes Schöpfung herrscht keine Ungerechtigkeit. Wenn kein Spatz ohne Gottes Willen vom Dach fällt, so wird auch keinem Menschen zu Unrecht ein Haar gekrümmt; und keine Glücksgöttin Fortuna beschert unverdiente Gaben aus dem Füllhorn des Zufalls.

Die Entgegensetzung von Karma und Gnade, häufig von theologischer Seite vordogmatisiert, entbehrt jeder spirituellen Grundlage, wofür ein Gleichnis der indischen Heiligen Anandamayi Ma Zeugnis abzulegen vermag. *„Gottes Gnade strömt stets wie ein Wolkenbruch herab. Wenn ihr aber euer Gefäß verkehrt herum haltet, wird die Gnade an den Seiten hinunterfliessen. Haltet euer Gefäß mit der Öffnung nach oben, und es wird gefüllt werden."* (557)
Das "Verkehrthalten", die Abschottung des inneren Wesens vor dem göttlichen Licht, wirft den Menschen *ausschließlich* unter das Gesetz (Karma). Wer dagegen sein Gefäß für den Empfang des "göttlichen Wolkenbruches" (Gnade) öffnet, steht nicht außerhalb des Gesetzes, doch alles Schwere, das dem Menschen (nach seinem Karma) zu tragen aufgegeben, wird von Gott aufgenommen — und zurück bleibt die befreite Seele.

Helena P. Blavatsky — Gerechtigkeit

Wer die Schriften von H. P. Blavatsky (und ihre Biographie!) mit Einfühlungsvermögen zu lesen versteht, der wird immer wieder auf ein zentrales

557) Anandamayi Ma, *"Wort der Glückseligen Mutter"*, Heiligkreuzsteinach 1980, S. 307

Thema stoßen — Gerechtigkeit. Wenn es eine Lehre gab, die in H. P. Blavatsky ihren erbittertsten Gegner fand, dann jene von der Willkür Gottes und seinen 'unerforschlichen Ratschlüssen'. Es kann keine beeindruckendere und tiefer bewegende Anklage geben als jene der *"Geheimlehre"*, wo es heißt: *„Wenn jemand alles dieses sieht und sich abwenden muß (vor den Übeln der Welt, d. Verf.), unvermögend das unverdiente Leiden zu lindern, wenn seine Ohren klingen und sein Herz blutet von den Schmerzensschreien um ihn her — dann bewahrt ihn allein jenes gesegnete Wissen vom Karma davor, Leben und Menschen, sowie ihren vermuteten Schöpfer zu verfluchen."*
Von all den schrecklichen Lästerungen und dem, was dem Wesen nach Anklagen sind, die von den Monotheisten auf ihren Gott geschleudert werden, ist keine größer und unverzeihlicher als jene (fast immer) falsche Demut, welche den eingebildetermaßen "frommen" Christen angesichts eines jeden Übels und unverdienten Schlages behaupten läßt: *„So ist der Wille Gottes."* (558)
Nur die Idee eines großen Weltgesetzes, bewacht und vollzogen von den erhabenen "Herren des Karma" (Lipikas), vermag Antwort auf die (anscheinend) schreiende Ungerechtigkeit der Welt zu geben. Kein 'strafender Gott' sendet seine Rache über den Menschen und keine unsichtbaren Götter schaukeln Menschenseelen an Qualen verursachenden Marionettenbändern — *„wir belohnen oder bestrafen uns selbst, je nachdem wir entweder mit, mittels und gemäß der Natur wirken, indem wir den Gesetzen, von denen diese Harmonie abhängt, gehorchen, oder sie brechen."* (559)

Der vielmißbrauchte Halbgott "Zufall" ist ein greller Götze, ein falscher "deus ex machina", denn *„es ist kein Zufall in unserem Leben, kein mißratener Tag oder kein Mißgeschick, die nicht auf unsere eigenen Taten in diesem oder in einem anderen Leben zurückgeführt werden könnten."* (560) Diese Erkenntnis befreit den Menschen, doch sie beruft ihn mit überwältigender Kraft zu eigener Verantwortung. Das alte Sprichwort, wonach jeder "seines

558) *"Geheimlehre II"*, 317 ff.

559) ebd., I, 705

560) ebd.

Glückes Schmied" ist, wird transparent vor dem Hintergrund der geistigen Gesetzmäßigkeiten.

Um den naturgesetzlichen Charakter des Karma zum Ausdruck zu bringen, gelingt H. P. Blavatsky eine treffende Definition. Karma ist *„das Gesetz der Wiederherstellung, welches immer versucht, ein gestörtes Gleichgewicht in der physischen und eine gestörte Harmonie in der moralischen Welt wiederherzustellen."* (561) Die Allgemeingültigkeit des Gesetzes rückt dieses jedoch nicht in einen anonymen metaphysischen Hintergrund, sondern immer bleibt der einzelne Mensch im Mittelpunkt. Am Bild eines in einen Teich geworfenen Steines verdeutlicht H. P. Blavatsky dies. Die Wellen, die durch den Steinwurf ausgelöste Störung der harmonischen Wasseroberfläche, bewegen sich solange vorwärts und rückwärts, bis erneut Harmonie eingekehrt ist. Ausgangspunkt war die Stelle des Steinwurfes (der Karma Auslösende) und Endpunkt des Prozesses wird die gleiche Stelle (der Karma Empfangende) sein.

So wird es das Schicksal des Habgierigen und Geizigen, der sich den Mantel des Tugendhaften umzuhängen vermochte, sein, als Tugendhafter wiedergeboren zu werden (im Jenseits geläutert und gereift), um 'ungerecht' des Geizes und der Habgier verdächtigt und angeklagt zu werden. Er (die Individualität) wird leiden, lernen — und verstehen. (562)

Der Mensch ist Verursacher und Empfänger seines Karma — aber er ist nicht der Hüter des Gesetzes. Wer, um Karma wissend, selbst die Rolle der Nemesis zu verkörpern trachtet, fehlt schwer gegen Gottes Gesetz. *„Menschliches Gesetz darf einschränkende, aber nicht strafende Maßnahmen vorsehen; ein Mensch aber, der, obwohl er an Karma glaubt, sich trotzdem selbst rächt und sich weigert, jedes Unrecht zu vergeben und dadurch Böses mit Gutem zu vergelten, ist ein Verbrecher und verletzt sich selbst."* (563) Der Mensch soll sich nicht selbst zum Werkzeug Gottes erheben, ohne von Ihm

561) *"Schlüssel"*, 149

562) Vgl., *"Geheimlehre III"*, 246

563) *"Schlüssel"*, 146

berufen zu sein. Seine Aufgabe, um der Harmonie der Welt willen, ist es, *„seine Feinde zu lieben"*. (564)
Karma darf nicht mit Fatum verwechselt werden. Immer und bei jeder Gelegenheit ist der Mensch aufgerufen zu handeln, helfend beizustehen. Denn wir, *„die wir nur das Leiden sehen, haben die Pflicht, mit allen uns zu Gebote stehenden beschränkten Mitteln zu versuchen, dasselbe zu lindern, oder es wo möglich ganz zu heben; und wenn uns dies gelingt, so stören wir dadurch keineswegs den Plan der Natur, sondern spielen im Gegenteil wahrscheinlich, ohne es zu wissen, eine uns zukommende Rolle in demselben, da das Karma des Unglücklichen, den wir zu retten vermögen, sicher schon insoweit erschöpft war, daß uns das Geschick mit ihm zusammen führen konnte."* (565)

Die Tage des Menschen unter dem Gesetz sollen sich nicht in Ewigkeit erstrecken. Am Ziel der Erdenwanderung wird die erleuchtete, freie Seele stehen, die alle Ketten abgeworfen hat, die sie einst an das Rad der Wiedergeburt banden. Ein freier Geist, ohne Haß und Gier, doch auch ohne Wunsch nach Belohnung. Er muß karmalos werden, denn böses *und* gutes Karma binden ihn an die Stofflichkeit. (566)

Darum spricht der Weise: *„Gelassen ist, wer gelassen hat!"*

564) Papus äußert über die Idee des Ausgleiches tiefe Gedanken: *„Wenn mich jemand beleidigt, geht er mit mir eine moralische Schuld ein, deren Begleichung ich frei nach meinem Belieben verzögern kann. Durch sein Tun wird er mein Sklave. Blicke ich auf das Gehässige seiner Handlung und sinne ich auf Rache, so werde ich egoistisch und erzeuge freiwillig das Übel, das mich geistig tötet;* verzeihe *ich jedoch, so universalisiere ich mich, ich handle im Sinne Gottes und vernichte nicht nur das Übel, das ich mir durch egoistische Einstellung angetan hätte, sondern auch jenes, das mein Feind mir und sich selbst zufügte.* Ich bringe *nach Maßgabe meiner Mittel die Entwicklung der gesamten Menschheit* vorwärts, *indem ich zwei Seelen, die einander vielleicht Jahrhunderte lang* zurückgestoßen *und so die schließliche Reintegration verzögert hätte, attraktiv mache."* (Okkulte Wissenschaft, 423)

565) A. P. Sinnet, *"Wachstum"*, 266

Franz Hartmann — Karma im Licht göttlicher Weisheit

Die naturgesetzliche Kausalität zwischen actio und reactio, die untrügliche Genauigkeit der karmischen Gerechtigkeit, führten dazu, die Lehre vom Karma als kalt und mechanisch abzuwerten. Diese Kritik läßt außer acht, welcher Rückbezug auch für das Naturgesetz gilt. Alle Gesetzmäßigkeit des Seins urständet im Herrn des Seins, im göttlichen Schöpfer.

Hartmann trägt dieser Rückbindung Rechnung, indem er auch das Karma-Gesetz im Licht göttlicher Weisheit neu zu verstehen sucht. *„Das Gesetz des Karma ist der Wille Gottes, der aber nicht wie der menschliche Wille von Launen und Gutdünken beherrscht, sondern von der göttlichen Weisheit nach ihren ewigen und unabänderlichen Gesetzen geleitet wird. Dieses Gesetz kann nur durch die göttliche Weisheit selber erkannt werden."* (567) Hartmann vollzieht hier zwei wesentliche Schritte. Er legt die untrennbare Verknüpfung der karmischen Gesetze mit dem von Gott gegebenen Gesetz des Lebens offen, um ihnen damit gleichzeitig den Mysterien-Charakter zurückzugeben. Was nur der göttlichen Weisheit in vollendeter Schau zugängig ist, sollte nicht von menschlicher Unwissenheit durch hochmütige, Begrenzung vergessende Deutung, entweiht werden. Die unendlich verzweigten karmischen Wege, allein in der Allwissenheit und Allgüte Gottes begründet, wird kein menschlicher Seher entschleiern.

Hartmann sieht als Möglichkeit der Befreiung vom 'Joch des Gesetzes', neben dem Weg der Werke, auch den Pfad der Hingabe. Durch völlige Übereignung der Seele an Gott wird Karma durchlichtet, Disharmonie in Harmonie geschwungen. *„Es gibt noch eine andere Art, vom kommenden Karma frei zu werden, und zwar durch die "göttliche Gnade"; das heißt, durch die völlige Ergebung in Gott, wodurch der Mensch, indem er von dem eigenen*

566) Vgl.: *"Geheimlehre III"*, 540

567) Hartmann, *"Karma"*, 43

"Selbst" frei wird, auch alles Karma das diesem "Selbst" angehört, von sich streift." (568)

Die Liebe muß über dem Gesetz stehen!

Rudolf Steiner — Individuelles Karma

Steiners Karma-Lehre wurzelt untrennbar in seiner Philosophie des Ich. Weitaus strenger als große Teile der asiatischen Religionsgemeinschaften, aber auch prononcierter als einige theosophische Autoren, sieht Steiner die Einflüsse des Karma im Hinblick auf die wiederverkörperte *Individualität*. Der *reinkarnierte Mensch* kann als unmittelbar Verantwortlicher für das gegenwärtig zur Auswirkung kommende Karma betrachtet werden, *nicht* ein Konglomerat karmischer Partikel (Skandhas) oder ein neugestalteter Strahl der Monade. *„Wir dürfen erst von einem Karma sprechen, wenn die Wirkung, die auf das Wesen zurückschlägt, beim Zurückschlagen auf dasselbe Wesen trifft, oder wenn das Wesen wenigstens in einem gewissen Sinne dasselbe geblieben ist."* (569)

Nach Steiners Überzeugung erntet ein Individuum die Früchte seines Karmas erst in der folgenden Inkarnation, wobei es geschehen kann, daß Ereignisse eintreten, die auf keine karmische Ursache zurückzuführen, nicht in

568) ders., *"Tattwa Bodha"*, Calw o. J., S. 52
Den "Weg der Tat" beschreibt J. Fährmann in überzeugender Form: *„Der Karmagläubige kämpft mutig, unverdrossen und zuversichtlich um die Bessergestaltung seines Schicksals, denn er weiß, daß ihm nichts Schlimmes geschehen kann, wenn er keine schlimmen Ursachen hervorruft, sondern immer recht und gut handelt; daß ihn Schlimmes nur insoweit noch treffen kann, als er es in seiner Vergangenheit verschuldet hat und daß, wenn sich diese alten Ursachen ausgewirkt haben, auch alles Schlimme für ihn zu Ende ist. ... Der Glaube an das Karmagesetz stärkt den Menschen, der Fatalismus schwächt ihn."* (*"Th. Kat. VI"*, 13f.)
Die Freiheit der Tat ist dem Menschen immer gegeben, weshalb auch der Selbstmord nie im karmischen Plan begründet liegt. (Vgl. Fährmann IV, 79)

569) R. Steiner, *"Die Offenbarungen des Karma"*, Dornach 1976, S. 13
Vgl. auch: *"Theosophie"*, 63

der Vergangenheit des Menschen begründet liegen. Im negativen Fall findet dann ein *„Ausgleich in einem späteren Leben statt. Karma ist kein Fatum!"* (570) Auch das Folgen eines unvollkommeneren auf ein vollkommeneres Leben, für Steiner denkbar, gleicht sich *„innerhalb bestimmter Grenzen wieder aus"*. (571) Karma agiert nicht mit Rechenmaschinenpräzision, sondern in der Berücksichtigung der Lebendigkeit menschlichen Daseins. Für Steiner sind karmische Gesetze keine blutleeren Strukturen, sondern entwicklungsfördernde Impulse. Dieser Anti-Schematismus manifestiert sich eindrücklich in der Aussage: *„Karma besagt nicht das Selbstausgleichen, sondern nur das Ausgeglichenwerden durch eine Tat."* (572) Welche Kraft der Hoffnung liegt in dieser Lehre, die auch dem ärgsten Sünder die Botschaft der Wiedergutmachung verkündet. Er muß nicht über Inkarnationen hinweg vor dem über seinem Haupt schwebenden Schwert der Nemesis zittern, sondern die Möglichkeit des Ausgleiches liegt in seiner Hand.

Karma, als die Lehre von der Tat, begreift nicht nur den Gedanken der Wiedergutmachung ein, sondern mehr noch die Idee der liebenden Hilfe, des freiwilligen Beistandes. *„Hilf dem, der leidet, denn du bist da, um ihm zu helfen. Du verstößt nicht gegen die karmische Notwendigkeit, indem du deinen Mitmenschen hilfst."* (573) Auch das Opfer Christi sieht Steiner in diesem Zusammenhang als freiwilliges Auf-sich-nehmen vom Erdenkarma der Menschheit.

Überzeugend widerlegt Steiner die gängige Vererbungslehre. Vererbung müsse die Weitergabe eines schon vorhandenen Gutes (Talentes) durch eine Blutsgemeinschaft erweisen. Wenn die Vererbungslehre (in ihrer profanen Form) zutreffend wäre, müßte das Genie am Anfang der Kette stehen. Denn es kann sich nicht etwas vererben, was noch gar nicht existent ist. Will

570) *"Off. d. Karma"*, 163

571) *"Theosophie"*, 103

572) *"Ursprungsimpulse d. Geistesw."*, 188 / Vgl. auch: Heindel, *"Ros. Phil. I"*, 183

573) ebd. 306 / Vgl. auch: *"Vor dem Tore d. Th."*, 59 und *"Menschheitsent. und Christuserkenntnis"*, a. a. O., S. 258

man beweisen, *„daß etwas von einem Vorhergehenden vererbt ist, so muß man zeigen, wie sich an dem Nachkommen das wiederfindet, was vorher schon da war."* (574)

Steiner führt, vor allem in seinen *"Esoterischen Betrachtungen karmischer Zusammenhänge"* (im Folgenden Karma I-VI bezeichnet), zahlreiche Einzelbeispiele für karmische Gesetzmäßigkeiten an, die hier in sechs Fällen berücksichtigt werden sollen.

von außen kommendes Leid	=	Folge von Haß in einem früheren Erdenleben (Karma I, 74)
Asthma oder Lungenleiden (auch Veranlagung dazu)	=	Folge von absolutem Desinteresse an Musik in e. fr. Erdenl. (Karma I, 92)
Geisteskrankheit (Flucht der Seele aus dem Körper)	=	Folge übermäßiger Kasteiung (Karma I, 166) Beispiel Nietzsche, in dem Steiner einen fanatischen, sich selbst quälenden Franziskaner wiedererkannte Folge von Hang zu Lügenhaftigkeit
physische Krankheitsdispositionen	=	Folge von Oberflächlichkeit (über zwei Erdenleben betrachtet) (Off. d. Karma, 74)
Anlage zu Infektionskrankheiten	=	Folge von krankhaft gesteigertem Erwerbssinn (Ursprungsimpulse, 112)
äußere Schönheit	=	Folge von seelischen und körperlichen Leiden (Ursprungsimpulse, 114)

574) *"Geheimwissenschaft"*, 324

Steiner zieht aus diesen Erkenntnissen konkrete Schlüsse für das Erziehungswesen. Die Kinder sollten von *sehenden* Lehrern (hier war Steiner, auf kurze Sicht, vielleicht etwas zu optimistisch) mit jenen Menschen liebevoll zusammengeführt werden, an die sie ein einst durch Haß geknüpftes Band kettet. Aus der im Kind leichter aufzubauenden Liebe heraus, sollte dann dieses disharmonische Verhältnis in Harmonie geschwungen werden. Sicher wird hier eine der großen Aufgaben der Pädagogik der Zukunft liegen. (575)

Annie Besant — Individuelles und kollektives Karma

„*Karma ist universelles zueinander in Beziehung stehen und in Verbindung sein, sichtbar als das Gesetz der Verursachung in jedem Weltall, gemäß den aufeinander folgenden Erscheinungen, der Phänomene, im Werden oder im Hervorgehen des Weltalls.*" (576)
Die Einheit allen Seines, das Verwobensein von Mikro- und Makrokosmos, führten A. Besant zu eingehender Analyse der Beziehung von individuellem und kollektivem Karma, unter besonderer Berücksichtigung des Freiheitsgedankens. Grundlegend für ihr Karma-Verständnis bleibt dabei der Satz: „*Nichts kann einen Menschen treffen, was er nicht verdient hätte.*" (577) Jedes Geschehen, sei es auch noch so unerwartet und unerklärlich, steht in Beziehung zur zurückgelegten Erdenwanderschaft des Individuums.

Karma, von der Sanskrit-Wurzel "kr" (handeln, machen, tun) abgeleitet, berücksichtigt auch die 'mentale Tat'. Jede negative Gedankenenergie, die zur Ausübung eines Verbrechens durch einen anderen Menschen verstärkend beigetragen hat, wird eine karmische Reaktion nach sich ziehen. Der 'Ge-

575) Vgl.: "*Karma*" I, 76
Überzeugend auch Steiners Schilderung der Inkarnationswege des bedeutenden Pädagogen Pestalozzi. Vgl.: "*Karma*" II, 49 ff.

576) A. Besant, "*Eine Studie über Karma*", Düsseldorf 1926, S. 14

577) "*Weisheit*", 189

dankentäter' wird sich seiner Verantwortung nicht entziehen können.
Ein Mißbrauch intellektueller Fähigkeiten kann zur vorübergehenden Lahmlegung geistiger Gaben in einer späteren Inkarnation führen: *„Es ist sehr wohl möglich, daß jemand unabgetragenes Karma hinter sich hat, zu dessen Begleichung es nötig wird, den Fähigkeiten des Wachbewußtseines gewisse Schranken zu setzen."* (578) Anhand dieses Beispieles erweist sich erneut, welche Gefahr in einer Beurteilung (Bewertung) eines Menschen aufgrund seiner Erscheinung der gegenwärtigen Inkarnation liegt. Es kann eine hochentwickelte Seele in einer kümmerlichen Hülle die Schuld eines fernen Erdenlebens verbüßen, um dann in strahlender Schönheit, befreit, ins Licht emporzusteigen.
Einen Sonderfall stellt der *"Jünger auf dem Pfad"* dar. Dieser bemüht sich, den langsam und träge dahinfließenden Strom der Entwicklung zu verlassen, um aus eigener Initiative ein vollkommeneres Werkzeug des göttlichen Geistes zu werden. Als Folge dieses Entschlusses werden sich die karmischen Auswirkungen *„vergangener Taten, die sich sonst über viele Leben verteilt haben würden, in wenigen Leben zusammendrängen müssen."* (579) Aus diesem Grund wird der "Pfad" oft zu einem Weg der Tränen und des Leides; doch an seinem 'Ende' wartet unbeschreibliche Seligkeit. Zur Mühseligkeit des Pfades kommt leider häufig noch der Hohn der Umwelt, die den nunmehr 'anders' lebenden Mitmenschen verspottet, unter Hinweis auf sein bedauernswertes Leben, das doch offensichtlicher Beweis seiner Verirrungen sei. Trügerischer Schein!

Wie Rudolf Steiner hebt auch Annie Besant die Notwendigkeit der Tat hervor. Passivität und Fatalismus kennzeichnen in ihren Augen das eklatante Mißverstehen des Karma-Gesetzes. *„Es ist vielleicht gut, hier die Bemerkung einzufügen, daß in der Theosophie nur halb Bewanderte nicht davor zurückscheuen sollten, einem Freund alle Gedankenhilfe zu geben, deren sie fähig sind, aus Furcht,* "sich in dessen Karma einzumengen". *Man überlasse es ruhig dem Karma, für sich selbst zu sorgen, und fürchte sich nicht mehr, sich ins*

578) *"Theosophie"*, 57

579) dies., *"Im Vorhof des Tempels"*, Graz 1979, S. 83

Karma einzumengen, als man sich fürchte, sich in das Gesetz der Schwerkraft einzumengen. Wenn er einem Freund helfen kann, soll er dies unbesorgt tun und sich darauf verlassen, daß, wenn er ihm helfen kann, diese Hilfe eben im Karma seines Freundes liegt und daß er in diesem Fall der glückliche Vollstrekker des Gesetzes ist." (580)

Die Dynamik des Karmas, dessen Gesamtgefüge in jedem Augenblick neu gebildet wird, läßt nicht zu, es als "unvermeidliches Geschick" oder "zermalmende, erdrückende Gewalt" zu deuten. Vielmehr handelt es sich um ein *„Zusammenfassen, ein Festsetzen von Verhältnissen und Bedingungen, aus welchen unabänderliche Resultate hervorgehen."* (581) Jede Handlung verändert diese Zusammensetzung des karmischen Gewebes, führt zu neuen Resultaten. Menschliches Leben vollzieht sich in der Polarität von Ergebnissen, die aus Vergangenem entstanden sind und Auswirkungen, die in der Gegenwart, auf der Grundlage der Ergebnisse aufbauend, neu initiiert werden.

Die Anerkennung des Karma-Gesetzes darf niemals zur Verweigerung der tätigen Hilfe führen. A. Besant verdeutlicht dies anschaulich in der Episode über einen Deva, der seinen Menschenschützling zur Hilfe für einen notleidenden Mitmenschen inspirieren will. *„Wenn ein Deva sie zu dem Platz führt, wo ihr Bruder verschmachtet, so geschieht dies, weil er sie zum Werkzeug seines Wohlwollens für den Menschen benutzen will, dessen schlimmes Karma gerade jetzt durch seine Leiden erschöpft, ausgeglichen ist. .... Wenn sie sich aber dem Gott (Deva) verweigern, wenn sie geblendet durch Unwissenheit oder Gleichgültigkeit sich abwenden und seine Botschaft dem Bruder nicht überbringen wollen, so wird deshalb sein tun nicht durchkreuzt, er wird ein anderes Werkzeug finden oder als letztes Mittel wird er es selbst tun und in den Augen der Blinden ein "Wunder" tun, damit die Absicht des Gottes (Devas) erreicht wird. Aber die, welche sich geweigert haben, als Werkzeug zu dienen, die abgelehnt haben, als Botschafter zu wirken, die haben sich selbst das Karma bereitet, daß auch sie keine Hilfe finden, wenn später einmal die Stunde ihrer eigenen Not schlägt. ....*

580) dies., *"Das Denkvermögen", Graz 1979, S. 122*

581) *"Studie über Karma"*, a. a. O., S. 21

Doch sie könnten sagen, es ist nicht sicher, daß des Menschen Karma erledigt ist, wenn ich ihn treffe; das ist richtig; aber das ist nicht ihre Sache. "(582)
Annie Besant brachte diese Überzeugung nicht ohne Grund — und mit eindeutiger Intention — vor einer indischen Zuhörerschaft zum Ausdruck. Die Pervertierung der Karma-Lehre durch weite Kreise der Hindus, führte zu einer unerträglichen Haltung des "laisser-faire", die alle Ansätze für unbedingt notwendige Reformen schon im Keim erstickte. Vor allem Gandhi übte schonungslose Kritik an der gotteslästerlichen Unterdrückung der Parias und dem Karma-Fatalismus seiner Landsleute.

Karma scheint Freiheit in gewissem Sinne einzuschränken, da das Individuum unter der unausweichlichen Rückwirkung einst gelegter karmischer Ursachen steht. Doch kann Freiheit, in ihrer tiefsten Bedeutung, für die an das Rad der Wiedergeburt gekettete Individualität Anwendung finden? Der Schlüssel zu diesem Problem liegt im Verständnis des Wesens von Freiheit. *„Freiheit heißt, von innen bestimmt zu werden, gebunden sein, von außen bestimmt zu werden; der Wille ist frei, wenn das Selbst, das handeln will, seinen Beweggrund zum Wollen aus Quellen entnimmt, die in ihm selbst liegen und nicht durch ein Motiv veranlaßt wird, dessen Quelle außen entspringt.* "(583)
Ohne verbale Benennung rückt damit Gott in den Mittelpunkt der Betrachtung. Erst in der Rückwendung auf das wahre, innere Selbst, den göttlichen Funken, gewinnt das Individuum seine wirkliche Freiheit. Es vernimmt die Stimme der göttlichen Liebe, es verbindet sich mit der Kraft, die jenseits des Gesetzes der Kausalität steht — und überschreitet in liebendem Tun die Grenzen des Karmas.
Kollektives Karma (Familie, Volk, Rasse) bezieht im allgemeinen individuelles Karma ein. So wird ein strahlendes, hoch entwickeltes Ego, das Karma eines Volkes (im positiven Sinn) erfüllen, indem es ihm, durch weise Regierungsführung, eine Zeit kultureller Blüte und wirtschaftlichen Wohlergehens beschert. Im entgegengesetzten Fall wird die dekadente Volksgemeinschaft einen tyrannischen Herrscher an sich ziehen, dessen niederer

582) dies., *"Die Entwicklung des Lebens und der Form"*, Berlin 1902, S. 84 f.
583) *"Studie ü. d. Bewußtsein"*, 246

Charakter ihn für die Rolle im göttlichen Plan prädestiniert. Er wird eine Aufgabe erfüllen. Doch wird ihn diese nicht von der persönlichen Verantwortung und dem karmischen Ausgleich für sein Verhalten entbinden.
Im familiären Bereich kann die Handlung eines Vaters auf die ganze Familie rückwirken; doch auch in diesem Fall nur innerhalb schicksalhafter Verbindungen. *„Scheint in der eigenen persönlichen Vergangenheit des Egos irgendeine schlechte Tat auf, die durch das Familienkarma getilgt werden kann, dann wird es darin verstrickt bleiben; wenn aber nicht, dann wird es durch irgendwelche "unvorhergesehenen Umstände" davon befreit."* (584)
Bei Katastrophen (Erdbeben, Schiffsuntergänge, Flugzeugabstürze etc.) oder Kriegen kann auch Karma ausgelöst werden, das im Plan für die durch die Katastrophe beendete Inkarnation ursprünglich nicht vorgezeichnet war. In diesem Fall kann das Individuum *„Schulden aus der Vergangenheit zahlen, die nicht notwendigerweise zum reifen Karma dieses Lebens gehören müssen. In keinem Fall aber kann ein Mensch etwas erleiden, das er nicht verdient hätte."* (585) Als Beispiele für kollektives Karma (im Nationen-Bereich) erwähnt A. Besant den Niedergang der großen Kolonialmächte Spanien und England, die durch Grausamkeiten, Unterdrückung und fürchterliche Blutbäder unter der Kolonialbevölkerung zur karmischen Rechenschaft gezogen wurden. (586)

Die Waagschalen des Karmas sind unbestechlich — im Kleinen wie im Großen.

584) *"Weisheit"*, 197

585) ebd., 198 (Erdbeben sind das Resultat planetarischen Karmas!)
Vgl. auch: *"Studie über Karma"*, 60 ff. und G. Hodson, *"Occult Powers"*, 118 ff.

586) ebd.

Charles W. Leadbeater — Die Hüter des Karma

Aus der Weisheit und Abgeklärtheit des Alters gelangte Leadbeater, nach jahrzehntelangen Karma-Forschungen, zu folgender Einsicht: *„Die, die jahrelang studiert haben, sind viel vorsichtiger in ihren Äußerungen. So ist es unter uns der jüngste Theosoph, der nur ein oder zwei Handbücher gelesen hat, der Vorlesungen über Karma halten und ihnen alles darüber sagen wird. Die Älteren vermeiden den Gegenstand lieber; sie wissen sehr gut, daß sie nicht so ganz sicher sind. Von dem Gesetz selbst sind wir vollkommen überzeugt, weil wir es so oft in Tätigkeit gesehen haben, aber über die Methode seiner Tätigkeit sind wir ganz und gar nicht sicher."* (587) Leadbeater liefert in seinen *"Gesprächen zu Adyar"* die nähere Erklärung für seine Überzeugung, indem er auf die *„wunderbare Biegsamkeit"* und *„unfehlbare Sicherheit"* der karmischen Gesetzmäßigkeit verweist. (588) *„Dieselbe Sünde, unter denselben Umständen von zwei sich ganz ähnlichen Leuten begangen, muß dieselbe* Summe *von Leiden zur Folge haben, wobei aber die* Art und Weise *des Leidens unendlich verschieden ausfallen und ganz den Erfordernissen des Falles angepaßt ist."* (589) Die unauslotbare Vielfalt in der Einheit der Menschenfamilie läßt es als wahrscheinlich annehmen, daß eine Fülle individueller Varianten karmischer Grundgesetze existieren. Über allem wachen, nach Leadbeaters Wahrnehmungen, die "Herren des Karma". Sie bemessen den Karma-Anteil für jede Inkarnation; die Verarbeitung desselben liegt ganz in den Händen des Verkörperten. (590)

Bedenkenswert sind Leadbeaters Meditationen über den Beginn der karmischen Kausalkette. Er führt diese über den Menschen hinaus, zurück bis in die Tiergruppenseele. Bereits der Individualisierungsimpuls, unterschiedlich zwischen einem wilden Hund und einer sanften Katze, setzt das Rad des Gesetzes in Umdrehung. Wenn auch damit die Karma-Linie weiter in

587) Gespräche über *"Zu Füßen des Meisters"*, a. a. O., S. 476 f.

588) *"Innere Leben II"*, 487 f.

589) ebd.

590) Vgl.: *"Gespräche ZfdM"*, 429 ff. und Purucker, *"Source"*, 218 f.

die Vergangenheit verfolgt wird, bleibt doch im Dunkel der Zeit verborgen, in welcher Weise das Rad des Karma erstmals bewegt wurde.
Kleinliches Aufrechnen beim karmischen Ausgleich lehnt Leadbeater ab. Karma wirkt nicht in gleicher sondern in entsprechender Weise, wobei *„große Schulden persönlich beglichen werden müssen, während kleine in einen allgemeinen Fond übergehen".* (591) Den karmischen Plan der Individuen vor Augen, vermögen die "Herren des Karma" Menschen zusammenzuführen, die bestimmte karmische Gesetze zum Vollzug bringen können, ohne selbst in einer bestimmten karmischen Verbindung zueinander zu stehen.
Anders verhält es sich bei Geschehnissen wie Mord oder Totschlag, bei denen Täter und Opfer immer zwecks unmittelbarer Wiedergutmachung zusammengeführt werden. Leadbeater erläutert in diesem Zusammenhang die Möglichkeiten des karmischen Ausgleiches, der keinesfalls, wie voreilig angenommen werden mag, den ehemaligen Mörder nun seinerseits ermordet werden läßt. *„Ein Mensch, der einen anderen mordete, könnte begreiflicherweise seinerseits in einer anderen Inkarnation ebenfalls auf gewaltsame Weise getötet werden; doch kann er das Karma auch aufheben und bedeutend zufriedenstellender gestalten, wenn sich ihm in der nächsten Inkarnation gerade Gelegenheiten bieten sollte, seinem früheren Opfer das Leben zu retten, und er diese Tat auf Kosten des eigenen vollbringt. Manchmal scheint sogar ein solches Ungültigmachen ohne Einbuße des eigenen Lebens sich ermöglichen zu lassen, denn unter den vielen Lebenslinien, die wir erforschten, entdeckten wir zum mindesten einen Fall, der uns zeigte, daß ein Mörder anscheinend seine Schuld vollkommen abbüßte, indem er sich ein ganzes späteres Leben geduldig in den Dienst der Person stellte, die er vormals getötet hatte."* (592)

591) *"Textbuch"*, 99

592) *"I. Leben II"*, 483 f.
Vgl. dazu auch B. Flemming: *„Wenn jedoch einer Übertretung eine spezielle und bewußte* gute *Handlung folgt,* bevor *der karmische Schmerz erscheint, kann dessen Wirkung abgewandelt oder (in besonderen Fällen) sogar aufgelöst werden. Verletzung der Universalen Einheit als Grausamkeit bedingt spätere karmische Leiden. Wenn aber vorher eine Herzensumkehr eintritt, mit tiefer Anerkennung des Einheitsprinzips und selbstlosen Dienstleistungen, kann die Kraft der Sünde durch solche opfernde Liebekraft "neutralisiert werden"."* (*"Weltbild"*, II, 81)

Leadbeater untersuchte das Karma-Gesetz nicht nur unter dem Gesichtspunkt der Kausalität, das heißt des Ermittelns karmischer Ursachen für das im gegenwärtigen Leben Geschehende; sondern er bemühte sich auch um ein tieferes Verständnis der eher 'technischen' Seite des Karmas. Wie vollziehen die "Herren des Karmas" die Gesetze, um unfehlbare Gerechtigkeit gegenüber jedem Individuum walten zu lassen?
Leadbeater erschaute auf den feinstofflichen Plänen ein System von "Zellen und Kanälen", die energetisch mit dem jeweiligen Menschen verbunden sind und so die karmische Rückwirkung ermöglichen. *„Alle möglichen Arten von Kräften scheinen ihn (den Menschen, d. Verf.) zu umspielen, beeinflussen aber können sie ihn allein, indem sie durch die von ihm selbst in Bewegung gesetzten Energien auf ihn einwirken. Beständig vermehrt er diese Energie-Zentren oder -Kanäle und gibt dadurch der Möglichkeit, ihn zu erreichen, fortwährend eine andere Erscheinungsform. In dem Zusammenhang und Befassen mit allen diesen kaleidoskopartig sich verändernden Kräften, die ohne Ausnahme in ihr Werk eindringen, und ihre Aufgabe sorgfältig vollbringen, tritt die wunderbare und schier unglaubliche Anpassungsfähigkeit und Wandelbarkeit des Karmas in Erscheinung."* (593) Bildlich verdeutlicht kann man sich das Individuum im Mittelpunkt von ins Unendliche reichenden konzentrischen Sphären vorstellen. Alle Gedanken, Taten und Worte senden einen Impuls in dieses System, um von dort unfehlbar auf den Aussender zurückzuwirken. *„Von welcher Sphäre er zurückgestrahlt wird, scheint abzuhängen von dem Charakter der Kraft, durch den selbstverständlich auch die Zeit seiner Rückkehr reguliert wird. Die Kraft, die aus einigen Handlungen entstand, berührt eine verhältnismäßig nahe liegende Sphäre und wird sehr rasch zurückreflektiert, während andere Kräfte fast bis ins Unendliche fortströmen und erst nach vielen Leben umkehren. Ihre Rückkehr aber erfolgt auf jeden Fall und bleibt stets auf den Mittelpunkt, von dem sie ausgingen, beschränkt. Jeder Mensch schafft sich die Sphären selbst, und die Tätigkeit seiner Kräfte wird in keiner Weise berührt durch das Wirken der von seinem Nachbarn ausgesandten, denn beide kreuzen sich, ohne sich zu vermischen, wie die Strahlen des*

593) *"I. Leben II"*, 495

von zwei Lampen ausgehenden Lichtes. Der Weg, der ihren Durchgang vermittelt, ist reibungslos, so daß der zurückkehrende Kraftbetrag genau derselbe geblieben ist, den der Mensch schuf." (594)
Der Einblick in die spirituellen Sphären ermöglicht es dem entwickelten Seher, in groben Umrissen den zukünftigen Entwicklungsweg eines Erdenmenschen zu erkennen. Der Grad der Vorausschau hängt dabei einerseits von der Höhe der Ebene (Astral-, Mental- oder Kausalplan) ab, die der Seher zu erreichen vermag und andererseits von der geistigen Stufe des betrachteten Individuums. *„Die künftige Bahn des unterentwickelten gewöhnlichen Menschen, der keinen eigenen Willen, welcher der Rede wert ist, hat, kann oft mit Klarheit vorausgesehen werden; wenn aber das Ego entschlossen seine Zukunft in die Hand nimmt, wird ein genaues Vorhersehen unmöglich."* (595)
Bewußte Anwendung der menschlichen Freiheit zur Verwirklichung des göttlichen Planes stellt das wirkungsvollste Mittel zur Transmutation 'karmischer Wolken' (596) dar und gibt dem Menschen das Gesetz des Handelns zurück.

Einen wesentlichen Gedanken enthält Leadbeaters Karma-Lehre, der sich bei anderen theosophischen Autoren nicht finden läßt und der nicht unerwähnt bleiben darf. *„Wir fanden heraus, daß jeder beliebige entwickelte Mensch in seinem astralen Leben nach dem physischen Tode sich genau so betätigte, wie ehemals während seines physischen Lebens; daß er fraglos nicht nur den eigenen Fortschritt, sondern auch den der anderen nach dem Tode ebenso fördern oder hindern kann als vordem, und daß er folglich während der ganzen*

594) ebd. 496

595) *"Lehre des Wachstums I"*, 111
Vgl. auch: Cyrill Scott, *"An Outline of Modern Occultism"*, London 1974[5], S. 44 ff.

596) Vgl.: *"I. Leben II"*, 498: *„Die große Masse des angehäuften Karmas kann man auch über dem Ego hängend wahrnehmen. Es bietet für gewöhnlich keinen erfreulichen Anblick dar, denn nach der Natur der Dinge sind mehr böse als gute Resultate darin enthalten."* Hier dürfte auch die Idee eines "Hüters der Schwelle" urständen, wie sie von Steiner und anderen vertreten wurde.

Zeit Karma von größter Wichtigkeit schafft." (597) Die göttliche (karmische) Gesetzmäßigkeit erlischt keinesfalls mit dem Verlassen des Erdenplanes. Beim Eintritt in die geistige Welt bleibt das Individuum in seiner vollen Freiheit bestehen — damit aber auch in seiner vollen Verantwortung. Die karmischen Auswirkungen differieren, bedingt durch die veränderte Umwelt, die Gesetzmäßigkeit wandelt sich nicht. (598)

597) ebd. II, 65
Gegen die Aufrechterhaltung des Karma-Gesetzes spricht sich Abd-Ru-Shin aus: *„Jede Schuld und alles Karma ist nur* stofflich*!" ("Licht d. Wahrheit"*, a. a. O., II, 121

598) Auch der Meister Yoganandas, Sri Yukteswar, berichtete diesem nach seinem Tode, er habe eine Aufgabe auf einem Astralplaneten übernommen, um den dort weilenden Wesen bei der Abtragung astralen Karmas zu helfen. Vgl.: Yogananda, *"Autobiographie eines Yogi"*, Weilheim 1973[8], S. 422 f.

C. Jinarajadasa — Karma und geistiger Aufstieg

Kein Werk der *"Botschafter des Lichtes"* wirft erhellenderes Licht auf die Bildung der karmischen Konstitution für ein neues Erdenleben wie die Ausführungen von Jinarajadasa über *"Das Gesetz des Karma"*. (599)
Er unterscheidet in der menschlichen Wesenheit vier karmische Aspekte, von denen drei positive und negative Pole besitzen, während der höchste, die Ideale, rein göttlich ist. Die drei anderen resultieren aus folgenden Handlungen:

im früheren Leben		im folgenden Leben
niedere Mental-	Wertschätzung	= Inspirationen
welt	Kritik	= Kummer
Astralwelt	Sympathien	= Freude
	Abneigungen	= Trauer
physische	hilfreiche Taten	= Vorteile
Welt	schädliche Taten	= Schmerzen

(600)

Je nach ihrem Einfluß, ihrer karmischen Gewichtung, bewertet Jinarajadasa die einzelnen Aspekte unterschiedlich. „*Wenn wir die Wirkung der irdischen Krafteinheit mit 1 annehmen, dann werden wir nicht übertreiben, wenn wir für die astrale Einheit 5 annehmen, 25 für eine nieder-mentale und 125 für ein "Ideal" der höheren Gedankenwelt. Es mag ein Mensch noch so viele Leiden und Kümmernisse und Verdrießlichkeiten in seinem Karma haben, so wird er*

599) *"Die okkulte Entwicklung der Menschheit"*, a. a. O., S. 79 ff.

600) ebd., 81

sein Leben doch erfolgreich führen und nicht verfehlen, solange er nur einige "Ideale" besitzt." (601) Diese weise Gesetzmäßigkeit führt dazu, das wiedergeborene Individuum in jeder Inkarnation mindestens *einen* Schritt auf der Leiter der Evolution voranzubringen.
Die "Herren des Karma" wählen aus dem Gesamtkarma eines Individuums einen gewissen Prozentsatz aus (602), um damit eine neue Inkarnation zu gestalten. Die folgenden Graphiken veranschaulichen diesen Prozeß:

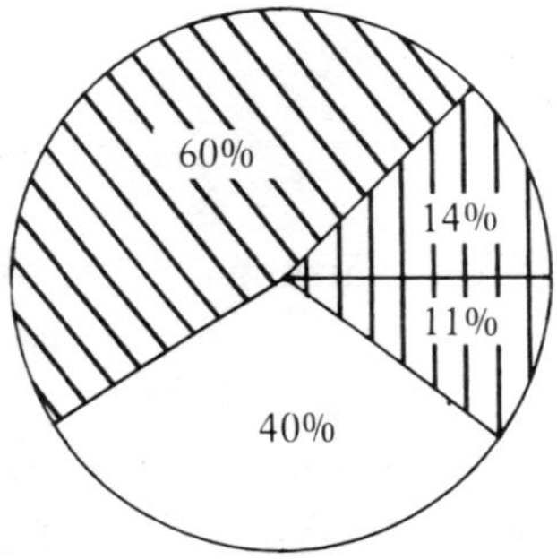

Fig. 1

Fig. 1: Die Gesamtheit des guten und schlechten Karmas vor der neuen Inkarnation (Sammelkarma).

(schraffiert	=	schlechtes Karma (60%)
weiß	=	gutes Karma (40%)
längsschraf-fiert	=	Auswahl des Karmas für die neue Inkarnation (25%) 11% gutes, 14% schlechtes Karma)

601) ebd., 85

602) Über die Erbauung der karmischen Strukturen durch die "Herren des Karma" und die Engel der Form vgl. auch Hodson, *"The Kingdom of the Gods"*, 76 ff.

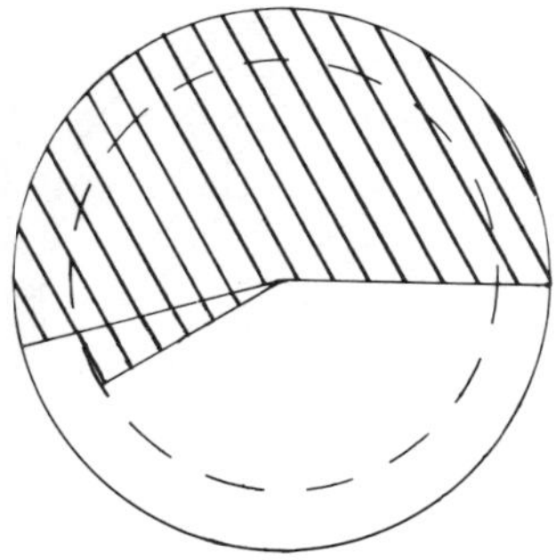

Fig.2

Fig. 2: Die Situation nach einer neuen Inkarnation.

(ausgezogener Kreis	=	neuerschaffenes Karma
schraffierter Kreis	=	Ausgangs-Karma
weiß	=	gutes Karma
schraffiert	=	schlechtes Karma

Die ausgewählten 25% des Gesamtkarmas haben sich während des neuen Lebens verändert – neues gutes und schlechtes Karma wurde gebildet. Karma wirkt immer zielgerichtet auf die Erschaffung neuen Karmas, sei es gut oder schlecht. So ergibt sich eine quantitative Veränderung (im Verhältnis zum Sammelkarma) von 25% auf 36%; wobei der Anteil des guten 16%, der des schlechten 20% beträgt. Das Verhältnis hat sich damit von ca. 3:4 auf 4:5 verbessert (siehe auch schraffierter Kreis).

Das Ausgangskarma für die zukünftige Inkarnation kann daher mit 111% angesetzt werden, wobei das gute Karma 40 + 5%, das schlechte 60 + 6% beträgt. Daraus resultiert eine Relation, auf 100% bezogen, von 40,5% zu 59,5% zwischen gutem und schlechtem Karma. Das Sammelkarma für das nächste Leben verschiebt sich also (zumindest) um 0,5% zugunsten des positiven Karmas. Selbst ohne aktiv (willentlich) gestalteten Fortschritt, führt die weise Leitung der “Herren des Karma” das Individuum dem göttlichen Licht ein wenig näher.

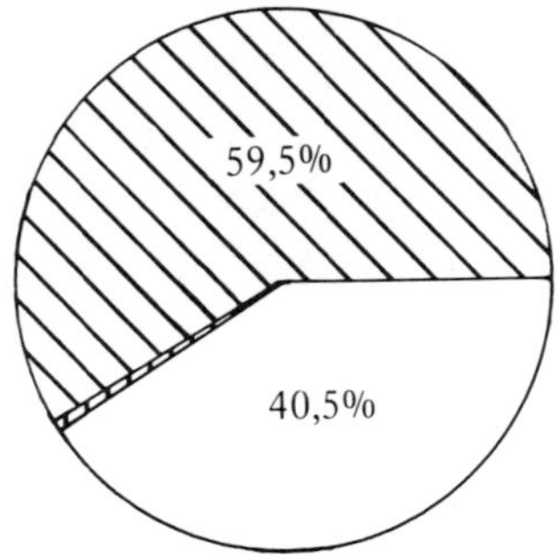

Fig. 3:Das Sammelkarma für die nächste Inkarnation.
schraffiert — schlechtes Karma
weiß — gutes Karma
gestrichelt — Verbesserung gegenüber dem Sammelgang vor der zurückliegenden Inkarnation (603)

Welchen Weg ein Gotteskind auch einschlagen mag, die unsagbare Weisheit seines Schöpfers leitet es, in den Bahnen der Freiheit, auf dem ewigen Pfad dem EINEN QUELL entgegen.

H.K. Challoner — Das Rad der Wiedergeburt

Als eines der faszinierendsten Werke, die je zum Thema "Reinkarnation und Karma" verfaßt wurden, darf ohne Zweifel *"Das Rad der Wiedergeburt"* von H.K. Challoner bezeichnet werden. In einzigartiger spiritueller Brillianz werden über zahlreiche Erdenleben hinweg die Fäden des Karmas verfolgt, enthüllt sich dem Leser ein atemberaubendes Gewebe schicksalhafter Bindungen, die ihn demütig werden läßt vor der Weisheit jener Großen, die über dem Karma-Gesetz wachen.
Es kann dies nicht der Ort sein, einzelne karmische Verwicklungen aufzu-

603) Alle Graphiken in Anlehnung an Jinarajadasa, *"Okk. Ent."*, S. 87 ff.

greifen. Nur die grundlegenden Gesetze, der Autorin Challoner von ihrem spirituellen Lehrer vermittelt, sollen hier Beachtung finden.
Der Ausgleich des Karmas bildet das zentrale Thema des Werkes. Alles in Disharmonie Geschwungene verlangt nach heilender Harmonie. *„Jedes Energie-Atom, was du jemals vergeudet oder seiner rechten Bahn für falsche Zwecke entrissen hast, mußt du durch eigene Anstrengung ersetzen. Und weil das Denken eine ebenso große Kraft wie das Handeln ist, folgt daraus, daß jeder schädigende Gedanke, jedes unnütz-negative Wort über einen anderen ebenfalls gutgemacht werden muß. Es gibt wahrhaft nur einen Weg, wodurch du das dem LEBEN Geraubte neuerschaffen und die Schäden, die du der Universal-Substanz durch Zerstörung oder Mißbrauch eines Teiles von ihr zufügtest, heilen kannst. Dieser Weg bedeutet demütiges Dienen bei jeder Gelegenheit und ein Ausmaß von selbstloser Anstrengung und Liebe, wozu die Menschen selten bereit sind."* (604)

Die Verwandlung karmischer Disharmonien ist auch jenen möglich, die schicksalhaft scheinbar zur völligen Passivität verurteilt sind — den Behinderten. Gerade ihnen ist die Chance gegeben, über die Annahme ihres Karma, zum Wohle der Gesamtheit einen Beitrag von entscheidender Gewichtung zu leisten. *„Wenn diejenigen, die von einer bestimmten Form von Behinderung getroffen werden, sich nicht nur darüber erheben, sondern auch ihr Leben dem Versuch widmen, das Schicksal ihrer Leidensgenossen entweder durch ihre eigenen Prüfungen oder dadurch zu lindern, daß sie durch ihr Beispiel beweisen, daß man die Behinderung überwinden kann, daß man dennoch ein gutes und nützliches Leben leben kann, so beeinflussen sie damit das Welt-Karma. .... So kann das Ungleichgewicht der Welt oder das, was als "kollektives Karma" bezeichnet worden ist, zu einem Teil ausgeglichen werden und auch durch die Leiden und Opfer einiger weniger gelindert werden. Hier berühre ich ein anderes tiefes Geheimnis, über das wenig zu wissen selbst die großen Weisen bekannten und das ich nur deiner Intuition überlassen kann."* (605)

604) Challoner, *"Das Rad der Wiedergeburt"*, München 1976, S. 54 f.

605) dies., *"Der Pfad der Heilung"*, München 1980, S. 172 f.

Erfolgt eine Inkarnation, im Gegensatz zum vorstehend diskutierten Fall der Behinderung, in der das Individuum mit bedeutenden, in der Vergangenheit erworbenen, Fähigkeiten zurückkehrt, muß es sich gleichzeitig mit den Energien (positiv oder negativ) der Vergangenheit auseinandersetzen. *„Wenn jemandem eine Gelegenheit zum Gebrauch früherer, starker Fähigkeiten gegeben wird, werden gleichzeitig alle Kräfte der Vergeltung gelöst, die mit jener Vergangenheit verknüpft waren. Darum haben all die zerstörerischen Energien, die du willensbewußt und mißbräuchlich an dich geheftet hast, deine jetzige Gelegenheit zur Machtausübung begleitet."* (606)

Der Inspirator der Challoner-Schriften hebt mehrfach, wie schon Steiner und Leadbeater, den Gedanken des "individuellen Karmas" hervor. Er bezeichnet es als irrige Selbsttäuschung, anzunehmen, die karmischen Strukturen der Zukunft würden, gewissermaßen im Automatismus, bessere Lebensbedingungen erschaffen. *„Viele Menschen machen sich selbst etwas vor, indem sie meinen, sie würden in der Zukunft ganz andere Persönlichkeiten sein. Dies ist eine angenehme, aber dennoch irrige Vorstellung und eine Selbsttäuschung. Die grundlegende Persönlichkeit kann nur durch die gewandelten Einstellungen verändert werden, die sie sich im Hier und Jetzt aneignet, sowie durch die Bemühungen, größeres Verständnis, Weisheit und Liebe zu erwerben, die allein aus den Ungeheuern der Selbstbezogenheit und Unwissenheit Wesen des Lichtes machen kann."* (607)

Der Miß*brauch* bestimmter (geistiger oder physischer) Kräfte in einem Erdenleben führt zwangsläufig zu Miß*ständen* in einer späteren Inkarnation. In Extremfällen kann eine Schädigung der höheren Körper so gravierend ausfallen, daß die reinkarnierende Individualität nicht in der Lage ist, einen funktionsfähigen physischen Träger aufzubauen. Dies führt dann zu frühem Tod oder Fehlgeburt. *„Jeder Mensch erbaut sich ja durch seine Gedanken und Handlungen in einem Leben die Körperhülle, die seinen Geist in der Zukunft beherbergen wird. Wenn er seine Körper-Organismen durch Exzesse jeder*

606) *"Rad"*, 96

607) *"Pfad"*, 119

Art aussaugt, wird er mit jenen gleichen, fast verbrauchten Atomen wiederkehren und sie aufs neue aufbauen und entfalten müssen. So ist ein geschwächter Verstand meist das Resultat von mentaler Trägheit oder mißbrauchter Intelligenz im vorigen Leben; und die, welche ihre Körper durch Ausschweifung und Perversität schwächen, reinkarnieren sich meist verunstaltet oder epileptisch, krankheitsbeladen, mit Gehirnschäden, mit Willensschwäche und angeborenen Neigungen zu früheren Lastern, wodurch sich jene bösartigen Kräfte aus der Vergangenheit sogleich wieder aktivieren. Schon Eitelkeit wirkt schädlich auf das neue physische Vehikel. Denn ein Mensch, der nur seinem Körper lebt, wird in irgendeiner Form als dessen Sklave zurückkehren. Der Schlemmer kehrt meist mit krankem Verdauungsapparat zurück, aber ebenso jemand, der sich durch falsche Askese ruiniert hat." (608)

Der erkrankte Mensch kann, bei tiefgehendem Studium der karmischen Gesetze, meist selbst erkennen, wo die Ursachen seiner Erkrankung liegen. Er sollte dann willentlich an der Beseitigung der geistig-seelischen Ursachen, die in der Regel noch immer vorhanden sind, arbeiten, um auf seinem Lebensweg gesünder voranschreiten zu können. Der "Pfad der Heilung" und das "Rad der Wiedergeburt" stehen in unmittelbarem Zusammen-

608) *"Rad"*, 198 f.

Über die Beziehung Geist — Körper ist auch B. Flemming heranzuziehen. Vgl.: *"Weltbild II"*, 177: *„Man entdeckte die Beziehung zwischen Bewußtseinsaspekten und Körperteilen. Halskrankheiten haben Stolz hinter sich — siehe das Sprichwort von "steifnackigen Leuten". Schulterbeschwerden zeigen einen "früheren" mangelhaften Sinn für Verantwortlichkeit an. Kniebeschwerden bedeuten eine frühere Tendenz, sich an Urteile anderer anzulehnen. Zerrüttung der Sexualorgane und des Kehlkopfes stammen vom Mißbrauch der Geschlechtsfunktion, einer der kostbarsten menschlichen Kräfte. Der Kehlkopf ist als Stimm-Organ das höhere Zentrum. Der Klang ist die schöpferische Kraft. Gott "sprach":* „Es werde Licht!" *Im Menschen ist eine enge Beziehung zwischen beiden Körperteilen, siehe der Pubertätsstimmbruch. Gehirn- und Rückenerkrankungen haben eine alte Sündengeschichte von Grausamkeit und schwarzer Magie, auch von Mißbrauch der "Kundalini" hinter sich.*

Vgl. zur gleichen Frage auch:

Flemming I, 62

Purucker, *"Source"*, 408 f.

Leadbeater, *"24 Leben Orion"*, Düsseldorf 1926, S. 14 ff.

hang, und es kann sicher nicht als Zufall angesehen werden, daß beide Werke Challoners aus derselben Quelle inspiriert wurden. (609)

Alice A. Bailey — Kosmisches Karma

Die Schriften Baileys konzentrieren sich im Bereich der Karma-Problematik schwerpunktmäßig im überpersönlichen Bereich. Die Akzente verschieben sich vom mikro- zum makrokosmischen Karma-Gesetz.
Im mikrokosmischen Feld, dem Karma des Individuums, betont auch der "Tibeter" die Notwendigkeit der Tat. Befreiung von karmischer Bindung geht Hand in Hand mit dem Willen zum Wirken für den göttlichen Plan. (610) Bejahung des Handelns schließt allerdings sorgsame Beachtung des Denkbereiches keineswegs aus. Zumal die mentale Aktivität auf dem Pfad der Jüngerschaft verstärkte Bedeutung gewinnt; denn *„alles Karma wird, wenn man ihm bewußt entgegentritt, durch die Gedankenkraft ausgeschieden."* (611)
Der "Pfad" bringt zudem einschneidende Prüfungen mit sich, die, nach Ansicht des "Tibeters", sogar *außerhalb* des Karmas eines Schülers liegen können. Dies wäre zum Beispiel bei Angriffen von "involutiv ausgerichteten Kräften" der Fall, die bis zu "Krankheiten oder Verkrüppelungen" des physischen Körpers führen können. (612) Diese Auffassung würde von allen anderen "Botschaftern" nicht unterstützt werden.

Der Rahmen der 'Karma-Kosmologie' erstreckt sich über gewaltige Bereiche.

609) Auf planetarisches Karma der Erde, in Erdbeben etc. zum Ausdruck kommend, verweist G. v. Purucker. Vgl.: *"Dial. I"*, 281 f.

610) Vgl.: *"Esot. Astrologie"*, 461 ff.

611) A. A. Bailey, *"Jüngerschaft im Neuen Zeitalter"* Bd. I, Genf 1974, S. 955

612) dies., *"Briefe über okkulte Meditation"*, Genf 1973[2], S. 144

Kosmisches Karma	(K. des Sonnenlogos, entspringt außerhalb seines Systems)
Systemisches Karma	(K. eines Sonnensystemes, in früheren Entwicklungszyklen verursacht)
Planetarisches Karma	
Karma einer Kette	
Karma eines Globus	
Karma einer Ebene (Unterebene)	
Karma der Naturreiche.	

Besondere Beachtung erhält aus der Sicht des Erdenmenschen die "menschliche Hierarchie", die in sechs Bereiche untergliedert wird:

a) Welt-Karma (sieben Wurzelrassen)
b) Rassen-Karma
c) Unterrassen-Karma (613)
d) Nationales-Karma
e) Familien-Karma
f) Individuelles-Karma (614)

Zwischen allen Bereichen besteht eine Interdependenz, die sich in den planetarischen und kosmischen Raum fortsetzt, gemäß den Gesetzen:
„Wie im Kleinen, so im Großen" und *„Wie unten, so oben."*
Alles Leben beeinflußt einander. Das Individuum wirkt zur Verbesserung oder Verschlechterung des planetarischen Karmas, dessen Wirkungsbereich es sich, mit dem Auge des planetarischen Logos gesehen, nicht entziehen kann.

613) Bezüglich der Juden-Frage vgl.: *"Esot. Heilen"*, 289 ff.

614) Vgl.: *"K. Feuer"*, 551 ff. und *"Initiation"*, 54 ff.

Flower A. Newhouse — Die Lehren des Karma

Die Grundgesetze des karmischen Ausgleiches werden auch von Flower A. Newhouse bestätigt. Über die allgemeinen Aussagen hinaus, führt sie anhand aufschlußreicher Einzelbeispiele die differenzierende Wirkungsweise des Karmas vor Augen. Sie verdeutlicht die Notwendigkeit der Wiedergutmachung, die unabhängig von der Frage der "göttlichen Vergebung" betrachtet werden muß. Die Vergebung Gottes stellt für das bittende Individuum erneut die Verbindung zu seinem Schöpfer her, das Begleichen der Schuld bleibt davon unberührt, sie wird nicht aufgehoben. Handelt es sich um ein hochentwickeltes Individuum, eine 'alte Seele', so wird der karmische Ausgleich unmittelbar erfolgen. Bei spirituell noch nicht erwachten Seelen kann er sich über mehrere Leben verzögern, das heißt, eine karmische Schuld wird erst nach vier oder fünf Inkarnationen bezahlt. (615)
Als Beispiel für ein unmittelbares Abtragen karmischer Schuld sieht Flower A. Newhouse den Tod des Paulus. Sein Martyrium betrachtet sie nicht als Zeichen spiritueller Reife, sondern als karmischen Ausgleich für die grausamen Christenverfolgungen vor seiner Bekehrung.

Die Frau eines Alkoholikers, die ihren Mann fanatisch bekämpfte, mußte lernen, mit Toleranz und Verständnis dieser Krankheit zu begegnen, an der sie selbst im vorigen Leben gelitten hatte; damals auch gequält durch eine verständnislose Umwelt.

Den Eltern eines an Schizophrenie erkrankten Jungen mußte Flower A. Newhouse mitteilen, daß ihr Sohn sich in seinem Vorleben spiritistischen Experimenten zur Verfügung gestellt hatte, die allein auf die Erzeugung von Phänomenen ausgerichtet waren, ohne eine religiöse Grundlage zu beachten. Aus dem hilflosen Ausgeliefertsein an dunkle Kräfte, sollte eine heilsame Lehre geboren werden, die den jungen Mann zu bewußtem geistigen Streben, unter Anwendung seines geläuterten, freien Willens anregen sollte.

615) *"Questions I"*, 102 ff.

Die Ursache für die außergewöhnliche Begeisterung eines Mannes an der römischen Geschichte, erwies sich als einstiges Erdenleben unter Cäsar, im Rang eines Offiziers seiner Legionen.

In einem Teenager, dessen Flatterhaftigkeit, Unkonventionalität und Launenhaftigkeit ein schier unlösbares Problem für seine Eltern bildete, begegnete Flower A. Newhouse ein junger (geistig!) Besucher aus der Deva-Evolution, der sich erstmals in einer menschlichen Inkarnation auf der Erde befand. Diese lichtbringende Erklärung schenkte den Eltern das notwendige Verständnis für ihre Tochter.

Die Feindschaft zwischen Vater und Sohn, die die Beziehung einer Familie sehr belastete, resultierte aus einem mittelalterlichen Dreiecksverhältnis, in dem der jetzige Vater seinen Sohn, damals sein Nebenbuhler um die Liebe einer Frau (die jetzige Frau und Mutter), ermordete. Aufgerüttelt und bewegt durch die Lehre des Karmas, fanden Vater und Sohn in liebevoller Harmonie zueinander.

Als besonders beeindruckend und überzeugend kann F.A. Newhouse' Erklärung über den gemeinsamen Tod von 500 Personen bei einer Brandkatastrophe gelten. *„Der Tod durch derartige Geschehnisse ist in der Regel das Ergebnis früherer Grausamkeit, häufig seelischer Natur. Diese 500 Brandopfer können in einer römischen Arena gesessen haben, das Sterben christlicher Märtyrer bejubelnd. Möglicherweise haben sie sich auch zusammengerottet, um eine Frau als Hexe brennen zu lassen. Wer je in diese Art von Grausamkeit verwickelt war oder sie anregte, wird selbst eine Form gewaltsamen Todes erleiden müssen."* (616)

616) *"Questions II"*, 141 Vgl. auch: *"Songs from the house of pilgrimage"*, 104 ff.
Einen eklatanten Gegensatz zu diesen hilfreichen Ausführungen stellen die eher entmutigenden Aussagen Krishnamurtis über Karma dar. Vgl.: *"Konflikt und Klarheit"*, Bern o. J., S. 102 ff. *"Ideal und Wirklichkeit"*, a. a. O., S. 210 ff.

Kein geistiges Gesetz umhüllt ein schillernderer Mantel als jenes des Karma. Eine unauslotbare Mannigfaltigkeit kennzeichnet die karmische Gerechtigkeit. Tiefe Demut vor der außerordentlichen Weisheit der "Hüter des Karma" lernen alle jene, die sich ernsthaft mit der Erforschung und Durchdringung des Zwillingsgesetzes von Reinkarnation und Karma befassen.
Je tiefer man suchend eindringt, um die Schleier des göttlichen Wirkens zu heben, desto bewußter erkennt man die wahre Natur des Leidens. Leiden, immer karmisch verursacht, dient den leuchtenden Wächtern der Menschheit als Lehrwerkzeug, um die Erdenkinder — ohne ihre Freiheit zu beschränken — auf den Pfad der Liebe zu führen. Leid leitet! Aber es leitet ständig lichtwärts; bis einst nicht mehr das Leid, sondern die allumfassende Liebe leitet. —

Kap. XII Die Akasha-Chronik

Es liegt nahe, im Anschluß an die Erörterung der Karma-Lehre, ein spezielles Gebiet der Esoterik zu behandeln – die Erforschung der Akasha-Chronik. Alle Aussagen über individuelles und kollektives Karma seitens der *"Botschafter des Lichtes"* basieren auf Wahrnehmungen aus den Akasha-Aufzeichnungen. Jede Energie, sei es Tat oder Gedanke, hinterläßt einen Eindruck in der Akasha-Chronik, dem Weltgedächtnis, der für den eingeweihten Seher noch nach Äonen entschlüsselbar ist.
Längst untergegangene Wurzelrassen tauchen aus dem Dunkel der Zeit auf, karmische Verbindungen der Vergangenheit, in die Gegenwart wirkend, werden offenbar. Die Geheimnisse (für den Uneingeweihten) der Akasha-Chronik gehören zu jenen von den "Botschaftern" überlieferten Mitteilungen, die wahrhaft das Prädikat "esoterisch" verdienen. Nur sehr zögernd wurden die Schauungen aus dem *"Buch des Lebens"* weitergegeben, um damit erstmals breiten Kreisen jenes Wissen zuzuführen, das früher allein den Initiierten der Mysterienschulen zuteil wurde. (617)

Die erste Erwähnung der Akasha-Chronik im Schrifttum der Gegenwarts-Esoterik findet sich im Werk von H.P. Blavatsky. Bereits in ihrer *"Isis"* spricht sie vom Akasha und versucht einen Bezug zwischen den spirituellen Lehren der Gegenwart und den Überlieferungen der Antike herzustellen. (618) Im Anklang an Eliphas Levi bezeichnet sie die Akasha-Chronik auch als die "Tafeln des Astrallichtes". *„Auf den unzerstörbaren Tafeln des Astrallichtes wird der Eindruck jedes Gedankens, den wir denken und alles, was wir tun, geprägt; und jene zukünftigen Ereignisse – Wirkungen lange vergessener Ursachen – werden dem Auge der Seher und Propheten als ein lebendiges Bild dargestellt."* (619) Am Beginn ihrer Arbeit zur *"Geheimlehre"* scheint H.P.

617) Eine außergewöhnlich beeindruckende Schilderung über die Forschungen in der Akasha-Chronik gibt Flower A. Newhouse in ihrem Rückschaubericht über die Mysterienschule des Pythagoras. Vgl.: *"Isaac"*, a. a. O., S. 28 ff.

618) Vgl.: *"Isis I"*, 139 f. (Anm.)

619) ebd., 179

Blavatsky selbst in den Akasha-Archiven geforscht zu haben, um authentisches Material für ihr Werk zu gewinnen. Offenbar auf Anraten ihres Meisters hin stellte sie diese Aktivitäten jedoch ein und überließ ihm die Auswahl des für sie Wissenswerten, das ihr dann vermittels 'innerer Schau' zugänglich gemacht wurde. Am 3. März 1886 schreibt H.P. Blavatsky an A.P. Sinnett: „*Jeden Morgen gibt es eine neue Entwicklung und eine neue Szenerie. Ich lebe wieder zwei Leben. Der Meister meint, daß es für mich zu schwierig ist, wegen meiner "Geheimlehre" bewußt in das Astrallicht zu schauen. Es sind jetzt ungefähr zwei Wochen, wo ich alles, was ich sehen muß, so sehe, als ob ich träume. Ich sehe große und lange Papierrollen, auf denen Dinge geschrieben sind, und ich erinnere mich daran. Auf diese Weise wurden mir alle Patriarchen von Adam bis Noah gezeigt — parallel mit den Rishis; und in der Mitte zwischen ihnen die Bedeutung ihrer Symbole — oder Personifikationen.*" (620)

Die Untersuchungen der Akasha-Chronik stehen noch am Anfang, und die Zahl der kritischen Stimmen (von den materialistischen Agnostikern ganz abgesehen) ist groß. In den kommenden Jahrzehnten wird sich die Zuverlässigkeit der spirituellen Wahrnehmungen, die eine Geschichtskorrektur aus der Anschauung heraus vornehmen will, noch weiterhin erweisen müssen. Als gewichtiges Pro-Argument darf sicher die gewaltige Kosmologie und Anthropologie der "*Geheimlehre*" gelten, die auf die Akasha-Chronik als Quelle verweist und doch wesentlich über den Rahmen des traditionellen Wissenschaftsgebäudes hinausreicht.

Eine der einflußreichsten Veröffentlichungen aus dem Gebiet der Akasha-Forschung, Eliott's Werk über Atlantis und Lemuria, enthält im Vorwort den Versuch von Alfred P. Sinnett, eine phänomenologische Bestimmung dieses Komplexes zu liefern. Sinnett führt aus: „*Kurz, sein Gedächtnis ist eine Funktion einer anderen als der physischen Ebene. Die Gedächtnisbilder sind, so viel ist klar, einem nichtphysischen Mittel eingeprägt und dem einverleibten Denker für gewöhnlich Dank einiger Anstrengung zugänglich, deren*

620) Boris de Zirkoff, "*Die Wiedergeburt der Okkulten Tradition*", München 1979, S. 38

wahrer Natur er sich ebenso unbewußt ist, wie des Gehirn-Impulses, der seine Herzmuskeln antreibt. Die Ereignisse, mit denen er in der Vergangenheit zu tun hatte, sind von der Natur auf irgend eine unzerstörbare Seite von überphysischem Stoffe photographiert worden, und mittels einer geeigneten Anstrengung vermag er es, sie, wenn er sie braucht, wieder in den Bereich irgend eines inneren Sinnes zu bringen, der seine Wahrnehmung auf das physische Gehirn reflektiert." (621) In der Fortführung seines Gedankenganges gelangt Sinnett zwangsläufig zur Idee der Einheit der Natur, zur Einheit allen Seins generell. Im gleichen Maße, in dem eine Öffnung des Individuums Mensch in 'Richtung' auf das LEBEN erfolgt, geht eine Bewußtwerdung für die vergangenen Weltzyklen einher.

Ausführliche Veröffentlichungen über Schauungen aus der Akasha-Chronik liegen auch seitens Rudolf Steiners vor. Er definiert das Wesen der Akasha-Chronik-Aufzeichnungen als *„das Geistig-Bleibende des Weltgeschehens im Gegensatz zu den vergänglichen Formen des Geschehens."* (622) Steiner, der eine Fülle von Material aus Akasha-Forschungen publizierte (resp. in Vorträgen der Öffentlichkeit überbrachte), zeigte auch auf diesem Feld menschliche Größe, indem er den Anspruch der Unfehlbarkeit von sich wies. *„Um einem möglichen Irrtum vorzubeugen, sei hier gleich gesagt, daß auch der geistigen Anschauung keine Unfehlbarkeit innewohnt. Auch diese Anschauung kann sich täuschen, kann ungenau, schief, verkehrt sehen. Von Irrtum frei ist auch auf diesem Felde kein Mensch; und stünde er noch so hoch. Deshalb soll man sich nicht daran stoßen, wenn Mitteilungen, die aus solchen geistigen Quellen stammen, nicht immer völlig übereinstimmen."* (623) Es wäre wünschenswert, wenn diese selbstkritische Einschätzung des Begründers der Anthroposophie auch von allen seinen Epigonen beachtet würde. Doch muß dieser Hinweis mit gleicher Berechtigung auch an alle anderen spirituellen Gemeinschaften ergehen.

621) Scott-Elliot, a. a. O., S. 3

622) *"Geheimwissenschaft"*, 106

623) *"Aus der Akasha-Chronik, Dornach 1975, S. 17*

Steiner schildert sehr lebendig seine Wahrnehmungen der Akasha-Bilder. Der Schauuende verharrt nicht in der Position eines modernen Kameramannes, der vom erhöhten Podest aus die Abläufe des Geschehens beobachtet, vielmehr wird der Geistesforscher unmittelbar in die Historie eingebunden, nimmt neben den Handlungen auch die inneren Empfindungen und Gedanken der aufgesuchten Persönlichkeit wahr. (624)
Steiner unternahm ausführliche Versuche, aus den geistigen Schauungen heraus die christlichen Überlieferungen zu überprüfen. Es entstand aus den Akasha-Forschungen sogar ein *"Fünftes Evangelium"*, in dem eine eigenartige Christologie verzeichnet ist (vgl. Kap. Christus). Keine geistige Wahrnehmung scheint Steiner tiefer bewegt zu haben als seine Schauungen zum Leben Christi. (625) Gerade hier aber scheint er auf unerwartete Probleme gestoßen zu sein. *„Denn gerade ich fühle mancherlei Schwierigkeiten und Mühe, wenn es sich darum handelt, Bilder, die sich auf die Geheimnisse des Christentums beziehen, aus der Akasha-Chronik zu holen. Ich fühle Mühe, diese Bilder zu der nötigen Verdichtung zu bringen, sie festhalten zu können, und betrachte es gewissermaßen als mein Karma, daß mir die Pflicht auferlegt ist, dies zu sagen, was ich eben ausspreche."* (626)
Vor allem die Korrekturen der christlichen Überlieferungen aus seinen Akasha-Forschungen trugen Steiner unerbittliche Kritik ein. Einer seiner ehrlichsten und kenntnisreichsten Gegner, J.W. Hauer, sieht in Steiners gesamter Christologie eine Ableitung aus dem Manichäismus und den mystischen Elementen des Mithraskultes. *„Dr. Steiner hat sich etwa seit 1906 mit diesem System nachgewiesenermaßen eingehend und wohlwollend beschäftigt und es ist interessant, zu verfolgen, wie Dr. Steiner die Anregungen aus dem mythologischen System des Manichäismus naturwissenschaftlich verarbeitet hat."* (627) Läßt sich Hauers Annahme stützen? Friedrich Rittelmeyer, einer der überzeugtesten Anhänger Steiners, überliefert ein Gespräch mit

624) Vgl.: "Vor dem Tore d. Theos.", a. a. O., S. 25 f.

625) Andrej Belyj berichtet über Steiners Atemlosigkeit und Erregung anläßlich der Preisgabe des Gesehenen. In: *"Verwandeln des Lebens"*, Basel 1975², S. 452 ff.

626) Aus der Akasha-Forschung/ *"Das fünfte Evangelium"*, Dornach 1980³, S. 37 f.

627) Hauer, a. a. O., S. 53

Steiner während des Weltkrieges, in welchem jener ihm mitteilte, er könne zur Zeit keine Forschungen in der Akasha-Chronik durchführen, da die "Astralwelt" (!) zu unruhig sei. (628) Sollte sich Steiner in der Tat auf Wahrnehmungen aus der Astralwelt für seine Akasha-Forschungen gestützt haben, so wäre eine Vermischung von religiösen Bildern aus dem von ihm studierten Manichäismus und Mithraskultes (im Astralen) denkbar.
Es herrscht die weitgehend einhellige Auffassung bei allen theosophischen Autoren vor, daß zweifelsfreie und authentische Wahrnehmungen aus den Akasha-Archiven erst *jenseits* der Astralebene zu erhalten sind. *„Wenn wir von der allgemeinen Charakteristik der Ebene reden, dürfen wir auch den immer gegenwärtigen Hintergrund nicht unerwähnt lassen, der durch die Aufzeichnungen der Vergangenheit gebildet wird — das Gedächtnis der Natur, die einzig zuverlässige Geschichte der Welt. Wenn auch das, was wir auf dieser Ebene sehen, noch nicht die absolute Aufzeichnung selbst, sondern nur die Spiegelung von etwas Höherem ist, ist sie jedenfalls klar, genau und lückenlos. Sie unterscheidet sich dadurch von den unzusammenhängenden und unregelmäßigen Manifestationen, welche die Astralwelt davon aufzuweisen hat. Nur wenn ein Hellsehender auch die Gabe hat, in die Mentalebene zu schauen, sind seine Bilder von der Vergangenheit zuverlässig; und selbst dann müssen wir, wenn er nicht die Kraft besitzt, mit klarem und vollem Bewußtsein von jener Ebene in die physische zurückzukehren, stets mit Irrtümern in seiner Erinnerung dessen, was er gesehen, rechnen."* (629)
Wenn man die Darlegungen der "Botschafter" zur Astralwelt berücksichtigt, weiß man, welch unbeschreiblicher Wirrwarr an Formen, Gestalten und Wesen auf dem Astralplan herrscht. Die ganze Palette menschlicher Phantasie und Philosophie spiegelt sich in diesem Bereich, woraus erklärlich wird, warum vor der Astralwelt als "Welt der Täuschung" gewarnt wird.

628) Vgl. Fr. Rittelmeyer, *"Lebensbegegnung"*, a. a. O., S. 62

629) Leadbeater, *"L. d. Wachtums"*, I, 122
Flower A. Newhouse 'lokalisiert' die "vierte Ebene der Mentalwelt" als Sitz des "Gedächtnisses der Natur". Vgl.: *"Questions II"*, 130 f.
Vgl. über die Akasha-Forschungen im Kausalkörper: A. Besant, *"L. d. Wachstums II"*, 162 f. und C. W. Leadbeater, *"Sichtbare Mensch"*, 29

Wie groß mag daher die Gefahr des Irrens sein? Nur eine sorgsam abwägende Vernunft, die immer wieder Aussage um Aussage vergleicht, wird zu einem Ergebnis gelangen, das es wert ist, beachtet zu werden. (630)

Die parapsychologische Forschung hat in zahllosen psychometrischen Experimenten die Möglichkeit außersinnlicher Wahrnehmung (ASW) mittels der Aufnahme von Schwingungen bestätigt. Seitens der Versuchspersonen wird über einen bestimmten Gegenstand die Einstimmung auf eine andere Person oder Epoche der Vergangenheit bewirkt. Auf diese Weise gelang es z.B. dem Theosophen G. Hodson, Erkenntnisse über Fossilien zu gewinnen, die durch spätere paläontologische Forschungsergebnisse bestätigt wurden. (631) Erfolgreiche psychometrische Experimente bedingen, nach Leadbeater, die Benutzung des Kausalkörpers. *„Der Mechanismus der gewöhnlichen Methode zur Erforschung vergangener Leben besteht also darin, daß man die Fähigkeiten des eigenen Kausalkörpers in Anwendung bringt und vermittelst desselben den Kausalkörper der in Frage stehenden Person psychometrisiert. Die Sache könnte in niederen Welten vollzogen werden, indem man die permanenten Atome psychometrisiert; da das jedoch weit schwieriger wäre als das Entfalten der Sinne im kausalen Körper, so wird der Versuch wohl kaum von Erfolg gekrönt sein."* (632)
Die mehr oder weniger erfolgreichen Tests mit psychometrisch begabten Menschen dürfen nicht die irrtümliche Erwartung wecken, als wären die Aufzeichnungen des Welt-Gedächtnisses nahezu mühelos jedermann zu-

630) Vgl.: A. A. Bailey, *"Yoga-Pfad"*, Genf 1978[2], S. 252 f.: *„Die Menschen, die diese (Akasha) Chronik wahrnehmen können, sehen darauf dargestellt: 1. ... 2. ... 3. Die seit undenklichen Zeiten angehäuften Gedankenformen karmischer Art (aus der Begierde kommend) einer jeden menschlichen Einheit. Hier liegt die große Gefahr der Täuschung durch die Aufzeichnungen. Nur ein geschulter Okkultist kann zwischen dem tatsächlichen Erleben und jenen astralen Bildern unterscheiden, die durch Imagination und heftiges Verlangen geschaffen wurden."*

631) Vgl.: Robertson, *"Aquarian Occultist"*, Kap. 18

632) Leadbeater, *"I. Leben II, 220*

gänglich. Um den Zutritt zu dem (geistig) verborgenen Archiv gewährt zu bekommen, bedarf es langer spiritueller Schulung. „*Wer die Akasha-Chronik lesen möchte, ..., muß notgedrungen — und es gibt da keine Ausnahme — strikter Vegetarier (mindestens 10 Jahre) sein.*" (633)
Neben dieser physischen Läuterung bedarf es der geistigen. Wer sich aus dem Motiv bloßer Neugier Zutritt zu den Akasha-Aufzeichnungen verschaffen möchte, wird von den "Hütern des Archives" gehindert. Nur völlige Selbstlosigkeit, der reine Wunsch zu verstehen und helfend zu erklären, wird einer Seele die Erlaubnis schenken, im "heiligen Buch des Lebens" zu studieren, um ehrfürchtig zu erkennen, welche Wege die Menschheit einst ging — und welche noch vor ihr liegen.

* * * * *

Ende des ersten Bandes

633) Bailey, "Strahlen I", 274